ACTION

BAND 130

MATTHEW
REILLY

MISTER EINSTEINS SEKRETÄRIN

Aus dem australischen Englisch von Heiner Eden

FESTA

Die australische Originalausgabe *Mr. Einstein's Secretary*
erschien 2023 im Verlag Macmillan.

Published by arrangement with Rachel Mills Ltd.

1. Auflage März 2025

Festa Verlag GmbH
Justus-von-Liebig-Straße 10
04451 Borsdorf

Titelbild: @difrats

Kontaktadresse nach EU-Produktsicherheitsverordnung:
shop@festa-verlag.de

ISBN 978-3-98676-199-8
eBook 978-3-98676-200-1

Für Kate Freeman, CFA

Die Physiker der 1920er und 1930er waren die Hexenmeister ihres Zeitalters, die genialen Hüter einer neuen Art der Hexerei – der des Atoms. Und ihr Hohepriester war Einstein.

Aus: *Das Nuklearzeitalter*
von Scott Sollers
(W. M. Lawry & Co., London, 2010)

Die mustergültige Sekretärin sollte so viel Sorgfalt auf ihre äußere Erscheinung wie auf das Schreiben mit einer Schreibmaschine legen. Letztendlich besteht ihre Arbeit darin, ihren Chef gut aussehen zu lassen und all die eintönigen Pflichten zu erledigen, damit ihr Chef seinen Verstand auf solche Geschäftsangelegenheiten verwenden kann, für die das männliche Gehirn bekanntermaßen besser geeignet ist.

Aus: *Die moderne Sekretärin*
(Merkblatt, ca. 1939 veröffentlicht)

Das Leben ist wie Fahrradfahren. Um die Balance zu halten, muss man in Bewegung bleiben.

Albert Einstein

1948

PRINCETON, ÖFFENTLICHER FRIEDHOF
20. JANUAR 1948

Der große Einstein ist der Erste, der zu meiner Beerdigung kommt, und das trotz seines Alters, seiner schlechten Gesundheit und der beißenden Kälte eines Wintertages in New Jersey.

Es ist wahrlich eine seltsame Sache, die eigene Beerdigung zu beobachten.

Zu sehen, wer kommt. Zu sehen, wie viele kommen. Zu hören, was sie über dich sagen.

Meine ist eine trostlose Angelegenheit.

Es lassen sich nur vier Leute blicken.

New Jersey im Winter ist ein rauer Ort, doch am Tag meiner Beerdigung ist es besonders schlimm: Der Himmel ist grau, es fällt Schnee, der gefrorene Boden knirscht unter den Sohlen.

Ich rede mir ein, dass vielleicht das Wetter für die dürftige Anteilnahme verantwortlich ist.

Oder vielleicht ist es nun mal so bei Spionen. Der einzige Grund für mein geheimes Leben war der, dass niemand wusste, was ich tat, sogar wenn es gefährlich, entsetzlich und hin und wieder geschichtsträchtig war.

Mehr als alles andere regt es zum Nachdenken an, die eigene Beerdigung zu sehen.

Es weckt Erinnerungen.

Einstein dabei zuzusehen, wie er durch das Tor wankt und sich schwer auf seinen Gehstock stützt, lässt mich daran denken, wie er als jüngerer Mann war: so quicklebendig, so rege, so tatkräftig, sowohl geistig als auch körperlich. Niemand – wirklich niemand – hatte mehr Enthusiasmus als Einstein: für die Physik, fürs Entdecken, fürs Leben, für das schiere Streben nach Freude.

Am Tag meiner Beerdigung war er 68.

In ein paar Jahren würde er tot sein.

An seiner Seite, seinen Ellbogen haltend und ihn stützend, war wie immer Helen Dukas, seine treue Erste Sekretärin.

Seit 1928 – gleich nachdem ich das zweite Mal für Einstein gearbeitet hatte – war sie seine Tagebuchführerin, Haushälterin und Türhüterin.

Es war dieses letzte Aufgabenfeld – als Türhüterin –, in dem sie sich besonders auszeichnete.

Anders als ich war Helen so unnachgiebig wie Eisen. Sie war so streng, wie Einstein leutselig war, und so organisiert wie er chaotisch. Sie war imstande, die Einladung eines Königs abzulehnen, ohne mit der Wimper zu zucken, was sie auch mehr als einmal tat.

Es war nicht ihre Aufgabe, Einstein zu behüten, sondern seine *Zeit*. Das machte sie zweifellos zu einer der besten Sekretärinnen in der Geschichte.

Mrs. Katherine Graham-Coulson hätte ihren Segen gegeben. (Regel Nr. 1: »Ihr Job ist es, Ihrem Chef zu helfen, *seinen* Job zu machen!«)

Während ich das Schauspiel beobachte, ertappe ich mich dabei, an mein eigenes Leben zurückzudenken.

Es erscheint in Bruchstücken vor meinem geistigen Auge; aufblitzende Zeitabschnitte der letzten vier Jahrzehnte.

Es sind Abschnitte, in denen ich mich in der Gegenwart von echten Genies wie Einstein, Curie und Bohr wiederfand, in der von falschen Genies wie Speer und Heisenberg und den schlimmsten aller Monster wie Heydrich, Bormann und sogar Hitler höchstpersönlich.

Oder an die Wettrennen mit Horden von Nazis, um Dokumente, die die neue Wissenschaft des Atoms betrafen, in Sicherheit zu bringen. Oder an die Zeit, als ich dem tödlichsten Mörder-Spion der Sowjetunion gegenübertrat.

Seltsamerweise sind es die Gerüche, an die ich mich am besten erinnere; die Düfte meines Lebens.

Das liebste Parfüm meiner Mutter, die einzige wertvolle Sache, die sie je besaß.

Menschliche Scheiße in einer russischen Folterkammer.

Einsteins Aftershave, hauptsächlich deshalb, weil er es so selten benutzte. (»Es ist nur für besondere Anlässe!«, hatte er vergnügt angemerkt. »Wie ein Treffen mit Staatsoberhäuptern und meiner Schwiegermutter.«)

Die Aromen New Yorks in den 1920ern: durchgebrannte elektrische Kabel in der U-Bahn; Zigarrenrauch in den Spelunken; die Brylcreem in den Haaren von Gangstern wie Baby Face Mancino; Leichen in einer Lagerhalle für Fische; und der Geruch der Zementschuhe, die ein Kerl trug, der seine Schulden bei Baby Face nicht begleichen konnte.

Das frische Farbband in einer Model No. 5 Underwood-Schreibmaschine.

Kirschblüten, die den Frühling in Berlin verkünden.

Der Geruch von Bombenexplosionen in Berlin.

Der Gestank der panischen Angst, als die Rote Armee die Stadt einnahm und nach Deutschen suchte, die man töten oder vergewaltigen oder essen konnte.

Die fürchterlichen Ausdünstungen der Öfen in Auschwitz.

Man vergisst den Geruch von verbranntem Menschenfleisch niemals.

Fanny kommt mit ihrem treuen Ehemann Raymond an ihrer Seite auf die Minute genau an. (Regel Nr. 3: »Seien Sie immer pünktlich!«)

Am Grab gesellt sie sich zu Einstein, und sie schütteln sich vertraut die Hände.

Wie Fanny sich doch verändert hat. Sie ist nun so selbstsicher, so beherrscht. Ich bin sehr froh, sie so zu sehen.

Mit nur diesen vier Anwesenden – Einstein, Helen Dukas, Fanny und Raymond – ist die ganze Sache eher zwanglos.

Was für eine armselige Darbietung, denke ich.

Einstein blickt sich um, zuckt die Schultern und beginnt, dort in dem fallenden Schnee, mit der Grabrede.

»Ich lernte Hanna Fischer in Berlin kennen, als sie noch ein kleines Mädchen war«, sagt er. »Sie war ein reizendes Ding und zeigte schon in einem ganz frühen Alter Anzeichen ihrer Genialität. Wir waren Nachbarn, und ich war mit ihrem Vater befreundet ...«

Nicht schlecht für den Anfang, Albert.

Da er mich schon als Kind kannte, und später dann auch eine Zeit lang als Erwachsene, wusste er eine Menge über mich.

Aber nicht alles.

Er kann nicht die ganze Geschichte erzählen.

So kann er zum Beispiel nicht schildern, was ich in Deutschland vor und während des Krieges durchmachen musste. Auch weiß er nichts von den drei Verhören, die ich zu ertragen hatte, eines in Amerika, eines in Nazideutschland und eines in sowjetischer Gefangenschaft.

Und während ich Einstein zusehe, diesem unglaublichen Wissenschaftler, meinem ehemaligen Chef und der gütigsten Seele, die mir je begegnet ist, und er eine feierliche Rede auf meiner kleinen Beerdigung zum Besten gibt, ertappe ich mich dabei, an diese Verhöre zurückzudenken. Aus irgendeinem Grund gelingt es mir durch sie, die bruchstückhaften Erinnerungen in meinem Kopf zu einem Ganzen zusammenzusetzen.

ERSTES VERHÖR

NEW JERSEY, USA

1933

> Nicht viele wissen, dass die Nazis ein Kopfgeld auf Einstein ausgesetzt hatten. Bei drei Gelegenheiten verübten die Nazis Mordanschläge auf ihn. Der erste geschah im Jahre 1933 in der Nähe von Princeton, während Einstein die Vereinigten Staaten besuchte …
>
> Aus *Einstein* von Thomas McMahon

EWING TOWNSHIP, BEZIRKSGEFÄNGNIS
TRENTON, NEW JERSEY
12. FEBRUAR 1933, 3:05 UHR

Die beiden amerikanischen Cops, die mich bewachten, sahen mich in völliger Verwirrung an.

Es war schwer einzuschätzen, was sie von mir hielten: eine schmale 31 Jahre alte deutsche Frau in einem Sommerkleid und mit Blut an der Stirn, die Hände eng mit Handschellen gefesselt.

»Bitte«, sagte ich. »Wenn Sie doch nur Mr. Einstein anrufen würden. Mr. Albert Einstein. Er wird Ihnen alles erklären.«

»Halten Sie uns vielleicht für dämlich, Lady?«, sagte der fettere der beiden Polizisten. »Wenn Sie Albert Einstein kennen, dann esse ich heute mit Franklin Roosevelt zu Abend.«

Ich wusste nicht, was ich tun sollte.

In all dem Trubel in Princeton war Einstein von Agent Kesslers Leuten vom Finanzministerium weggeschafft worden, und ich hatte nicht den Hauch einer Ahnung, wohin sie ihn gebracht hatten.

Mich hatten sie hierher verfrachtet, in eine kalte graue Arrestzelle im örtlichen Bezirksgefängnis – zusammen mit den beiden Attentätern.

Genau in jenem Augenblick saßen die beiden gescheiterten Attentäter in der Zelle neben mir, nur von einem Dutzend Eisengitter getrennt.

Wenn Beamte der deutschen Botschaft – Bedienstete der Nazis – hier waren, bevor die Leute von der Finanzbehörde kamen, würden die beiden nationalsozialistischen Meuchelmörder in die Nacht verschwinden und auf ein Schiff nach Europa gebracht und nie wieder gesehen werden.

»Also gut«, sagte ich. »Dann rufen Sie Special Agent Daniel Kessler – Dan Kessler – vom Finanzministerium an. Er wird Ihnen alles sagen.«

Die beiden Cops starrten mich verdutzt an.

»Keine Sorge, Schätzchen«, sagte einer von ihnen. »Wir haben schon jemanden angerufen. Sie werden ein paar nette Bundesbeamte kennenlernen, bevor all das hier vorbei ist, Sie verfluchte Krautfresserin.«

Ich seufzte und wandte mich ab.

Ich wusste, wie es aussah.

Obwohl ich schon seit Jahren in Amerika lebte, sprach ich noch immer mit einem deutschen Akzent, und hier war ich zusammen mit zwei echten deutschen Spionen, die versucht hatten, Albert Einstein während eines Besuchs der Princeton University zu töten.

Und mir war es unmöglich, meine Unschuld zu beweisen.

30 Minuten später trat ein Mann, der eine Uniform der US-Army trug und behauptete, dem militärischen Geheimdienst anzugehören, an meine Zelle und machte sich daran, mich die nächsten eineinhalb Tage lang mit nur einigen Unterbrechungen zu verhören.

Während er es tat, bewachten zwei bewaffnete Soldaten die Tür.

Er sagte, er sei Major Gil Willis, und er fragte mich über alle möglichen Dinge aus.

Mein jüngstes Leben in Amerika. Meine Jugendzeit davor in Deutschland.

Wenn ich ihn anflehte, Einstein anzurufen – was ich ziemlich häufig machte –, sagte er nur, dass er das tun werde, sobald der richtige Zeitpunkt dafür gekommen sei.

Und dann, nachdem ich 36 Stunden lang in dieser Zelle seinen Fragen ausgesetzt gewesen war, ließ ein Tumult im äußeren Empfangsbereich meinen Vernehmungsbeamten herumwirbeln, und dann –

Paff!

– flog die Zellentür auf und Einstein rauschte herein, gefolgt von Special Agent Kessler.

»Wo ist sie …?«, rief Einstein, bevor er mich sah und zu mir herübereilte. Er schloss mich in seine Arme und drückte mich erleichtert ganz fest an sich.

»O Hanna, meine Liebe, geht es dir gut?« Er berührte die Verletzung an meiner Stirn. »Bist du verletzt?«

»Mir geht es gut«, sagte ich. »Es ist nur ein Kratzer.«

Mein Vernehmungsbeamter saß nur sprachlos da.

Die örtlichen Cops starrten den berühmtesten Wissenschaftler der Welt mit offenen Mündern an.

Für sie war es wahrscheinlicher, dass sie zum Mond fliegen würden, als Albert Einstein zu treffen, und doch war er hier, dieser großartige Mann höchstpersönlich, und umarmte mich in dieser kalten, kahlen Gefängniszelle.

Und dann, was sie noch mehr verdutzte, sprach er sie direkt an: »Gentlemen, bitte nehmen Sie ihr die Handschellen ab.«

Fassungslos schweigend löste mein Vernehmungsbeamter die Handschellen um meine Handgelenke und machte einen Schritt zurück.

Ich erhob mich von meinem Stuhl.

»Grundgütiger, du frierst ja«, sagte Einstein und legte seinen Mantel um mich.

»Ich habe versucht, es ihnen zu erklären«, sagte ich. »Ich bat sie, Sie anzurufen, Sir, doch sie weigerten sich …«

Agent Kessler warf Major Willis einen finsteren Blick zu. »Ist das so? Kommen Sie, Hanna. Wir bringen Sie hier raus.«

Kessler ging voran, und Einstein führte mich, in seinen Mantel gekleidet und einen Arm schützend um meine Schultern gelegt, aus dem Raum mit den Betonwänden.

An der Tür hielt er inne und wandte sich Major Willis zu. »Sie sollten dieser jungen Frau eine Medaille verleihen. Sie hat mein Leben gerettet! Sie hat sich auf die Attentäter gestürzt, als sie versuchten, mich in ihren Truck zu zerren.«

Erst jetzt fand Major Willis seine Stimme wieder.

»Aber, Sir … Wer ist sie?«

Einstein sagte: »Sie ist meine Sekretärin!«

ZWEITES VERHÖR

BERLIN, DEUTSCHLAND

1942

Heydrich (Chef der Gestapo) war so grausam, dass sogar Hitler ihn einst als den »Mann mit dem eisernen Herz« beschrieb.

Aus *Deutschland und der Zweite Weltkrieg* von Guy Longworth

REICHSSICHERHEITSHAUPTAMT
PRINZ-ALBRECHT-STRASSE
BERLIN, DEUTSCHLAND
JANUAR 1942, 2:45 UHR

NEUN JAHRE SPÄTER.

Mein zweites Verhör fand ebenso mitten in der Nacht und auch in einer Zelle statt, nur dass sich diese im Hauptsitz der Gestapo in Berlin befand.

Es roch nach Angst und Urin.

Die Ziegelwände der Zelle waren mit Einschusslöchern übersät. Getrocknetes Blut klebte an ihren Rändern. Die Gestapo machte sich nicht die Mühe, dich nach draußen zu bringen, um dich zu erschießen. Sie taten es einfach hier.

Ich saß gefesselt auf einem Stuhl.

Neben mir saß Gertrude Schneider, Bormanns Sekretärin, Geliebte und Informantin. Sie war eine überzeugte Nationalsozialistin und obendrein noch ein richtiges Biest.

Sie verachtete mich fast so sehr, wie sie Speer, meinen Chef, verachtete.

Gertrude hatte solche Nazis am liebsten, die groß gewachsen, brutal und zäh waren, so wie Bormann. Ein ruhiger, intellektueller Mann wie Speer entsprach überhaupt nicht ihrem Typ.

Speer stand außerdem in der Gunst des Führers, was bedeutete, dass Bormann ihn als Rivalen betrachtete. Da ich Speers Sekretärin war, sah Gertrude auch mich als ihre Rivalin an.

Der Mann, der uns verhören sollte, betrat die Zelle.

Er bewegte sich langsam wie eine Katze, die um eine in der Falle sitzende Maus kreiste.

Er war ein verschlagen dreinblickender Kerl mit eingefallenen Wangen und leeren Augen. In jeder anderen normalen Nation hätte er im Gefängnis gesessen, doch in Nazideutschland arbeitete er für die Geheimpolizei.

In seiner Hand hielt er einen silbernen Aktenkoffer aus Stahl.

»Frau Schneider, Fräulein Fischer«, sagte er. »Willkommen im Reichssicherheitshauptamt. Ich habe einen Namen, doch ich sehe keinen Grund, ihn zu nennen. Wahrscheinlich wundern Sie sich, warum Sie hergebracht wurden.«

Ich wunderte mich keineswegs.

Ich wusste genau, warum.

Sie waren mir schließlich doch auf die Schliche gekommen.

Der Mann lächelte und warf einen Blick hinunter auf seinen Aktenkoffer. »Mein Kollege und ich würden Ihnen gerne ein paar Fragen stellen, das ist alles.«

Daraufhin öffnete sich die Tür, und ein zweiter Mann, von oben bis unten in eine schwarze SS-Uniform gekleidet, betrat die muffige Zelle. An seinem Kragen prangten ein Totenkopf-Emblem, die beiden Siegrunen der SS sowie ein paar silberne Lorbeerkränze.

Ich erkannte ihn sofort.

Gertrude auch. Ihr stockte bei seinem Anblick sogar der Atem.

In einem Regime, das sich aus Personen zusammensetzte, die allesamt Angst und Schrecken verbreiteten, war er der Gefürchtetste. Sein Gesicht mit der langen Nase, der hohen Stirn und den stechenden blassen Augen war jedem Deutschen vertraut.

Sogar Speer verkrampfte sichtbar, wann immer dieser Mann einen Raum betrat, und Speer stand unter Hitlers Schutz.

Er war Obergruppenführer Reinhard Heydrich, Leiter des Reichssicherheitshauptamtes und Chef der Gestapo.

Er war der Mann, der damals im Jahre 1933 den Anschlag auf Einstein angeordnet hatte.

Und nun war er hier, mitten in der Nacht, bei Gertrude und mir.

Das war besonders beunruhigend.

Reinhard Heydrich ließ sich nicht bei üblichen Folterungen oder wahllosen Verhören blicken.

»Meine Damen«, sagte er freundlich, als er uns gegenüber Platz nahm.

Seine Augen blinzelten nicht ein einziges Mal, sein Blick wandte sich nie von unseren Gesichtern ab. Er war ein Raubtier, das nach den kleinsten Anzeichen für Geheimnisse, Lügen oder Schwäche Ausschau hielt.

»Wir haben eine Menge zu besprechen«, sagte er. »Und es wird eine Weile dauern. Sogar ein paar Tage. Und ich fürchte, wir werden Sie während dieser Zeit kaum schlafen lassen.«

Wieder keuchte Gertrude.

Heydrich hob einen Finger. »Keine Sorge, Fräulein. Wir gehen zivilisiert vor, nicht so wie die Russen. Um Gottes willen, nein. Die würden Ihnen schon jetzt alle möglichen schrecklichen Dinge zufügen.«

Gertrude fiel fast in Ohnmacht.

Ich ertappte mich dabei, den Atem anzuhalten.

Heydrich fuhr fort: »Doch um es richtig zu machen und sicherzustellen, dass ich nicht meine Zeit mit Ihnen beiden verschwende, fürchte ich, dass Sie ehrlich zu mir sein müssen.«

Er nickte seinem Assistenten zu, der den stählernen Aktenkoffer aufspringen ließ. Darin befanden sich mehrere Reihen mit grausam funkelnden Gerätschaften: Messer, Skalpelle, Zangen, ein Hammer und etliche entsetzlich aussehende Zwingen.

»Nun …« Heydrich lächelte. »Wollen Sie das für mich tun? Werden Sie ehrlich zu mir sein? Denken Sie daran, es könnte schlimmer sein. Wir könnten es wie die Russen machen.«

DRITTES VERHÖR

SOWJETISCHER KOMMANDOSTAND

BERLIN, DEUTSCHLAND

MAI 1945

SOWJETISCHER MOBILER KOMMANDOSTAND
BERLIN
4. MAI 1945

Mein drittes Verhör findet in einem Kommandostand der Roten Armee in den Ruinen Berlins nicht weit von der Reichskanzlei entfernt statt.

Hitler ist tot und Deutschland hat augenscheinlich kapituliert, doch hier in Berlin ist der Krieg für diejenigen, die von den gefürchteten Russen gefangen genommen wurden, noch nicht vorbei.

Diese Zelle ist die reinste Horrorshow. Das Blut an den Wänden ist frisch. Menschliche Eingeweide liegen in Klumpen auf dem Boden. Der Gestank ist unbeschreiblich.

Die Russen haben uns vor drei Tagen geschnappt.

Sie haben uns Säcke über die Köpfe gezogen und uns hierhergebracht: ein ausgebombtes Gebäude mit vergitterten Zellen, die erstaunlicherweise noch intakt sind. Es sieht aus wie auf einem Polizeirevier, und schlagartig wird mir zu meinem Entsetzen bewusst, dass ich diesen Ort kenne.

Ich bin in der Prinz-Albrecht-Straße. Im Hauptquartier der Gestapo.

Nur dass das Gebäude nun von den Russen verwaltet wird.

Wieder bin ich nicht allein.

Wieder bin ich mit Handschellen gefesselt.

Aber dieses Mal bin ich an einen Mann gefesselt, der eine Nazi-Uniform trägt und ein bandagiertes Bein hat.

Doch er ist kein Nazi.

Er ist ein amerikanischer Agent.

Im Raum ist ein dritter Gefangener. Er ist *ein Nazi. Er ist gedrungen und kahlköpfig und ein sehr hochrangiger Vertreter des früheren Regimes.*

Als ich erwache, sehe ich, dass ihm seine Hose um die Knöchel hängt und dass er gerade von einem hünenhaften russischen Soldaten vehement vergewaltigt wird. Der fette Nazi winselt bei jedem Stoß.

Drei andere dreckige russische Soldaten halten ihn nieder. Kurz darauf wechseln sie sich ab.

Doch aus irgendeinem Grund wird weder meinem amerikanischen Freund noch mir ein Leid angetan.

Mit einem schrillen, rostigen Quietschen öffnet sich die Zellentür.

Zwei russische Vernehmungsbeamte treten ein. Es sind Offiziere.

Sie sagen nichts zu den vier dreckigen Soldaten, die nicht aufhören, den wimmernden Nazi anal zu missbrauchen.

Sie nehmen Platz.

»Hallo, Hanna«, sagt der ranghöhere Vernehmungsbeamte zu mir. »Meine Güte, du hattest viel zu tun.«

AUS DEM ERSTEN VERHÖR
NEW JERSEY, 1933

VERNEHMUNGSBEAMTER (MAJ. WILLIS, US-ARMEE): Miss Fischer. Sie müssen meine Lage verstehen: Wir haben Sie, eine deutsche Staatsbürgerin, zusammen mit zwei deutschen Attentätern in der Nähe von Professor Einstein aufgegriffen.

FISCHER: Ich bin nur eine Halbdeutsche, Sir. Meine Mutter stammt aus Brooklyn.

VERNEHMUNGSBEAMTER: Was haben Sie in Princeton gemacht?

FISCHER: Wie ich schon sagte, ich arbeite für Professor Einstein. Ich bin seine Zweite Sekretärin. Ich begleite ihn auf dieser dreimonatigen Amerika-Reise zum Caltech und nach Princeton.

VERNEHMUNGSBEAMTER: Wie lange sind Sie schon für Professor Einstein tätig?

FISCHER: Ungefähr zwei Jahre, die Zeit, als ich ihm während der Solvay-Konferenz 1927 assistierte, nicht mitgerechnet. Doch ich kenne ihn schon viel länger.

VERNEHMUNGSBEAMTER: Wie lange?

FISCHER: Schon fast mein ganzes Leben lang. Als ich ein Kind in Berlin war, war Albert Einstein unser Nachbar.

TEIL I

1912
BERLIN

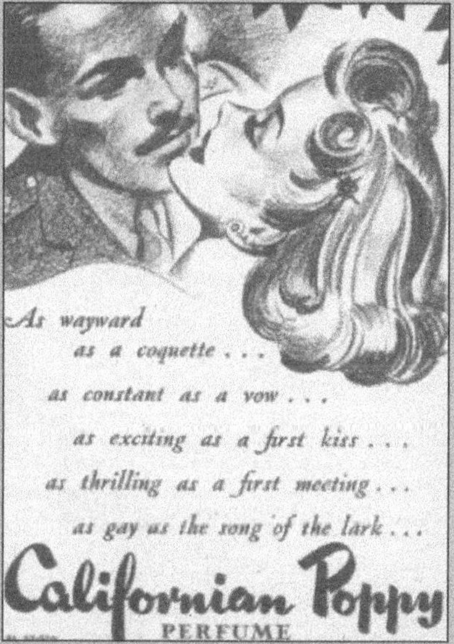

Es gibt immer einen Moment in der Kindheit, in dem die Tür sich öffnet und die Zukunft hereinlässt.

Graham Greene

Bevor er weltweiten Ruhm erlangte, ging Albert Einstein seiner Arbeit in einer bescheidenen Wohnung in einem sehr bescheidenen Viertel von Berlin nach.

Aus *Einstein* von Thomas McMahon

HABERLANDSTRASSE NR. 7
BERLIN, DEUTSCHLAND
1. JANUAR 1912

Zu meinem zehnten Geburtstag bekam ich eine Puppe von meiner Tante, einen Armreif von meinem Vater und ein Modell des Sonnensystems von unserem Nachbarn Mr. Einstein.

Ich hasste die Puppe genauso sehr, wie ich meine Tante Olga hasste.

Ich vergötterte den Armreif so sehr, wie ich meinen Vater vergötterte.

Und was das Modell von Einstein betraf, so fand ich, dass es einfach atemberaubend war.

Mein Vater sah voller Stolz zu, als ich das riesige Ding aus seiner Schachtel holte und vor Staunen große Augen machte.

Das waren die guten Jahre: vor dem ersten Krieg, vor den Demütigungen, die wir währenddessen erlitten, vor Deutschlands Schmach an seinem Ende und bevor mein Vater an ihm zugrunde ging.

1912 war Deutschland eine aufsteigende Nation, das bevölkerungsreichste Land in Europa, ein vor Kraft strotzender

Industriestandort, von einem Stolz erfüllt, der an Arroganz grenzte, ein frischgebackenes Reich, das von dem pompösen, kriegslustigen Kaiser Wilhelm II. regiert wurde.

Natürlich wusste ich mit zehn Jahren noch nichts von internationalen Angelegenheiten oder Einsteins intellektueller Reputation, auch wenn er fairerweise gesagt zu jener Zeit noch nicht weltberühmt war.

Sein Ruhm beschränkte sich im Jahre 1912 auf die Subkultur der deutschsprachigen Physiker an den europäischen Universitäten.

Britische Physiker – die immer noch empört über seinen Angriff auf die Newton'schen Gesetze von vor sieben Jahren waren – taten ihr Bestes, um ihn zu ignorieren und als »Prüfer am Patentamt« abzutun.

Ich wusste schon, dass er ein bemerkenswerter Gelehrter war, doch für mich war er in erster Linie nur der schrullige kleine Mann, der mit seiner freundlichen Frau im Haus nebenan lebte.

Schon damals war sein Haar ein wild zerzaustes Durcheinander, auch wenn es kürzer und noch nicht so grau war, wie es in seinen späteren Jahren sein sollte. Sein Schnurrbart jedoch war genau derselbe. Er hing herab wie bei einer Zeichentrickfigur und sah aus wie ein süßes, buschiges Tierchen, das es sich auf seiner Oberlippe gemütlich gemacht hatte.

Doch es waren seine Augen, die einen packten.

Die einen vereinnahmten.

Und nicht mehr losließen.

Funkelnd, aber sanft, mit schweren Lidern, aber hellwach, stechend, aber freundlich und von einer einzigartigen Gastlichkeit beseelt, die einem das Gefühl gab, seine völlige, ungeteilte Aufmerksamkeit zu haben.

Albert Einstein war der beste Zuhörer, den ich je kannte.

Doch zurück zu seinem Geburtstagsgeschenk.

Ganz entfaltet maß Einsteins Nachbildung des Sonnensystems gewaltige ein Meter 20. Es war fast größer als ich.

Was es besonders entzückend machte, war die Tatsache, dass Herr Einstein es selbst gebaut hatte. Die Vorstellung, dass er gütig und sanft und mit seinem albernen Schnurrbart in einer kleinen Holzwerkstatt schuftete und wie ein echter Geppetto Spielzeug anfertigte, war eine, die zu ihm passte.

Heute würde man es ein Mobile nennen: Die Planeten – vom kleinen Merkur bis zum gigantischen Jupiter – waren Holzkugeln, die mit Fäden an einer Reihe von konzentrischen Messingringen hingen und um eine Sonne in ihrer Mitte kreisten.

Für die Augen einer Zehnjährigen war es einfach überwältigend.

Einstein hatte jede der kleinen Kugeln in der Farbe bemalt, die dem tatsächlichen Farbton des jeweiligen Planeten entsprach: ein Rot für den Merkur, ein blasses Blau für die Venus, ein dunkles Orange für den Mars. Der Saturn – eine viel größere Kugel – war von dramatischen, aus lichtdurchlässigen Mullbinden gemachten Ringen umgeben.

Ich drehte mich zu meinem Vater um. »Papa, wird Ooma auch Geschenke bekommen, obwohl sie im Krankenhaus ist? Es ist auch *ihr* Geburtstag.«

Ooma war meine Zwillingsschwester. Ihr eigentlicher Name lautete Norma, doch als ich noch sehr klein gewesen war, hatte ich ihn immer als »Ooma« ausgesprochen, und dieser Spitzname war hängen geblieben.

»Aber natürlich«, antwortete Papa. »Doch fürs Erste braucht deine Schwester ein wenig Ruhe.«

Ich kannte nicht alle Einzelheiten, die den neuerlichen

Aufenthalt meiner Schwester im Krankenhaus betrafen. Ich wusste nur, dass es etwas mit dem Vorfall aus der Woche zuvor zu tun hatte, als Papa sie im Garten mit der Ratte gefunden hatte.

Einstein, vom Unbehagen meines Vaters alarmiert, wechselte das Thema.

»Und, kleines Fräulein?«, sagte er zu mir. »Wie kommst du mit dem Physikunterricht voran?«

Er sprach mit einem ausgesprochen deutschen Rhythmus: flink, gestutzt, effizient.

Ich antwortete nicht. Ich war zu sehr in mein neues Spielzeug vertieft.

»Hanna?«, sagte Papa. »Was sagst du?«

»Was? Oh, danke, Herr Einstein. Vielen lieben Dank.«

»Nein«, sagte Papa. »Was sagst du zu Herrn Einsteins Frage?«

Ich blinzelte und versuchte mich zu erinnern, was er gesagt hatte.

Physik …

»Nun, vielen Dank, Herr Einstein«, sagte ich. »Wissen Sie, ich beabsichtige, die größte Physikerin aller Zeiten zu werden.«

Ja, das war es, was ich zum größten Physiker aller Zeiten sagte. Ich war in der fünften Klasse und nur mit den einfachsten Grundlagen der Naturwissenschaften vertraut.

»Und die größte Ballerina, Ärztin und Fußballspielerin«, fügte ich hinzu.

Einstein kicherte.

Ich runzelte mürrisch die Stirn. »Aber ich bin in Fräulein Zoellers Physikklasse, und sie ist ja so pingelig. Und sie verteilt viele Hausaufgaben. Mein Freund Wolfgang, er ist in der Klasse von Herrn Stuber, gleich auf der anderen Seite vom Flur, Wolfgang sagt, dass Herr Stuber immer Späße mit seinen Schülern macht und mit ihnen Spiele spielt. Und er gibt ihnen so gut wie gar keine Hausaufgaben auf.«

»Ich verstehe«, sagte Einstein. »Du hast also eine strenge Lehrerin, wie?«

»Ja.«

Er beugte sich vor und sah mir geradewegs in die Augen. »Kleine Hanna, vertraue mir: *Es ist immer besser, den strengen Lehrer zu haben.* Denn bei einem strengen Lehrer lernt man etwas. Ich bin mir sicher, dass Herr Stubers Schüler eine Menge Spaß haben, doch es werden Fräulein Zoellers Schüler sein, die die Welt verändern. Halte dich an die strengen Lehrer, ganz egal ob in der Wissenschaft, der Literatur oder sogar beim Ballett. Genau genommen solltest du dir bei jeder Art des Studiums einen strengen Lehrer suchen. Es wird dir zum Vorteil gereichen.«

Ich nickte, sagte aber nichts. Das war etwas, über das mein zehn Jahre alter Kopf erst noch nachdenken musste.

Einstein lächelte. »Dein Vater sagt, dass du dich in der Schule sehr gut machst. Es freut mich, das zu hören. Lerne fleißig, lese fleißig, und du wirst Erfolg haben, in der Wissenschaft, als Ballerina oder wofür auch immer du dich entscheidest.«

»Das will ich tun, Herr Einstein«, sagte ich. »Darf ich Sie etwas fragen?«

»Gewiss.«

»Ich habe neulich von Madame Marie Curie und ihrer Arbeit gelesen. Sie hat soeben einen zweiten Nobelpreis gewonnen, wussten Sie das?«

»Ja, das wusste ich«, antwortete Einstein sanft.

»Sie ist der erste Mensch, der jemals zwei Nobelpreise gewonnen hat, wussten Sie das?«

»Das stimmt tatsächlich.«

»Haben Sie einen Nobelpreis gewonnen, Herr Einstein?«, fragte ich.

Einstein räusperte sich ein wenig. »Äh, nein, habe ich nicht.«

»Ist Madame Curie klüger als Sie?«

Mein Vater unterdrückte ein Lachen. Er warf Einstein einen Blick zu und grinste. »Oh, das geht auf Sie, Albert.«

Einstein wandte sich mir zu. »Ohne den geringsten Zweifel ist Marie viel klüger als ich. Sie ist eine brillante Frau mit einem außergewöhnlichen Geist.«

Ich runzelte die Stirn. »Aber Herr Einstein, Fräulein Schmidt, meine Klassenlehrerin, sagt, dass Männer viel klüger als Frauen sind. Sie sagt, dass das männliche Gehirn größer als das weibliche ist und sich deshalb besser für die Wissenschaft, die Politik und das Geschäft eignet. Sie sagt, Gott hat Frauen dazu gemacht, Kinder zu bekommen und ihren Ehemännern zu huldigen. Wenn sie arbeiten wollen, dann nur als Krankenschwestern oder Grundschullehrerinnen. Und sobald eine Frau heiratet, muss sie ihre Anstellung aufgeben.«

Als ich zu reden aufhörte, sah ich, dass mich mein Vater und Einstein mit offenem Mund anstarrten.

»Das hat deine Lehrerin gesagt?«, fragte Einstein.

Das Gesicht meines Vaters hatte sich verfinstert, was mich ein wenig verstörte, da er sonst fast immer ein unbeschwertes Lächeln auf den Lippen trug.

»Das hat Fräulein Schmidt wirklich gesagt?«, sagte er leise.

»Ja, Papa.«

»Ich schätze, ich werde am Montag deiner Schule einen Besuch abstatten müssen, um mich ganz in Ruhe mit Fräulein Schmidt zu unterhalten.«

Ich wusste nicht, warum das notwendig war, nickte aber trotzdem.

»Meine liebe Hanna«, sagte Einstein und beugte sich vor. »Ich bin mir sicher, dass deine Lehrerin mit vielen Dingen recht hat, aber was diese Sache betrifft, könnte sie nicht mehr im Unrecht sein. Frauen sind Männern intellektuell ebenbürtig. Viele Frauen, so wie Madame Curie, sind uns sogar überlegen. Lies du nur weiter über Madame Curie, meine Kleine. Du wirst kein besseres Vorbild als sie finden.«

»Jawohl, Sir, das werde ich tun.«

Mein Vater wandte sich mir zu. »Hanna, hast du Herrn Einstein davon erzählt, dass du und ich seine spezielle Theorie zur Relativität gelesen haben?«

»O ja, das haben wir«, sagte ich aufgeregt. »Aber ich habe eine Frage.«

»Sprich nur«, sagte Einstein.

(Ich sollte noch eines über Einstein sagen: Er war niemals zu irgendwem herablassend. In jedem Raum, in dem er sich befand, war er der brillanteste Kopf, doch wann immer ihm jemand eine Frage stellte, gab er sein Bestes, genau zuzuhören und eine Antwort zu geben.)

»Ihre Theorie scheint sich auf solche Systeme zu beschränken, in der es keine Beschleunigung gibt«, sagte ich. »Was geschieht, wenn es doch eine Beschleunigung gibt, die sich auf Zeit und Raum auswirkt? Ich meine, so etwas wie die Schwerkraft?«

Wieder warf Papa Einstein einen Blick zu, doch dieses Mal musste er kein Lachen unterdrücken. Dieses Mal zog er nur schweigend seine Augenbrauen in die Höhe.

Einstein sagte: »Kleine Hanna, dein Verständnis für die Physik ist für jemanden in deinem Alter äußerst bemerkenswert.

Das ist tatsächlich ein Problem, mit dem ich mich gerade in meinen Studien auseinandersetze.«

Er drehte sich zu meinem Vater um. »Holen Sie sie aus dieser Schule und bringen Sie sie unverzüglich an ein wissenschaftliches Gymnasium, Manfred. Dieses Mädchen hat Talent.«

»Glauben Sie mir, ich arbeite daran«, sagte mein Vater.

Ich hielt das Mobile in die Höhe. »Vielen lieben Dank, Herr Einstein, für dieses Geschenk. Ich bin sehr an den Planeten und ihren Bewegungen interessiert. Es wird mich dazu anhalten, noch mehr darüber zu lesen, als ich es schon getan habe.«

Einstein lächelte. »Dann hat es seinen Zweck erfüllt.«

Ich beäugte mein neues Spielzeug.

»Papa? Darf ich auf mein Zimmer gehen und mit meinem neuen Solarsystem spielen?«

»Natürlich, meine Zaubermaus. Verschwinde schon.«

Ich schloss erst Einstein und dann meinen Vater kurz in meine Arme und huschte in mein Zimmer.

Ich stellte das Mobile über meinem Bett auf, legte mich auf den Rücken und blickte staunend zu ihm hinauf. Ich träumte von Planeten und vom Weltraum und von der Zeit und der Schwerkraft.

Das machte ich ungefähr zehn Minuten lang, bevor ich mich an Papas Geschenk erinnerte.

Der Armreif.

Ich eilte zurück ins Wohnzimmer, schnappte ihn mir und rannte wieder hinauf in mein Zimmer.

Ich nenne es einen Armreif, doch in Wahrheit waren es zwei dünne Holzringe, die von einer silbernen Kette zusammengehalten wurden, um ein einziges Stück Schmuck zu bilden.

Es war ein Ersatz für einen alten Armreif, für den ich zu groß geworden war.

Papa hatte einen der Ringe blau und den anderen rosa bemalt, genau wie das Original. Er hatte auch die beiden Inschriften aus dem alten Stück auf das neue übertragen.

Ich lächelte traurig, als ich die beiden kurzen Botschaften las. Eine war von Papa, die andere von meiner längst verstorbenen Mutter.

Da ich erst zehn war, warf ich den Armreif auf meinen Nachtschrank und vergaß ihn umgehend. Dann wandte ich mich wieder Einsteins unglaublichem Solarsystem zu.

Es ist schon komisch, wie leicht Kinder sich von großen, glänzenden Dingen ablenken lassen und die wirklich wichtigen übersehen.

> Der Geist ist wie ein Eisberg. Er fließt mit einem Siebtel seiner Masse über Wasser.
>
> Sigmund Freud

Mein Verhältnis zu meiner Zwillingsschwester bedarf einer besonderen Erwähnung.

Schon von Kindesbeinen an legte Ooma ein eigentümliches Verhalten an den Tag, ein Verhalten, das von »leidlich befremdlich« bis hin zu »unverhohlen bizarr« reichte.

Ab und zu wohnte sie mit uns zusammen.

Erst als ich das Teenager-Alter erreichte, wurde mir bewusst, dass das Krankenhaus, in dem sie sich aufhielt, wenn sie nicht zu Hause war – es lag in einem Wald in der Nähe von Potsdam, eine gute Stunde südlich von Berlin –, in Wahrheit ein von der protestantischen Kirche geleitetes Irrenhaus war.

Äußerlich glichen wir uns wie ein Ei dem anderen, doch unsere Gehirne taten es nicht.

Das von Ooma war nicht in Ordnung.

An manchen Tagen war sie aufgeweckt und vergnügt, eine lächelnde Elfe, die mitten auf der Straße tanzte und den ganzen Verkehr aufhielt.

An anderen Tagen war sie ein düsteres, schweigsames Monster mit gesenktem Blick und nach unten gezogenen Mundwinkeln.

An solchen Tagen hörte sie vielleicht zu, gab aber niemandem Antwort. Sie konnte stundenlang eine Wand anstarren.

Ooma konnte fast ein Jahr früher als ich lesen. Und sie war ein mathematisches Naturtalent.

Sie konnte das Klavier wie eine Konzertpianistin spielen, während ich schon mit einfachen Liedchen überfordert war. Sie musste eine Melodie nur ein Mal hören und war in der Lage, sie fehlerfrei nachzuspielen.

Nichtsdestotrotz konnte sie auch den ganzen Tag lang am Klavier sitzen und wie besessen ein und dasselbe Stück immer und immer wieder in die Tasten hämmern.

Sie konnte Zuneigung zeigen – auf ihre ganz eigene Weise –, aber auch das war von ihrem Gemütszustand abhängig. An guten Tagen überschüttete sie uns alle mit ihrer Liebe. An schlechten schrie und wütete sie und trat um sich und schlug Gegenstände entzwei.

Einmal, als Ooma sieben Jahre alt war – sieben! – und meine Mutter uns verboten hatte, zu den Schaukeln im Park zu gehen, holte Ooma eine Schere aus der Anrichte, ging seelenruhig in das Schlafzimmer meiner Eltern und schnitt deren Kissen in einem Anfall von Raserei in Stücke, was einen Schneesturm aus Federn verursachte, der den ganzen Raum füllte.

Daher die Anstalt im Wald, wo Ooma von einer ganzen Reihe von Ärzten, die auf Geisteskrankheiten spezialisiert waren, und protestantischen Geistlichen behandelt wurde.

Wenn sie in der Anstalt war, ließen mich meine Eltern bei Mr. Einstein – dem überqualifiziertesten Babysitter in der Geschichte –, während sie mit dem Zug nach Potsdam fuhren, um sie zu besuchen.

Meist waren sie den ganzen Tag unterwegs und kehrten oft erst weit nach Einbruch der Dunkelheit zurück, wenn ich schon auf dem Sofa der Einsteins eingeschlafen war. Manchmal bemerkte ich murmelnd und verschlafen, dass mein Vater mich aufhob und nach nebenan in mein eigenes Zimmer trug.

Als ich schließlich acht Jahre alt war, nahmen mich Mom und Papa mit zu Ooma, da sie fanden, dass ich alt genug war, um meine Schwester in der Anstalt zu besuchen.

(Wie bereits erwähnt, verbrachte Ooma unseren zehnten Geburtstag – den, an dem ich das Solarsystem von Einstein bekam – in der Anstalt, nachdem mein Vater sie dabei erwischt hatte, wie sie im Garten eine Ratte, die sie an kleine Pfähle gebunden hatte, bei lebendigem Leib sezierte.)

Die Anstalt war ein trostloses rotes Backsteingebäude mit einem wenig einladenden Bogeneingang. Sie lag auf einem beträchtlichen Gelände, das an einen großen Wald grenzte, durch den ein Bach strömte.

Neben dem Hauptgebäude stand eine sehr alte Kirche – sie waren durch eine noch recht neue geschlossene Kolonnade miteinander verbunden –, um den spirituellen Bedürfnissen der Geisteskranken gerecht zu werden.

Überall stank es nach Karbolsäure.

Doch was ich während meines ersten Besuchs als Achtjährige dort sah, als ich Ooma erblickte, war ein schmächtiges kleines Mädchen, das aussah wie ich, nur ein bisschen magerer, und mit leerem Blick in die nicht allzu weite Ferne starrte.

Mein Vater las ihr vor, irgendein Märchen der Gebrüder Grimm. Ooma schien nichts davon mitzubekommen – sie starrte ins Nichts, die ganze Zeit –, bis er innehielt und sie schweigend ihren Kopf neigte, als würde sie sagen wollen: »Warum hat dieser Mann aufgehört vorzulesen?«

Papa las weiter, und sie nahm wieder ihre reglos lauschende Haltung ein.

Als es Zeit war aufzubrechen, versuchte meine Mutter – ganz sanft, in einer langsamen Bewegung –, sie zu umarmen.

Ooma ließ meine Mutter gewähren, erwiderte ihre Umarmung aber nicht.

Sie starrte über die Schulter meiner Mutter ins Leere und flüsterte etwas, das ich nicht verstehen konnte.

Meine Mutter reagierte sofort. Sie kniff die Augen zusammen und schluchzte. Ihr ganzer Körper zitterte.

Im Zug zurück nach Berlin hörte ich Mom zu Papa sagen: »Hast du gehört, was sie gesagt hat, Manny? Sie sagte: ›Es tut mir leid, dass ich dir wehtue. Ich weiß nicht, was mich manchmal überkommt.‹«

Papa legte seinen Arm um Mom.

Ich war verwirrt. »Mom? Papa? Ist Ooma böse?«

Mom sagte: »O nein, Hanna, nein. Ihr Geist funktioniert einfach nicht so wie bei anderen, und darum braucht sie etwas Hilfe. Wie einen ruhigen Ort zum Leben, weit weg von dem Trubel und den Ablenkungen Berlins.«

Papa strich mir über den Kopf. »Vor allem, Zaubermaus, braucht Ooma unsere Geduld. Sie ist unsere Tochter und deine Schwester, also ist es unsere Aufgabe, uns um sie zu kümmern.«

Nachdem er das gesagt hatte, drückte er Moms Hand.

Als der Zug losschaukelte, legte sie ihren Kopf auf seine Schulter.

»Sie sagte, es tut ihr leid, Manny!«

Ein paar Monate später wurde meine Mutter ermordet.

Die Erinnerung an diese Zugfahrt weckt noch eine andere, eine an New York in den 1920ern.

Ich drücke ein Kind fest an meine Brust, während ich verzweifelt an den Schienen einer Hochbahn – einer »el«, wie sie damals genannt wurden – entlanghastete, bewaffnete Männer mir dicht auf den Fersen.

Sie schießen. Ihre Kugeln prallen von den Schienen vor meinen Füßen ab und lassen Funken sprühen, gerade als ich um eine Kurve komme und mich hinter einem Backsteingebäude aus der Schusslinie begebe. Kugeln schlagen in das Mauerwerk.

Noch eine Erinnerung an Züge.

Zehntausende überglückliche Deutsche schlendern durch die Drehkreuze der Bahnstation in der Nähe des Reichssportfelds, dieser gewaltigen Ansammlung von Sportplätzen in Berlin, wo die Olympischen Spiele 1936 stattfinden werden.

Die Fans strömen in Speers gigantisches Olympiastadion.

Es bietet 110.000 Zuschauern Platz.

Speer ist sehr stolz darauf.

Freude liegt in der Luft, eine gespannte Erwartung.

Diese glücklichen Deutschen bemerken die vielen Nazi-Flaggen nicht, die das Stadion umgeben.

Von dem Zirkus abgelenkt, ignorieren sie, zu welch einem Land ihre Nation geworden ist.

1945.

Ich werde zusammen mit anderen Gefangenen in einen stinkenden Viehwaggon gepfercht.

Mein Mund ist mit einem Lederknebel bedeckt, damit ich die Wachen nicht beißen kann.

Dieser Zug fährt nach Mauthausen, dem schlimmsten Lager von allen.

> Die Person, sei sie ein Gentleman oder eine Lady, die keine Freude an einem guten Roman empfindet, muss unerträglich dumm sein.
>
> Aus *Die Abtei von Northanger*
> von Jane Austen

Meine Mutter starb 1910.

Sie existiert als vage Vorstellung in meinem Kopf: eine blonde Frau mit einem warmen Lächeln.

Sie war eine Physik-Dozentin an der Preußischen Akademie der Wissenschaften, eine Stelle, zu der Einstein ihr verhalf, nachdem er eine ihrer Abhandlungen gelesen hatte.

Und sie war Amerikanerin – aus einem Ort namens Brooklyn in New York City. Das war eine Tatsache, die ihre angeheirateten Verwandten stets in Unmut versetzte.

Einmal hörte ich meine Tante Olga sagen: »Genau wie alle Amerikaner ist sie vulgär und hat keine Manieren. Sie vergisst, wo sie hingehört.«

Dr. Sandra Rose Martin war aus Brooklyn, New York, nach Europa gekommen, mit einem Doktortitel in Physik frisch in ihrer Tasche, um mit den besten wissenschaftlichen Denkern ihrer Zeit zusammenzuarbeiten, und war als Mrs. Manfred Fischer in Berlin gelandet.

Sie hatte meinen Vater – einen Karrierebeamten in der Regierung – auf einer von der amerikanischen Botschaft ausgerichteten Party kennengelernt und ihn, was alle, die sie kannten, in Erstaunen versetzte, innerhalb eines Jahres geheiratet.

Die Familie meines Vaters war darüber besonders perplex.

Meine Mutter war eine schlanke, große blonde Schönheit, die sofort ins Auge fiel. Mein Vater war ein kurz gewachsener Bücherwurm und trug eine Brille mit dicken Gläsern.

Wieder Tante Olga: »Sie ist so lebhaft, wie Manfred langweilig ist. Ich habe keinen Schimmer, was sie an ihm findet.«

Vielleicht hatte sie nicht ganz unrecht.

Meiner Mutter, das muss gesagt sein, mangelte es nie an männlicher Aufmerksamkeit. Bauarbeiter pfiffen ihr hinterher, wenn sie die Straße entlanglief. In der U-Bahn boten ihr Männer in Anzügen spontan an, ihr einen Drink zu spendieren, wenn sie sie nur begleiten würde.

Doch es war Papa, den sie heiratete.

Und sie hatte nur Augen für ihn.

Als ich vier Jahre alt war, fragte ich sie, aus welchem Grund sie ihn geheiratet hatte.

»Weil er, als ich ihn bei dieser Party in der Botschaft zum ersten Mal sah, das Buch beäugte, das ich in meiner Handtasche trug, und mich höflich fragte, was ich gerade las.«

Ich runzelte die Stirn. »Warum hat dir *das* gefallen?«

»Er war der einzige Mann, den ich je getroffen habe, der nicht als Erstes eine Bemerkung über mein Aussehen machte. Viele Männer schmeicheln Frauen, und Frauen, die sich schmeicheln lassen, sind Närrinnen, die sich von ihrer eigenen Eitelkeit blenden lassen. Sie sind Lämmer inmitten von Wölfen.

Doch hier war ein Mann, den es wirklich interessierte, was ich las. Als ich es ihm sagte – es waren *Die Memoiren des Sherlock Holmes* von Arthur Conan Doyle –, leuchteten seine Augen, und er sagte, dass er das Buch auch schon gelesen hatte, und fragte mich nach meiner Meinung darüber.

Das war sein zweiter Pluspunkt: Er wollte wissen, was ich

über das Buch dachte. Viele Männer werden dir nur allzu gern *ihre* Meinung zu einem Thema darlegen. Dieser Mann wollte *meine* Meinung hören.

Wir unterhielten uns den ganzen Abend lang über alle möglichen Dinge – von Romanen über die Wissenschaften bis hin zum Zustand des aufkommenden Deutschen Reiches. Während ich mit ihm sprach, wurde mir klar, dass Manfred Fischer – der kleine Manny mit seiner sanften Stimme und der runden Brille – mich nicht besitzen, nicht als seine Trophäe zur Schau stellen wollte. Er erkannte, wer ich in meinem Inneren war. Er war ein Gentleman im reinsten Sinne.

Du wirst eines Tages eine sehr schöne Frau sein, meine Maus. Hüte dich vor den Charmeuren, den Schmeichlern und vor allen, die dich nur deines Aussehens wegen bewundern. Denn was werden sie an dir lieben, wenn du alt und faltig bist?«

Dann sah sie mich streng an. »Dein Vater mag nicht besonders groß sein, doch zweifle nie an seiner Courage, wenn es um die Dinge geht, die wirklich zählen. Eine Frau sollte solch einen Mann heiraten, und zwar unversehens. Und das habe ich getan.«

Später bat ich meinen Vater um seine Version ihrer Geschichte, und er bestätigte mir jede Einzelheit.

Er fügte hinzu: »Zaubermaus, wenn du jemals jemandem begegnest und du siehst, dass er oder sie ein Buch dabeihat, sag: ›Wunderbar!‹ und freue dich. Es gibt keinen besseren Anlass auf dieser Welt, ein Gespräch anzufangen, als ein Buch. Mit einem Fremden über ein Buch zu diskutieren, ist eine echte Unterhaltung und kein banales Geplauder. Noch besser ist es, wenn das Buch eines ist, das du selbst schon gelesen hast oder das von einem Autor stammt, den du auch bewunderst, denn dann hast du schon etwas mit dieser Person gemeinsam – so wie ich mit deiner Mutter.

Ein Buch verschafft dir außerdem einen Einblick in den Charakter einer Person: Zuallererst einmal ist diese Person *neugierig*, denn nur die Neugierigen lesen. Die Tölpel und die Überheblichen lesen nicht, denn sie glauben, dass sie schon alles wissen.«

Er warf einen Blick zu meiner Mutter hinüber und sah, dass sie den Roman, den sie gerade las, beiseitegelegt hatte und uns beobachtete.

»Oh, bitte hör jetzt nicht auf, Cowboy«, sagte sie. »Du kommst gerade erst in Fahrt.«

Papa sagte: »Deine Mutter zum Beispiel las ein Sherlock-Holmes-Buch. Das verriet mir sofort, dass ich es mit einer Lady zu tun hatte, die einfach eine gut erzählte Kriminalgeschichte zu schätzen wusste. Manche Leser rümpfen wegen solcher Bücher die Nase und erachten sie als zu niveaulos. So jemand bin ich nicht. Jemand, der solche Bücher liest, liest sie zum Genuss, zum Vergnügen. Das Buch verriet mir auf den ersten Blick, dass ich es mit einer Frau zu tun hatte, die eine pure Lust auf Freude besaß. Und ich wollte solch eine Seele kennenlernen.«

Das Lächeln, mit dem meine Mutter meinen Vater nach seiner Bemerkung bedachte, sehe ich noch heute vor mir.

Zwar existiert sie nur noch als ein verschwommenes Bild in meinen Träumen, doch an ihren Duft erinnere ich mich noch genau.

Der einzige Luxus, den sie sich gönnte, war ein Parfüm namens Californian Poppy.

Es hatte ein umwerfendes zitronenartiges Aroma: frisch und temperamentvoll – genau wie sie es war.

»Mir gefällt einfach der Name. Californian Poppy«, sagte meine Mutter, als ich ihr eines Abends dabei zusah, wie sie ihren eleganten Hals damit betupfte. Sie benutzte es nur sehr sparsam.

»Jedes Mal wenn ich es auftrage, denke ich an zu Hause. Man kann ein Mädchen aus Amerika herausholen, aber niemals Amerika aus einem Mädchen«, fügte sie grinsend hinzu.

Als ich zur Frau heranwuchs, sollte ich dasselbe Parfüm tragen, um mich an sie zu erinnern.

> Juden sind eine Plage, die die Menschheit auf die eine oder andere Weise loswerden muss. Ich denke, Gas wäre das Beste!
>
> Kaiser Wilhelm II.

Die Ehe meiner Eltern ist auch der Grund dafür, dass ich nicht nur einen, sondern zwei Pässe habe, einen deutschen und einen amerikanischen. Zugegeben, Pässe waren zu jener Zeit nicht das, was sie heute sind. Man könnte sie eher als Reisepapiere bezeichnen, und in jenen weniger argwöhnischen Tagen war es viel einfacher, an sie heranzukommen, als es nun der Fall ist.

Trotzdem, viele Menschen – so wie meine Tante Olga – sahen nur die Unterschiede zwischen meinen Eltern.

Meine Mutter war eine ausgebildete Physikerin. Mein Vater war Anwalt.

Meine Mutter tanzte im Regen. Mein Vater bekam kaum einen Fuß vor den anderen.

Meine Mutter trug farbenfrohe, moderne Kleider. Mein Vater trug ausschließlich einen dunkelgrauen Wollanzug.

Meine Mutter erforschte die unbekannten Größen des Universums. Mein Vater brütete über jede Zeile eines Regierungsauftrags.

Sie war »Mom«. Er war »Papa«.

(»Ich lebe zwar in Deutschland«, sagte sie, »aber ich werde verdammt noch mal keine *Mama* sein. Ich bin eine amerikanische *Mom*, vielen Dank auch.«)

Soweit mir bekannt ist, war der einzige Mensch, der ihre Verbindung mit Wohlwollen betrachtete, unser schrulliger Nachbar Einstein.

Einmal sagte er zu mir, dass es ebenjene Unterschiede waren, die sie zu solch einem großartigen Paar machten. Sie ergänzten einander.

Später sagte er: »Dein Vater hielt die Anwandlungen deiner Mutter im Zaum, und deine Mutter sorgte dafür, dass dein Vater Spaß hatte.«

So wie damals, im Jahre 1910, als sie ihn dazu nötigte, sich an einem verregneten Sonntagnachmittag mit mir zusammenzusetzen, obwohl er, wie er sagte, noch einen Haufen Arbeit wegen irgendeines Regierungsauftrags oder so etwas hatte.

Meine Mutter war eine wahre Meisterin darin, sich spaßige Dinge auszudenken. Sie konnte mich stundenlang in ihren Bann ziehen.

Es waren ihre wissenschaftlichen Experimente, die ich am meisten liebte.

Um mir die Physik zu erklären, legte sie einmal ein gekochtes Ei auf die Öffnung einer Milchflasche und entzündete dann eine Flamme unter dem Flaschenboden. Mit einem feuchten Schlürfen zog die folgende Saugwirkung das Ei in die Flasche.

Ich war begeistert.

»*Das* ist Physik«, sagte sie. »Und das ist, was Mommy als Beruf macht.«

Meine Augen waren so groß wie Untertassen.

»Mach es noch einmal!«, rief ich.

An jenem verregneten Nachmittag im Jahre 1910 bastelten Mom und ich, während Papa an seinem Schreibtisch hockte.

Sie hatte mehrere einfache Holzringe gekauft, dazu noch Kleber und buntes Papier und Bindfaden. Wir fertigten Armreife füreinander an und personalisierten sie auf verschiedenste Arten: Wir bemalten sie in grellen Farben, beklebten sie überall mit roten Papierherzchen und gelben Papiersternen und behängten sie mit Papieranhängern.

Nach einer Weile war die Küchenbank mit einem wundersamen Wirrwarr aus bunten Schnipseln, Farbe und Kleberresten bedeckt.

Ich hatte einen Riesenspaß.

Mom rief Papa zu uns herüber, als wir den letzten Schliff an unsere Armreife legten.

»Komm schon, Manny«, sagte sie. »Du musst auch einen Armreif für Hanna machen. Sie sollte von jedem von uns einen haben. Schreib eine Botschaft drauf. Du kannst ihn später bemalen.«

»Also gut«, sagte er und nahm sich den übrig gebliebenen, unbemalten Armreif.

Ich zeigte Mom den Armreif, den ich angefertigt hatte.

Er war sehr rosa und, wenn ich darüber nachdenke, wirklich hässlich und völlig übertrieben. Wie jede andere Achtjährige es auch getan hätte, hatte ich viel zu viele Sterne, Kreise und Anhänger daran befestigt.

Mom legte sich den kindischen rosa Armreif unverzüglich um ihr Handgelenk. »Das ist jetzt ganz offiziell mein liebstes Schmuckstück. Ich werde es jeden Tag tragen.«

»Ich bin dran!«, quiekte ich.

Sie gaben mir ihre Armreife.

Der von Mom war mit goldenen Sternen geschmückt und elegant mit bunten Fäden umwickelt. Darauf hatte sie geschrieben:

ICH WERDE IMMER STOLZ AUF DICH SEIN.

Papas schmuckloser Holzring trug folgende Aufschrift:

GANZ EGAL WO DU BIST ODER WAS DU TUST,
DU BIST IMMER GROSSARTIG.

Mir gefiel das von Mom besser.

Doch ich nahm sie trotzdem beide in den Arm.

Als ich Papa an mich drückte, hörte ich ihn zu Mom sagen: »Danke, Sandy.«

Zwei Wochen später wurde meine Mutter von einem 17-jährigen Strolch namens Gunther Groethe erschossen, während sie eine Vorlesung an der Akademie hielt.

Groethe war nicht in den Hörsaal gekommen, um meine Mutter zu töten. Er war gekommen, um die vielen jüdischen Studenten umzubringen, die ihre Vorlesung besuchten, da die Akademie eine der wenigen Universitäten war, die Juden aufnahm.

Groethe war ein zorniger, arbeitsloser bayerischer Mann, der kaum lesen und schreiben konnte und einer antisemitischen Organisation in München beigetreten war, die ihm unentwegt eingeschärft hatte, dass die Juden für seine missliche Lebenslage verantwortlich seien.

In einer Wirtschaft, die die zweitgrößte nach der der Vereinigten Staaten war, in einem Kaiserreich, das sich anschickte, die Welt zu beherrschen, gehörte Groethe zu den Verlierern.

Und so stahl er das Armeegewehr seines älteren Bruders, ging in die Vorlesung meiner Mutter und erschoss wahllos vier jüdische Studenten und meine Mutter, bevor er sich wie ein Narr grinsend der Polizei ergab.

In seiner Jackentasche fand man ein Exemplar der *Protokolle der Weisen von Zion,* des berüchtigten Manifests der jüdischen Weltherrschaft-durch-Manipulation, das 1921 als Fälschung entlarvt werden sollte.

Im Jahre 1910 jedoch bahnte es sich seinen Weg durch Europa und in antijüdische Zirkel, wo es zahlreiche Verschwörungsstrategien und düstere Ahnungen bestätigte.

Groethe wurde zu 35 Jahren Gefängnis verurteilt.

Meine Mutter hatte einen Doktor in Physik, ein Diplom in Chemie und sprach drei Sprachen. Sie wurde von einem rassistischen Rabauken aus dem Leben gerissen.

An dem Tag ihres Todes war sie 29 Jahre alt.

Und sie trug den kitschigen rosa Armreif, den ich ihr gebastelt hatte.

Als sie Papa den Armreif zusammen mit ihrem blutverschmierten Kleid zurückgaben, haftete noch immer der Duft des Californian-Poppy-Parfüms daran.

1933.

Ein anderes Mal.

Ein anderes Berlin.

Die Flammen schlagen in den Nachthimmel empor, als ich an der Preußischen Akademie der Wissenschaften vorübereile, den Kopf gesenkt, um nicht von der johlenden Meute gesehen zu werden.

Die Akademie steht im Schein des Feuers.

Wütende Studenten schleudern Bücher in die Flammen, Werke von Autoren, die nun als undeutsch, als anstößig oder unmoralisch erachtet werden.

Brecht. Schnitzler. Marx. Hemingway.

Und natürlich Einstein.

Ich bin nun 31.

Seit dem Tod meiner Mutter habe ich nicht mehr in Berlin gelebt. Viele dieser Jahre habe ich weit weg von Deutschland zugebracht.

Der Mann, der die Bücherverbrennung leitet, ist ein SA-Offizier namens Gunther Groethe.

Der Strolch, der meine Mutter ermordete, ist nun ein Teil des herrschenden Regimes.

1945.

Noch ein anderes Mal.

Noch ein anderes Berlin.

Ein anderes Ich.

Ganz Berlin steht in Flammen.

Bomben schlagen mit monströsem Donnern ein, während die nächsten schon durch die Luft pfeifen.

Die Deutschen laufen in alle Richtungen davon; auch die, die im Führerbunker unter der Reichskanzlei hockten.

Wir versuchen verzweifelt, den russischen Streitkräften zu entkommen, die durch Osteuropa gestürmt sind, um sich an der Nation zu rächen, die versuchte, sich ihr Land als Lebensraum einzuverleiben.

Ich renne, so schnell ich kann, ganz dicht hinter Bormann her, raus aus dem Führerbunker und quer durch den Innengarten der Reichskanzlei.

Ich komme an dem kleinen Krater im Boden vorbei, in dem Hitlers und Eva Brauns verkohlte und verzerrte Leichen liegen.

Der Ausbruch hat begonnen.

> Die männliche Trauer neigt dazu, stiller und weniger sichtbar zu sein, weniger mit der Vergangenheit und mehr mit der Zukunft verbunden.
>
> Thomas R. Golden, Trauertherapeut

Ich war zu jung, um wirklich zu verstehen, was geschehen war.

Mom war zur Arbeit gegangen – um noch mehr Eier in Milchflaschen zu saugen, nahm ich an – und war nicht zurückgekehrt.

Mein Vater trauerte sehr, doch er war fest entschlossen, es nicht in meiner Gegenwart zu tun. Manchmal erhaschte ich einen Blick auf ihn in seinem Schlafzimmer, auf der Bettkante sitzend und leise schluchzend.

Er nahm mich auch weiterhin mit zu der Anstalt in Potsdam, um Ooma zu besuchen.

Ich erinnere mich noch, wie wir das erste Mal ohne meine Mutter dort waren.

»Wo ist Mutter?«, fragte Ooma.

»Ooma«, sagte Vater sanft, »deine Mutter ist tot.«

Ooma nickte gleichgültig. »Oh.«

Albert Einstein und seine Frau kamen mit Braten und einem einfühlsamen Lächeln in unsere Wohnung. Einstein blieb oft bis spätabends da, um sich leise mit meinem Vater bei einem Glas Portwein zu unterhalten.

In den darauffolgenden Jahren hat mein Vater niemals andere Frauen auch nur angesehen.

Er ging einfach und ohne viel Aufhebens zurück an seine Arbeit im Reichstag, den Kopf gesenkt – ein belesener Anwalt in einem grauen Wollanzug, der neun wundervolle Jahre mit einer Göttin verbracht hatte.

Einmal, ungefähr sechs Monate nach dem Tod meiner Mutter, als ich vorgeblich schon ins Bett gegangen war, hörte ich, wie er sich im Wohnzimmer Einstein anvertraute.

»Albert, ich weiß nicht, was ich tun soll. Ich gebe wirklich mein Bestes. Ooma ist eine Sache, aber Hanna eine ganz andere. Ich bin einfach nicht so gut mit Hanna, wie Sandy es war. Sandy verfügte über eine Vorstellungskraft, die ich nicht habe. Sie konnte einen verschneiten Nachmittag zu einem Abenteuer in der ganzen Wohnung machen. Ich frage mich im wahrsten Sinne des Wortes: *Was würde Sandy tun?*«

Und doch versuchte er es immer wieder: Ausflüge in den Zoo oder zur Nationalbibliothek. Er versuchte sogar, Jules Verne mit mir zu lesen.

Darüber hinaus nahm er sich auch noch stets die Zeit, nach Potsdam zu fahren, um Ooma zu besuchen.

An unserem ersten Geburtstag nach Moms Tod gab er Ooma und mir jeweils ein leeres Tagebuch, so wie man sie an einem Zeitungskiosk kaufen konnte.

Ich konnte es vor meinem geistigen Auge sehen, wie er darauf gekommen war: Von der Trauer wie benebelt, nicht in der Lage, kreativ zu denken, entdeckte er sie wahrscheinlich zufällig an einem Kiosk, und da er wusste, dass er seinen Töchtern ein Geschenk besorgen musste, kaufte er sie.

Andere hätten es womöglich für ein schreckliches Geschenk gehalten, doch es stellte sich als ein wahres Wunder heraus. Ich schrieb täglich meine Gedanken hinein. In späteren Jahren besorgte ich mir sofort ein neues, sobald ich ein Tagebuch vollgeschrieben hatte.

Doch sein größtes Bemühen, zu »tun, was Mom tun würde«, war der Armreif, den er mir zu meinem zehnten Geburtstag im Jahre 1912 gab – als Ersatz für den ursprünglichen Armreif und das Geschenk, das damals von Einsteins Solarsystem in den Schatten gestellt wurde.

Damals hatte er tatsächlich den Geist meiner Mutter heraufbeschworen.

Er schien eine Erfolgsformel gefunden zu haben und übertraf sich zu meinem 16. Geburtstag selbst.

Sechs Jahre hatte er zugesehen, wie ich dem zweiten Modell des Armreifs entwuchs, und so brachte mein Vater es auf den neuesten Stand.

»Du bist nun eine Frau«, sagte er, »darum finde ich es angebracht, wenn auch dein Armreif ein bisschen erwachsener wird.«

Es war ein silbern funkelnder Armreif, oder genauer gesagt: zwei silberne Armreife, die modisch ineinander verschlungen waren.

Ich war sprachlos. Sie funkelten erhaben. In jenen Tagen war Silber unglaublich selten. Es musste ihn drei Monatsgehälter gekostet haben.

Auf der Innenseite waren die beiden Sprüche meiner Eltern eingraviert.

Ich legte es sofort an und drückte ihn fest an mich.

»Vielen Dank, Papa! Danke! Es ist wundervoll!«

Als er meine Umarmung erwiderte, wusste ich, dass er weinte.

Bei meinem nächsten Besuch in der Anstalt bemerkte Ooma den neuen funkelnden Armreif sofort.

Sie nahm meine Hand und betrachtete ihn eingehend. »Er ist wunderschön, Hanna.«

Sie trug einen fast identischen Armreif. Mein Vater war klugerweise immer darauf bedacht gewesen, alles, was er mir gab, auch Ooma zu geben. Auf der Innenseite ihres Armreifs waren andere Sprüche eingraviert.

Sie war an jenem Tag in einer fröhlichen, ja fast schon lebhaften Stimmung und sprang von einem Thema zum nächsten. Sie fragte mich nach Berlin und nach der Schule und nach der Wissenschaft und nach Jungs.

Dann beugte sie sich zu mir herüber und flüsterte: »Letzte Woche bin ich aus der Anstalt geschlichen und habe mich mit einem Jungen aus der Gegend im Wald auf der anderen Seite des Flusses getroffen. In der Kirche hier gibt es einen geheimen Ausgang. Es war eine katholische Kirche, bevor die Protestanten sie übernommen haben, und in der Rückwand des Beichtstuhls ist eine Geheimtür, damit die katholischen Priester ungesehen kommen und gehen konnten. Durch sie bin ich hinaus, um mich mit Felix zu treffen. Ich habe ihm gestattet, meine nackten Brüste zu berühren, und dann – du meine Güte – habe ich ihn mich ficken lassen, Hanna. Bei Gott, es war einfach wunderbar.«

Mir stockte der Atem. Ich hatte, was solche Dinge anging, überhaupt keine Erfahrung, und sie so frei darüber reden zu hören, erschreckte mich.

»Du warst noch nie mit einem Jungen zusammen?«, fragte sie.

»Nun, nein … Noch nicht«, stotterte ich.

»O Hanna, werd erwachsen und fang an zu lernen. Du bist ein hübsches Mädchen, und die süßen Jungs in Berlin werden dich schon bald vernaschen wollen.«

Dann fiel ihr Blick wieder auf unsere fast identischen Armreife.

»Sind sie nicht reizend?«, sagte ich.

»Deiner gefällt mir besser«, sagte sie kühl. Ihre Stimmung wandelte sich von einer Sekunde zur anderen.

Ich runzelte die Stirn. Ich konnte diese plötzliche Veränderung nicht nachvollziehen. Und dann war sie verschwunden, und Ooma ging es wieder gut.

Auf der Fahrt nach Hause sagte mein Vater, dass Oomas Ärzte ihm berichtet hätten, dass es ihr schon viel besser gehe und dass sie fast bereit sei, wieder zu uns nach Hause zu kommen.

Ich war mir da nicht so sicher, doch ich schätzte, dass solche Entscheidungen über mein Verständnis hinausgingen.

Einen Monat später kehrte Ooma zu Papa und mir zurück nach Berlin.

Ein Jahr danach, als ich 17 war, rettete ich Albert Einstein zum ersten Mal.

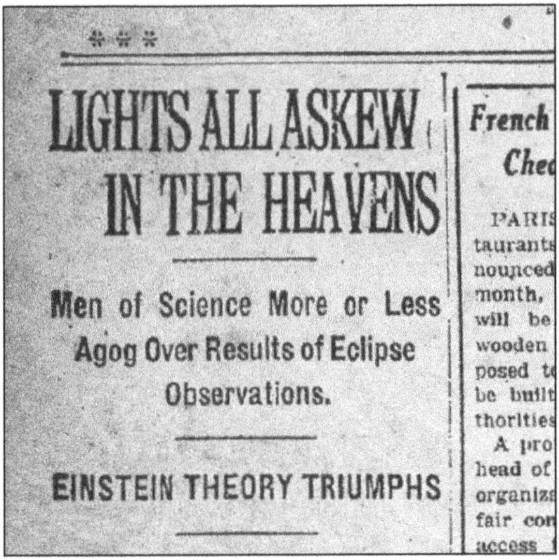

LIGHTS ALL ASKEW IN THE HEAVENS

Men of Science More or Less Agog Over Results of Eclipse Observations.

EINSTEIN THEORY TRIUMPHS

Titelblatt der *New York Times*
10. November 1919

BERLIN, DEUTSCHLAND
NOVEMBER 1919

Ich kann mich an das genaue Datum des Vorfalls erinnern.

Es war der 10. November 1919.

An diesem Tag wurde mein Nachbar zum berühmtesten Wissenschaftler auf dem Planeten.

Er war auf der Titelseite der *New York Times* als der Mann erwähnt worden, der das Universum auf den Kopf gestellt hatte – oder zumindest doch die Newton'sche Interpretation desselben –, und wurde schlagartig zum gefeiertsten Wissenschaftler der Erde.

In den Jahren, seit Einstein mir das Modell des Sonnensystems gegeben hatte, war vieles anders geworden, für mich und die Welt, in der ich lebte.

Ich war zu einer jungen Frau herangewachsen, und ich schätze, man konnte mich als hübsch bezeichnen – schlanker Körper, schulterlanges helles rotbraunes Haar –, doch wie jede andere 17-Jährige sah ich mich völlig anders.

Ich hatte das Aussehen meiner Mutter, doch die Körpergröße meines Vaters, was bedeutete, dass ich klein war – kleiner als andere Mädchen meines Alters. Als 17-Jährige, die alles an sich bemäkelte, konzentrierte ich meine Aufmerksamkeit auf diese Tatsache.

Ich wünschte mir, größer zu sein, und hoffte auf einen Wachstumsschub. Ich beäugte sehnsüchtig die hochhackigen Schuhe im Kaufhaus des Westens, doch jedes Mal wenn ich meinen Vater bekniete, mir ein Paar zu kaufen, schüttelte er nur traurig den Kopf.

Papa hatte einen Alltagstrott gefunden, in dem er seiner Arbeit nachging und sich um Ooma und mich kümmerte, doch er war nicht mehr derselbe Mann wie früher. Immer schien er abgelenkt zu sein, als würde er in einem Tagtraum und in seinen Erinnerungen leben.

Ich tat, was ich konnte, um sein Leben einfacher zu machen: Ich bereitete das Abendessen zu, bügelte seine Hemden, sorgte dafür, dass der Vorratsschrank gefüllt war.

Ooma besuchte eine herkömmliche höhere Schule in Berlin.

Musik und Mathematik waren ihre besten Fächer, doch ich spürte, dass ihr die Schule nicht den geringsten Funken Spaß bereitete.

Für mich war es anders.

Ich besuchte eine andere Schule und *lebte* dafür.

Sie war meine Zuflucht, mein sicherer Hafen, meine wahre Freude.

Ich besuchte ein besonderes Gymnasium, das nur Schüler aufnahm, die eine Begabung für die Physik und die Chemie bewiesen hatten.

Ich *liebte* das Gymnasium.

Die Lehrer waren klug und engagiert, und einige waren sehr anspruchsvoll, doch ich wusste dank Einstein, dass das etwas Gutes war. Die Schüler waren allesamt von der lernbegierigen Sorte und gaben sich nicht mit den üblichen Gehaltlosigkeiten und geistlosen Ritualen herkömmlicher Schulhöfe ab.

Meine athletischen Einschränkungen bedeuteten, dass mir meine Kindheitsträume, die beste Ballerina oder Fußballspielerin der Welt zu werden, nicht länger realistisch erschienen, doch mein Traum, eine bedeutende Physikerin zu werden, war es schon.

Sobald ich meine Abschlussprüfung auf dem Gymnasium abgelegt hatte, würde ich, dessen war ich mir sicher, das Kaiser-Wilhelm-Institut besuchen und von den klügsten Köpfen in Deutschland, einschließlich Einstein, unterrichtet werden.

Dort würde ich zu wahrer Größe heranwachsen.

Ich sollte vielleicht erwähnen, dass ich mich zu diesem Zeitpunkt in meinem jungen Leben auch mit einem Jungen angefreundet hatte.

Sein Name war Lukas – Lukas Hofstedter –, und er war schlank und schlaksig und knabenhaft. Er hatte Sommersprossen und zerzaustes dunkles Haar, das bis über seine Brille herunterhing.

Er war der Sohn eines örtlichen Ladenbesitzers und lebte ein paar Straßen weiter mit seinen Eltern in einer Wohnung über dem Laden.

Lukas teilte meine Liebe für die Wissenschaft. Er war sogar ausgesprochen talentiert. Nach der Schule wollte er auch am Kaiser-Wilhelm-Institut studieren. Fast alle unsere Gespräche drehten sich um das Leben nach der Schule, das nur noch verlockende sieben Monate entfernt war.

Als er erfuhr, dass ich Einstein persönlich kannte, hätte Lukas fast der Schlag getroffen.

Eines Tages im Oktober, als wir zusammen nach Hause liefen, benahm er sich seltsam nervös.

Dann holte er ruckartig eine Blume hervor und reichte sie mir unbeholfen. »Hanna, begleitest du mich zum Wintertanz im Dezember?«, platzte es aus ihm heraus.

Ich hatte gehofft, dass er mich fragen würde.

Aufgeregt nahm ich seine Einladung an und warf vor Freude quietschend meine Arme um ihn.

Zu jener Zeit begann ich, die Vorräte in unserer Speisekammer auf solch eine Weise anzulegen, dass ich häufiger als üblich gezwungen war, den Laden seiner Eltern aufzusuchen.

Und natürlich hatte ich meinen neuen silbernen Armreif, den ich jeden Tag zur Schule trug.

Kurzum: Ich hatte meine Schule, die Aufmerksamkeit eines gescheiten jungen Mannes und meinen Armreif.

Ich war im siebten Himmel.

Menschen sterben nicht immer leise …
Wer kann schon sagen, wie viel sie zu
ertragen imstande sind oder welche
Richtung sie nehmen, um ihrem Elend
schließlich zu entkommen?

John Maynard Keynes, 1919

Das Deutschland, in dem ich lebte, war es jedoch nicht.

Der Erste Weltkrieg war gekommen und wieder gegangen und hatte das deutsche Volk brutal getroffen.

Der Kaiser und seine Generäle hatten das Land tatkräftig in die Irre geführt, was unser Schicksal in diesem Konflikt betraf. Trotz der Lebensmittelknappheit, die die britische Blockade der deutschen Häfen herbeiführte, glaubte der einfache Deutsche weiterhin daran, dass Deutschland als Sieger aus dem Krieg hervorgehen würde. Das, so muss ich gestehen, glaubte auch ich. Der Krieg existierte nur an den Rändern meiner Wahrnehmung. Sicher, wir aßen weniger, doch mein Vater ging noch immer seiner Arbeit nach und ich meinem täglichen Leben.

Als das Waffenstillstandsabkommen in einem Zugwaggon in der Lichtung von Compiègne zur elften Stunde des elften Tages im elften Monat des Jahres 1918 geschlossen wurde, wurde die Nachricht in Deutschland mit Bestürzung und Ungläubigkeit aufgenommen.

Da keiner der deutschen Generäle – allesamt preußische Aristokraten, die nur allzu bereitwillig zwei Millionen junge Männer in den Tod geschickt hatten – bereit war, die

Demütigung auf sich zu nehmen, den eigenen Namen mit dem Abkommen in Verbindung zu bringen, entsandte die Regierung einen Politiker namens Matthias Erzberger, um das Dokument zu unterzeichnen und den Krieg offiziell zu beenden.

(Drei Jahre später, im August 1921, sollte Erzberger von rechtsextremen Terroristen für diesen »Akt des Verrats« ermordet werden.)

Die Nation war geschlagen, hungrig und verwirrt.

Kaiser Wilhelm II. dankte ab, und mit seiner Flucht ins Exil war das Zweite Reich, das deutsche Kaiserreich, Geschichte. Die frischgebackene Weimarer Demokratie nahm seinen Platz ein.

Es war schwer vorstellbar, dass es noch schlimmer kommen konnte.

Am 28. Juni 1919 kam es schlimmer.

An jenem Tag unterzeichneten im Spiegelsaal von Versailles in Frankreich – es war ironischerweise derselbe Saal, in dem nur 38 Jahre zuvor das Deutsche Kaiserreich geboren worden war – zwei unbedeutende deutsche Minister, beraten von meinem Vater, mittlerweile ein hoher Regierungsbeamter, den Versailler Vertrag.

Der Vertrag war rigoros.

Unter seinen Bedingungen verlor Deutschland 65.000 Quadratkilometer – zehn Prozent – seines unmittelbaren Hoheitsgebiets, musste seine Kolonien vollständig abtreten und wurde mit immensen Reparationszahlungen belegt, die es niemals würde leisten können.

Doch mehr als all dies verachtete der einfache Deutsche den Artikel 231 des Versailler Vertrags: die berüchtigte Kriegsschuld-Klausel. Sie wälzte die ganze Schuld – und auch die moralische Verantwortung – an dem Krieg auf Deutschland ab.

Die Reparationszahlungen beschädigten die ohnehin schon angeschlagene deutsche Wirtschaft. Der Artikel 231 beschädigte Deutschlands Seele.

In dieser leidvollen Lebenswelt bewahrte die Wehrmacht stur ihren Hochmut.

Trotz der Tatsache, dass die vorwiegend preußischen Befehlshaber – überhebliche Adlige, die ihre Ränge nicht etwa durch die Zurschaustellung militärischer Fähigkeiten erlangten, sondern einzig und allein aufgrund ihrer Familiennamen – von den alliierten Streitmächten auf ganzer Linie geschlagen worden waren, gelang es der Wehrmacht, die Anschauung zu verbreiten, dass sie nie besiegt worden war.

Der Krieg, so wurde gesagt, sei nicht wegen der Unfähigkeit des Heeres verloren worden, sondern wegen feiger Politiker im eigenen Land wie Erzberger. Und natürlich wegen der schon obligatorischen jüdischen Verschwörung.

Und so wurde die Dolchstoßlegende geboren.

Die beiden deutschen Delegierten, die ihren Namen unter den Versailler Vertrag gesetzt hatten – Dr. Hermann Müller und Dr. Johannes Bell –, wurden auf offener Straße bespuckt und erhielten Todesdrohungen per Post.

Jemand schrieb *FEIGLINGE!* mit Schweineblut an die Bürotür meines Vaters im Reichstag.

Ein Journalist, der es gewagt hatte, das Abkommen zu loben, wurde zu Hause von maskierten Gangstern erschossen. Dann brannten sie sein Haus nieder. Die Leichname seiner Frau und seiner Tochter wurden in den Ruinen gefunden. Ihre Überreste waren an Stühle gefesselt; sie waren bei lebendigem Leib verbrannt worden.

Trotz alledem stand Berlin so prächtig und erhaben wie immer da.

In einem Krieg, der 17 Millionen Leben ausgelöscht hatte, war die deutsche Hauptstadt nicht von einer einzigen Kugel getroffen worden.

Architektonisch war Berlin wie die meisten alten europäischen Städte, was bedeutete, dass die meisten Gebäude fünf oder sechs Stockwerke hoch waren – mehr war bei Kalksteingebäuden nicht möglich.

Rauch quoll aus den Schornsteinen und verdunkelte den Himmel. Die mittelalterlichen Straßen waren – so wie in Paris – zu glanzvollen Alleen verbreitert worden, und auf ihnen tummelten sich Straßenbahnen, von Pferden gezogene Kutschen sowie ganz selten, weil sie so teuer waren, ein paar Autos.

Doch unter alledem simmerte ein brennender Groll, der den Aufstieg von nationalistischen Gruppierungen wie den Germanen-Orden und ein Todeskommando namens Organisation Consul befeuerte.

Inmitten all dieser nationalen Verbitterung fand am 10. November 1919 eine seltene Sonnenfinsternis statt, und ich musste meinem Nachbarn, der zu einer weltweiten Berühmtheit wurde, zu Hilfe kommen.

Einstein veröffentlichte seine beiden berühmtesten Abhandlungen über die spezielle und die allgemeine Relativitätstheorie im Jahre 1905 bzw. 1915. Doch weltweiten Ruhm sollte er erst 1919 erlangen, als sich seine radikale neue Theorie während einer seltenen Sonnenfinsternis als richtig erwies …

Aus *Einstein: Der Mann, der das Universum sah* von Lynda Marren

BERLIN, DEUTSCHLAND
10. NOVEMBER 1919

Ich will mich nicht zu lange mit der Physik aufhalten.

Deshalb werde ich die Sache ein wenig vereinfachen: Gemäß Einsteins zwei bemerkenswerten Theorien sind Masse und Energie miteinander verbunden und Zeit und Raum gekrümmt.

Was Masse und Energie betrifft, ist die Formel wohl hinlänglich bekannt.

Es ist die wohl berühmteste wissenschaftliche Aussage in der Geschichte:

$\mathbf{E = mc^2}$

Energie gleich Masse multipliziert mit dem Quadrat der Lichtgeschwindigkeit. Dass diese Gleichung stimmte, war das eine, doch es war ihre schlichte, elegante Formulierung, die das wahre Zeugnis über Einsteins Genialität ablegte.

Selbst der Durchschnittsbürger auf der Straße konnte sie wenigstens ansatzweise nachvollziehen. Masse und Energie waren austauschbar: Das eine ließ sich – zumindest theoretisch – in das andere umwandeln.

Und wenn man die Masse von etwas mit dem Quadrat der Lichtgeschwindigkeit multiplizierte – eine fast schon unermesslich große Zahl –, dann musste die daraus resultierende Energie gewaltig sein.

Derselbe Durchschnittsbürger verstand die ganze Tragweite der Formel im Jahre 1945, als zwei Atombomben, die sich ihr Prinzip zunutze machten, benutzt wurden, um die japanischen Städte Hiroshima und Nagasaki binnen Sekunden zu zerstören.

Jedoch musste Einstein nicht bis 1945 warten, bis seine Theorie bezüglich der Krümmung von Zeit und Raum restlos bewiesen war.

Das geschah schon 1919.

Eine Methode, um die von der Schwerkraft verursachte Krümmung von Raum und Zeit zu messen, wird angewendet, wenn sich der Mond vor die Sonne schiebt und eine völlige Sonnenfinsternis hervorruft. Diese erlaubt es Astronomen, die Bewegung bestimmter Sterne hinter der Sonne zu beobachten. Um es genau zu sagen, können sie sehen, wie sich das Licht dieser Sterne um die Sonne und ihre enorme Masse krümmt.

Und 1919 stand eine totale Sonnenfinsternis bevor.

Ironischerweise war es ein Engländer, der meinen Nachbarn zum berühmtesten Wissenschaftler der Welt machte.

Es stimmte zwar, dass er von den höheren Kreisen der britischen Wissenschaft weitestgehend missbilligt wurde, doch auch in England hatte er einige ausgewählte Anhänger, wie zum Beispiel den Hofastronomen Sir Frank Watson Dyson.

Es war Dyson, der sich das raffinierte Experiment ausdachte, das zeigen sollte, ob Einsteins Theorien wirklich die von Newton verdrängen konnten. Er schlug vor, dazu die Sonnenfinsternis zu benutzen.

Dyson beauftragte Sir Arthur Eddington, dieses bemerkenswerte Experiment durchzuführen.

Es war keine Lappalie.

Eddington entsandte Beobachter in zwei der entlegensten Ecken der Welt – nach Brasilien und auf die ferne Insel Príncipe vor der Westküste Afrikas –, um sich die Sonnenfinsternis anzusehen.

Damit konnte er beweisen, dass sich Licht tatsächlich genau so um die Sonne krümmte, wie Einstein es beschrieben hatte.

Das Newton'sche Universum war tot.

Die Schlagzeilen der New York Times am 10. November 1919 sprachen Bände:

LICHTER AM HIMMEL ALLE SCHIEF
EINSTEINS THEORIE TRIUMPHIERT

Die Presse belagerte Einsteins Haus in der Haberlandstraße Nr. 5.

Es war nicht nur die Lokalpresse; es kamen Reporter aus aller Welt: aus Amerika, England, Frankreich und Italien.

Sie campierten auf der Straße, klopften an seine Tür, riefen seinen Namen.

Ich hörte den Tumult und blickte von meinem Schlafzimmerfenster zu Einsteins Haus hinüber.

Von meinem Standort aus – gleich auf der anderen Seite der schmalen Gasse, die unsere Gebäude voneinander trennte – konnte ich in seine Wohnung sehen, und dort kauerte er wie in einem Versteck, die Augen groß, und sah nicht aus wie ein gefeierter Wissenschaftler, sondern wie ein Tier in der Falle.

Ich öffnete mein Fenster und winkte ihn lautlos herüber.

Ich bin mir sicher, dass viele die Vorstellung eines 40-jährigen Mannes, der in das Schlafzimmerfenster eines 17-jährigen Mädchens steigt, als ungebührlich betrachten, doch so war es ganz und gar nicht.

Nachdem er unbeholfen auf den Boden geplumpst war, blickte Einstein auf und sagte: »Vielen Dank, kleine Hanna. Ich bin dir überaus dankbar, dass du mir in meiner Not aus der Patsche hilfst … Aha, mein Solarsystem! Du hast es immer noch!«

Sein Geschenk baumelte noch immer an meiner Zimmerdecke, wenn auch nicht mehr über meinem Bett, sondern über meinem Schreibtisch. Ich betrachtete es immer wieder, wenn ich über Dinge nachdenken wollte, die größer als die Erde waren.

»Es ist eines meiner kostbarsten Besitztümer, Herr Einstein«, sagte ich. »Warum sind all diese Menschen dort draußen?« Noch wusste ich nicht von dem Artikel in der *New York Times*.

»Wie es scheint, bin ich urplötzlich berühmt geworden«, sagte Einstein. »Ich war auf etwas Aufmerksamkeit eingestellt, aber nicht darauf. Und nun, hmmm« – er runzelte nachdenklich die Stirn – »muss ich mir überlegen, wie ich damit umgehe.«

So war Einstein: Ein Problem brauchte eine Lösung. Man musste nur seine Gedanken darauf richten.

Dann sah er mich an, und ein Hauch von Entsetzen huschte ihm über das Gesicht.

»Du meine Güte, wo sind nur meine Manieren geblieben? Ich komme hier hereingestürmt wie ein Elefant im Porzellanladen und habe dich nicht einmal nach deinem Befinden gefragt.«

Und so setzte er sich dort, wo er war, auf den Fußboden meines Schlafzimmers, verschränkte die Beine wie ein Schuljunge und sagte zu mir: »Also, junges Fräulein, wie geht es in der Schule voran?«

Wir unterhielten uns an jenem Tag ganz prächtig.

Ich berichtete ihm von meinen bevorstehenden Abschlussprüfungen in Physik und Chemie, und er stellte mir viele bohrende Fragen, die, wie ich viel später nach reiflicher Überlegung feststellte, weit unter seinem Niveau waren, doch davon ließ er mich nichts merken. Es schien ihm einen Heidenspaß zu machen, auf *jedem* Niveau über die Wissenschaft zu diskutieren.

»Ich hoffe, dass ich mich für die Akademie qualifiziere«, sagte ich voller Stolz.

»Wunderbar!«, rief er aus. »Oh, das ist ganz fantastisch.«

»Ich habe vor, in die Physik zu gehen, genau wie Sie, Herr Einstein. Ich habe schon eine Liste mit der Pflichtlektüre für das erste Semester.«

»Oh, du bist ein Wunder, kleine Hanna, begabt und darüber hinaus noch wissbegierig. Ich habe keinen Zweifel, dass du erfolgreich sein wirst. Die Akademie wird sich glücklich schätzen können, dich zu haben. Aber denke an meine Worte …«

Sein Tonfall ließ mich innehalten.

»Ja?«

»Bewahre dir deine Freude.«

»Meine Freude?«

»Du hast Temperament, Hanna Fischer, ein Feuer, das sehr selten ist. Bewahre dir dieses Feuer, diese Freude in deinem Herzen. Die Physik ist gut und schön, aber ein Leben will *gelebt* werden. Mir wird nachgesagt, ein brillanter Mann zu sein. Nun, hier ist die wichtigste Sache, die ich weiß: Bewahre dir deine innere Freude. Wenn du das tust, wirst du ein erfolgreiches und glückliches Leben haben.«

»Ich werde es versuchen, Herr Einstein«, sagte ich.

»Und wenn du Hilfe brauchst, kannst du dich jederzeit an mich wenden«, sagte er. »Jederzeit.«

»Vielen Dank.«

Ich sollte mich immer mit Freude an diesen Tag erinnern, den Tag, an dem ich Albert Einstein rettete und wir in meinem Schlafzimmer über die Physik und das Leben sprachen.

Ich hielt das Ereignis in meinem Tagebuch fest.

Es war die letzte glückliche Erinnerung, die ich für eine lange Zeit haben sollte.

Vier Tage später kam ich von der Schule nach Hause und fand Ooma auf meinem Bett sitzend und in meinem Tagebuch lesend vor.

Augenscheinlich hatte sie schon eine ganze Weile darin gelesen – und die Seiten herausgerissen, wenn sie mit ihnen fertig war.

Der Boden war mit ihnen bedeckt, meine innigsten Gedanken und Sehnsüchte.

»Ooma! Was tust du da?«

Sie blickte von meinem Tagebuch auf und riss noch eine Seite heraus. »Bist in Lukas Hofstedter verknallt, wie? Echt jetzt? Er ist so langweilig.«

Ich stürmte in das Zimmer, riss ihr das Buch aus der Hand

und machte mich daran, die auf dem Teppich verstreuten Seiten einzusammeln.

»Ooma, mein Tagebuch ist privat. Darin stehen meine privaten Gedanken.«

»Ich bitte dich, Hanna. Na ja, vielleicht ist Lukas genau der Richtige für dich. Du bist genauso verflucht langweilig wie er. Sieh dir das nur an.« Sie hielt eine herausgerissene Seite in die Höhe. »Es ist so *banal!* Das liebestolle Schmachten eines Schulmädchens. Du bist gewöhnlich und langweilig, und du weißt es nicht einmal! Ganz ehrlich, wer könnte sich schon in dich verlieben?«

»Ooma«, sagte eine tonlose Stimme plötzlich. Wir beide wandten uns in ihre Richtung.

Mein Vater stand in der Tür. »Genug. Geh bitte in dein Zimmer. Sofort.«

Ooma lief mit gesenktem Blick hinaus.

Am nächsten Morgen fand ich sie schluchzend in der Badewanne. Sie saß in einer Blutlache und hielt eine Rasierklinge fest in den Fingern.

Zwei grässliche Schnitte prangten an ihrem linken Handgelenk.

Ich schnappte mir ein Handtuch, eilte an ihre Seite und wickelte das Handtuch um ihren blutverschmierten Unterarm, um die Blutung zu stoppen.

»Es tut mir leid, Hanna, so schrecklich leid! Ich bin ein Schuft! Eine Hexe! Ein nichtsnutziges Miststück! Warum bin ich nur so schrecklich?«

Ein paar Tage später brachte Papa sie zurück in die Anstalt nach Potsdam.

»Warum ist sie so?«, fragte ich Papa, als er zurückkam. »An einem Tag so fröhlich, am nächsten so gemein?«

»Es ist nicht ihre Schuld. Es ist ihr Kopf. In der Schule

hatte sie auch Probleme. Hat ein paar der anderen Mädchen gebissen. *Gebissen.* Manchmal legt sich in ihrem Kopf ein Schalter um, und das entfesselt diese schreckliche Seite an ihr.«

Und so endete die Woche, in der ich Albert Einstein rettete, mit Oomas Rückkehr in die Anstalt in Potsdam.

Am nächsten Tag sollte sich mein Leben für immer verändern, und Einstein sollte mich retten.

Die Wiege der nationalsozialistischen Bewegung stand in Versailles, nicht in München.

Theodor Heuss, 1931

BERLIN, DEUTSCHLAND
15. NOVEMBER 1919

Der Tag begann völlig belanglos.

»Komm schon, Zaubermaus, wir sind spät dran«, sagte Papa, als er in meiner Tür erschien und sich die Krawatte band.

»Ich will aber nicht«, sagte ich bockig.

»Ich auch nicht, aber Olga ist meine Schwester und heute ist ihr Geburtstag. Und sie hat uns eingeladen, also werden wir hingehen.«

»Aber dann muss ich bei Cousine Gretel sitzen …«

»Gretel ist ein charmantes Mädchen.«

»Sie ist eine Miniatur-Ausgabe von Tante Olga, und Tante Olga ist eine Hexe«, sagte ich.

Die Dringlichkeit verschwand aus der Stimme meines Vaters.

»Komm schon, Hanna, sag so etwas nicht. So etwas solltest du über niemanden sagen, ganz egal wie unausstehlich er oder sie ist.«

Er nannte mich so gut wie nie Hanna. Das hob er sich für solche Gelegenheiten auf, wenn er besonders enttäuscht von mir war.

So gescholten senkte ich den Kopf.

»Aber Tante Olga *ist* unausstehlich. Sie sagt all diese schrecklichen Dinge«, protestierte ich kühn. »Besonders über dich; besonders wenn sie trinkt.«

»Ich weiß, dass sie das tut, aber sie gehört zur Familie, und wenn es um die Familie geht, nun, dann tolerieren wir solche Dinge.«

Meine Tante Olga wohnte nur eineinhalb Kilometer entfernt in Wilmersdorf, also liefen wir die Strecke.

Olga war die fünf Jahre jüngere Schwester meines Vaters. Sie waren beide in demselben ärmlichen Zuhause aufgewachsen, doch während mein Vater gleich drei Jobs ausübte, um sich die Universität zu finanzieren, hatte Olga sich eine Stelle als Hilfskraft gesucht, aus der sie nicht mehr herausfinden sollte.

Übergewichtig und mit einem Gesicht, das stets finster dreinblickte, beklagte sie sich oft.

Als wir ankamen, hatte sie schon eine halbe Flasche Schnaps getrunken, und als wir uns nach einer Stunde zum Abendessen niederließen, begann sie mit ihren Tiraden.

»Sie kommen mit ihrem durchtriebenen Geschäftssinn aus Russland her und ziehen uns über den Tisch! Einer von denen hat gerade die Fabrik gekauft, in der ich arbeite. Nun verdient *er* Geld an *meiner* Arbeitskraft!«

Das hatte ich schon früher von ihr gehört.

Seit ich ein Kind war, hatte Olga wegen der »jüdischen Frage« gewütet.

Obwohl ich schon 17 war, musste ich am Kindertisch zusammen mit meinen vier Cousinen sitzen. Auch Gretel war unter ihnen.

Wenn das überhaupt möglich war, war Gretel noch mehr

zu einem Ebenbild ihrer Mutter geworden. Sie war zwei Jahre älter als ich und hatte die Schule mit 14 verlassen, um in einer Textilfabrik zu arbeiten. Sie war fett, hässlich und mürrisch.

Gretel fügte hinzu: »Sie fliehen aus Russland, weil die Russen eine Antwort auf die Judenfrage gefunden haben. Wisst ihr noch? Odessa? Vielleicht sollten wir in Deutschland auch ein kleines Pogrom veranstalten.«

Ein kleines Pogrom.

Im Jahre 1905 waren über 400 Juden von ihren Nachbarn in Odessa abgeschlachtet worden.

Tante Olga lächelte ihrer Tochter zu. »Das ist doch mal eine gute Idee.«

Sie schüttelte den Kopf. »Deutschland beschützt sie vor den Russen, und was ist der Dank dafür? Läuse in den Haaren und Lügen in den Zeitungen, die ihnen gehören. Also wirklich, der Jude kennt keine Scham. Sogar jetzt ziehen sie aus dem Elend unseres Landes quietschvergnügt ihren Profit. Der Krieg hat uns schwer getroffen, und sie stürzen sich wie die Schakale auf uns und knöpfen uns das bisschen Geld ab, das wir noch haben. Dann leihen sie es uns zu Wucherzinsen. Welche Kreatur tut so etwas, frage ich euch? Welche parasitäre Kreatur? Ich will es euch sagen: der Jude.«

»Olga …«, sagte mein Vater leise. Sie hatte ihn schließlich doch zum Eingreifen getrieben.

»Sag du bitte kein Wort, Bruder!«, kreischte sie. Ihre Stimme überschlug sich, so sehr war sie in Rage. »Du trägst auch einen Teil der Verantwortung! Du hast geholfen, dieses niederträchtige Abkommen zu schmieden, das Deutschland erdrückt. Ihr habt in Versailles kapituliert und damit euer eigenes Volk dem Untergang geweiht, und nun sitzen wir nackt vor den nagenden Kiefern der jüdischen Schakale.«

»Jüdische Schakale«, stimmte Gretel zu.

Tante Olga funkelte meinen Vater an, als würde sie ihn herausfordern, etwas zu sagen.

Im Raum wurde es still.

Papas Antwort überraschte mich.

Er schob seinen Stuhl zurück und stand auf.

»Hanna«, sagte er leise. »Komm, wir gehen.«

Er nahm meine Hand, und wir gingen.

Wir liefen nach Hause.

Ein leichter Schnee rieselte im Licht der Straßenlaternen herab. Berlin im frühen Winter.

»Papa, was genau ist diese Judenfrage?«

Papa schnaubte. »Es ist überhaupt keine Frage. Diese Redewendung ist nur dazu da, ein tief sitzendes Vorurteil gegenüber den Juden zu verschleiern.«

»Warum hassen Menschen wie Olga und Gretel sie so sehr?«

Papa seufzte schwer. »Das ist etwas, worüber ich schon lange nachdenke, Zaubermaus. Letztendlich komme ich immer wieder zu dem Schluss, dass die Menschheit einen fatalen Makel hat: Sogar die niedrigsten, ärmsten Seelen brauchen jemanden, auf den sie herabsehen können. Der heimatlose Vagabund prügelt seinen Hund, weil ihm das eine gewisse Macht verschafft.

Olga und Gretel haben kaum Perspektive. Ihr Leben wird ein schweres sein, und harte, monotone Arbeit wird ihre Tage füllen. Sie brauchen jemanden, dem sie für ihr Schicksal die Schuld zuschieben können, und dabei fällt ihr Blick auf die Juden.«

»Aber warum ausgerechnet die Juden?«

Papa sagte: »Viele Christen verachten die Juden aus rein religiösen Gründen, weil die Juden Jesus nicht als Sohn

Gottes akzeptieren. Sie betrachten Christus nur als einen Propheten. Für diese Christen stellt dies eine tief sitzende Verletzung ihres Stolzes dar, denn wenn die Juden recht haben, basiert die gesamte christliche Religion auf einem Irrtum und sie stehen wie Narren da.

Doch es gibt noch einen Grund, und für mich ist es der Hauptgrund für den jahrhundertealten Judenhass in Europa.

Die Juden schätzen Wissen. Und es ist dieses Wissen, das sie seit Anbeginn zu gewieften Geschäftsleuten gemacht hat. Sie vermieten Häuser, sie betreiben Läden, und sie, was wohl am bekanntesten ist, verleihen Geld. Das alles sind Geschäftszweige, in denen *das Geld die Arbeit verrichtet.*

Vor allem der Geldverleih. Geld gegen Zinsen zu verleihen – eine Tätigkeit, die seit Christi Geburt mit den Juden in Verbindung gebracht wird –, ist wegen des Phänomens des Zinseszinses ein geniales Gewerbe.

Olga und Gretel, die beide ungebildet sind und kein Interesse haben, daran etwas zu ändern, haben nur ihre Arbeitskraft, und eine menschliche Arbeitskraft ist billig. Sie verachten die Juden – so wie den jüdischen Gentleman, der Olgas Fabrik gekauft hat –, weil Olga und Gretel schuften und schwitzen, während die Juden mit ihrem Verstand ein Vermögen anhäufen. Doch zu hassen kostet nichts. Für Hass braucht man kein Geld.«

Ich schwieg einen Augenblick lang.

»Papa …?«

»Ja?«

»Warum hast du bei diesem Abkommen geholfen, wenn du doch wissen musstest, dass die Leute dich dafür hassen werden?«

»Zaubermaus«, sagte er. »Entscheidungen zu treffen ist eine Fähigkeit, die man mit der Zeit lernt. Es ist nicht einfach. Doch schließlich habe ich gelernt, dass man bei jeder Entscheidung eine Wahl hat: die richtige Wahl oder die falsche Wahl. Ich versuche einfach, immer die richtige Wahl zu treffen.«

»Viele Deutsche scheinen zu denken, dass du die falsche Wahl getroffen hast.«

»Aber nur, weil sie nicht die ganze Wahrheit kennen. Unsere Verhandlungsposition in Paris war nicht nur schwach, sie war hoffnungslos. Die alliierten Mächte sagten, wenn wir nicht unterschreiben, würden sie *am nächsten Tag* in Deutschland einmarschieren. Die richtige Wahl ist nicht immer eine glückliche. Leider kann die richtige Wahl manchmal eine sehr bittere sein.«

Wir kamen an eine Kreuzung.

Links ging es nach Hause. Rechts war der Laden, der Lukas' Eltern gehörte, und ich wusste, dass Lukas an diesem Abend hinter der Kasse saß.

»O Papa, wir brauchen Brot und Milch. Ich würde auch noch gerne ein paar Süßigkeiten für unseren nächsten Besuch bei Ooma kaufen.«

»Also gut, Zaubermaus, wir sehen uns in der Wohnung.«

Während er zur Haberlandstraße weiterlief, bog ich zum Laden ab, wo ich gute 20 Minuten lang mit Lukas plauderte.

Schließlich verabschiedete ich mich von ihm und schlenderte mit einer Tüte voll Brot, Milch und Süßigkeiten durch den leichten Schneefall und die Lichtkegel, die die Laternen auf die Straße warfen.

Ich sah den pulsierenden orangefarbenen Schein, bevor ich die Leute hörte.

Mit schnellen Schritten lief ich um die Biegung in die Haberlandstraße und sah eine Menschenmasse vor meinem Wohnhaus, das in Flammen stand. Einzelne Leute deuteten auf etwas.

Auf etwas an der Vorderseite des Gebäudes.

Starke Hände packten mich und zogen mich in den Schatten.

»Schhhh!«, befahl mir eine Stimme, und zu meiner Überraschung bemerkte ich, dass es Einstein war.

»Es ist hier nicht mehr sicher für dich«, flüsterte er, während er angsterfüllt in die Straße lugte.

»Was ist denn los?«, sagte ich und versuchte, mich aus seinem Griff zu lösen. Ich wollte sehen, was vor sich ging.

Einstein hielt mich zurück. »Hanna, bitte, du solltest das nicht sehen …«

Doch ich riss mich von ihm los und schaffte es, die Straße zu meinem Wohnhaus entlangzublicken.

Ich erstarrte.

Von den Flammen erleuchtet, die in dem Haus wüteten, hing der Körper eines Mannes wie eine zerbrochene Puppe vor dem zweiten Stock, hoch über der Straße. Sein Hals war in einem grotesken Winkel verbogen, das Genick von der Schlinge gebrochen.

Es war mein Vater.

Auf den mattierten Glastüren des Gebäudes standen diese Worte in Blut geschrieben:

VERSAILLES-VERRÄTER!

Jeder Teil von mir erschauderte.

Es war ein Bild wie aus der Hölle.

Einstein zerrte mich wieder aus dem Blickfeld. »Komm mit mir, kleine Hanna. Dein Vater hatte mich bereits vor solch einem Ereignis gewarnt und mir genaue Anweisungen gegeben, sollte es eintreten.«

Wie betäubt ließ ich mich von Einstein wegbringen.

Es fühlte sich an, als wäre ich in einem Kokon. Geräusche drangen nur gedämpft an mich heran. Einsteins Stimme klang fern, obwohl er direkt an meiner Seite war. »Hier entlang, mein Kind. Komm!«

Mit eiligen Schritten brachte er mich in seine Wohnung, wo seine Frau schon wartete. Ihre Hand bedeckte ihren Mund vor Entsetzen.

»Es war eine Schlägerbande«, sagte sie. »Vielleicht zwölf Mann stark. Sie brüllten und johlten und fuchtelten mit Waffen und Rohren herum. Sie warteten auf ihn. Nannten ihn ein Schwein von Versailles.«

»Hole ihr bitte einen Tee, Elsa«, sagte Einstein, während er sich daranmachte, eine Schublade zu durchwühlen.

In einem fernen Winkel meines Verstandes registrierte ich, dass Einstein selbst in seiner Eile »bitte« gesagt hatte. Er zeigte immer gute Manieren.

Elsa Einstein fügte hinzu: »Sie haben nach ihr gesucht, Albert. Als sie ihn hängten, sagten sie: ›Wir haben von deiner hübschen jungen Tochter gehört, du Schwein. Wir werden uns gewiss miteinander bekannt machen.‹ Sie waren wie die Tiere.«

»Hier ist es.« Einstein zog einen weißen Umschlag aus der Schublade.

»Was ist das?«, fragte Elsa Einstein.

»Manfred gab mir diesen Brief für den Fall, dass so etwas geschieht«, sagte Einstein mit finsterer Miene.

»Papa … Es war Papa …«, stammelte ich.

Einstein riss den Umschlag auf und holte ein dickes Geldbündel daraus hervor – es waren sowohl Markscheine als auch Dollarnoten –, Kopien meiner amerikanischen und deutschen Papiere und einen Brief, den er laut vorlas:

Albert,

vielleicht bin ich in großer Gefahr. Ich habe seit der Paris-Konferenz im Juni zahlreiche Todesdrohungen erhalten. Ich hoffe, dass es sich dabei nur um Gepolter handelt, doch in diesen düsteren Zeiten kann man sich dessen nicht sicher sein. Das Deutschland, das ich einst kannte, hat völlig den Verstand verloren.

Sollte der schlimmste Fall eintreten, bitte ich Sie, mein Freund, Hanna zu helfen. Falls ich unerwartet aus dem Leben scheide, wird Hanna zu Olga ziehen müssen – das dürfen wir nicht zulassen. Ein kluges und sanftes Mädchen wie Hanna darf nicht gezwungen sein, an solch einem hasserfüllten Ort zu leben.

Anbei finden Sie eine Kopie ihrer amerikanischen Staatsbürgerschaft sowie etwas Geld. Bitte benutzen Sie es, um Hanna damit eine Überfahrt nach Amerika zu finanzieren, zur Schwester ihrer Mutter nach New York. Ihr Name ist Mrs. Penelope Carlson (geborene Martin), ihre Anschrift lautet 142 Garden Street, Brooklyn.

Ich lege diesem Brief auch genaue Anweisungen bei, die Norma und ihre Situation betreffen. Sie fortzuschaffen, ist ungleich komplizierter. Sobald Hanna sich in Amerika zurechtfindet, kann sie Norma zu sich holen.

Bitte sagen Sie Hanna, dass ich sie von Herzen geliebt habe, auch wenn ich es ihr in den letzten paar Jahren nicht so recht sagen konnte. Wenigstens bin ich nun wieder mit ihrer Mutter zusammen. Wir werden gemeinsam ein Auge auf sie haben.

Mit herzlichem Dank,
Ihr Freund Manfred

»Ach du meine Güte«, hauchte Einstein.

»Aber Ooma …«, sagte ich geistesabwesend. »Ich habe ihr Süßigkeiten gekauft … und Lukas führt mich aus zum Wintertanz … und was ist mit meinem Tagebuch? Es ist noch in meinem Zimmer …«

Doch davon wollte Einstein nichts hören. Er wandte seinen Blick scharf von seiner Frau auf mich.

»Wir müssen dich aus dem Land schaffen, mein Kind. Wir müssen gehen – sofort!«

Wir hasteten durch die Nacht, zuerst mit dem Taxi zum Bahnhof, dann mit dem Zug nach Hamburg und seinem Hafen.

Ich nahm alles wie durch einen Schleier wahr. Der Schock lähmte mich noch immer, und das Bild meines Vaters, der an dem Gebäude baumelte, schoss mir immer wieder in den Kopf.

Und dann waren wir in Hamburg und standen vor einem gigantischen weißen Dampfer. Einstein trug einen Mantel. Ich trug noch immer dieselben Kleidung, die ich schon zum Geburtstagsessen meiner Tante angehabt hatte. Zum Glück hatte ich einen Wintermantel dabeigehabt.

Einstein feilschte kurz mit dem Zahlmeister und kaufte mir ein Ticket.

Er bezahlte es mit seinem eigenen Geld. Das Geld aus dem Umschlag meines Vaters stopfte er in meine Manteltasche.

Und dann drängte er mich die Gangway hinauf.

»Gib auf dich acht, mein Kind. Ich wünschte, ich könnte dich bei mir aufnehmen, doch so, wie mein Leben gerade ist – eine neue Frau, meine eigenen Kinder und ihre Probleme, die neu gewonnene Berühmtheit und das ständige Reisen –, geht es einfach nicht. Suche dir eine wissenschaftliche Schule. Davon gibt es viele in Amerika. Ich habe keinen Zweifel, dass eine davon eine Schülerin von deinem Kaliber schnell und gerne aufnehmen wird.«

Er drückte mich fest an sich.

»Ach, mein Kind. Solch ein Schicksal sollte niemanden ereilen, schon gar nicht in solch einem jungen Alter.«

Und dann trennten wir uns.

Ich schritt die Gangway zum Schiff hinauf mit nichts als meiner Kleidung am Leib und der Adresse meiner Tante in New York in der Tasche.

1934.

Berlin.

Nach einem Jahr des Terrors ist die Stadt nun fast vollständig nazifiziert.

Andere politische Parteien gibt es nicht mehr. All die Linken, die Kommunisten und die Gewerkschaftler sind entweder tot oder in der Prinz-Albrecht-Straße oder in einem Lager.

Die Lager haben sich vervielfacht. Zuerst gab es nur Dachau. Nun gibt es sie zuhauf.

Die Deutschen laufen an ihnen vorüber, als wären es bewachte Parks.

Ich begleite Speer, meinen Chef, auf einer Inspektionsrunde durch das Stadion in Nürnberg. Ich laufe hinter ihm her, Block und Bleistift zur Hand, um mir bei Bedarf seine Anweisungen zu notieren.

Die größte und letzte Kundgebung findet am Abend statt. Speer hat sie seit Monaten Tag und Nacht geplant. Er hat sogar eine Pritsche in sein Büro bringen lassen, damit er zum Schlafen nicht nach Hause gehen muss.

Eine Frau, die in eine braune Nazi-Uniform gekleidet ist und wie ein Strandball mit Beinen aussieht, eilt zu ihm herüber, schlägt die Hacken zusammen und vollführt einen perfekten Hitlergruß.

»Heil Hitler!«, ruft sie nach Leibeskräften.

»Heil Hitler«, sagt Speer wesentlich gefasster. Der Nazi-Gruß hat ihn noch nie so recht in Begeisterung versetzt. »Berichten Sie.«

»Alle Leuchten sind in Position, Herr Speer, genau wie die Banner, so wie Sie es verlangt haben«, bellte sie.

Das ist eine beachtliche Leistung. Speers Plan verlangte nach Tausenden Leuchten, die alle an ganz bestimmten Stellen stehen sollten, sowie Hunderte Hakenkreuzbanner.

Speer blickte in die Ferne. »Und die U-Bahn-Station? Wurden die Drehkreuze entfernt?«

Heute Abend werden 700.000 Besucher erwartet. Speer ließ verkünden, dass alle öffentlichen Transportmittel kostenlos seien. Er will, dass die Menschen möglichst ungehindert durch die Stationen strömen können; darum wurden die Drehkreuze entfernt.

»Jawohl, Herr Speer, sie wurden entfernt. Gibt es sonst noch etwas, das ich für Sie tun kann?«

»Nein, vielen Dank. Sie haben es fabelhaft gemacht«, sagt Speer.

Ich senke den Kopf und hoffe, dass sie mich nicht erkennt. Mein Haar ist nun anders, dunkler. Außerdem, das muss ich zugeben, stehe ich nun aufrechter und mit mehr Selbstvertrauen da als damals, als ich noch ein Teenager war.

Die Strandball-Frau ist von der Gegenwart einer leitenden Führungskraft wie Albert Speer wie geblendet. Für eine Arbeiterameise wie sie ist es, als wäre ein Gott für eine kurze Zeit vom Olymp zu ihr herabgestiegen.

Gott sei Dank erkennt sie mich nicht. Immerhin sind schon 15 Jahre vergangen, seitdem sie mich das letzte Mal gesehen hat.

Sie ist meine Tante Olga.

Sie liebt dieses neue Deutschland.

1945.

Berlin ist der neunte Kreis der Hölle.

Bomben. Explosionen. Prasselnder Regen.

Ich renne, so schnell ich kann, taumele zur U-Bahn-Station Potsdamer Platz, versuche, den Russen zuvorzukommen.

Die Reichskanzlei erscheint vor mir wie ein gebrochener Schatten vor einem von Feuer erhellten Himmel. Riesige Krater ziehen sich durch das Gebäude.

Es regnet in Strömen, der Boden unter meinen Füßen ist ein Matsch aus Wasser und Blut.

Überall liegen Leichen halb versunken in den Wasserlachen, die die Bombenkrater füllen.

Ich erreiche die U-Bahn-Station und eile die Treppen hinunter.

TEIL II

1919
AMERIKA:
DAS UNENTDECKTE LAND

Der erste Schultag: der Tag, an dem der Countdown zum letzten Schultag beginnt.

Unbekannt

Yankee Doodle keep it up,
Yankee Doodle dandy,
Mind the music and the step,
And with the girls be handy.

Yankee Doodle, zweite Strophe

NEW YORK CITY
1. DEZEMBER 1919

16 Tage nachdem mein Vater ermordet worden war, kam ich in Amerika an.

Ich erinnere mich kaum an die Überfahrt.

Die meiste Zeit verbrachte ich unter Deck, lag auf meiner schmalen Pritsche, den anderen Passagieren den Rücken zugekehrt, und weinte mir die Augen aus.

Wenn ich einmal schlief, wurden meine Träume von Bildern meines Vaters heimgesucht, der an seinem Schlafzimmerfenster baumelte wie eine Stoffpuppe, tot, vom Licht der wütenden Flammen beschienen.

Seltsamerweise erinnere ich mich an die Gerüche der Überfahrt.

Gekochter Kohl. Der Gestank von alten schlafenden Männern.

Nach ein paar Tagen wurden mir die Folgen bewusst.

Ich würde keine Zeit mehr mit Lukas verbringen. Es würde keine weiteren konstruierten Besuche im Laden seiner Eltern geben. Keinen Wintertanz.

Ich würde auch keinen Abschluss am Gymnasium machen. Bis zu den Prüfungen dauerte es noch ein paar Monate.

Ich hatte nicht einmal einen High-School-Abschluss.

Mein Dampfer erreichte den Hafen von New York bei Tagesanbruch. Die Sonne floss mir über die Schulter, als ich vom Bug auf dieses sonderbare Land blickte, von dem ich schon so viel gehört hatte.

Natürlich sprach jeder in Europa von Amerika, diesem Emporkömmling unter den Nationen, der so unfassbar schnell gewachsen war. 1000 Jahre lang hatten sich die unterschiedlichen europäischen Mächte gegenseitig bekämpft und Kriege wegen Religionen, Kränkungen und Grenzverläufen angezettelt.

Doch während des letzten Jahrhunderts dieser Konflikte war dieser eigentümliche Staat mit seinem schier endlosen Land, seiner Begrüßungspolitik gegenüber Immigranten und der fehlenden sozialen Rangordnung zu einem wahren Koloss herangewachsen.

Der Schock in Europa war gewaltig, als das königliche Gezänk seine Krönung im Krieg 1914–1918 fand und es die Vereinigten Staaten von Amerika waren, die entscheidend eingriffen.

Und nun war ich hier.

Die Freiheitsstatue bäumte sich groß vor mir auf, ihre Fackel in den Himmel gereckt.

Die Türme des Finanzviertels taten sich auf und waren noch viel größer.

»Wolkenkratzer«, sagte jemand neben mir voller Staunen.

Es war eine passende Beschreibung.

Ich hatte noch nie solch imposante Bauwerke gesehen. Die Vorstellung, dass sie an den Wolken kratzten, erschien mir völlig glaubhaft.

Zu meiner Rechten sah ich nicht eine, nicht zwei, sondern gleich drei gigantische Brücken: Brooklyn Bridge, Manhattan Bridge und Williamsburg Bridge.

Ich hatte Berlin immer für eine wahre Metropole des 20. Jahrhunderts gehalten, für eine der modernsten Städte der Welt.

Doch New York war noch einmal von einem ganz anderen Kaliber.

Diese Stadt mit Berlin zu vergleichen, wäre, als würde man ein ausgewachsenes Auto mit all seinen vielen beweglichen Teilen mit einem Spielzeugauto gleichsetzen, das an einem Faden gezogen wird.

Was die Größe, Komplexität und pure Energie anging, übertraf sie Berlin bei Weitem.

Mit ihren Brücken, Lichtern und ihrer unablässigen Geschäftigkeit erschien sie mir wie eine Stadt aus der Zukunft, die Wirklichkeit geworden war.

Am bemerkenswertesten waren die Wolkenkratzer. Ihre Stahlskelette machten es möglich, dass sie die Höchstgrenze von sechs Stockwerken, der die Mauerwerke in der Alten Welt unterlagen, merklich übertrafen.

Die Gebäude vor mir waren gut und gern 40 Stockwerke hoch.

Und es gab Dutzende davon, und viele mehr wurden gerade errichtet.

Das größte von allen, das 240 Meter in den Himmel ragte und über diesem Wald aus Türmen thronte, war das mächtige Woolworth Building. Es war 60 Stockwerke hoch.

Sie alle ließen Berlin geradezu idyllisch erscheinen.

Während Europa abgelenkt war, hatte Amerika einen Spurt hingelegt und es hinter sich gelassen.

Nachdem ich von Bord gegangen war und meine amerikanischen Papiere vorgezeigt hatte, um ins Land zu kommen, schlug ich mich bis nach Brooklyn durch und klopfte an die Tür der Nummer 142, Garden Street.

Eine Frau in Schürze und mit einer Zigarette zwischen den Lippen öffnete mir.

Meine Tante.

Ich hatte keine Zweifel, dass sie es war. Sie sah aus wie eine ältere, etwas fülligere Doppelgängerin meiner Mutter.

Ich kann mir nicht vorstellen, was sie bei meinem Anblick gedacht haben muss: ein 17-jähriges Mädchen aus Deutschland mit verweinten Augen und nicht einmal einem Koffer an seiner Seite.

Sie starrte mich völlig verdutzt an, stemmte ihre Hände in ihre Hüften und sagte: »Was zum Henker …?«

MÄDCHEN,
IHR KÖNNT JEMAND SEIN!
Ärzte, Anwälte, leitende Angestellte
fragen uns nach Sekretärinnen, die
in den Bereichen Medizin, Recht und
Handel ausgebildet sind.
SCHREIBT EUCH JETZT EIN! DIE
WINTERKURSE BEGINNEN – TAGS-
ÜBER UND ABENDS – STUDIEN-
KREDITE VERFÜGBAR

Aus einem alten Werbeprospekt
für eine Sekretärinnenschule

BROOKLYN, NEW YORK
1. DEZEMBER 1919

Wie sich herausstellte, war meine amerikanische Tante nicht solch ein Freigeist und eine Abenteurerin wie ihre Schwester.

Ich sollte erfahren, dass Penny Carlson (geborene Martin) nicht gerade begeistert gewesen war, als ihre jüngere Schwester nach Europa verschwand, um ihren Träumen in der Welt der modernen Physik nachzugehen.

Sie war zwei Jahre älter als meine Mutter und sah wie eine ausgelaugte Version von ihr aus: verbrauchter, breiter, faltiger. Sie hatten die gleichen blauen Augen. Ich hatte sie auch.

Nachdem ich eingetreten war und Tante Penny unter Tränen berichtet hatte, was mit Papa geschehen war, schürzte sie nur die Lippen und schüttelte den Kopf.

»Das soll doch wohl ’n verdammter Scherz sein«, murmelte sie mit rauer Stimme.

»O nein, ich mache keine Scherze, ganz bestimmt nicht«, sagte ich ernst.

Sie wischte meinen Einspruch mit einer Handbewegung beiseite. »’tschuldigung, Kindchen, so sollte es nicht klingen. Es ist nur so eine Redewendung.«

Sie seufzte schwer. Sie war schroff und hatte ein Mundwerk wie ein Seemann, doch tief in ihr drin hatte sie ein Herz. »Tja, verdammte Scheiße, Kindchen, komm erst mal rein und setz dich. Ich mach dir was Vernünftiges zu essen.«

Es folgten Diskussionen mit ihrem Ehemann – Onkel Michael, einem Versicherungsvertreter –, als er am Abend nach Hause kam und mich in seinem Wohnzimmer vorfand.

Sie hatten bereits vier Kinder im Alter von 20 bis hinunter zu zwölf Jahren.

Ich war im Zimmer des jüngsten Kindes einquartiert worden und hörte zu, als meine Tante und mein Onkel nicht gerade im Flüsterton in der Küche stritten.

(Ihre Küche, das sollte ich erwähnen, verfügte über einen eigenen Herd, einen Ofen und einen Kühlschrank – Annehmlichkeiten, die sich in Deutschland nur die ganz Reichen leisten konnten. Doch zu den ganz Reichen unter den Amerikanern, so schien es mir, gehörten meine Tante und mein Onkel nicht.)

»Wir können’s uns nicht leisten«, sagte Onkel Mike, »noch ein verfluchtes Maul zu stopfen. Wir kommen ja kaum über die Runden, so wie’s jetzt ist.«

»Was sollen wir tun?«, sagte Penny.

»Sie ist 17. Sie kann arbeiten gehen.«

»Sie ist die Tochter meiner Schwester, Mike. Ich werde nicht zulassen, dass sie in irgendeiner Papiermühle oder Stahlfabrik schuften muss.«

So verstört ich auch war, es freute mich, das zu hören.

»In seinen Briefen sprach Manfred immer davon, dass sie gut in der Schule war, besonders in den wissenschaftlichen Fächern.«

»Herr im Himmel, wozu soll das verdammt noch mal gut sein?«, blaffte Onkel Michael.

»Mike …«

»Und was ist mit der anderen? Mit der Irren? Kommt die etwa auch noch? So eine Scheiße.«

Er atmete tief durch.

»Okay, meinetwegen. Hör zu«, sagte er. »Wir haben gerade ein paar Mädchen von der neuen Sekretärinnenschule in der City eingestellt. Gestern habe ich in einem Prospekt davon gelesen. Sie bieten einen Studienkredit und einen Platz in einem Schlafsaal an. Dort werde ich sie morgen hinbringen. Sie kann den Kredit nehmen, ein bisschen was lernen und sich einen schönen, sauberen Bürojob suchen. Sobald sie für sich selbst sorgen kann, überlegt sie sich, was sie wegen ihrer Schwester unternehmen will. Wie wäre es damit? Wärst du dann zufrieden?«

»Ja«, sagte Tante Penny.

Blickt man von der Queensboro Bridge auf die Stadt, ist es so, als würde man es zum ersten Mal tun und ihr erstes wildes Versprechen von all den Geheimnissen und all der Schönheit dieser Welt erspähen.

Aus *Der große Gatsby*
von F. Scott Fitzgerald

NEW YORK CITY
DEZEMBER 1919

Am nächsten Morgen, noch immer in meine deutschen Klamotten gekleidet und von meinem schlecht gelaunten Onkel begleitet, bestieg ich eine U-Bahn nach New York City.

Manhattans Wolkenkratzer hatten schon vom Dampfer aus riesig ausgesehen, doch aus der Nähe betrachtet waren sie absolut überwältigend.

Und die Menschen!

Noch nie hatte ich so viele an einem Ort gesehen.

Männer und Frauen, die umherwuselten und von dem einen Ort zu irgendeinem anderen hasteten.

Busse rumpelten vorüber, Straßenbahnen tuteten, Zeitungsjungen riefen, und wenn ich es wagte, auch nur einen Moment innezuhalten, um einen der himmelhohen Glas-und-Stahl-Türme über mir zu betrachten, schubste mich irgendjemand aus dem Weg und sagte: »Hey, Landei, nicht stehen bleiben! Willkommen in Nuu Yaark!«

Schließlich erreichten wir ein älteres Gebäude, das nicht ganz so hoch wie die anderen war.

Es war ein großes, massives Granitgebilde aus dem vorherigen Jahrhundert mit Säulen, die eine hohe Eingangstür säumten. Es sah aus wie ein stattliches Landhaus, das inmitten dieser lebhaften Stadt abgesetzt worden war. Auf dem Glas der Eingangstür standen diese Worte in Schablonenschrift geschrieben:

DIE GRAHAM-COULSON-
SEKRETÄRINNENSCHULE FÜR DAMEN

Mein Onkel riss die Tür auf und ging hinein, ohne sie für mich offen zu halten.

Einen Moment lang stand ich nur an der Schwelle zu diesem Gebäude an einer geschäftigen Straße mitten in New York.

Dann eilte auch ich in das Haus.

In weniger als drei Wochen war meine Welt völlig auf den Kopf gestellt worden.

Mein Traum, in Deutschland ein Leben in der Physik zu führen, war plötzlich geplatzt und wurde durch eine Aufnahme an einer Sekretärinnenschule ersetzt, was einzig und allein auf der überstürzten Entscheidung eines genervten Onkels basierte, der nichts von mir wusste und sich noch weniger um mich scherte.

Diese Entscheidung sollte sich als eine der wichtigsten in meinem ganzen Leben erweisen.

Wenn Sie mit einem Lächeln durch den Trubel eines arbeitsreichen Tages gehen können … *dann sind Sie eine SEKRETÄRIN!*

Aus einem alten Werbeprospekt für Underwood-Schreibmaschinen

DIE GRAHAM-COULSON-SEKRETÄRINNENSCHULE FÜR DAMEN

NEW YORK CITY, 1919

Ich betrat den Empfangsbereich der Sekretärinnenschule.

Nachdem mein Onkel mit ein paar Leuten gesprochen hatte, wurde ich in ein Nebenbüro geführt.

Es folgte eine Lawine aus Papierkram.

In der Gegenwart eines übereifrigen jungen Mannes mit Weste und Krawatte und einer *sehr* streng dreinblickenden älteren Sekretärin füllte mein Onkel einen ganzen Stapel Formulare aus, die meinen Namen, mein Alter, meine Größe, mein Gewicht, meine Hut- und Kleidergröße und viele andere Dinge betrafen. Um meine Handschuhgröße zu ermitteln, wurde meine Handspanne gemessen.

Der übereifrige junge Mann sagte zu meinem Onkel: »Ihr Timing könnte gar nicht besser sein. Die Einschreibung für unsere Winterkurse beginnt genau am heutigen Tag.«

Mein Onkel antwortete mit einem Schnauben.

Während er schrieb, murrte mein Onkel wegen all der Zeit, die er hier verplemperte, und schaute ständig auf seine

Uhr. Hastig füllte er ein paar Kreditformulare aus und schob sie mir unter die Nase, damit ich sie unterschreiben konnte, was ich auch tat.

Der junge Mann mit der Weste lächelte, als er sie entgegennahm, auf dem Schreibtisch glatt strich und in eine Aktenmappe schob. »Ich bin mir sicher, Sie werden die Zinsen für unsere Studienkredite als äußerst angem…«

»Ja, wie auch immer«, sagte mein Onkel und schob seinen Stuhl zurück.

Und dann war es vorbei. Er gab mir einen Klaps auf die Schulter – »Viel Glück, Kleines« – und war verschwunden.

Der junge Mann mit der Weste drehte sich zu mir um. »Miss Bomback wird Sie zu Ihrer Unterkunft begleiten.« Dann verlor er sein Interesse an mir und wandte sich anderen Aufgaben zu.

Die strenge Sekretärin trat vor mich. Ihr Blick war hart. Sie war eine kurz gewachsene rundliche Frau von vielleicht 50 Jahren und nicht besonders attraktiv.

Sie drückte mir zwei zusammengelegte Laken, eine Decke und ein Kopfkissen in die Hand, dazu noch eine Kulturtasche, ein in Leder gebundenes Notizbuch und einen Stift.

»Folgen Sie mir«, sagte Miss Bomback. »Die anderen Mädchen haben sich ihre Zimmer schon ausgesucht, und der Unterricht beginnt gleich.«

Miss Bomback watschelte in einem hohen Tempo voran, und ich musste mich sputen, um mit ihr Schritt zu halten.

Sie führte mich hoch zum dritten Stock, wo etliche kleine Schlafräume an einem langen Flur lagen.

Junge Frauen, die zwischen 17 und vielleicht 20 Jahre alt waren, standen in den Türen.

Sie alle blickten mich an, als ich hinter Miss Bomback an ihnen vorüberlief.

Schließlich erreichten wir das Ende des Flurs, an dem ein Fenster direkt auf eine Hochbahn hinausblickte, keine fünf Schritte vom Haus entfernt. Die Bahn war ein hässliches Ding aus rußgeschwärztem Eisen.

Neben dem Fenster lag das letzte Zimmer. Die Tür stand offen.

Darin standen zwei Betten, zwei Tische und zwei Kommoden. Auf einem der Betten saß ein kräftig gebautes Mädchen mit leuchtenden rosafarbenen Wangen, rotbraunem Wuschelhaar und einem hoffnungsfrohen Lächeln.

Miss Bomback sagte: »Hanna Fischer, das ist Fanny O'Toole. Sie werden sich während Ihrer Zeit an dieser Schule ein Zimmer mit ihr teilen.«

Dann marschierte die kleine runde Sekretärin dienstbeflissen davon.

Schüchtern und vorsichtig betrat ich das Zimmer.

Das Lächeln des molligen Mädchens wurde breiter. »Sehr erfreut, deine Bekanntschaft zu machen, Hanna.«

Fanny O'Tooles Akzent war so sehr irisch, wie meiner ein deutscher war. Sie reichte mir ihre große, pummelige Hand und schüttelte meine.

»Freut mich auch, dich kennenzulernen«, sagte ich.

Ich legte meine wenigen Habseligkeiten auf der nackten grauen Matratze des leeren Bettes neben dem Fenster ab.

Plötzlich krachte draußen ein Zug so laut wie bei einer Explosion vorüber.

Das Getöse war ohrenbetäubend.

Das Kreischen der Räder auf den Schienen hörte sich an wie das von Fingernägeln auf einer Schiefertafel. Silberfarbene Waggons, bestimmt ein halbes Dutzend, rauschten von der Geschwindigkeit verzerrt am Fenster vorüber – drei Stockwerke über der Erde, doch erschreckend nahe.

Und dann waren sie verschwunden und es kehrte wieder Ruhe ein.

Fanny lächelte düster. »Zahlt sich nicht aus, wenn man als Letzte ankommt. All die anderen Zimmer waren schon belegt, als ich hier war. Jetzt weiß ich, warum. Die Züge sind laut und das Schloss am Fenster ist kaputt. Es lässt sich nicht einmal richtig zudrücken. Woher kommst du? Aus Deutschland?«

»Ja, das stimmt.«

Ich stand nur da und zerbrach mir den Kopf, was ich sonst noch sagen konnte, doch ich war noch zu aufgewühlt. Meine Welt drehte sich viel zu schnell.

Ich ließ meinen Blick durch den kleinen Raum schweifen.

Fanny hatte bereits ausgepackt. Auf dem Tisch neben ihrem Bett stand ein schwankender Stapel aus Taschenbüchern.

Bücher. Ich hörte Papas Stimme in meinem Kopf: *Wunderbar! Der beste Weg, eine Unterhaltung zu beginnen.*

Ich überflog die Titel:

Der Zauberer von Oz von L. Frank Baum.

Pollyanna von Eleanor H. Porter.

Der Texasreiter von Zane Grey.

Der Krieg der Welten von H. G. Wells.

Ich hätte mir kein besseres Bild von Fanny O'Tooles Persönlichkeit machen können, wenn ich sie ausgefragt hätte.

Dieser Stapel deutete eine Sensibilität an, die sich an großen Abenteuern und Fantasiegeschichten erfreute: ferne Länder, süße Mädchen, ansehnliche Outlaws und große Konflikte mit Marsmenschen.

Nur das letzte Buch auf dem Stapel war anders.

Über die wirtschaftlichen Folgen des Friedensvertrages von John Maynard Keynes.

Ich hatte schon von diesem Buch gehört, es aber noch nicht gelesen. Keynes war ein berühmter britischer Ökonom, der die Pariser Friedenskonferenz aus Protest wütend verlassen hatte.

Er hatte behauptet, dass die Bedingungen des Versailler Vertrags viel zu hart für die Deutschen waren – einen »karthagischen Frieden« hatte er es genannt.

Ich nickte in Richtung des Buches. »Du liest das Buch von Keynes? Wie findest du es?«

Fannys Gesicht hellte sich sofort auf. Wie es schien, freute es sie, danach gefragt zu werden.

»Oh, es ist großartig! Einfach nur großartig. Ich liebe es, über wirtschaftliche Themen zu lesen, und Mr. Keynes ist so modern. Er hat immer das große Ganze im Blick und, oh, er mag den Vertrag nicht, kein bisschen. Er sagt, er wird zu einer Hyperinflation und der Verarmung Deutschlands führen. Er sagt, die Franzosen waren während der Verhandlungen richtige Arschgeigen – sie wollten Deutschland einfach nur vernichten. Er sagt, Deutschland wird sich wie ein wilder Hund verhalten, der in eine Ecke getrieben wurde: Wenn er es satthat, getreten zu werden, wird er zurückbeißen.«

Sie hielt inne, um sich wieder zu fangen. »Aber ich schätze, das muss ich dir nicht sagen. Wahrscheinlich hast du es selbst gesehen.«

»Das habe ich. Trotzdem ist es interessant, es zu hören.«

»So ist es, nicht wahr?«, sagte Fanny. »Es hat mich schon immer fasziniert, wie Geld funktioniert: Preisinflation, Aktien und Anleihen, Kreditvergaben. Sieh dir doch nur einmal diese Schule und ihre Studienkredite an.«

»Was ist damit?«, fragte ich, nachdem ich gerade einen davon blindlings unterschrieben hatte.

»Oh, sie verdienen viel Geld damit. Ein 16-wöchiger Kurs kostet 600 Dollar inklusive Kost und Logis. Doch wenn man einen ihrer Kredite in Anspruch nimmt und ihn während der üblichen Laufzeit von zehn Jahren abbezahlt, kostet er 1161 Dollar. Das ist fast *doppelt* so viel! Mrs. Graham-Coulson betreibt keine Schule, sondern einen Geldverleih. Und Geld zu verleihen, ist das beste Geschäft auf der ganzen Welt.«

Ich spürte, wie mir ein leichter Schauer über den Rücken kroch.

Ich hatte so gut wie kein Geld, und nun, so schien es, hatte ich mir in diesem sonderbaren und fremden Land bereits mit einem Federstrich ein finanzielles Grab geschaufelt.

»Nun, hoffentlich werden wir durch einen Abschluss an dieser Schule eine gut bezahlte Anstellung finden, mit der wir den Kredit zurückzahlen können«, sagte ich.

Fanny zuckte die Schultern. »Das ist die Theorie. Das ist auch der Köder, mit dem sie dich herlocken. Falls du einen Kredit aufgenommen hast, meine hübsche, dürre Freundin, dann solltest du ihn so schnell wie möglich zurückzahlen. Damit drehst du den Spieß um und nutzt *ihr* Geld, ohne dass *du* dafür Zinsen bezahlen musst.«

»Woher weißt du das alles?«, fragte ich.

Fanny sagte: »Mein Dad hatte ein Wettlokal für Hahnenkämpfe. Er hat mir alles über Renditen beigebracht. Glaub mir, ganz egal worauf du wettest, das Haus gewinnt immer.«

»Er scheint mir ein sehr schlauer Mann zu sein«, sagte ich.

»Das war er auch« – Fannys Gesicht wurde lang – »bis Baby Face Mancinos Schläger kamen, um sein kleines Lokal dichtzumachen. Sie haben ihn mit einer dieser deutschen Kugelspritzen durchsiebt. Das Haus gewinnt immer – bis es von einem größeren Haus aufgefressen wird.«

»Es tut mir sehr leid, das zu hören …«

Ein schrilles Pfeifen schnitt mir das Wort ab.

»Meine Damen!« Miss Bombacks Stimme bellte auf dem Flur. »In den Hörsaal! Fünf Minuten!«

Fanny und ich schnappten uns unsere Blöcke und Stifte und huschten zu unserem ersten Unterricht hinaus.

Beknien Sie Ihren Chef, eine Underwood
zu kaufen … Damit werden Sie seine
Briefe *immer* am besten aussehen lassen!

Aus einem alten Werbeprospekt für
Underwood-Schreibmaschinen

Zusammen mit 23 unserer Klassenkameradinnen erreichten Fanny und ich den Haupthörsaal der Katherine-Graham-Coulson-Sekretärinnenschule für Damen.

25 Stühle standen vor einer kleinen Bühne, auf die ein Tisch gestellt worden war. Auf dem Tisch befand sich ein geheimnisvoller Gegenstand, der von einem gold- und purpurfarbenen Tuch bedeckt war. Hinter dem Tisch war eine Tafel, auf der noch nichts geschrieben stand.

Der Raum war von mädchenhaftem Schnattern erfüllt.

Die meisten der anderen Mädchen standen allein oder zusammen mit ihren neu gewonnenen Zimmergenossinnen da.

Es gab nur eine Gruppe, die aus vier Mädchen bestand.

Sie alle waren blond und wohlproportioniert – schmale Hüften, kecke Brüste – und makellos gekleidet und hergerichtet.

Ich sollte ihre Namen später erfahren – Stella, Thelma, Lorna und Beatrice –, doch es war Stella, die ihre Anführerin war. Miss Stella Lang war größer, blonder und ranker als die anderen und eine wahre Schönheit.

Aus irgendeinem Grund schien sie sich auch schon mit den Gepflogenheiten in der Schule auszukennen.

»Setzt euch nicht in die erste Reihe«, hörte ich sie ihren Freundinnen zuflüstern, als Fanny und ich an ihnen vorüberliefen. »Sie sucht sich immer jemanden aus der ersten Reihe aus …«

Fanny und ich nahmen diesen kostenlosen Ratschlag gern an und suchten uns Plätze in der zweiten Reihe, gerade als sich eine Tür hinter uns lautstark schloss und den Raum zum Schweigen brachte. Das scharfe *Klack-klack-klack* von schnell voranschreitenden hochhackigen Schuhen hallte von den Marmorwänden.

Wir drehten uns alle um …

… und sahen eine attraktive dunkelhaarige Frau, die selbstsicher durch den Raum und an uns vorüberlief, bevor sie ihren Platz auf der Bühne einnahm und finster auf uns herabblickte.

Ich hatte noch nie solch eine Frau gesehen.

Oder ein Outfit wie ihres.

Sie trug ein dunkelblaues Kostüm, nur dass die untere Hälfte ein Rock war. Ein Rock!

Das Kostüm war unglaublich stilvoll und passte ihr wie angegossen. Ein Paar hochhackige Schuhe vervollständigte ihr Erscheinungsbild.

Sie war vielleicht 40, groß gewachsen und sportlich. Ihr langes braunes Haar wallte perfekt gelockt über ihre Schultern.

Ihr Make-up war diskret und doch offenkundig. Ihre Lippen waren blutrot.

In nur zwölf Sekunden hatte sie das Kommando über den ganzen Saal übernommen.

»Guten Morgen, meine Damen. Mein Name ist Katherine Graham-Coulson, ich bin die Eigentümerin, Leiterin und Erste Lehrerin dieser Einrichtung. Früher war ich die

Chefsekretärin von Mr. John D. Rockefeller, der bis zu diesem Tag der reichste Mann in den Vereinigten Staaten ist.

In den neun Jahren seit der Eröffnung hat diese Schule mehr als 400 der besten Sekretärinnen in Amerika hervorgebracht und ihnen einen Platz in den Büros der einflussreichsten Männer dieses Landes verschafft – von Geschäftsführern und Vorstandsvorsitzenden bis hin zum Bürgermeister von New York City und sogar zu einem ehemaligen Präsidenten.

Ich verlange hohe Preise, doch ich garantiere Ergebnisse«, sagte sie, während ihr Blick jede Einzelne von uns ins Visier nahm. »In drei Monaten werden Sie dieses Gebäude verlassen und alles wissen, was es über das moderne Büro und seine Führung zu wissen gibt. Denn letzten Endes, meine Damen, beruht mein Ruf auf Ihnen. Wenn ein Geschäftsmann eine Graham-Coulson-Sekretärin einstellt, dann erwartet er zu Recht die beste persönliche Assistentin, die für Geld zu haben ist.«

Sie wandte sich dem Tisch und dem mit einem gold- und purpurfarbenen Tuch bedeckten Gegenstand zu.

Wie ein Magier zog sie das Tuch beiseite und enthüllte eine Schreibmaschine.

Sie sah robust und schwer aus und war aus Messing und Gusseisen gemacht.

Ihre vier Tastenreihen funkelten im Licht.

Das Wort UNDERWOOD loderte in großen Buchstaben auf ihrer Vorderseite.

»Meine Damen«, sagte Mrs. Graham-Coulson, »sagen Sie Hallo zu der Underwood-Schreibmaschine No. 5. Sie ist eine vierreihige Schreibmaschine mit Farbband, Vorderanschlag und Umschalttaste und ohne Zweifel die beste Schreibmaschine aller Zeiten.

Sie ist nahezu unzerstörbar und sie ist *schnell*. Sobald Sie hier fertig sind, werden Sie sie in- und auswendig kennen.

Sie werden in der Lage sein, auf ihr einen Brief mit 70 Wörtern die Minute absolut fehlerfrei zu tippen – und zwar im Dunkeln.«

Ein Raunen ging durch das Publikum.

Mrs. Katherine Graham-Coulson lächelte wissend.

»Aber wir werden noch so viel mehr machen. Wir werden Sie verändern. Sie werden nicht nur lernen, wie man ein Diktat aufnimmt oder ein Telefongespräch führt. Sie werden Anstand und Etikette lernen, wie man sich anzieht, wie man isst, wie man sich benimmt und wie man sich mit Titanen unterhält. Wie man Make-up aufträgt und sich frisiert. Sie sind als Mädchen an diese Schule gekommen. Sie werden sie als gepflegte, kultivierte und fähige Frauen verlassen. Sie werden sie als Graham-Coulson-Sekretärinnen verlassen.«

Sie hatte ihren lautesten Punkt erreicht, doch dann senkte sie ihre Stimme zu einem Flüstern.

»Noch wissen Sie es vielleicht nicht, aber Sie alle haben sehr großes Glück, sich in dieser besonderen Zeit an dieser besonderen Schule eingeschrieben zu haben. Als die führende Sekretärinnenschule im Land erhält die beste Schülerin am Ende des Semesters ein Angebot für eine Stelle bei einem Vorsitzenden oder Manager einer der führenden Firmen der Stadt.

In dieser bewegten Nachkriegszeit blüht die Wirtschaft, und ich habe eine Stelle für die beste Schülerin unter Ihnen in Aussicht. In den nächsten Wochen werde ich Ihnen, sobald der passende Moment gekommen ist, alles über diese Firma erzählen, doch lassen Sie mich Ihnen versichern, dass es eine unglaubliche Gelegenheit ist. Meine Damen, wir wollen beginnen.«

Mit diesen Worten wandte sich Mrs. Katherine Graham-Coulson der Tafel zu, die auf der Bühne stand, drehte sie um und enthüllte deren Rückseite.

Auf dieser Seite stand Folgendes geschrieben:

**REGELN,
UM EINE GROSSARTIGE SEKRETÄRIN
ZU WERDEN**

Regel #1: Ihre Aufgabe ist es, Ihrem Chef zu helfen, seine Arbeit zu tun!
Regel #2: Treten Sie immer makellos auf!
Regel #3: Seien Sie immer pünktlich!
Regel #4: Rechtschreibung, Zeichensetzung und Grammatik sind die Säulen der Kultiviertheit!
Regel #5: Schnell und falsch ist immer noch falsch. Machen Sie es richtig!

Während der nächsten 16 Wochen sollten uns diese fünf Regeln immer und immer wieder eingebläut werden.

Mrs. Katherine Graham-Coulson leitete diese erste Unterrichtsstunde höchstpersönlich, und genau wie Stella es vorhergesagt hatte, wählte sie irgendein armes Mädchen aus der ersten Reihe, um dessen derzeit noch ungenügende Fähigkeiten an der Schreibmaschine zu demonstrieren.

Andere Kurse zu bestimmten Fachgebieten – vom Tippen über Stenografie zu Rechtschreibung und Grammatik – wurden von ihren Mitarbeitern unterrichtet.

Zwar gab sie keine weiteren Kurse außer diesem einen am ersten Tag, doch sie war an der Schule allgegenwärtig.

Fast jeden Tag sah ich, wie sie irgendeinen Gentleman im Anzug durch das Gebäude führte – Interessenten von großen

Firmen, nahm ich an. Denn letztendlich war sie selbst eine Geschäftsfrau, die – zusätzlich zu ihrem gewinnbringenden Geldverleih – ein Produkt zum Verkauf anbot: uns.

1927.

Einstein scherte sich nicht um mein Äußeres, als ich seine Assistentin war.

Und auch nicht um Pünktlichkeit.

Er trug nur selten eine Uhr. In seine Gedanken versunken, existierte er in seiner eigenen Zeitrechnung. Und alle warteten geduldig auf ihn, sogar Könige und Präsidenten.

Er scherte sich nur um Regel #5: Schnell und falsch ist immer noch falsch. Mach es richtig.

1933.

Speer war anders.

Eine Absolventin der Graham-Coulson-Schule war wie maßgeschneidert für ihn, da er großen Wert darauf legte, dass alle fünf Regeln eingehalten wurden.

Seine erste Bemerkung lautete: »Ich verlange, dass Sie pünktlich und präzise sind. Ich habe keine Zeit, auf Sie zu warten oder Ihre Fehler zu berichtigen. Wenn ich um sieben Uhr ein Treffen mit dem Führer habe, verlange ich, dass Sie um sechs im Büro sind, dass mein Kaffee fertig ist und dass alle notwendigen Dokumente griffbereit sind. Tragen Sie nur wenig Make-up, aber achten Sie auf eine ordentliche Frisur. Der Führer erwartet von jedem in seiner Gegenwart ein professionelles Auftreten.«

»Jawohl, mein Herr«, sagte ich.

Er befolgte seine eigenen Anweisungen.

Speer war immer perfekt hergerichtet, sogar als er zum ersten Mal nach Auschwitz kam, um die Standorte für die Öfen auszuwählen.

1945.

Bormann interessierte sich nicht für Regeln.

Ihn interessierte nur Macht, und darum hielt er sich immer ganz eng an Hitler.

Der 18. Zusatzartikel der Verfassung untersagte die Herstellung, den Verkauf und den Transport von »berauschenden Flüssigkeiten« in ganz Amerika.
Er trat um 00:01 Uhr am 17. Januar 1920 in Kraft.
Die Alkoholprohibition war ein Gesetz, das von ländlichen Puritanern erschaffen und von städtischen Feingeistern rundherum abgelehnt wurde. Sie bleibt als einer der größten Misserfolge der Geschichte im Gedächtnis, denn alles, was sie hervorbrachte, waren der Schwarzmarkthandel mit Alkohol und eine neue Art des Kriminellen: den Gangster.

Aus *Kanonen, Gangster und Schnapsschmuggler: Die Goldenen Zwanziger*
von George Paris

AUFMACHUNG UND SCHÖNHEIT (MISS DECKER)

Mein erster Monat an der Sekretärinnenschule verging wie im Flug.

Die Tage verbrachten wir mit Unterricht.

Wie dem von Miss Decker: *Aufmachung und Schönheit*. Zu den Übungen gehörten das Herrichten von perfekten Haarlocken, das Auftragen von Lippenstift, das Pudern der

Nase, das Maßschneidern unserer Kleider (Regel #2) sowie die richtige Art und Weise des Bügelns von Wäsche, sowohl unsere eigene als auch die vom Chef (Regel #1).

Die beste Schülerin in diesem Kurs war ohne Frage Stella, nicht zuletzt deshalb, weil sie bereits sehr attraktiv war.

Stella.

Wo soll ich anfangen?

Zum einen war sie blond, groß und 19. Zum anderen – und das war sehr wichtig – hatte sie eine ältere Schwester, die schon zwei Jahre zuvor die Sekretärinnenschule durchlaufen hatte, was bedeutete, dass Stella und ihre Clique aus drei Freundinnen, die ich nur »die unterwürfigen Drillinge« nennen werde, etwas hatten, das Mädchen wie mir und Fanny verwehrt blieb: eine Ahnung von dem, was uns erwarten sollte.

Einmal hörte ich zufällig beim Frühstück in dieser ersten schwindelerregenden Woche, wie Stella zu ihren Freundinnen sagte: »Passt auf, am Montag der zweiten Woche wird es eine unangekündigte Prüfung geben – einen Stenografie-Test.«

(Darum war ich auf diese erste Überraschung vorbereitet – dem Himmel sei Dank –, doch viele andere Prüfungen erwischten mich auf dem völlig falschen Fuß.)

Einmal hörte ich Stella zu ihren Freundinnen sagen: »Ladys, dank meiner Quellen weiß ich schon, welche Firma die erstplatzierte Schülerin einstellen wird. Es ist Bentley & Sons.«

Eines der Mädchen schnappte wie vom Schlag getroffen nach Luft. »Clay Bentley? Der Millionär?«

»Der Multimillionär«, sagte Stella, »der Seite an Seite mit seinem äußerst attraktiven Sohn Clay jr. arbeitet.«

Als ich das hörte, seufzte ich. Ich hatte keinen Schimmer,

was Bentley & Sons machten, und schon gar nicht, wer die Bentleys waren.

Es war nur eine weitere Sache, von der Stella wusste und ich nicht.

Jedenfalls war Stella stets auf alle Tests und Prüfungen vorbereitet und brillierte vom ersten Moment an.

Vorgewarnt und allzeit gewappnet, wurde sie schnell zur besten Schülerin der Klasse, ganz egal ob in *Aufmachung und Schönheit* oder in *Tippen und Stenografieren* oder *Rechtschreibung, Zeichensetzung und Grammatik*.

Außerdem war sie die geborene Rädelsführerin, und ihr Vorwissen über den Lehrplan der Graham-Coulson-Sekretärinnenschule verstärkte diese Eigenschaft noch.

Was sie von mir hielt? Behandelte sie mich schlecht, so wie es jedes archetypische Mädchen aus der ersten Reihe mit einem neuen Mädchen aus einem fremden Land getan hätte?

Um ehrlich zu sein, glaube ich, dass ich ihr egal war.

Sie wusste, dass es mich gab, dessen war ich mir sicher. Ich war das stille deutsche Mädchen. Doch ich glaube nicht, dass ich mehr war als irgendeine Person am Rande ihrer Wahrnehmung. Wenigstens nicht, bis ich zu einer Bedrohung wurde.

Stella hatte noch ein weiteres Eisen im Feuer, das sie zur alleinigen Anführerin unserer Klasse machte.

Sie brillierte auch *nach* dem Unterricht, denn sie war eine Einheimische – in Brooklyn geboren und aufgewachsen – und kannte daher die besten Bars und Cafés in der Nähe der Schule.

Die Tage verbrachten wir im Unterricht.

Die Nächte waren anders.

Wir verbrachten sie, wann immer es uns möglich war, in der Stadt, wobei wir all die Fähigkeiten benutzten, die wir in *Aufmachung und Schönheit* gelernt hatten.

Die Prohibition treibt die Trunkenheit nur hinter verschlossene Türen und an dunkle Orte.

Mark Twain

Die Tage in New York City raubten mir mit ihrer unbändigen Energie schon die Sinne, doch die Nächte schüttelten mich vollends durch.

Sobald es Nacht wurde, war Berlin ruhig und gleichmütig, doch New York erwachte erst so richtig zum Leben.

Hier war es nach Einbruch der Dunkelheit so umtriebig wie bei Tage, ein funkelnder Zirkus aus Musik und Tanz und – vor allem während dieses Dezembers – Alkohol bis zum Umfallen.

Mit perfekt gepuderten Nasen, perfekt bemalten Lippen und perfekt umgenähten Röcken, sodass sie an den Kurven ihrer Hüften klebten, zogen Stella und die Drillinge jedes Wochenende los, vom Freitag bis zum Sonntag.

Unsicher, schüchtern und, offen gesagt, erschrocken von den vielen nächtlichen Geräuschen dieser pulsierenden Stadt ging ich nicht annähernd so häufig aus, doch ich muss gestehen, dass auch ich sie ein paarmal begleitete.

Und, oh, was ich dort sah!

Ich muss sagen, dass ich das Glück hatte, die Bars und Nachtclubs von New York sowohl vor als auch nach der törichten Prohibition erleben zu dürfen.

Während meines ersten Ausflugs in jenem Dezember und mit Fanny an meiner Seite folgte ich Stella und ihrer Clique in eine Bar, deren Wände mit rotem Samt bedeckt waren und in der sich viele gut angezogene junge Männer tummelten, die für die Banken und Finanzunternehmen an der Wall Street arbeiteten.

(Ich muss noch einmal wiederholen, was hier geschah: Eine Gruppe aus Frauen – unbegleitete junge Frauen – schlenderte völlig sorglos durch die nächtlichen Straßen der größten Stadt der Welt. Sie mussten sich keine Gedanken um ihre Sicherheit machen. Sie brauchten keine Aufpasser. Sie waren unabhängige Frauen, und niemanden kümmerte es, was sie taten. Amerika war so modern.)

In der Bar gesellten sich Stellas Freundinnen sofort zu den jungen Männern in ihren piekfeinen Anzügen.

Aber Stella nicht.

Ich fragte sie nach dem Grund.

Sie lächelte matt. »Hanna, das sind Jungs. Sicher, sie sind schick angezogen und haben ein paar Kröten in der Tasche, trotzdem sind sie nur Jungs. Ich nenne sie ›Tykes‹: Möchtegern-Tycoons. Sie sind nicht schlecht, um etwas Spaß zu haben, aber das ist auch schon alles. Ich suche nach einem *Mann* einer ganz bestimmten Sorte.«

Sie führte nicht weiter aus, was sie damit meinte.

Das zweite Mal, dass ich mit den Mädchen ausging, war am Silvesterabend.

Wie jeder weiß, macht eine Silvesterparty zur Jahrzehntwende besonders viel Spaß, doch diese letzte Nacht des Jahres 1919 war eine spezielle: Es war der letzte Silvesterabend, bevor am 17. Januar 1920 die Prohibition in Kraft treten sollte.

Ich sah ein betrunkenes Mädchen, den Rock hoch über die Hüften geschoben, das mit einem Mann in einer Seitengasse vom Times Square Sex hatte. Etwas weiter die Gasse entlang sah ich ein anderes Mädchen, das an dem Penis eines Mannes lutschte. Ein Mädchen aus Stellas Gruppe trank so viel, dass ihm schlecht wurde. Ich hörte sie stundenlang im Badezimmer erbrechen.

17 Tage später trat die Prohibition in Kraft und veränderte alles.

Die Bars verschwanden. Genau wie die Nachtclubs.

Natürlich hörten sie nicht auf zu existieren. Sie gingen nur in den Untergrund, in die Seitengassen, in die Spelunken.

Im Handumdrehen wurde eine neue Art des Nachtlebens geboren.

Und Stella und ihre Clique – aufgeputzt und zurechtgemacht – begaben sich einfach in diese neuen halbseidenen Etablissements.

Eines Abends begleitete ich sie aus Neugier und weil ich nicht ausgeschlossen sein wollte.

Der Gegensatz war sofort zu spüren.

Eine Seitengasse entlang, in einen Lagerraum hinein, durch einen Vorhang …

… und plötzlich war ich in einer verrauchten dunklen Bar, in der eine schwarze Frau sinnliche Lieder in ein Mikrofon schmachtete und dieselben jungen Wall-Street-Tykes uns umringten und illegal gebrautes Bier tranken.

Doch die Stimmung hier war eine andere.

Düsterer, bedrohlicher.

Sogar die Tykes wussten es und sprachen viel leiser als sonst.

Es war nicht aus Angst vor der Polizei. Die würde den Laden nicht stürmen, denn all die Cops waren auch hier und tranken nach Herzenslust, nachdem sie sich hatten schmieren lassen.

Nein, es war wegen der Gangster, die in den schattenverhangenen Nischen der Bar hockten, an ihren Whiskys nippten und alle Welt die Pistolen in ihren Schulterholstern sehen ließen.

Stella liebte es. Genau wie die Drillinge.

Ich muss gestehen, dass auch ich ihn spürte, diesen Nervenkitzel der Gesetzlosigkeit und der unmittelbaren Nähe zu gefährlichen Männern. Es war ein Rausch der Rebellion, der einfach nur dadurch entfacht wurde, einen Drink zu nehmen.

Das war etwas, das der Verfechter der Prohibition, der Abgeordnete Andrew Volstead aus Minnesota – ländlich, religiös und völlig naiv, was die menschliche Natur betraf –, nicht vorhergesehen hatte.

Das Verbot machte den Alkoholkonsum nur aufregender.

Stella suchte die örtliche Spelunke aus, die die Mädchen aus der Schule am häufigsten besuchten: einen Schuppen namens Pearl's.

Natürlich hatten die illegalen Bars und Clubs keine richtigen Namen. Dieser Laden hieß Pearl's, weil er an der Pearl Street im Schatten der Brooklyn Bridge zwischen vielen Lagerhäusern lag.

Er wurde von Douglas »Baby Face« Mancino geführt.

Mancino war damals jung und hatte wirklich das Gesicht eines Babys. Innerhalb weniger Jahre sollte er zu einem der gefürchtetsten Gangster in New York City werden.

Doch in den frühen 1920ern stand er genau wie der Rest dieser neuen kriminellen Klasse noch ganz am Anfang, und das Pearl's mit seinem schwarzgebrannten Schnaps und seinen Spieltischen machte gute Geschäfte.

Das Pearl's lag außerdem nur einen Fußweg von unserer Schule entfernt, gleich hinter einem Lagerhaus, an dem ein

Schild mit der Aufschrift »Bentley & Sons Trucking and Shipping« prangte.

Diese Tatsache sprang mir sofort ins Auge.

»Mir gefällt das Pearl's«, sagte Stella, »weil es so nahe an der Wall Street liegt und die Tykes genug Geld haben, um uns viele Drinks zu kaufen, aber trotzdem manierlich genug sind, uns nicht zu sehr zu drängen, wenn es um all die anderen Sachen geht.«

Und außerdem, so erkannte ich schnell, weil Mr. Clay Bentley jr. – einer der Söhne aus Bentley & Sons und damit ein Erbe von einem der reichsten Männer der Stadt – das Pearl's regelmäßig aufsuchte.

Es ist schon seltsam, wenn ich darauf zurückblicke.

Diese Wahl, Stellas Wahl einer illegalen Bar, sollte einen tiefgreifenden Einfluss auf mich haben.

Sie sollte vier Männer in meine Welt bringen, vier ganz unterschiedliche Männer, die aus vier ganz unterschiedlichen Gründen den Lauf meines Lebens verändern würden.

Mr. Clay Bentley jr., jung und verwegen.

Mr. Clay Bentley sen., sein stoischer Vater.

Den Gangster »Baby Face« Mancino.

Und Special Agent Dan Kessler vom US-Finanzministerium.

> Zweifel erfüllten mich, als ich darüber nachdachte, ob es machbar ist, ein Gesetz durchzusetzen, das von der Mehrheit der aufrichtigen Bürger offensichtlich nicht gewollt war.
>
> Eliot Ness

TIPPEN UND STENOGRAFIE (MISS CARLING)

Während des Tages: weitere Kurse.

Tippen und Stenografie mit Miss Carling war der wichtigste Unterricht von allen. 50 Prozent unserer Endnote setzten sich aus unseren Leistungen in diesem Fach zusammen.

»Schnelles Tippen ist gutes Tippen«, rief Miss Carling über das Klappern unserer Underwoods hinweg. »Schnell ist gut, aber schnell und *falsch* ist letztendlich langsamer! Denn dann müssen Sie noch einmal von vorne beginnen! Sie müssen schnell und darüber hinaus auch noch fehlerfrei sein!«

Das nahm ich mir zu Herzen.

Ich war gut an der Schreibmaschine, schnell und effizient, aber nicht die Schnellste in unserer Klasse.

Das war wieder einmal Stella. Nicht nur dass sie den Lehrplan der Schule kannte, bevor sie herkam, sie hatte außerdem schon sechs Monate lang das Maschineschreiben geübt.

Wir hämmerten auf unsere Tasten, um einen Geschäftsbrief der einen oder anderen Art zu Papier zu bringen.

Ich saß über meine Underwood gebeugt da, als Miss Carling plötzlich rief: »Meine Damen! Halten Sie inne!«

Ich blickte blinzelnd auf.

Mrs. Graham-Coulson stand vor uns.

»Hallo, meine Damen«, sagte sie und hielt ein Blatt Papier in die Höhe. »Die Klassennoten. Es sind nur noch drei Wochen bis zum Schulende, und es sind noch etliche unter Ihnen, die den Spitzenplatz einnehmen und die Stelle als Chefsekretärin von Mr. Clay Bentley sen. bei Bentley & Sons Trucking and Shipping gewinnen können.«

Sie heftete das Blatt Papier an eine Pinnwand neben der Tür und ging wieder.

Als der Unterricht vorbei war, huschten wir alle hinüber und warfen einen Blick darauf.

Stella lag vorn.

Ich war an vierter Stelle und immer noch in Reichweite, solange ich a) jede der bevorstehenden Prüfungen als Beste bestand und b) Stella einen Fehler machte.

Noch hatte sie keinen einzigen gemacht.

Während der Nacht: das Pearl's und andere illegale Tanzschuppen.

Stella und ihre Clique gingen zum Pearl's, und hin und wieder begleitete ich sie.

Eines Abends, während eine hübsche schwarze Frau einen dieser »Jazz«-Songs sang, die gerade angesagt waren, setzte ich mich zu Stella.

Sie beäugte einen groß gewachsenen Mann am Würfeltisch. Er hatte blond gelocktes Haar, ein riesiges Grübchen am Kinn und hinreißend blaue Augen.

Er trug einen modischen grauen Anzug, der leicht schimmerte, und lachte wie jemand, der nicht die geringsten Sorgen kannte.

»Wer ist das?«, fragte ich.

»Ach, du meine Güte«, sagte Stella, »manchmal vergesse ich, dass du nicht von hier bist. Das ist mein zukünftiger Ehemann, Mr. Clay Bentley jr.«

»Oh«, sagte ich. »Der von der Firma.«

»Darum *muss* ich die Klassenbeste werden«, sagte Stella. »Wenn ich als Chefsekretärin von Mr. Bentley sen. in den Dunstkreis der Familie gelangen kann, werde ich ohne Frage dem Junior ins Auge fallen und ihn mir als Gatten angeln. Dann werde ich mich sofort zur Ruhe setzen und ein müßiges Leben führen, so wie ich es mir immer erträumt habe.«

Ich runzelte die Stirn. Ich mochte zwar unbedarft sein, doch ich hatte Augen im Kopf, und mit denen sah ich den Ehering an der linken Hand von Clay Bentley jr.

»Stella, er ist verheiratet.«

Stella schnaubte. »O Hanna, Hanna. Ein Mann wie Clay Bentley jr. verbringt mehr Zeit des Tages mit seiner Sekretärin als mit seiner Ehefrau. Und keine Frau, die zu Hause mit ein paar quengelnden Gören herumhockt, während ihr Gatte seiner Arbeit in der City nachgeht, wird jemals den Einfluss seiner Sekretärin haben. Oder, noch besser, den Einfluss der Sekretärin des reichen Vaters ihres Gatten. Nein, ich bin mir sicher, dass ich mir den Junior ohne große Mühe schnappen kann, wenn es mir gelingt, in die Firma zu kommen.«

Und in diesem Moment erkannte ich Stella als das, was sie war.

Unter all ihrer Großtuerei, all ihrem Insiderwissen, was die Sekretärinnenschule anging, war es ihr einziges Ziel, ihren derzeitigen gesellschaftlichen Status durch eine Heirat zu verbessern, und ihr war es egal, wer dabei zu Schaden kam.

Doch ich sagte nichts zu alledem, denn ich war buchstäblich sprachlos.

Später an jenem Abend zog sich ein aufgeregter Schauer durch die Bar.

Baby Face Mancino war erschienen.

Eines muss ich Mancino lassen: Er sah wie ein Gangster aus, bevor Gangster überhaupt einen Look hatten.

Er trug einen Nadelstreifenanzug unter einem riesigen, mit Pelz gefütterten Übermantel und einen weißen Filzhut mit einem schwarzen Hutband. Er wurde von vier stattlichen Kerlen, seinen Bodyguards, begleitet.

Er muss damals um die 30 gewesen sein. Er war ein großer, stämmiger Mann mit einem runden, teigigen Gesicht, das stets mit einem dünnen Schweißfilm bedeckt zu sein schien.

Doch es waren seine Augen, die einen packten.

Sie waren breiter als die der meisten Männer, sodass man immer das Weiße in ihnen sehen konnte.

Es waren die Augen eines Psychopathen.

Himmler hat solche Augen.

Heydrich auch.

Als wir zusammen aus dem Führerbunker flüchten, sind Bormanns Augen geweitet und weiß.

Man sagt, dass Psychopathen alles egal sei, doch das stimmt nicht.

Das Einzige, was einem Psychopathen ganz und gar nicht egal ist, ist seine Selbsterhaltung.

Baby Face streckte seine Hand aus. Ihm wurde ein Glas Whisky gereicht, und er lief, ohne dass er anhalten musste, weiter zum Würfeltisch, um sich mit Clay Bentley jr. zu unterhalten.

Sie kauerten sich zusammen, während sie sich zuflüsterten und Bentley jr. eifrig nickte.

Dies war eine der unbeabsichtigten Konsequenzen der Prohibition und eines ihre bemerkenswertesten Merkmale: Hier fand sich der Spross einer prominenten New Yorker Familie in einem Plausch mit einem bekannten Gangster wieder, während eine schwarze Frau eine ganz neue Art von Musik darbot und ich, eine deutsche Frau, ihnen zusah.

Während Stella und die Mädchen ganz bewusst an dem Spieltisch herumlungerten, an dem Bentley jr. gerade mit Mancino plauschte, begab ich mich an die Wand hinten bei den Toiletten und nuckelte an dem Drink, den ich mir schon vor einer Stunde gekauft hatte.

»Ich würde dem jungen Bentley lieber keine schönen Augen machen«, sagte aus heiterem Himmel eine Stimme hinter mir.

Ich drehte mich um.

Dort stand ein attraktiver Mann, der ebenfalls das Wechselspiel zwischen dem Gangster und dem jungen Geschäftsmann beobachtete.

Meine neue Gesellschaft hatte ein freundliches Gesicht. Er war nur ein paar Jahre älter als ich, vielleicht 24. Er hatte dunkles Haar, einen Dreitagebart an seinem eckigen Kinn, und seine Augen waren braun und ernst und älter, als er es den Jahren nach war.

Er trug einen weißen Fedora und einen protzigen weißen Anzug. Noch ein Gangster, wenn auch ein sehr gut aussehender.

»Was soll das heißen?«, sagte ich.

»Nun, er hat ganz schön Ärger mit Baby Face. Schuldet ihm Geld. Einen Haufen Geld. Spielt zu viel, der junge Bentley. Glauben Sie mir, Sie wollen Baby Face lieber nichts schuldig sein.«

Ich wandte meinen Blick wieder den beiden Männern an dem Spieltisch zu. »Aber er hat einen reichen Vater. Daddy könnte für ihn zahlen.«

»Ich glaube nicht, dass Daddy von den Schulden weiß«, sagte meine Gesellschaft. »Wir sprechen immerhin von 18.000 Dollar.«

Mir klappte die Kinnlade herunter. Das war damals eine astronomische Summe, mehr als alles, was diese Wall-Street-Tykes in einem Jahr oder auch in fünf Jahren verdienten. »Clay Bentley jr. hat *18.000 Dollar* beim Glücksspiel verloren?«

»So sieht's aus«, sagte der Mann mit dem weißen Fedora. »Ein paar von diesen Wall-Street-Jungs stehen auch bei ihm in der Kreide.«

»Und woher wissen Sie das alles?« Ich betrachtete seinen weißen Anzug von oben bis unten. »Sind Sie etwa Baby Face Mancinos Buchhalter?«

»So etwas in der Art.«

»Was soll das nun wieder heißen, *so etwas in der Art?*«

Er sah mich lange und abschätzend an, als würde er entscheiden, was er als Nächstes sagen sollte.

Dann klappte er verstohlen seine Brieftasche auf und enthüllte einen Ausweis, der darin steckte. Darauf stand zu lesen:

FINANZMINISTERIUM
DER VEREINIGTEN STAATEN
US-STEUERBEHÖRDE

DIESES ZERTIFIKAT BESCHEINIGT
Daniel J. Kessler
AUS New York, N. Y., ALS
Prohibitionsagent des Bundes

UND STATTET IHN MIT DER AUTORITÄT AUS, ALLE PFLICHTEN UND AUFGABEN AUSZUFÜHREN, MIT DENEN SOLCHE BUNDESBEAMTEN BEAUFTRAGT SIND.

Er streckte seine Hand aus. »Dan Kessler. Bundesbeamter.«

Ich schüttelte sie wie vom Donner gerührt.

»Und Sie sind …?«, soufflierte er.

»Hanna Fischer. Ich bin absolut niemand.«

Auf meinem Gesicht musste sich meine Angst gezeigt haben.

Er kicherte, aber nicht auf eine böse Art und Weise.

»Ist schon gut, Hanna Fischer. Ich werde heute Nacht weder Sie noch sonst jemanden hopsnehmen«, sagte Dan Kessler. »Ich stelle nur ein paar Nachforschungen bezüglich Mr. Mancino an. Versuche, ein paar Dinge herauszubekommen.«

»Zum Beispiel?«

»Zum Beispiel wie er seinen Schnaps unbemerkt nach New York City schafft«, sagte Dan, während er Mancino auf der anderen Seite des rauchverhangenen Raumes beäugte.

»Und woher kommen Sie, Hanna Fischer? Wegen Ihres Akzents schätze ich, nicht aus dieser Gegend.«

»Berlin. Deutschland.«

»Und was führt Sie nach New York?«

»Stellen Sie immer so viele Fragen, Mr. Kessler?«

»Das bringt mein Job mit sich.«

»Ich besuche eine Sekretärinnenschule«, sagte ich. »Sie ist nicht weit von hier.«

»Aber deswegen sind Sie nicht hergekommen, nicht wahr?«, sagte er und betrachtete mich eingehend.

»Nein«, sagte ich leise und senkte den Kopf.

Er schien mein Unbehagen zu spüren und ließ es auf sich beruhen.

»Vielleicht können Sie mir ein andermal davon erzählen«, sagte er.

»Wenn ich mich nicht täusche, ist Kessler ein deutscher Name, Agent Kessler«, sagte ich. »Wohin ist Ihr Akzent verschwunden?«

Wieder lächelte er.

»Meine Güte, bei solch einem detektivischen Spürsinn sollte ich Ihnen einen Job geben. Meine Eltern haben vor 30 Jahren ein Boot hierher genommen, als Kaiser Wilhelm die Juden vergasen wollte und Bismarck dabei war, das Zweite Reich zu errichten. Sie stammen aus München, doch ich wurde hier geboren. Ein hundertprozentiger Amerikaner.«

»Sprechen Sie Deutsch?«, fragte ich.

»Ja«, antwortete er. »Mein Dad hat darauf bestanden. Er sagte, es sei ein Teil meiner Wurzeln. Ich spreche es fließend.«

»Waren Sie je in Deutschland?«

»Nee. War zu sehr damit beschäftigt, meinen Abschluss in Jura zu machen und mich bei der Finanzbehörde zu verdingen.«

»Ich schätze, dass es nicht so leicht ist, nach Deutschland zurückzugehen, wenn man erst einmal hier lebt.« Mit einer kleinen Geste deutete ich auf ganz New York um uns herum.

»Das denke ich auch«, sagte Dan. »Diese Unterhaltung war eine der angenehmsten, die ich seit Langem hatte, Hanna Fischer aus Berlin, Deutschland. Ich wünsche Ihnen noch einen schönen Abend. Und wenn eines dieser aalglatten jungen Arschlöcher in ihren silbernen Anzügen Sie zu einem Date einlädt, wäre es vielleicht angebracht, zuerst mich bezüglich ihrer finanziellen Lage zu konsultieren. Ich kann Ihnen bestimmt sagen, ob sie einem Gangster was schulden oder …«

»Jo, Kriegler.« Eine riesige Pranke landete auf Dan Kesslers Schulter.

Kriegler?, dachte ich.

Die Pranke gehörte Baby Face Mancinos größtem Bodyguard, einem hünenhaften Italiener, der auch einen teuren Nadelstreifenanzug trug. Er hatte eine Nase, die sowohl lang als auch breit war. Er war nicht gerade attraktiv, doch seine Ausstrahlung war unverkennbar intensiv.

Jeder hier wusste, wer er war: Er war Charles Luciano oder einfach nur »Lucky«.

Dan sagte: »Hey, Lucky. Wie schaut's aus?«

»Kann nicht klagen. Hör zu, halt dir den 31. frei, okay? Wird ein großes Zusammenkommen in Dobsons Fischlager geben.«

»Ich werde dort sein«, sagte Dan.

»Wird in die Geschichte eingehen, sag ich dir«, beteuerte Lucky Luciano. »Willst du nicht verpassen.«

»Wie schon gesagt: Ich werde dort sein.«

Lucky musterte mich kurz, grinste anerkennend und ging davon.

»Heißt es nun Kriegler oder Kessler?«, fragte ich Dan und warf ihm einen Seitenblick zu.

»Das Schwerste an der Arbeit eines verdeckten Ermittlers ist es, sich all die falschen Namen zu merken. Bitte entschuldigen Sie, Miss Fischer, aber ich muss jetzt gehen. Passen Sie gut auf sich auf, ja?«

Er tippte sich an die Krempe seines Hutes, lächelte und ging davon.

Mir gefiel das Lächeln.

Nimm dich in Acht, wen du einen
Freund nennst.

Al Capone

Im Laufe der nächsten Wochen traf ich Dan Kessler in den verschiedensten Spelunken wieder.

Unterhaltungen mit ihm waren faszinierend. Die Regierung versuchte gar nicht, die Prohibition durchzusetzen, sondern beobachtete vielmehr ihre Auswirkungen. Und das, was er davon aus nächster Nähe beobachtete, sah nicht gut aus.

»Sie glauben ja nicht, wie schnell kriminelle Elemente hervorgekrochen sind, um die Alkohollücke zu schließen«, sagte er mir eines Nachts, als er in der Gasse vor dem Pearl's eine Zigarette rauchte. »Es ist eine neue Art des kriminellen Elements: ein Kollektiv, geschlossen und durchorganisiert.«

»Klüger?«, fragte ich.

»Gerissener. Und wir stoßen auf neue Akteure, junge Typen, hauptsächlich Italiener, die sich schnell einen Namen machen, häufig indem sie kooperieren oder sich sogar verbünden. So wie Baby Face Mancino und sein Kumpel Lucky Luciano. Das Finanzministerium hat sie alle im Visier, um sich einen Überblick über die Lage zu verschaffen. Es ist sinnlos, schon jetzt herbeizueilen und die kleinen Fische dingfest zu machen. Doch bald, nachdem sich die großen Tiere breitgemacht haben, schlagen wir zu.«

»Was ist mit den Gangstern und ihren Bündnissen? Werden sie bestehen bleiben?«

Dan schniefte und lachte trocken. »Natürlich bleiben sie bestehen. Solange es eine Ganovenehre gibt.«

An diesem Punkt sollte ich Fanny erwähnen.

Manchmal begleitete Fanny die Mädchen, wenn sie um die Häuser zogen, doch meistens, ganz egal wie sehr sie sie drängten, sträubte sie sich und blieb lieber im Wohnheim.

Ich mochte Fanny wirklich. Besonders gefiel mir die Art und Weise, mit der sie sich den Beschwörungen der anderen Mädchen widersetzte.

Ich sagte: »Ich hatte noch nie richtige Freundinnen, deshalb fällt es mir so schwer, Nein zu sagen, wenn sie mich fragen, ob ich mit in die Stadt gehen will. Ich schätze, ich will, nun ja, dass sie mich mögen. Wie machst *du* es?«

Fanny zuckte die Schultern. »Was interessiert's mich, was Stella und ihre Gefolgschaft von mir denken? Die Abschlussprüfungen sind in zwei Wochen. Danach werden wir uns in alle Himmelsrichtungen verstreuen, und ich werde Stella und die anderen Mädchen wahrscheinlich niemals wiedersehen. Warum soll ich also versuchen, mich mit ihnen gut zu stellen?«

»Das ist ein guter Punkt.«

»So war es auch in der Schule«, sagte Fanny. »Ich war gut in Mathe, und die anderen Kinder zogen mich deshalb auf. Sie sagten Sachen wie ›Warum lernst du so viel, Fanny?‹ und ›Warum gibst du dir so viel Mühe?‹. Doch dann wurde es mir klar. Weil ich viel lernte und hart arbeitete und gute Noten bekam, *sahen sie schlecht aus*.

Hanna, ich behaupte nicht, viel zu wissen, doch über einige Dinge weiß ich Bescheid. Ich weiß, worin ich gut bin: Zahlen, Verteilungen, Muster. Ich weiß auch, dass ich fett und nicht gerade hübsch bin …«

»Sag das nicht, Fanny. Sag das niemals. Du bist wunderschön!«

»... und ich weiß, ob ich es mit einem guten Menschen zu tun habe. Du bist ein guter Mensch, Hanna. Und sicher, wir alle wollen Freunde haben. Doch sei vorsichtig, wenn du mit diesen anderen Mädchen herumstrolchst, besonders mit Stella. Vielleicht beschwatzt sie dich, mit ihnen zu kommen, doch sie ist nicht deine Freundin. Sie schert sich nur um einen einzigen Menschen: sich selbst.«

Ihre Offenheit verblüffte mich ein wenig.

Ich hatte sie noch nie so eindringlich über etwas sprechen gehört.

Fanny sah zum Fenster hinaus. »Die Schule ist schon eine komische Sache. Nicht nur die Sekretärinnenschule. Jede Schule. Die Grundschule, die High School. Sie bringt uns jeden Tag zusammen, und darum glauben wir, unsere Klassenkameraden wären unsere Freunde. Doch das sind sie nicht. Die Schule zwingt uns, sie jeden Tag zu sehen. Aber so funktioniert das nicht mit echten Freundschaften. Echte Freunde bleiben an deiner Seite, auch wenn sie *nicht* dazu gezwungen sind.«

Gleichwohl hatte Fanny auch ihre Geheimnisse.

Eines Abends, als ich einen sonderbar schmeckenden schwarzgebrannten Schnaps in einer neuen Spelunke getrunken hatte und mich unwohl fühlte, kehrte ich schon nach einer Stunde in das Wohnheim zurück.

Als ich den Flur in Richtung des Zimmers, das ich mir mit Fanny teilte, entlanglief, hörte ich sie.

Leises Grunzen und erregtes Keuchen.

Die Tür stand einen Spalt offen. Ich lugte hinein und sah Fanny, nackt, die rittlings auf Raymond, dem Schulhausmeister, saß und sich wie im Wahn auf und ab bewegte. Beide Beteiligten schienen den Akt sehr zu genießen.

Gleich als ich sie erspäht hatte, zog ich mich auch schon wieder zurück und ließ ihnen ihre Privatsphäre.

Ich schlief auf einem Lesesessel in der Bibliothek ein.

Ein paar Tage später sagte ich zu Fanny: »Und, Fanny, gibt es etwas, das ich über dich und Raymond, den Hausmeister, wissen sollte?«

Sie beäugte mich eingehend.

Und dann begann sie zu schwärmen. »O Hanna! Er ist ja solch ein lieber junger Kerl. Er kommt aus Polen, wusstest du das? Sein eigentlicher Name ist Rajmund, Rajmund Wozniak, doch hier kennt man ihn als Raymond, und ich nenne ihn einfach nur Raymey. Er ist ja so gescheit, doch sein Englisch ist nicht besonders gut. Er kam vor einem Jahr aus Europa her mit nichts als seiner Kleidung am Leib und ohne auch nur ein Wort unserer Sprache zu kennen.

Doch er liebt die Mathematik, und eines Tages unterhielten wir uns über das Glücksspiel und Wahrscheinlichkeiten. Ich sagte ihm, dass ich mich gerade mit dem Aktienmarkt beschäftige, der – seien wir ehrlich – auch nur eine Form von Glücksspiel ist, wenn auch eine legale. Raymey mag Aktien nicht. Er sagt, sie seien ein Werkzeug, das die Kapitalisten benutzen, um sich zu bereichern, während die Arbeiter leiden müssen.«

»Die Arbeiter?«

»Die Arbeiterklasse. Raymey liest viel über solche Sachen. Er sagt, dass er eines Tages der Gewerkschaft beitreten will.«

»Hast du ihn geküsst?«, fragte ich, obwohl ich wusste, dass sie so viel mehr getan hatte.

»Ihn geküsst? Ich habe ihm das Hirn rausgevögelt und er mir meins, meistens wenn du mit den anderen Mädchen ausgegangen bist. Aber bitte erzähl meinen Brüdern nichts davon. Mein Gott, kannst du dir vorstellen, was meine irischen Brüder sagen werden, wenn sie je erfahren, dass ich einen Polacken in mein Bett lasse?«

Sie lachte laut.

Dann beugte sie sich verschwörerisch zu mir herüber. »Hanna. Raymey fragte mich gestern, ob ich seine Freundin sein möchte. Ich habe Ja gesagt. O Hanna, ich hatte noch nie zuvor einen Freund.«

Während Fanny mir das erzählte, dachte ich an Lukas, der noch in Berlin war. Ich vermisste ihn schrecklich und nahm mir vor, ihm zu schreiben und alles zu berichten, was mir widerfahren war. Irgendwann, irgendwie – eines Tages, wenn ich etwas Geld verdient hatte – wollte ich mir überlegen, wie ich zurück zu ihm nach Deutschland gehen konnte.

Doch ich sagte nur: »Das ist wunderbar, Fanny. Ich freue mich ja so für dich.«

Die nächsten beiden Wochen vergingen wie im Flug.

Kurse und Hausaufgaben, Spelunken und Fusel in der Gegenwart von Gangstern und ihrem verdeckten Beobachter Agent Dan Kessler.

Schließlich kam meine letzte Woche an der Sekretärinnenschule.

Unsere Abschlussprüfungen waren für den Freitag anberaumt, doch am Mittwochabend jener Woche fand ich mich im Pearl's wieder.

Stella hatte uns alle überzeugt, noch eine letzte Nacht auszugehen, eine Nacht, die unseren Abschlussprüfungen nicht zu nahe war. Fanny weigerte sich mitzugehen, und sie riet mir flüsternd, dasselbe zu tun (»Stella denkt immer nur an Stella.«). Doch dazu fehlte mir der Mut, und so ging ich mit.

Zuerst war ich ganz froh darüber, denn ich traf Dan Kessler wieder. Doch wie sich herausstellte, war er schon im Begriff, wieder zu gehen.

»Sie verlassen uns so zeitig?«, sagte ich.

»Ich wünschte, ich könnte bleiben, doch wie's aussieht, hat mein kleines Schauspiel als Schmuggler Eindruck hinterlassen. Ich gehe um Mitternacht zu einem großen Treffen mit einer Schar von anderen Gangstern in Dobsons Fischlager unten am Hafen.«

Und damit war er verschwunden.

Eine Stunde oder so später fand ich mich mit Stella in einer der Sitzecken wieder.

Alle anderen Mädchen waren schon gegangen, doch Stella, die unbedingt in der Nähe von Clay Bentley jr. bleiben wollte, hatte mich angefleht, ihr Gesellschaft zu leisten, bis er eine Pause an den Spieltischen einlegte und sich zu ihr setzte.

Nach einer gefühlten Ewigkeit riss sich Clay jr. von den Würfeln los und setzte sich in unsere Mitte.

Er hatte viel an den Spieltischen verloren, denn er war betrunken, und weil er viel verloren hatte, war seine Laune schlecht. Doch als Baby Face' Barmann eine Runde kostenloser Drinks zu uns herüberschickte, sagte er nicht Nein. Er kippte seinen Whisky in einem Zug.

Ich war müde und gelangweilt.

Ich wollte zurück ins Wohnheim und noch etwas schlafen. Ich musste nicht hier sein, um Stella beim Flirten zuzusehen.

Doch dann unterhielten sich Bentley jr. und Stella plötzlich über seinen Vater Clay Bentley sen. und darüber, dass der Preis für die beste Schülerin der Sekretärinnenschule eine Stelle als dessen Chefsekretärin war.

Junior lachte. »Ha! Der erste Preis ist eine Stelle bei meinem Vater! Scheiße, was ist der zweite Preis? Polio? Der alte Mann ist ein prüder Griesgram, der sich seit Jahren nicht verändert hat. Außerdem hat er keinen blassen Schimmer, wie die neue Wirtschaft funktioniert. In diesem Jahrzehnt, den Zwanzigern, geht es nur um die richtigen Informationen und darum, in die richtigen Firmen zu investieren. Doch mein Vater sieht es einfach nicht kommen. Er ist alt, sowohl von außen als auch von innen. Seine Vorstellungen sind alt, seine Anzüge sind alt. Alles Gute für das arme Mädchen, das diesen Scherzpreis bekommt.«

Stella rutschte näher an Junior heran. »Wenn ich gewinne, könntest du ihn bitten, mich für dich arbeiten zu lassen. Stell dir nur mal vor, was wir während der Überstunden alles machen könnten.«

Junior starrte ihr geradewegs auf die Brüste und grunzte beifällig. »Muss sagen, es gefällt mir, wie das klingt.« Er lallte nun unverhohlen.

Gott, ich wollte nur noch weg.

Doch dann sagte er etwas, das meine Aufmerksamkeit erregte.

»Wollt ihr einen heißen Tipp, Ladys? Später heute Nacht, unten am Hafen, da wird's richtig übel.«

Stella hörte nur mit einem Ohr zu.

»Was soll das heißen?«, fragte ich.

Junior grinste selbstgefällig. Anscheinend gefiel es ihm, dass er über geheime Erkenntnisse verfügte. »Wollt ihr wissen, wie man in den 1920ern Geschäfte macht? Baby Face Mancino wird's jedem zeigen, wie's funktioniert. Heute Nacht wird er das *ganze* Geschäft mit dem illegalen Alkohol und dem Glücksspiel in der City an sich reißen. Er hat ein Treffen mit allen Barbetreibern und allen Schmugglern, die sie beliefern, in Manhattan angeleiert. Sie treffen sich um Mitternacht in Dobsons Fischlager. Die größte Ansammlung von Gangstern, die man je gesehen hat. Und wenn sie alle im Lagerhaus sind, dann werden Baby Face und seine Jungs sie alle umlegen.«

Wenn Sie weder Action noch Aufregung mögen, dann halten Sie sich von der Polizeiarbeit fern.

Eliot Ness

Mir gefror das Blut.

Dan würde um Mitternacht als Schmuggler getarnt in Dobsons Fischlager sein.

Er lief geradewegs in einen Hinterhalt.

Aus irgendeinem Grund – ich weiß nicht, warum – sorgte ich mich um ihn. War es wegen unserer gemeinsamen deutschen Herkunft? Oder weil er ein Bundesagent, einer von den guten Jungs war? Lag es an seinem Lächeln? Was immer es auch war, ich wollte nicht, dass Dan Kessler starb.

Ich warf einen verstohlenen Blick auf meine Uhr.

23:40 Uhr.

Wenn ich rannte, konnte ich in zehn Minuten bei dem Lagerhaus sein.

Ich musste raus. Doch Clay Bentley jr. plapperte noch immer wie ein Wasserfall, und ich wollte nicht, dass es aussah, als hätte das, was er gerade gesagt hatte, mich zu einem überstürzten Aufbruch bewogen.

Kostbare Minuten verstrichen. 23:45 Uhr.

Ich schlüpfte aus der Sitzecke. »Stella, ich muss jetzt ins Bett. Ich brauche noch etwas Schlaf vor unserer großen Prüfung am Freitagmorgen. Gute Nacht, Mr. Bentley.«

Er winkte nur, als wollte er mich verscheuchen.

Stellas Lippen formten die Worte *Danke schön.*

Dann war ich draußen und rannte los.

Ich eilte durch die leeren Straßen New Yorks in Richtung Hafen.

Die düstere Stadt zog sich über mir zusammen.

Um 23:57 Uhr platzte ich aus einer Seitenstraße und erblickte die Lagerhäuser entlang des East River. Ich erspähte eines, auf dem in riesigen schwarzen Buchstaben 9B: DOBSON'S FISH AND SEAFOOD geschrieben stand.

Ungefähr zehn Autos standen davor geparkt, gleich neben drei Kühltrucks, die rückwärts vor den Rolltoren standen. Das Dobson's benutzte diese Trucks, um frischen, auf Eis gelagerten Fisch vom Hafenkai zu den Restaurants in der Stadt zu bringen.

Die Luft war nasskalt und trübe. Nebel zog auf.

Zwei von Baby Face Mancinos Schlägern bewachten die Tür. Sie trugen dicke Mäntel und finstere Mienen.

Schnell lief ich vor den Augen der beiden Wachen über die Straße zu dem Lagerhaus hinüber, um nach Dan Ausschau zu halten.

Ich konnte ihn nirgendwo sehen.

Entweder war er noch nicht da oder er war schon drinnen.

23:58 Uhr.

Ich trat an die Wachen heran.

»Wer sind denn Sie?«, fragte einer der Männer.

»Ich bin … Mr. Krieglers Sekretärin«, sagte ich. »Er sollte all seine Lieferdokumente zu dem Treffen mitbringen, doch er hat sie in seinem Büro vergessen. Haben Sie ihn schon gesehen?«

»Ja«, sagte der größere der beiden Männer. »Er ist drinnen.«

Die Wachen tauschten einen Blick aus. Sie wussten, dass jeder, der sich in dieses Lagerhaus begab, sterben würde.

»Würden Sie bitte hineingehen und ihn für mich holen?«, fragte ich. »Ich möchte wirklich nicht gefeuert werden.«

»Tut mir leid, Schätzchen. Wir haben unsere Anweisungen. Sobald jemand drinnen ist, bleibt er drinnen, bis das Treffen vorbei ist.«

Ich erstarrte und schluckte. Verdammt. Was sollte ich tun?

Und in jenem Augenblick hörte ich die Stimme meines Vaters in meinem Kopf. *Bei jeder Entscheidung hat man eine Wahl: die richtige Wahl oder die falsche Wahl. Versuche einfach, die richtige Wahl zu treffen.*

Leider war diese Wahl, wie er mir sagte, manchmal eine unangenehme oder bittere. Für mich war sie darüber hinaus noch etwas anderes: gefährlich.

Ich atmete tief durch, als ich meine Entscheidung getroffen hatte.

»Also schön«, sagte ich, »dann lassen Sie mich selbst hineingehen und ihm die Unterlagen geben.«

»Nur zu, Schätzchen«, grunzte der große Wachmann und grinste seinen Partner wissend an, während er einen Schritt beiseite machte und mich vorbeiließ.

Mein Herz pochte, als ich in den langen, riesigen Raum trat, der nach totem Fisch roch.

Große Haken und Ketten baumelten Reihe um Reihe vor mir herab und bildeten dichte Vorhänge aus Metall.

Dutzende Pferche mit Keramikböden, vergitterten Abflussschächten und Wasserschläuchen säumten die Wand an der rechten Seite. Hier wurden die Fische gesäubert und ausgenommen.

Die ganze Fischverarbeitungsreihe endete an den Rolltüren zu meiner Rechten, wo das fertige Produkt auf die Kühltrucks geladen wurde.

Es war, das musste ich zugeben, der perfekte Ort für einen Massenmord: Man konnte das ganze Blut einfach wegspülen.

Ich sah eine Gruppe von Männern, ungefähr 100 Meter entfernt. Sie trugen alle Mäntel.

Eine Hierarchie war sofort zu erkennen: Die Bosse saßen auf Klappstühlen, während ihre Gorillas hinter ihnen standen.

Baby Face Mancino und sein erster Scherge, Lucky Luciano, schüttelten die Hände von unterschiedlichen Gangsterbossen. Baby Face sah aus wie ein Politiker und lächelte charmant, als er ausrief: »Ich bin ja so froh, dass Sie kommen konnten!«

Und dann sah ich Dan, der am Rande des großen Menschenkreises verweilte, gleich neben einer Reihe mit Fischhaken.

Ich eilte zu ihm hinüber und berührte seine Schulter.

Er drehte sich zu mir um, sah mich, erkannte mich und versuchte, meine Anwesenheit in dem Fischlager einzuordnen, alles zur selben Zeit. Dabei wandelte sich seine Miene von Verwirrung zu Besorgnis.

»Hanna, was …?«

»Sie müssen sofort verschwinden«, sagte ich. »Stellen Sie keine Fragen. Kommen Sie.«

Auch das ordnete er schnell ein und folgte mir augenblicklich hinter eine Reihe aus Fischhaken, wo wir nicht zu sehen waren.

»Was ist los?«, flüsterte er.

»Es ist eine Falle«, zischte ich. »Baby Face will all seine Rivalen über die Klinge springen lassen und das südliche New York für sich allein beanspruchen.«

»Woher wissen Sie das?«

»Vertrauen Sie mir einfach.« Ich nahm seine Hand und führte ihn weiter an den Fischhaken vorbei, hin zum Hinterausgang.

Bumm.

Die beiden Kerle, die die Tür bewachten, schlugen sie zu, holten ihre Maschinenpistolen hervor und versperrten den Ausgang.

Und dann: Schüsse.

Sie dröhnten laut und lange.

In dem riesigen Raum war ihr Geräuschpegel erschreckend.

Fast wäre mir das Herz stehen geblieben.

Ich dachte, das Massaker hätte begonnen.

Doch so plötzlich, wie die Schüsse gekommen waren, hörten sie auch wieder auf.

Es war nicht der Lärm eines Erschießungskommandos. Es waren Baby Face Mancinos Männer, die die versammelten Gangster umzingelten und mit ihren Flinten in die Luft schossen, um die allgemeine Aufmerksamkeit zu erregen.

Dan und ich lugten durch die Vorhänge aus Ketten und Haken und sahen die Männer, angeführt von Lucky Luciano, die ihre Flinten auf die Gangsterbosse, Schmuggler und deren Bodyguards richteten.

Baby Face wandte sich an die in der Falle sitzenden Gangster.

»Gentlemen! Danke, dass Sie alle erschienen sind. Ich sagte ja schon, dass die heutige Nacht eine Neuordnung des Geschäfts mit den illegalen Lastern in dieser Stadt mit sich bringen würde! Und das war keine Lüge. So wird es sich verändern: Ihre Geschäfte gehören nun mir! Lucky!«

Und dann fielen die echten Schüsse.

Das war das Erschießungskommando.

1939.

Ein Lager für die körperlich Behinderten, für die geistig Kranken und die Homosexuellen war in einem alten Gefängnis in Brandenburg am Rande Berlins errichtet worden.

Ich bin dort mit Speer auf einer weiteren Inspektionstour.

Zuerst bringen sie die Behinderten heraus.

Stellen sie in einer Reihe an der Wand auf.

Das wartende Erschießungskommando richtet sie hin.

1945.

Während ich vom Fluss in den Regierungsbezirk eile, erspähe ich in einer Seitengasse ein russisches Erschießungskommando.

Sechs Rotarmisten haben einen deutschen Unteroffizier, der keine Hose mehr trägt, in eine Ecke gedrängt.

Die Russen kichern, als sie einen Halbkreis um den Mann bilden und ihn erschießen.

Während Dan und ich erschrocken zusahen, eröffneten Lucky Luciano und seine Kumpane das Feuer auf New Yorks Gangsterbosse.

Es dauerte nur ein paar Augenblicke, bis sie alle tot waren und in einer riesigen Blutlache dalagen.

Ich sah mich nach einem Ausgang, nach einer Fluchtmöglichkeit um. Doch die beiden schwer bewaffneten Wächter standen noch immer vor der Hintertür. Den anderen Weg zu nehmen – zur Flussseite des Lagerhauses –, hätte bedeutet, an Mancino und Luciano und ihren bewaffneten Männern vorbeigehen zu müssen, was nicht infrage kam.

»Es gibt keinen Weg raus«, flüsterte ich.

»Wir müssen uns verstecken«, sagte Dan.

Wir sahen es beide zur selben Zeit: ein Kühltruck, der vor dem Rolltor an der Landseite des Lagerhauses geparkt war.

Wir huschten an sein kastenförmiges Hinterteil, öffneten die isolierten Türen einen Spalt und schlüpften hinein.

Ein hüfthoher Berg aus schmelzendem Eis, ein Überbleibsel des vorherigen Tages, bedeckte die Ladefläche. Wir gruben uns hinein, bis wir ganz mit Eis bedeckt waren, und kauerten uns aneinander, um warm zu bleiben.

»Lucky!«, rief Mancino. »Schaff sie fort. Spurlos, verstehst du?«

»Wird gemacht, Boss.«

Ein paar Augenblicke später wurde die Tür unseres Trucks aufgerissen. Mein Herz pochte bei dem Gedanken, dass wir entdeckt worden waren …

Die erste Leiche landete mit einem dumpfen Knall auf der Ladefläche.

Dann folgten eine zweite und eine dritte, die oben auf dem Eis gleich über mir und Dan abgelegt wurden.

Mancinos Männer luden die Leichen ihrer Opfer in den Truck – in *unseren* Truck!

Das grauenhafte Verladen dauerte vielleicht eine Viertelstunde, dann war der ganze Truck mit blutverschmierten Leichen gespickt.

Das Blut sickerte hinab und tropfte auf mein Gesicht.

Ich wollte schreien.

Dans Gesicht war nahe an meines gedrückt. Er hielt meine Hand ganz fest.

Dann schlug irgendwer die Ladeklappe des Trucks zu, und mit einem Poltern sprang der Motor des Wagens an, der sich abrupt in Bewegung setzte und weg von der Lagerhalle hinaus in die Nacht fuhr.

Es war eine kurze Fahrt, kaum mehr als fünf Minuten lang.

Weit entfernten wir uns nicht vom Hafen.

Der Grund dafür wurde uns sehr schnell klar.

Noch immer in dem Eis auf der Ladefläche versteckt, wurden Dan und ich durchgeschüttelt, als das Fahrzeug quietschend stehen blieb.

Dann wurden wir nach vorn geworfen, als der Truck in den Rückwärtsgang schaltete.

Und dann neigte sich der ganze Truck mit einem ungebremsten Schlingern in die Senkrechte und stürzte mit dem Hinterteil voran in die Tiefe.

Dan und ich fielen eine Sekunde oder zwei geradewegs nach unten, mit all dem Eis und all den Leichen um uns herum, bevor unser Truck auf irgendetwas schlug, etwas, das nach dem Aufprall ein wenig nachgab. Und dann strömte plötzlich Wasser durch die Ritze an der hinteren Tür, und mir wurde schlagartig bewusst, dass …

… wer immer auch den Truck lenkte, ihn über die Hafenkante gesteuert hatte und in den Fluss stürzen ließ, und nun sank er immer tiefer hinunter.

Das Wasser floss schnell in das Fahrzeug.

Als wir die Wasseroberfläche getroffen hatten, waren Dan und ich nach unten gerutscht und auf dem stinkenden Leichenhaufen gelandet, der nun vor der verschlossenen Ladeluke lag.

Während der Truck versank, richtete er sich wieder ein wenig auf.

Wenn ich ihn von außen betrachtet hätte, hätte ich den

Kühltruck halb versunken kurz hinter dem Hafendamm auf dem East River dahintreiben sehen, und zwar in einem extremen Winkel: Sein ganzes hinteres Ende lag vollständig unter der Wasserlinie, seine Führerkabine und der Kühlergrill knapp darüber.

In dem sinkenden Fahrzeug stieg das hereinströmende Wasser schnell an. Es bildete Strudel und warf Blasen. Sobald der Truck zur Gänze gefüllt wäre, würde er wie ein Stein auf den Boden des Flusses sinken und, mit uns in seinem Inneren, nie wieder gesehen werden.

»Es gibt keinen Weg raus!«, sagte ich keuchend.

»Die Türen hinten sind der einzige Ausgang!«, stimmte Dan zu.

Doch die waren immer noch von dem Leichenberg versperrt.

Ich biss mir auf die Lippe und überlegte.

Ich sagte: »Wenn wir warten, bis sich der Truck noch ein wenig mehr gefüllt hat, werden die Leichen auseinandertreiben. Dann können wir sie aus dem Weg räumen, die Türen öffnen und ins Freie schwimmen. Doch dafür müssten wir warten, bis der Truck völlig versunken ist.«

Dan sah mich an.

»Ich hoffe, Sie können den Atem anhalten«, sagte er.

Das Wasser stieg immer weiter – bis zu meiner Hüfte, bis zu meiner Brust –, und dann hob es den Leichenberg vom Boden des Fahrzeugs, und wir schoben sie beiseite, um uns einen Weg durch die Körper bis zu den Türen zu bahnen.

Das Wasser stand mir bis zum Kinn, als wir sie endlich erreichten.

Dan stemmte sich gegen sie, doch die Wucht des hereinströmenden Wassers war noch immer zu groß.

Die Wasserlinie hatte nun fast die Decke erreicht.

Wir reckten die Hälse, um die Luft in dem immer kleiner werdenden Raum über uns zu atmen.

Und dann füllte sich der ganze Laderaum, und wir hielten gleichzeitig die Luft an und versanken.

Unterwasserstille.

Leichen, die um uns herumtrieben.

Dan zog sie beiseite und machte sich daran, so fest wie möglich auf die Türen einzutreten.

Mit seinem vierten Tritt flogen sie auf, und wir schwammen hinaus und nach oben, so schnell wir nur konnten, verzweifelt die Luft anhaltend.

Wir stießen gemeinsam durch die Wasseroberfläche und sogen die Nachtluft keuchend in uns hinein.

New York City erhob sich über uns. Der Hafen erstreckte sich bis zum Ozean. Ich konnte sogar die Freiheitsstatue sehen.

Irgendwie hatten wir es überlebt.

Dan wippte neben mir im Wasser auf und ab. »Ich bin Ihnen wirklich zu großem Dank verpflichtet, Miss Fischer. Vielen Dank.«

Wir schwammen zum Ufer, erklommen den Hafendamm und ließen uns schwer atmend auf den Rücken fallen.

»Wie wäre es mit einem gemeinsamen Dinner?«, fragte er.

»Die nächsten Tage auf keinen Fall«, sagte ich.

»Warum nicht?«

»Ich muss noch meine Abschlussprüfung an der Sekretärinnenschule ablegen.«

Ich habe mir meine Bildung nie von der Schule verderben lassen.

Mark Twain

Die Uhr im Prüfungsraum tickte laut.

»Meine Damen, Ihre Zeit beginnt … jetzt!«, rief Miss Bomback.

Das Klappern der Schreibmaschinen erfüllte augenblicklich den Raum, als wir alle gleichzeitig begannen, auf unsere Tasten einzuhämmern.

Die letzte Prüfung: Maschineschreiben.

Nun waren nur noch Stella und ich im Rennen.

Nach all den weiteren Prüfungen – Stenografie, Erinnerungsvermögen, Mitschreiben und allen anderen – waren wir die Klassenbesten.

Es war eigenartig, aber plötzlich wollte ich die Beste sein, damit ich die beste Stelle bekommen und genug Geld verdienen konnte, um zu Lukas und meinem alten Leben in Berlin zurückzukehren.

Diese Entscheidung fiel nun beim Tippen eines langen Geschäftsbriefs, den Mrs. Graham-Coulson höchstpersönlich per Hand geschrieben hatte.

Ich durfte mir keinen Fehler erlauben, doch ich musste auch auf die Zeit achten.

Wer den Brief nicht in der vorgegebenen Zeit fertigstellte, bekam null Punkte.

Das bedeutete, dass ich nicht nur schnell, sondern auch noch völlig fehlerfrei schreiben musste, und zwar in dem Bewusstsein, dass Stella noch nie einen Fehler beim Maschineschreiben gemacht hatte.

Nach zehn Minuten rief Miss Bomback: »Aufhören! Die Zeit ist rum!«

Alle Mädchen lehnten sich von ihren Underwoods zurück.

Wohl wissend, dass wir beide die verbliebenen Kandidatinnen für den ersten Platz waren, kam Miss Bomback zu uns herüber und sammelte Stellas und meinen Brief ein, um sie zusammen mit Mrs. Katherine Graham-Coulson an Ort und Stelle durchzusehen und zu benoten.

Der ganze Raum hielt den Atem an.

Miss Bomback las Stellas Brief, Mrs. Graham-Coulson meinen.

Sie hielten beide einen Rotstift in der Hand, um Fehler zu markieren.

Dann tauschten sie die Briefe.

Jetzt las Miss Bomback meinen. Ich sah ihr wie erstarrt zu. Sie hob ihren Stift, um eine Korrektur vorzunehmen, doch dann überlegte sie es sich anders.

Und dann runzelte Mrs. Graham-Coulson die Stirn, während sie Stellas Brief unter die Lupe nahm.

»Hier ist ein Fehler«, sagte sie, und der ganzen Mädchenschar stockte der Atem. »Sie haben einen Punkt statt eines Kommas nach *Mit freundlichen Grüßen* benutzt.«

Stella hatte einen Fehler gemacht. Einen einzigen Fehler. Es war ihr einziger während der ganzen Zeit an der Sekretärinnenschule.

Ein Punkt statt eines Kommas.

Ist es nicht seltsam, dass sich ein Leben durch solch eine Kleinigkeit völlig verändern kann?

Ein einziger falscher Anschlag auf einer Schreibmaschine.

Die anderen Mädchen sprangen von ihren Stühlen auf und

umringten mich mit Glückwünschen. Stella brach in Tränen aus.

Mrs. Graham-Coulson betrachtete all dies mit ruhigem Blick.

Ich wurde zur besten Schülerin der Klasse gekürt und bekam meinen Preis: Ich sollte am Montagmorgen um Punkt neun Uhr im Büro von Mr. Clay Bentley sen. im 52. Stock des Woolworth Buildings erscheinen.

Ich weiß nicht, was aus mir geworden wäre, wenn Stella nicht diesen Fehler gemacht hätte.

Ich weiß nur, dass dieser eine falsche Tastenanschlag eine Kette von Ereignissen lostrat, die meinen Lebensweg auf einen langen, kurvenreichen und sehr gefährlichen Pfad führen sollte.

AUS DEM ERSTEN VERHÖR
NEW JERSEY, 1933

VERNEHMUNGSBEAMTER (MAJ. WILLIS): Nur damit ich es richtig verstehe: Im Jahre 1919, nachdem Ihr Vater in Berlin ermordet worden war, kamen Sie per Schiff nach Amerika, um bei Ihrer Tante, der Schwester Ihrer Mutter, zu leben?

FISCHER: Das ist richtig.

VERNEHMUNGSBEAMTER: Und als Sie dort waren, besuchten Sie eine Sekretärinnenschule und wurden die persönliche Sekretärin von Mr. Clay Bentley, dem millionenschweren Industriellen?

FISCHER: Ja. Vom alten Bentley, nicht dem jungen.

VERNEHMUNGSBEAMTER: Erzählen Sie uns davon.

TEIL III

1920
MR. BENTLEYS SEKRETÄRIN

Die Partys waren größer. Das Tempo war schneller, die Shows waren offenherziger, die Gebäude waren höher, die Moral war lockerer und der Alkohol war billiger.

Aus *Der große Gatsby* von F. Scott Fitzgerald

Es gibt keine zweite Chance für einen ersten Eindruck.

Werbeslogan einer Anzugfirma

BÜROS VON BENTLEY & SONS TRUCKING AND SHIPPING
52. ETAGE
WOOLWORTH BUILDING, NEW YORK CITY
APRIL 1920

Am darauffolgenden Montagmorgen betrat ich den Empfangsbereich von Bentley & Sons Trucking and Shipping um 8:50 Uhr. Ich trug ein graues Kostüm und hatte mein Haar fest zusammengebunden.

(Regel #2: Treten Sie immer makellos auf!)
(Regel #3: Seien Sie immer pünktlich!)

(Den Anzug hatte ich in der Sekretärinnenschule gekauft, der Kaufpreis wurde meinem Studienkredit aufgeschlagen. Die Schule hatte mir auch ein wenig Geld vorgestreckt – natürlich zum selben Zinssatz –, damit ich die erste Monatsmiete für ein winziges Zimmer bezahlen konnte.)

Ich meldete mich bei der Rezeptionistin an, die hinter einem riesigen Tresen saß, und ging in den Wartebereich.

Dort war schon jemand, den ich kannte.

Stella.

Sie saß auf einer Couch und wartete geduldig.

Ich hatte sie noch nie so hübsch gesehen. Ihr blondes Haar

war perfekt gelockt, ihr knallroter Lippenstift ein wahres Kunstwerk. Ihr Kostüm war von einem Hellblau, das sofort ins Auge sprang, und hatte nicht eine einzige Falte. Es sah brandneu aus. Sie sah wahrhaftig aus wie eine Sekretärin auf einem Werbeplakat.

»Oh, hallo Hanna«, sagte sie mit gespielter Überraschung. »Wie es scheint, treten wir beide heute unseren Dienst an.«

»Stella, hallo …«, sagte ich verdutzt.

Ein paar Sekunden später löste sich meine Verwirrung auf, als Mr. Clay Bentley jr. aus einem der Büros trat.

Er tänzelte durch den Empfangsbereich und platzte fast vor Energie. Erst jetzt fiel mir auf, dass ich ihn bisher nur tief in der Nacht in den Schnaps- und Glücksspielhallen gesehen hatte, wo er stets betrunken und müde und nie so aufgekratzt wie jetzt gewesen war.

»Da ist sie ja!«, rief er. »Meine Sekretärin! Frisch aus der besten Sekretärinnenschule im ganzen Land!«

Er schlenderte zu Stella hinüber und schüttelte ihre Hand mit gekünstelter Förmlichkeit. Nur ich sah das verschlagene Augenzwinkern dahinter.

Er sagte: »Wir werden uns bestimmt prächtig bei der gemeinsamen Arbeit amüsieren …«

»Clayton«, sagte eine Stimme leise, aber bestimmt genug, um ihm das Wort abzuschneiden.

Ein zweiter Mann war aus einem der Büros in den Empfangsbereich gekommen, ohne dass Clay jr. es bemerkt hatte.

Clay Bentley sen. war damals 60 Jahre alt. Er hatte ein breites Gesicht, eine breite Brille und ein breites Kinn. Er trug sein schneeweißes Haar ordentlich zu einem gepflegten Scheitel gekämmt.

»Miss Fischer?«

Ich sprang auf und stand stocksteif da.

»Ja, Mr. Bentley, Sir, ja.«

»Kommen Sie, wir haben ein Meeting am anderen Ende der Stadt. Haben Sie Stift und Notizblock dabei? Es ist Zeit, an die Arbeit zu gehen.«

20 Minuten später stand ich neben Mr. Bentley sen. in einem nach oben sausenden Fahrstuhl im Empire Building am Broadway 71.

»Also gut, Miss Fischer«, sagte Mr. Bentley sen. kurz und knackig, »so werden wir zusammenarbeiten: Sie begleiten mich zu jedem Meeting. Sie stehen hinter mir, sagen kein einziges Wort und machen sich Notizen von *allem,* was wichtig ist. Dann werden wir ins Büro zurückkehren, und Sie werden die entsprechenden Abteilungen wissen lassen, was in den besagten Meetings besprochen wurde und was sie nun zu tun haben. Sie tragen Folgetermine in meinen Kalender ein. Genau genommen haben Sie die Verantwortung für all meine Termine. Jedes Mal wenn ich ins Büro komme, ganz egal wann, erwarte ich, dass Sie mir mitteilen, wann ich wo zu sein habe. Verstanden?«

»Ja, Sir.«

»Und, junge Dame, seien Sie aufmerksam. Ich wiederhole mich nie.«

»Ja, Sir, verstanden«, sagte ich angsterfüllt.

Bevor ich mich versah, stand ich in einem riesigen Büro schweigend hinter Mr. Bentley, während er sich mit führenden Angestellten der U. S. Steel, dem größten Unternehmen der Welt, unterhielt.

Es war ein schwindelerregendes Gespräch über Transportmengen und Daten und Preise.

»… 60 Tonnen Stahlträger kommen am 9. Juni per Eisenbahn aus Pittsburgh.«

»… dann noch einmal 70 aus Allentown, die mit Trucks auf dem Landweg bis zum 4. Juli nach New York gebracht werden müssen.«

»… ein Bauboom ist im Anmarsch, Mr. Bentley, und wir brauchen unvorstellbare Mengen an Stahl. Denken Sie an meine Worte, in zehn Jahren wird Ihr Woolworth Building als *klein* betrachtet werden …«

Ich kritzelte, was ich konnte, in mein Notizbuch, und versuchte verzweifelt, nicht den Faden zu verlieren.

Und dann war es vorbei, und Mr. Bentley und ich stiegen in den Fahrstuhl und fuhren wieder nach unten zur Straße.

»Also gut, junge Dame«, sagte er, »gehen wir zurück ins Büro. Ich möchte, dass Sie alle Daten und Einzelheiten an Mr. Dawson in der Logistik weitergeben. Bentley & Sons hat noch jeden Liefertermin eingehalten!«

Das war sein Mantra.

Bentley & Sons hat noch jeden Liefertermin eingehalten!

Ich sollte diese Zeile noch hundertmal hören. Es war die unumstößliche Regel, nach der Mr. Clay Bentley sen. sein Leben ausrichtete.

»Nun, wie lauteten noch mal die Daten für Pittsburgh und Allentown? Der 4. Juni und der 9. Juli.«

»Nein, Sir«, sagte ich. »Die Lieferung aus Pittsburgh ist am 9. Juni fällig und die aus Allentown am 4. Juli.«

Er erstarrte.

Und sah mich an.

Sein Blick suchte nach meinem Notizblock, doch den hatte ich nicht in meinen Händen. Er war in meiner Handtasche.

»Daran erinnern Sie sich?«

»Ja, Sir.«

Er betrachtete mich schweigend und sagte nichts mehr.

Ich glaube nicht, dass es übertrieben ist, zu sagen, dass es sehr kraftraubend war, für Clay Bentley sen. zu arbeiten.

Er hörte einfach nicht auf.

Und dasselbe verlangte er von mir. Der Mann verfügte über eine schier unerschöpfliche Energie, und er erwartete, dass ich mit ihm mithielt.

Außerdem war es eine wahnwitzige Zeit, um Geschäfte zu machen.

Amerika erlebte eine Hochkonjunktur.

Es wurden große Bürogebäude errichtet, und Autos und ihre trötenden Hupen verbreiteten sich immer mehr. Die Lichter New Yorks brannten jede Nacht. Männer und Frauen kauften sich von ihrem Nachkriegseinkommen Klamotten, gaben ausgelassene Partys und lebten auf großem Fuß.

Das Amerika der 1920er wurde von leicht zu verkaufenden Gütern wie Eisenträgern, Autoteilen und pelzgefütterten Mänteln nahezu überschwemmt, und irgendjemand musste sie transportieren.

Und das war das Kerngeschäft von Clay Bentley sen.

Was bedeutete, dass seine Aufmerksamkeit an manchen Tagen in ein Dutzend verschiedene Richtungen gelenkt wurde – wie man zum Beispiel bestimmte Güter am besten transportierte und wie sein Fuhrpark aus Trucks und Zugwaggons und Schiffen instand gehalten werden musste –, und ständig musste er schnelle, aber wohlüberlegte Entscheidungen treffen. Nachdem er sie getroffen hatte, musste ich sie zur Ausführung bringen und an die Abteilungen weitergeben, die für ihre Umsetzung verantwortlich waren.

In den ersten paar Wochen blieb mir nichts anderes übrig, als aufrecht zu stehen und zu versuchen, nicht unter der unaufhörlichen Hektik zusammenzubrechen.

Erst am Ende des ersten Monats fand ich einen Rhythmus,

um meine Kraft einzuteilen. Ich verschaffte mir ein wenig Zeit fürs Frühstück und für andere Mahlzeiten und achtete darauf, dass ich zu einer Stunde ins Bett ging, die es mir erlaubte, meine Batterien für das Tamtam des nächsten Tages wieder aufzuladen.

Häufig kehrte ich spät am Abend in mein kleines Apartment zurück, schlüpfte aus meinen Schuhen und fiel völlig erschöpft auf mein Bett.

Als der 4. Juli nach ein paar Monaten kam, in denen ich für Mr. Bentley sen. tätig gewesen war, schlief ich bis zum Mittag.

An jenem herrlich ruhigen Tag erfasste ich meine Ersparnisse tabellarisch. Seit ich meine Stelle angetreten hatte, gab ich mir große Mühe, sparsam zu sein und so viel von meinem Geld zurückzulegen, wie ich nur konnte – gleichzeitig befolgte ich Fannys Ratschlag und bezahlte meinen Studienkredit so schnell ab, wie es mir möglich war –, nur damit ich mir irgendwann den Fahrschein für einen Dampfer zurück nach Deutschland und zu Lukas würde leisten können.

Ich hatte ein paar Nachforschungen angestellt.

Ein Ticket der dritten Klasse auf einem Dampfer nach Hamburg kostete sage und schreibe 142 Dollar zuzüglich Steuern.

Mit meinen Zahlungen für die Miete, den Studienkredit und andere Lebenshaltungskosten – sowie der Tatsache, dass ich nur zwei Wochen Urlaub pro Jahr bekam und darum ein ganzes Jahr würde warten müssen, um zwei Urlaube miteinander zu verbinden – würde es eine Weile dauern, mein Ziel zu erreichen. Doch ich war fest entschlossen.

An jenem 4. Juli machte ich noch etwas anderes.

Ich schrieb einen Brief an Lukas, den ich an den Laden seiner Eltern schicken wollte. Die letzten sechs Monate schon hatte ich ihm schreiben wollen, eine lange, detaillierte Erklärung für mein plötzliches Verschwinden aus Berlin und über meine Zeit in Amerika, und an diesem sonnigen Nachmittag des 4. Juli im Jahre 1920 machte ich mich daran.

Es wurde ein langer Brief, zwölf eng beschriebene Seiten, die mir wie in einem Fluss aus meinem Stift strömten.

Ich fragte ihn sogar, ob er herausfinden könnte, was nach dem Tod meines Vaters mit Ooma geschehen war. Ich hatte während der letzten Monate kaum an sie gedacht und fühlte mich schlecht deswegen.

Ich bat Lukas auch darum, Mr. Einstein Bescheid zu geben, dass ich sicher in New York City angekommen war, und ihm für seine Hilfe in jener schrecklichen Nacht in Berlin zu danken. Ich hätte Einstein lieber persönlich geschrieben, doch das Porto nach Europa war viel zu hoch, sodass ich es mir nicht leisten konnte, zwei Briefe zu verschicken.

Die Post war in jenen Tagen sehr langsam unterwegs, da sie per Schiff befördert wurde, und ich kehrte in den pausenlosen Wirbelsturm zurück, der Mr. Bentleys Arbeitsalltag war. Doch nachdem Monate vergangen waren, in denen ich daran dachte, wie Lukas meinen Brief erhalten und ihn aufreißen und von meiner tragischen Flucht erfahren würde, hatte ich noch immer keine Antwort erhalten.

Stellas Erfahrungen bei Bentley & Sons Trucking and Shipping hätten nicht unterschiedlicher sein können.

Während ich an meinem Schreibtisch schuftete, sah ich oft genug, wie sie und Clay jr. frühzeitig zum Mittagessen gingen, kichernd und lachend – aber nicht in ein Restaurant, sondern in ein Hotel in der Nähe, und meistens kehrten sie nicht ins Büro zurück. An Tagen, an denen er an Meetings mit seinem Vater teilnahm, geriet er mit Clay sen. in Streit.

»Vater, du bist ein Dinosaurier!«, rief er eines Tages im Sitzungszimmer vor mir, Stella und mehreren Abteilungsleitern. »Du verschwendest deine Zeit mit Problemen wie dem Einfetten unserer Trucks und der Miete von Eisenbahnwaggons. Ich dagegen habe in Aktien investiert. Allein im letzten Monat haben meine Investitionen eine Rendite von zweiundzwanzig Prozent eingebracht. In einem Monat! Und dafür musste ich keine Achsen einfetten oder Eisenbahnwaggons mieten. Ich habe das Geld für mich arbeiten lassen.«

Genau genommen war das noch nicht alles.

An jenem Abend lud mich Stella ein, sie und Clay jr. in eine Bar in der Nähe zum Essen und zu einer Show zu begleiten, und nach ein paar Drinks fing Clay jr. an zu erzählen.

»Um ehrlich zu sein, habe ich das Geld aus meinem Treuhandfonds investiert. Ich bin jetzt sechs Millionen Dollar wert.«

»Sechs Millionen Dollar!«, sagte Stella, bevor ihr der Atem stockte.

»Tja, auf dem Papier«, sagte Clay jr. »Du musst verstehen, Schätzchen, dass es nur zu echtem Geld wird, wenn ich meine Optionsscheine verkaufe.«

»Optionsscheine?«, fragte ich. »Ich dachte, Sie würden Aktien kaufen und wieder verkaufen?«

Clay jr. lächelte mich überheblich an. »Ist schon gut, Hanna, von einer Frau erwarte ich nicht, dass sie solche Sachen versteht. Es ist fürchterlich kompliziert. Himmel, ich weiß ja nicht einmal, ob ich es selbst so ganz verstehe. Mein Makler hat mich darauf aufmerksam gemacht. Optionsscheine sind was für anspruchsvolle Investoren. Nur Trottel kaufen heutzutage noch Aktien.«

Er schnaubte und kippte noch einen Whisky herunter.

Stella glotzte ihn bewundernd an, wobei sie fraglos daran dachte, wie viel Geld sechs Millionen Dollar waren. Sie rutschte noch ein wenig näher an ihn heran und schmiegte sich an seinen Arm.

Eine halbe Stunde später begab sich Clay jr. an den Roulettetisch hinten, und ich verabschiedete mich und ging nach Hause ins Bett.

Bei den seltenen Gelegenheiten, die ich hatte, zum Mittagessen auszugehen, traf ich mich mit Fanny in einem Café in der Nähe des Woolworth Buildings.

Nach ihrem Abschluss an der Sekretärinnenschule war Fanny als Sekretärin eines Geschäftsführers einer mittelgroßen Maklergesellschaft an der Wall Street untergekommen.

Es war Mrs. Graham-Coulson selbst gewesen, die ihr die Stelle vermittelt hatte. Sie wusste, was mich überraschte, um Fannys Interesse an dieser Materie.

Die Stelle war perfekt für Fanny und im Großen und Ganzen liebte sie ihre Tätigkeit.

»Aber gestern haben mir die verfluchten Kerle im Büro ins Gesicht gelacht, als ich die Dreistigkeit besaß, eine bestimmte

Aktie vorzuschlagen«, erzählte sie mir bei einem unserer gemeinsamen Mittagessen.

»Sie haben gelacht?«

»Sie fanden es niedlich, dass eine *Sekretärin* einen Vorschlag macht. Doch ich lese das *Journal* und habe den Börsenschreiber und den Dow Jones im Blick. Ich habe mir sogar ein Handelskonto anlegen lassen, um einen Teil meines Gehalts zu investieren, jawohl.«

»Das freut mich, Fanny«, sagte ich. »Jede Wette, dass du besser bist als sie alle zusammen.«

»Verdammt richtig, das bin ich.«

»Würdest du vielleicht ... nun ja, ich weiß nicht ... auch etwas Geld für mich anlegen?«, fragte ich. »Nur einen kleinen Teil meines Monatsgehalts?«

»Von Herzen gerne!« Sie lächelte breit. »Vertrau mir einfach, ja? Ich werde aus deinem Gehalt ein schönes kleines Geldpolster machen, jawohl.«

»Vielen Dank, Fanny. Sag mal, was sind eigentlich Optionsscheine?«

Sie sah mich schief an. »Meine Güte, du scheinst mehr übers Investieren zu wissen, als ich dachte. Nun, Optionsscheine sind sogenannte Derivate, die dir ganz schnell ganz viel Geld einbringen können. Und das liegt daran, dass man keine Aktien kauft, sondern ein Versprechen abgibt, bestimmte Aktien *zu einem späteren Zeitpunkt* zu kaufen oder zu verkaufen. Wenn der Aktienpreis zu diesem späteren Zeitpunkt niedriger ist, kann man eine Menge Geld verdienen.«

»Und wenn der Preis höher ist?«

»Dann kann man sehr viel verlieren. Das ist das Problem mit Optionsscheinen und der Grund, warum ich die Finger davonlasse. Genau genommen sind sie eine Wette – eine Wette zwischen dir und einem anderen Typen über den zukünftigen Preis einer Aktie. Wer immer diese Wette gewinnt, kassiert groß ab. Und wer sie verliert, nun, der verliert sehr viel. In meiner Firma sind es die großspurigen Cowboys, die in Optionsscheine investieren. Sie stolzieren herum wie Pokerspieler, die ihr ganzes Geld auf ein Blatt setzen. Ich schätze, genau das tun sie auch.«

»Oh, okay«, sagte ich. »Klingt kompliziert. Wie geht es Raymond?«

»Ihm geht's großartig!« Fanny strahlte. »Gott, ich liebe ihn. Vor ein paar Wochen ist er der örtlichen Gewerkschaft beigetreten, und schon jetzt geht er völlig darin auf. Er erregt sich fürchterlich über fehlende Arbeitnehmerrechte und solche Sachen. Er sagt, er wird sich bei der nächsten Wahl für den Stadtrat aufstellen lassen. Er ist ja so ungestüm, mein kleiner süßer Polacke. Ich liebe ihn einfach abgöttisch.«

Es war immer schön, mich mit Fanny zu treffen.

Während Clay Bentley jr. trank, Optionsscheine kaufte und spielte – und sich an drei Nachmittagen in der Woche mit seiner Sekretärin vergnügte –, arbeitete Mr. Clay Bentley sen. schwer.

Sehr schwer.

Was bedeutete, dass auch ich sehr schwer arbeitete.

Ich war schon drei Monate lang in der Firma, als die Rezeptionistin mir anvertraute, dass er eine neue Sekretärin benötigte, weil die letzten vier sehr schnell ausgebrannt waren. Keine von ihnen hatte es länger als zwei Wochen ausgehalten. Das war der Grund, warum er zu Mrs. Graham-Coulson gegangen war und sehr viel Geld hatte springen lassen, um ihre beste Schülerin zu verpflichten. Mich.

Aber ich passte mich auch immer besser an. Ich gewöhnte es mir an, eine Stunde früher aufzustehen, und diese zusätzliche Stunde nutzte ich, um das brutale Arbeitspensum in den Griff zu bekommen.

Und genau wie Mr. Bentley sen. es mir an meinem ersten Arbeitstag befohlen hatte, wurde ich zur unangefochtenen Wächterin seiner Termine.

Alle seine Meetings liefen über mich, genau wie alle Mittagessen, Dinner, Wochenendverabredungen zum Brunch und sogar Hochzeitseinladungen.

Während dieser ersten Monate erfuhr ich viel über meinen Chef.

Er war Witwer. Seine geliebte Frau – die Mutter von Clay jr. – war im Jahre 1912 an der Tuberkulose gestorben. Er ging nie aus, und wenn die Ehefrauen seiner Freunde versuchten, ihn zu verkuppeln, zeigte er kein Interesse.

»Ich habe meine Frau geliebt«, sagte er immer. »Ich denke nicht, dass ich noch einmal jemanden lieben oder heiraten werde.«

(Gleichwohl habe ich ihn auf der Hochzeitsfeier seines Neffen in einen langen Plausch mit Mrs. Henrietta Henderson vertieft gesehen, einer wirklich hübschen Frau aus Long Island, die selbst im Sommer zuvor Witwe geworden war.)

Er trank nicht.

Er rauchte nicht.

Er spielte nicht und besuchte auch keine Spelunken.

Er arbeitete nur.

Mit der Zeit wurde mir jedoch klar, dass er nicht des Geldes wegen arbeitete – und er verdiente eine unglaubliche Menge Geld. Nein, er schien wirklich Spaß an seiner Tätigkeit zu haben. Er liebte es, Geschäfte abzuschließen, und sah es gern, was mich überraschte, wenn seine Angestellten sich gut machten.

»Sehen Sie sich Freddy Dawson in der Logistik an«, flüsterte er mir zu, während wir in einer seltenen Pause an der Laderampe auf eine Lieferung warteten und Dawson dabei beobachteten, wie er sich äußerst kompetent um alles kümmerte. »Er fing als Lkw-Fahrer bei mir an, wissen Sie? Vor zwei Jahren machte ich ihn zum Logistikleiter, und sehen Sie ihn sich nun an. Er hat sich zu einem großartigen Vorarbeiter gemausert – eine echte Führungskraft.«

Es war ein seltener Einblick in das Innenleben meines sonst so bärbeißigen Chefs.

Ich erhielt einen weiteren Einblick, als er an einem Montagmorgen besonders früh zur Arbeit erschien und mich bereits an meinem Schreibtisch und in die *New York Times* vertieft antraf.

»Oh, hallo, Hanna«, sagte er überrascht. »Ich wusste ja nicht, dass Sie so früh kommen.«

»So habe ich etwas Zeit, die Nachrichten zu lesen, Sir.«

Wieder bedachte er mich mit seinem typischen Blick.

»Wie lange machen Sie das schon, früh herkommen und die Zeitung lesen?«

»Ungefähr einen Monat, Sir. Es ist die einzige Gelegenheit, die ich dazu habe. Ich lese nicht nur die Zeitung. Manchmal lese ich einen Roman oder auch Physikbücher. Ich denke, es ist wichtig, auf dem Laufenden zu bleiben. Wissen Sie, als ich jünger war, war ich wirklich gut in Physik.«

Er nahm mir gegenüber Platz. »Ach ja?«

Ich sagte: »Einer meiner Nachbarn war Albert Einstein. Er war ein enger Freund meines Vaters, bevor … nun, bevor mein Vater verstarb. Es war Einstein, der mich dazu anregte, Physik zu studieren.«

»Albert Einstein höchstpersönlich. Meine Güte«, sagte Mr. Bentley.

»Er ist ein gütiger und anständiger Mensch«, sagte ich. »Und natürlich ein brillanter.«

Mr. Bentley nickte. »Sagen Sie mir, Hanna, was Sie von den Nachrichten halten.«

»Ich weiß nicht, was Sie meinen, Sir.«

»Von diesen unbesonnenen Zeiten, diesen sogenannten Goldenen Zwanzigern. Ich bin ein alter Mann. Sie sind jung. Ich würde gerne wissen, was die jungen Menschen davon halten.«

Ich überlegte einen Augenblick lang. »Nun, es scheint mir, Sir, dass die Welt sich zu schnell dreht. Nachdem sich die Menschen von einem düsteren, grauenvollen Krieg und der weltweiten Pandemie, die ihm folgte, erholt haben, sind sie nun zu tatkräftig und ausgelassen. Sie machen Geschäfte mit

Geld, das zu einfach zu haben ist. Sie trinken und tanzen und schwelgen ungezwungen. Das alles wird irgendwann ein Ende finden. Mir fällt kein besserer Vergleich ein, aber im Grunde verhält es sich wie das dritte Newton'sche Gesetz.«

»Das dritte Newton'sche Gesetz? Was ist das?«

»Es besagt, dass es für jede Aktion eine gleich große Reaktion gibt«, sagte ich. »Dieses Gesetz trifft, soweit ich es beurteilen kann, nicht nur auf Körper zu, sondern auch auf Menschen. Wenn man zu viel trinkt und feiert, wird man am nächsten Morgen einen Kater haben. Wenn eine blühende Wirtschaft auf nicht nachhaltigen Füßen steht, wird sie sich irgendwann selbst korrigieren. Wenn die Welt sich zu lange zu schnell dreht, verliert sie unweigerlich das Gleichgewicht und stürzt ins Chaos – wenigstens für eine Weile.«

Ich stellte mein Gequassel ein.

Mr. Bentley sen. starrte mich mit ausdrucksloser Miene an.

»Ich habe Reden von Ökonomen und Politikern und sogar Philosophen zu diesen ungewöhnlichen Zeiten gehört, aber das, meine liebe Hanna, war die beste Zustandsbeschreibung von allen.«

Ich senkte nur den Blick.

Er stand auf.

»Zeit zum Lesen ist sehr wichtig, doch nicht auf Kosten von Schlaf, der sogar noch wichtiger ist, meine Liebe. Ich sage Ihnen was: Ab sofort nehmen wir uns eine Stunde aus unserem Terminplaner, sagen wir mal Dienstag- und Donnerstagvormittag von neun bis zehn, um zu lesen. Was auch immer, die Zeitung, ein Physikbuch, einen Roman. Alles Mögliche.«

»Das wäre wunderbar, Sir«, sagte ich. »Aber, äh, warum?«

»Ich arbeite hart, Hanna, was bedeutet, dass auch Sie hart

arbeiten. Sie vertrauen mir, das weiß ich. Ich sehe es jeden Tag. Betrachten Sie es als Ihre Belohnung.«

Und in diesem Moment erkannte ich den wahren Clay Bentley sen.

Unter seinem kurzsilbigen Äußeren war er ein durch und durch reizender Mann, der sich tatsächlich um seine Angestellten scherte.

»Vielen Dank, Sir«, sagte ich. »Vielen lieben Dank.«

Peinlich berührt murmelte er etwas und neigte den Kopf. Dann machte er auf dem Absatz kehrt, schlurfte in sein Büro und schloss die Tür hinter sich.

Ein paar Tage später stürmte er mit hochrotem Kopf aus seinem Büro.

»Miss Fischer!«, blaffte er. »Was ist das für ein Treffen, das Sie für 9:30 Uhr anberaumt haben?«

»Es ist ein Treffen zum Kaffee, Sir. In einem Café die Straße hinunter.«

»Das weiß ich! Ich kann es sehen!«, stammelte er. »Aber es … es ist … während der Geschäftszeiten!«

»Ja, Sir«, sagte ich. »Das weiß ich, Sir. Da Sie mir die Verantwortung über Ihren Terminkalender übertragen haben, nahm ich mir die Freiheit, Mrs. Henrietta Henderson anzurufen und sie zu fragen, ob sie verfügbar sei. Das ist sie. Sie war außerdem, das möchte ich hinzufügen, höchst erfreut, auf einen Kaffee mit Ihnen eingeladen zu werden.«

»Wollen Sie mir etwa sagen …?«

»Jawohl, Sir. Ich habe ein Date für Sie arrangiert. Und Sie werden in einer Stunde erwartet.«

»Aber ich kann nicht … Ich meine, ich könnte, aber … Nun, sie *ist* hinreißend …«

»Betrachten Sie es als Ihre Belohnung, Sir«, sagte ich.

Als 1920 für 1921 Platz machte, wurde ich wahrhaftig zu Mr. Bentleys Sekretärin.

Wir arbeiteten beide lange und viel, doch dadurch entwickelten wir eine innige Beziehung. Ein paarmal sah ich ihn sogar lächeln, zum Beispiel als er sah, dass ich einen zweiten Kaffeetermin für ihn und die Witwe Henderson anberaumt hatte.

Auch sonst war es eine ereignisreiche Zeit.

Fanny heiratete Raymond in der katholischen St. Michael's Church in der Bronx.

Es war ein wundervoller Tag.

Die kirchliche Zeremonie verlief völlig reibungslos, doch das anschließende Fest auf dem Dach des Pubs ihres Vaters war eine ganz andere Geschichte.

Alles begann in einer angespannten Stimmung, als sich Fannys irische Brüder und Cousins den polnischen von Raymond gegenübersahen.

Es wurden böse Blicke ausgetauscht, so wie es nur junge, schnell beleidigte Kerle können. An jedem anderen Wochenende hätten sich diese Burschen vermutlich in den Gassen der Stadt geprügelt, doch auf Fannys Hochzeitsfeier benahmen sie sich in ihren schlecht sitzenden Anzügen mit den schief gebundenen Krawatten untadelig.

Später erfuhr ich, dass Fanny auf die ihr ganz eigene Art darauf bestanden hatte: »Wenn eine von euch räudigen Arschgeigen eine Schlägerei anzettelt, schwöre ich bei Jesus, Gott und Maria, dass ich mich nachts in das Schlafzimmer desjenigen schleichen und ihm die verfluchten Eier abschneiden werde!«

Es gab während ihrer Hochzeit keine Schlägereien. Genau genommen wurde der Abend, als das Bier floss und die Musik spielte – zuerst irische Tanzmusik, dann ihre polnische Entsprechung –, ein außerordentlich feierlicher.

Ich tanzte ein wenig, doch meistens saß ich an meinem Tisch und sah zu – ein buchstäbliches Mauerblümchen.

Und so wurde Miss Fanny O'Toole zu Mrs. Fanny Wozniak, was mich wirklich glücklich machte.

Zu jener Zeit kam es noch zu einem weiteren ehelichen Vorfall.

Im Januar 1921 verkündete Clay Bentley jr., dass er seine Frau verlassen und die Scheidung einreichen werde. Gleich darauf zog er mit seiner Sekretärin, Miss Stella Lang, zusammen.

Stellas Plan, Clay jr. seiner Frau zu entreißen, war aufgegangen.

Sie sollten sich innerhalb weniger Monate verloben, und als ich Stella an ihrem letzten Tag im Büro sah und sie ihre Sachen zusammenpackte – als Verlobte von Clay jr. würde sie natürlich nicht mehr für ihn arbeiten –, lächelte sie mich an.

»Viel Spaß noch bei der Arbeit, Hanna«, sagte sie luftig. »Ciao, Bella!«

Und damit ging sie fort.

Was mich betraf, so sparte ich weiterhin mein Gehalt in meinem Bestreben, nach Berlin zurückzukehren und wieder mit Lukas zusammen zu sein. Ich hatte ihm noch mehrmals geschrieben, doch obwohl ich ihm meine Privatanschrift sowie meine Arbeitsadresse gegeben hatte, hatte ich noch keine Antwort von ihm erhalten.

Ich wusste nicht so recht, was ich davon halten sollte. Waren meine Briefe in der Post verloren gegangen? Das war durchaus möglich. Oder hatte Lukas sie bekommen, aber ignoriert? Hatte er unsere Beziehung hinter sich gelassen und mich vergessen? Der Gedanke daran brach mir das Herz.

Manchmal, allein abends in meinem Apartment, dachte ich an mein altes Leben in Berlin, an meinen Vater, an Lukas, an den Unterricht am Gymnasium und an meine Träume von einem Leben in der Physik.

Immer wenn ich an die Physik dachte, wanderten meine Gedanken wie von selbst zu Einstein, meinem alten Nachbarn, und ich fragte mich, ob ich ihn, sollte ich nach Berlin zurückkehren, immer noch in der Haberlandstraße finden würde, nun, da er der berühmteste Wissenschaftler auf der Welt war.

Und dann, im März 1921, sah ich während meiner Lesestunde mit Mr. Bentley sen. einen Artikel in der *New York Times,* der mich laut nach Luft schnappen ließ.

»Was ist denn los, Hanna?«, fragte Mr. Bentley besorgt.

»Er kommt her. Nach Amerika.«

»Wer?«

»Einstein. Er geht auf eine Vortragsreise durch die Vereinigten Staaten. Er wird nächsten Monat per Schiff in New York eintreffen.«

Ich musste gar nicht nach Berlin zurückgehen, um meinen alten Nachbarn zu sehen.

Er kam zu mir.

NEW YORKER HAFEN
3. APRIL 1921

Albert Einsteins Ankunft im Hafen von New York am 3. April 1921 auf einem Dampfer namens *Rotterdam* war ein Freudenfest von ungekanntem Ausmaß.

Die Bewohner der größten Stadt Amerikas versammelten sich am Ufer von Battery Park, säumten die Straßen der City, jubelten laut, schwenkten Flaggen und Halstücher und streckten die Hälse, um dieses Genie der Wissenschaft zu erspähen, dessen Erkenntnisse über die inneren Mechanismen des Universums – Erkenntnisse, die niemand von ihnen auch nur im Ansatz verstand – die Welt verändert hatten.

Sie kamen in Scharen, um ihn zu sehen. Die Gehwege waren so überfüllt, dass es aussah wie bei einer Konfettiparade.

Ich sah dem Treiben von einem Fenster im fünften Stock des Woolworth Buildings aus zu und erblickte Einstein hinten in einem Auto mit offenem Dach stehend und den Menschen von New York zuwinkend.

Auch wenn er ein gutes Stück von mir entfernt war, sah ich doch, dass er noch immer sein typisch zerzaustes Haar und den herabhängenden Walrossbart hatte.

Ich sehnte mich danach, mit ihm zu sprechen und ihm von all den Dingen zu erzählen, die mir seit meiner Abreise aus Berlin widerfahren waren. Ich wollte ihm sagen, dass ich noch am Leben war. Ich rief ihm von meinem Fenster aus zu, auch wenn er mich im Lärm der jubelnden Menge niemals hören würde.

Ich hatte gelesen, dass er bei einem Empfang an jenem Abend den Stadtschlüssel überreicht bekommen würde und dass er ein volles Programm mit Banketten und Vorträgen mit den Politikern und Prominenten New Yorks zu absolvieren hatte.

Trotzdem freute es mich, ihn zu sehen.

Mein alter Nachbar in meiner neuen Stadt.

Aber auch ich hatte noch eine Menge zu tun. Ich musste eine Reiseroute und Unterkünfte für das wichtigste Meeting im Leben meines Chefs organisieren: ein Treffen mit Präsident Harding im Weißen Haus am 26. April.

Das Treffen war vom Leiter bei U.S. Steel, Mr. John Pierpont Morgan jr., arrangiert worden. Präsident Harding kam aus Ohio – ein Stahlstandort –, und Morgan hatte als einer seiner größten Befürworter uneingeschränkten Zugang zu ihm.

Dem Treffen sollte ein Dinner im Weißen Haus folgen, zu dem Mr. Bentley sen. als Gast von Mr. Morgan eingeladen war.

Als die Neuigkeit vom Treffen und Essen mit dem Präsidenten die Runde machte, erhielt ich einen unerwarteten Anruf.

»Hanna, Schätzchen, hier ist Stella.« Stella hatte ihren Akzent um einen trägen Unterton ergänzt, seit sie und Clay jr. verlobt waren. Sie trug nun auch Pelze und Nerze und die neueste Mode.

»Du musst Clay jr. und mich zu diesem Dinner ins Weiße Haus bringen. Wir müssen einfach dabei sein. Es ist *das* gesellschaftliche Ereignis des Jahres.«

»Ich werde sehen, was ich tun kann, Stella«, sagte ich.

»Du sollst nicht *sehen,* was du tun kannst, Liebes. Du sollst es tun. Oder ich sorge dafür, dass du gefeuert wirst.«

Klick. Sie legte auf.

Und so telefonierte ich ein wenig herum und besorgte ihr und Clay jr. eine Einladung zu dem Dinner.

Stella und Clay jr. würden eine Woche vor dem Dinner einen Zug nach Washington, D.C. nehmen, um sich das Nachtleben der Hauptstadt anzusehen.

Mr. Bentley sen. dagegen wollte bis zum Tag des Dinners weiterarbeiten und bat mich deshalb, ihm einen Platz in dem letztmöglichen Zug am 26. zu reservieren. Er würde in seinem Smoking reisen.

Als es für Mr. Bentley sen. an der Zeit war aufzubrechen, hatte ich schon alles für ihn arrangiert und stand mit dem Zugticket in der Hand neben seiner Bürotür.

»Ich muss sagen, dass Sie sehr elegant aussehen, Sir«, sagte ich.

Er lächelte, wie er es nur selten tat.

Genau genommen ließ sich sein Lächeln sogar als verschmitzt beschreiben.

Und dann sah ich das Ding, das an einem seiner Finger baumelte: ein Kleid auf einem Kleiderbügel, eingewickelt in das Papier von Bloomingdale's.

»Vergeben Sie mir, Hanna, aber ich habe eine der anderen Sekretärinnen nach Ihrer Größe gefragt.«

Er reichte mir das Kleid, wobei er das Papier entfernte.

Es war das wunderschönste Kleid, das ich je gesehen hatte: ein Traum aus Rot und Glitzer, elegant und doch raffiniert; ein Abendkleid.

»Was soll das bedeuten?«, fragte ich.

»Ich habe meinen Freund J.P. beauftragt, noch einen Platz an unserem Tisch beim Dinner im Weißen Haus herrichten zu lassen. Außerdem habe ich Ihnen ein Zimmer im Lafayette Hotel gebucht.«

»Aber ich …«

Nun lächelte er etwas breiter. »Mir wurde erst gestern mitgeteilt, dass ein ganz besonderer Gast an dem Dinner teilnehmen wird, jemand, den Sie kennen, also habe ich die Sache in die Hand genommen und Ihnen ein angemessenes Kleid besorgt. Ich hoffe, es macht Ihnen nichts aus.«

Ich versuchte noch immer, einen Sinn zu erkennen, während ich das rote Kleid verdutzt in meinen Händen hielt.

»Moment mal … Ein besonderer Gast? Wer ist es?«

»Nun, Professor Einstein natürlich. Betrachten Sie es als Ihre nächste Belohnung.«

DAS WEISSE HAUS
WASHINGTON, D. C.
26. APRIL 1921

Und so besuchte ich an jenem Abend, nachdem ich mir mein Kleid angezogen hatte und mit dem Zug nach D.C. gereist war – wie Cinderella an der Seite von Mr. Bentley –, ein fabelhaftes Dinner zu Ehren von Albert Einstein.

Clay jr. und Stella waren schon da, als wir ankamen, saßen aber an einem der hinteren Tische.

Mein Platz war am Tisch von J.P. Morgan, und näher konnte man dem offiziellen Präsidententisch kaum sein.

Und dann betraten Einstein und seine Frau Elsa sowie der Präsident und seine Gattin den Saal, und alle standen auf und applaudierten.

Der Präsident winkte.

Seine Frau nickte.

Elsa Einstein ließ den weitläufigen Raum und die vielen Gäste und die aufwendigen Tischgedecke auf sich wirken.

Albert Einstein sah mich und blieb wie angewurzelt stehen.

Dann löste er sich zum Erstaunen aller vom Präsidenten der Vereinigten Staaten, rief »Hanna! Zaubermaus!« und eilte zu meinem Tisch hinüber, wo er mich mit unverhohlener Freude in seine Arme schloss.

Ich kann mir nicht einmal annähernd vorstellen, wie es ausgesehen haben muss – ich, ein Niemand in einem roten Kleid, von den bedeutendsten und einflussreichsten Menschen in Amerika umgeben, allesamt in ihrer vollen Pracht, im großen Ballsaal des Weißen Hauses, keine zehn Meter vom Präsidenten höchstpersönlich entfernt, in inniger Umarmung mit Albert Einstein.

Aus den Augenwinkeln sah ich Stella, die erstaunt zusah, wie Einstein mich voller Gefühl und Vertrautheit hielt.

Es war mir egal.

In seinem Arm fühlte ich mich warm und sicher, als wäre ich wieder ein Kind. Ich bemerkte, dass er ein Aftershave trug – schließlich war es ein besonderer Anlass.

Und in diesem Augenblick brach ich in Tränen aus und weinte zwei Jahre des Schmerzes heraus.

Während ich mir die Tränen wegwischte, flüsterte Einstein mir zu: »Meine Güte, Hanna, seit jener schrecklichen Nacht ist kein Tag vergangen, an dem ich nicht an dich gedacht habe! Die ganze Zeit habe ich mich gefragt, was aus dir geworden ist, seit ich dich in diesen Dampfer in Hamburg gesetzt habe. Und nun treffe ich dich ausgerechnet hier!«

Ich brachte kaum ein Wort heraus.

Ich hielt ihn ganz fest.

»Komm, kleines Mädchen«, sagte er mit seiner ruhigen Stimme und löste sich sanft aus meinem Griff. »Ich fürchte, ich bin die Preiskuh, die heute Abend zur Schau gestellt wird. Lass uns später einen ruhigen Ort suchen und reden.«

Ich hatte schon zuvor politische Veranstaltungen mit Mr. Bentley sen. besucht, doch die waren alle nicht so bedeutend gewesen: Dinner mit dem Bürgermeister von New York, Mittagessen mit Staatssenatoren. Solche Sachen.

Darum war es seltsam, dass diese Veranstaltung, obwohl sie im Weißen Haus mit all seinem feierlichen Pomp, den weißen Tischtüchern und den frischen Blumen und dem funkelnden Besteck stattfand, letzten Endes auch nicht anders war als die nicht so bedeutenden.

Reden, Toasts, Höflichkeiten.

Präsident Harding war ein attraktiver und eleganter Mann, doch an seiner Rede wurde deutlich, dass er und seine Redenschreiber nichts von Physik verstanden.

Im Grunde wollte er wie alle Politiker nur ein Foto mit einem hoch angesehenen Gast, damit vielleicht etwas von dessen Ruf auf ihn abfärbte.

Nachdem das Dinner und die Reden vorüber waren und der Präsident sich verabschiedet hatte – niemand durfte vor ihm gehen –, fanden Einstein und ich uns in einer ruhigen Ecke des funkelnden Ballsaals wieder. Wir setzten uns, und ich erzählte ihm alles, was mir in Amerika widerfahren war: von der Sekretärinnenschule und den Gangstern, von meinem Sturz in den Fluss im Inneren eines Kühltrucks zusammen mit einem Bundesagenten und schließlich von meiner Arbeit für Mr. Bentley.

Wir unterhielten uns auf Deutsch, denn in jenen Tagen war Einsteins Englisch noch nicht besonders gut, und es freute ihn, in seiner Muttersprache zu plaudern.

Er hörte geduldig zu, während ich plapperte.

Als ich fertig war, sagte er: »O Hanna, sieh dich nur an. Es wäre zu einfach, zu sagen, dass du auf deinen Füßen gelandet bist, denn das wäre viel zu kurz gegriffen. Im Angesicht einer unsagbaren Tragödie und einer Erschütterung deines jungen Lebens hast du dich nicht unterkriegen lassen und bliebst aufrecht. Dein lieber Vater hatte recht: Du bist wahrhaft eine Zaubermaus. Ich bin so stolz auf dich.«

Bescheiden senkte ich den Kopf.

»Wie ist die Lage in Deutschland?«

»Deutschland versinkt mit jedem Tag tiefer im Wahnsinn«, sagte Einstein. »Das, was deinem Vater widerfahren ist, war erst der Anfang. Deutschland ist zu einer Nation aus Schurken verkommen, Schurken, die das Wissen verabscheuen und mit eiserner Faust regieren. Und sie nehmen die Juden immer mehr ins Visier. Es wird kein gutes Ende nehmen. Aber lass uns nicht länger diesen Abscheulichkeiten nachhängen. Sag mir, hattest du die Gelegenheit, dein Studium der Physik zu vertiefen?«

»O nein, Herr Einstein, ich war zu sehr damit beschäftigt, meinen Studienkredit zurückzuzahlen, das Geld für die Miete aufzubringen und für Mr. Bentley zu arbeiten. Doch eines Tages, so hoffe ich, werde ich es fortsetzen können. Eines Tages.«

Mr. Bentley stand ganz in der Nähe und unterhielt sich mit seinem Freund J. P. Morgan.

Einstein rief ihm zu: »Werter Herr, ist Ihnen bewusst, dass Ihre Sekretärin in Berlin eine der begabtesten Schülerinnen der Physik war?«

»Nein, das wusste ich nicht«, sagte Bentley und kam zu uns herüber. Morgan folgte ihm. »Doch es überrascht mich nicht. Sie ist eine kluge Person und eine hervorragende Sekretärin, die ihre Ausbildung als Klassenbeste abgeschlossen hat. Ich möchte hinzufügen, dass sie außerdem eine bemerkenswerte und liebenswürdige junge Dame ist. Ich bin froh, dass sie mein Leben und meine Geschäfte organisiert.«

»Wohl wahr«, sagte Einstein. »Hören Sie, meine Amerikareise wird noch einen Monat lang andauern, und ich musste feststellen, dass *mein* Leben und *meine* Geschäfte, während ich reise und Vorträge halte und allen möglichen Würdenträgern begegne, äußerst schwierig zu organisieren sind. Wäre es Ihnen vielleicht möglich, mir Hanna für den nächsten Monat zu borgen? Als Assistentin für den Rest meiner Reise?«

Mr. Bentley sen. blinzelte angesichts dieser überraschenden und höchst ungewöhnlichen Bitte.

Neben ihm brach J.P. Morgan in schallendes Gelächter aus. »O Clay! Du bringst ein Mädel mit zum Ball und verlierst es an den Ehrengast! Ha! Tja, alter Mann, was sagst du nun? Ich meine, wer von uns kann schon behaupten, dass er seine Sekretärin vorübergehend an den klügsten Mann der Welt verliehen hat?«

Mr. Bentley sen. schien einen Augenblick darüber nachzudenken.

»Die Entscheidung liegt nicht bei mir, J.P.«, sagte er, »sondern bei Hanna. Was sagen Sie, Hanna, würden Sie gerne Professor Einstein für den Rest seiner Reise begleiten? Ich wäre damit völlig einverstanden, und Ihre Stelle würde auf Sie warten, bis Sie zurückkehren.«

Ich sah von ihm zu Mr. Einstein und wieder zurück. »Werden Sie denn ohne mich zurechtkommen?«

Mr. Bentley sen. sagte: »Oh, ich bin mir sicher, dass ich mich schon einen Monat lang ohne Sie durchwursteln kann. Vielleicht mache ich sogar ein paar Tage Ferien. Henrietta bekniet mich ständig, eine oder zwei Wochen mit ihr in

Westhampton zu verbringen. Machen Sie nur, Kind. Es wird Ihnen guttun.«

Ich hatte den Tag in New York als Sekretärin von Mr. Clay Bentley sen. begonnen. Ich beendete ihn in Washington, D.C. als die von Mr. Einstein.

DIE EINSTEIN-TOURNEE
MAI 1921

Wie sich herausstellte, war meine Tätigkeit für Mr. Clay Bentley sen. nichts im Vergleich zu dem, was es hieß, für Albert Einstein zu arbeiten.

Die Arbeit bei Mr. Bentley war anspruchsvoll.

Die Arbeit bei Einstein war zehnmal anspruchsvoller und 20-mal schneller.

Die Anforderungen an seine Zeit und Aufmerksamkeit waren erstaunlich.

Der arme Kerl. Kein Wunder, dass er Hilfe brauchte.

Doch es war so, wie Mr. Einstein es mir selbst an meinem zehnten Geburtstag gesagt hatte: Die strengen Lehrer waren die besten, und meine stürmische Zeit als Sekretärin im Büro von Mr. Clay Bentley sen. hatte mich sehr gut auf diesen alles verschlingenden Sog vorbereitet, der mich auf Einsteins Tournee durch Amerika erwartete.

Während seiner Reise sprach Einstein an den Universitäten in New York, Chicago und Boston, doch die wichtigsten Auftritte waren die vier Vorlesungen, die er an der Princeton-Universität in New Jersey hielt, in denen er seine Relativitätstheorie in schonungslosen mathematischen und wissenschaftlichen Begriffen darlegte, die für einen Laienbeobachter wie Kauderwelsch geklungen hätten.

Er nahm an Wohltätigkeitsdinnern und Bällen teil und wurde von der Menge gefeiert. Während der ganzen Zeit wurde er von Journalisten belagert, die ihn nach seiner Meinung zu allem Möglichen fragten, und von Akademikern gedrängt, ihre eigenen wissenschaftlichen Arbeiten anzupreisen.

Und überall, wo er hinkam, wurde er gebeten, das Relativitätsprinzip zu erklären.

Es wurde ihm eine Belastung, sein Meisterwerk – das Ergebnis von mehr als einem Jahrzehnt der Forschung und des Nachdenkens – in mundgerechte Formulierungen zu verpacken, sodass auch ein Laie es verstehen konnte.

Häufig versuchte er es mit dieser Fassung für die Reporter: »Stellen Sie sich vor, dass Sie und ich genau in diesem Augenblick mit einer Geschwindigkeit von 30 Stundenkilometern um die Sonne kreisen, und doch merken wir nichts davon. Unsere Geschwindigkeit ist relativ.«

Wenn er darauf keine Lust hatte und nichts sagte, fragten ihn die Journalisten nach seiner Meinung zu Amerika: ein sehr gefährliches Pflaster.

Wie sich herausstellte, war Einstein von Amerika fasziniert, von seinem unermüdlichen Vorwärtsdrang, seiner spielerischen Ablehnung der Traditionen der Alten Welt und vor allem seinem beeindruckenden Lebensstandard.

Es verblüffte ihn immer wieder, dass sogar junge Damen meines Alters trotz bescheidener Mittel »wie Gräfinnen« gekleidet waren.

Wenn wir am Ende des Tages einen ruhigen Moment zusammen hatten, sagte er oft: »Hanna, dieses Land ist erstaunlich. Es lässt sich nicht von den törichten und antiquierten europäischen Vorstellungen von Klasse, Geburtsrecht und Aristokratie zurückhalten. In Amerika ist alles möglich.«

Es kam auch zu einigen geheimnisvollen Momenten.

Einer davon geschah in Princeton.

Während seines Aufenthalts in Princeton für die Vortragsreihe wurde Einstein von einem amerikanischen Physiker namens Arthur Compton aufgesucht.

Dr. Compton war ein Princeton-Absolvent und der Leiter der Fakultät für Physik an der Washington University in St. Louis. Als er sich Einstein nach einem der Vorträge vorstellte, erwachte Einstein, der die Hand des Mannes in Erwartung einer Abhandlung oder einer Einladung zu einem weiteren Vortrag nur müde geschüttelt hatte, zum Leben.

Seine Augen begannen zu leuchten. »Meine Güte, Dr. Compton! Es ist mir ein großes Vergnügen, Sie kennenzulernen! Bitte lassen Sie uns ein ruhiges Plätzchen suchen. Ich bin sehr an Ihrer Arbeit bezüglich des teilchenähnlichen Impulses von Photonen interessiert.«

Wie ich schon erwähnte, war das, was dem Laien als Kauderwelsch erschien, für Menschen wie Einstein, Compton und mich eine eigene Sprache.

Dies war bedeutend.

Einsteins eigene Arbeit an dem fotoelektrischen Effekt hatte das Thema berührt, und Compton hatte es auf eine brillante Art und Weise viele Schritte vorangebracht.

Einstein war niemand, der sich leicht beeindrucken ließ, doch von Compton war er sehr beeindruckt.*

Sie unterhielten sich bis tief in die Nacht.

Und dann ging mein amerikanisches Abenteuer mit Einstein genauso schnell zu Ende, wie es begonnen hatte, und er war

---

* Arthur Compton erhielt 1927 den Nobelpreis für Physik für seine Entdeckung der teilchenähnlichen Beschaffenheit elektromagnetischer Strahlung, was später als Compton-Effekt bekannt werden sollte. Während des Zweiten Weltkriegs wurde er zu einer der Schlüsselfiguren im Manhattan-Projekt.

fort, zurück auf dem Dampfschiff, das ihn nach Europa und wieder nach Hause bringen würde.

Im darauffolgenden Jahr sollte er den Nobelpreis für Physik erhalten.

Erstaunlicherweise erhielt er den Preis nicht für seine Arbeit am Relativitätsprinzip, sondern für seine Erkenntnisse über den fotoelektrischen Effekt. In den kommenden Jahren konnte kaum jemand den Grund dafür erklären – nicht einmal Einstein selbst.

Und so wurde meine Kutsche wie bei Cinderella wieder zu einem Kürbis, und ich kehrte nach New York und an meine Stelle als die persönliche Sekretärin von Mr. Clay Bentley sen. zurück.

Ich muss gestehen, dass mir mein Leben nach der anregenden Wirkung des Reisens und der Unterhaltungen mit Einstein sowie seinen wissenschaftlich gesinnten Bekannten langweilig, grau und banal erschien.

Einstein hinterfragte die fundamentalen Grundlagen unserer Existenz und veränderte die Welt. Ich kümmerte mich um Frachtbriefe und Lieferkosten.

Doch ich arbeitete unverdrossen weiter, zahlte meinen Studienkredit ab und, was am wichtigsten war, legte Geld beiseite, um irgendwann die magische Summe von 142 Dollar plus Steuern gespart zu haben – der Preis für ein Ticket auf einem Dampfschiff, das mich zurück zu Lukas bringen sollte.

1921 wurde zu 1922.

Clay jr. und Stella gaben sich in einer prunkvollen Feier im Garten ihres Herrenhauses auf Long Island das Ja-Wort. Der Bürgermeister war dort, genau wie J. P. Morgan und einige der älteren Freunde von Mr. Bentley sen.

Mr. Bentley sen. schien von der Tatsache, dass Clay jr. sich von seiner Frau hatte scheiden lassen, um seine Sekretärin-Schrägstrich-Geliebte zu heiraten, nicht sonderlich erfreut zu sein.

Doch ich hörte zufällig, wie J. P. Morgan seiner Frau etwas zuflüsterte, das ich nie vergessen werde.

»Wann immer ein Mann seine Geliebte heiratet, lässt er eine offene Stelle zurück.«

Die Hochzeit war beinahe schon unanständig extravagant.

Stella wurde in ihrem Hochzeitskleid auf einem strahlend weißen Hengst, flankiert von Reitern aus der Polomannschaft ihres Gatten, auf den Rasen gebracht. Die Menschenmenge hielt staunend die Luft an und applaudierte.

Die Feier nach der Hochzeitszeremonie war eine durch und durch dekadente Angelegenheit. Es gab Musik, Tanz und Champagner, auch wenn die Prohibition noch immer in Kraft war. Die letzten betrunkenen Gäste gingen nicht vor sieben Uhr am folgenden Morgen.

Ich verabschiedete mich zeitig.

Ich hatte auf Fannys und Rays kleiner irisch-polnischer Hochzeit in Brooklyn deutlich mehr Spaß, obwohl sie dort kein einziges Pferd hatten.

Hochzeiten, Pferde. Pferde, Hochzeiten.

August 1936.

Pferde bei den Olympischen Spielen in Berlin.

Ich sitze mit meinem Chef Albert Speer neben SS-Sturmbannführer Hermann Fegelein, ein ehrgeiziges Schwein von einem Mann, der für die Reitveranstaltungen bei den Spielen zuständig ist. Wir sehen uns das Dressurreiten an.

Die deutschen Reiter, von denen die meisten der Kavallerieschule in Hannover entspringen, gewinnen in jeder Disziplin, was Fegelein entzückt. Sie schneiden so gut ab, erzählt er uns, dass Hitler gestern höchstpersönlich herkam, um sich den Wettbewerb anzusehen.

Später erzählt mir Speer, dass Fegelein schon vor zehn Monaten den Grundriss des Parcours und die Höhe der Hindernisse an das deutsche Team übergeben hat, sodass sie und ihre Pferde sich mit jeder Einzelheit vertraut machen konnten.

Die deutschen Reiter werden alle olympischen Goldmedaillen im Dressurreiten gewinnen.

3. Juni 1944

Schloss Mirabell, Salzburg, Österreich.

Ich befinde mich auf einer weiteren rauflustigen Hochzeitsfeier mit Alkoholgelage. Eva Brauns Schwester heiratet Hermann Fegelein. Der Krieg hat es gut mit Fegelein gemeint.

Er ist jetzt Brigadeführer und eines der ranghöchsten Mitglieder der Waffen-SS.

Er ist ein Nazi durch und durch, ein hochdekorierter Offizier, der für die Ermordung von Zehntausenden jüdischen Zivilisten an der Ostfront verantwortlich war.

Mein Chef Speer ist auch dort, obwohl er Fegelein nicht ausstehen kann. »Der Mann ist ein Psychopath, einer der widerlichsten Männer in Hitlers Kreis«, sagt er. »Und nun bekommt er, was er am meisten begehrt, und heiratet in die Familie des Führers ein.«

Der Krieg läuft nicht gut für Deutschland, doch Hitler, Himmler und Bormann sind ebenfalls bei diesem vergeuderischen Ereignis dabei, das buchstäblich in einem Schloss stattfindet.

Hitler trinkt nicht.

Himmler auch nicht.

Speer schaut oft auf seine Uhr.

Bormann trinkt so viel, dass er die Besinnung verliert.

Aber erst nachdem er mir an den Hintern gegrapscht und mir ins Ohr geflüstert hat: »Komm schon, Schätzchen, wenn ich dich jetzt in der Küche vögeln darf, gebe ich dir alles, was du willst – Juwelen, Kleider, Geld.«

Ich lehne höflich ab. Später helfe ich seiner Sekretärin, ihn in sein Auto zu schleppen, damit sie ihn nach Hause fahren kann, so wie sie es schon oft getan hat.

In drei Tagen, am 6. Juni 1944, werden die Westalliierten in Europa einmarschieren.

150.000 Soldaten aus Amerika, Kanada und dem Vereinigten Königreich werden die Strände der Normandie stürmen.

Ich weiß, dass es geschehen wird.

Die Nazis wissen es nicht.

In elf Monaten, im April 1945, wird Hitler persönlich die Hinrichtung seines Schwagers wegen Fahnenflucht anordnen.

Fegelein wird aus dem Führerbunker hinaus in den Garten der Reichskanzlei geführt und erschossen werden.

Innerhalb eines Jahres nach ihrer rauschenden Hochzeit setzte Stella einen strammen Jungen in die Welt, der unverzüglich Clayton Charles Bentley III. getauft wurde.

Die Geburt von Clay III. – der unter seinem zweiten Vornamen Charles bekannt werden sollte – wurde mit Partys und Geschenken für das glückliche Elternpaar feierlich begangen.

Doch die Geburt ihres Sohnes war auch eine Quelle der Besorgnis für Stella, denn es war eine neue Art des Verbrechens in Mode gekommen.

Sie wurde »Kidnapping« genannt und war ein neues, zutiefst beängstigendes Phänomen in den gut situierten Vierteln im Großraum New York: Die Kinder von wohlhabenden Familien wurden im Schutze der Nacht aus ihren Häusern geraubt und dann benutzt, um ein Lösegeld zu erpressen.

In zwei besonders berüchtigten Fällen, die das Kind der Coughlins und den Jungen der Verottas betrafen, machten die Kriminellen ihre Drohung wahr und töteten die armen Kinder.

Aus Sorge, dass ihr prunkvolles Herrenhaus auf Long Island ein allzu verlockendes Ziel für Kidnapper darstellte, bestand Stella auf höheren Zäunen um das Grundstück, auf stabileren Toren und sogar auf einem Nachtwächter.

Solche Ängste betrafen mich nicht. Zum einen hatte ich keine Kinder, zum anderen hatte ich kaum Geld. Ich machte einfach weiter und arbeitete und sparte und arbeitete und sparte noch ein bisschen mehr, fest entschlossen, nach Deutschland und zu Lukas zurückzukehren.

Aus 1922 wurde 1923.

Die Prohibition wurde fortgesetzt.

Baby Face Mancino hielt auch weiterhin seine Dominanz über den illegalen Schnapshandel in New York City aufrecht.

(Ich muss gestehen, dass ich selbst ein paar der Spelunken aufsuchte und hin und wieder in mein altes Stammlokal in der Nähe der Graham-Coulson-Sekretärinnenschule, das Pearl's, ging.)

Präsident Harding starb in San Francisco an einem Herzinfarkt und wurde von Calvin Coolidge ersetzt.

Wenn ich während meiner Lesestunden nicht gerade über Kindesentführungen las, begann ich, mich mit wachsender Sorge auf die Nachrichten aus Deutschland zu konzentrieren.

Es sah nicht gut aus.

Eigentlich war alles, seit ich das Land am Ende des Jahres 1919 verlassen hatte, nur noch schlimmer geworden.

Da Frankreich immer noch auf den zermürbenden Reparationszahlungen bestand, versuchte die deutsche Regierung törichterweise, das Problem zu lösen, indem sie Geld drucken ließ.

Das Ergebnis war eine galoppierende Inflation.

Im Jahre 1919, nach Ende des Krieges, waren 48 Mark vonnöten, um einen US-Dollar zu kaufen.

1923 waren es 4,2 Billionen Mark.

Die Zahlen waren so gewaltig, dass es schon lächerlich war, und als ich von dem finanziellen Desaster in der *New York Times* las, konnte ich es kaum glauben und mir schon gar nicht vorstellen, wie es wäre, ein Fünf-Millionen-Mark-Stück in der Hand zu haben.

Dann, im Frühjahr 1923, als Deutschland es nicht mehr schaffte, die lähmenden Reparationszahlungen zu leisten, besetzten französische und belgische Streitkräfte das

Ruhrgebiet, den wichtigsten Standort der deutschen Schwerindustrie.

Das Leben in Deutschland war schwierig, und nun wurde das Land ein weiteres Mal gedemütigt.

Daraufhin berichtete der Deutschland-Korrespondent der *Times* immer häufiger von Brandreden, von Aufmärschen und Unruhen einer neuen antisemitischen Partei im Süden des Landes, die sich der neuen deutschen Regierung gegenüber offen feindselig präsentierte.

Sie war als die Nationalsozialistische Deutsche Arbeiterpartei bekannt – die Nazis. Ihr Anführer war ein zorniger und charismatischer Kriegsveteran namens Adolf Hitler.

Hitler sprach mit Inbrunst in den Brausälen von München zu einer immer größer werdenden Menschenmasse. Er schürte die Vorurteile der Menschen und gab die ganze Schuld an der deutschen Misere dem Versailler Vertrag.

Am 8. November 1923 feuerte dieser Hitler Schüsse in die Decke eines Brausaals und verkündete eine »nationale Revolution!«. Am darauffolgenden Tag marschierten er und seine Kumpane zum bayerischen Regierungsgebäude, wo sie auf Sicherheitskräfte stießen. Es wurde geschossen, 16 Nazis kamen ums Leben.

Hitler floh in dem Chaos und versteckte sich in einem Keller, doch zwei Tage später wurde er verhaftet und des Hochverrats angeklagt. Das, darin waren sich alle Kommentatoren einig, würde zweifelsohne das Ende dieser Angelegenheit bedeuten.

Ich für meinen Teil staunte noch immer über Amerika.

New York City wuchs und wuchs. Überall wurde gebaut. Mehr Autos. Und Tausende Menschen füllten jeden Tag die belebten Straßen.

Der sonderbare und doch so wundervoll egalitäre Charakter Amerikas begegnete mir immer wieder.

Wie zum Beispiel an dem Sonntag zwei Tage vor Weihnachten, als ich Mr. Bentley sen. und die Witwe Henderson in eine Kirche in der City begleitete.

Mr. Bentley hatte nicht viel für Religion übrig, doch er war vom Bürgermeister eingeladen worden, der wiederum vom Erzbischof eingeladen worden war, und so besuchten wir die Messe.

Dort, ganz vorn in der ersten Reihe und den Kopf zum Gebet gesenkt, saß der Gangster Baby Face Mancino mit seiner umwerfend gekleideten Frau. Zwischen ihnen hockte ein hübscher Junge, der vielleicht vier Jahre alt war und einen kleinen Anzug mit Krawatte trug.

Nur in Amerika, dachte ich, konnte ein stadtbekannter Gangster die Kirche besuchen, wenn der Bürgermeister und der ranghöchste Repräsentant des Papstes in den ganzen Vereinigten Staaten zugegen waren.

(Mancino war wie so viele italoamerikanische Gangster sehr von seinem Vaterland geprägt, was die Religion betraf, und während seiner ganzen mörderischen Herrschaft ging er regelmäßig zum Gottesdienst und war, das möchte ich nicht unerwähnt lassen, der mit Abstand größte Gönner der katholischen Kirche in New York.)

Als ich Baby Face in der Kathedrale sah, kam mir ein Gedanke, und ich drehte mich um und …

… entdeckte ihn unauffällig in der letzten Reihe sitzend: Special Agent Dan Kessler vom amerikanischen Finanzministerium.

Als der Gottesdienst vorüber war und die Gemeindemitglieder sich von ihren Plätzen erhoben, um zu gehen, schlängelte ich mich zu Dan hinüber.

»Guten Morgen«, sagte ich hinter seinem Rücken. »Ich wusste gar nicht, dass Sie solch ein gottesfürchtiger Bursche sind.«

Dan drehte sich zu mir um. »Hallo, hallo. Das hier bringt mein Job so mit sich. Aber ich hätte Sie auch nicht gerade als fromm eingeschätzt.«

»Ich bin auch beruflich hier. Ich hoffe, Sie haben in letzter Zeit nicht in irgendwelchen Kühltrucks gesteckt.«

»Manchmal war es nahe dran, aber nie so schlimm wie das eine Mal. O mein Gott, ich schulde Ihnen noch immer ein Abendessen. Es tut mir wirklich leid, aber ich hatte viel zu tun.«

»Ist schon gut. Bei mir war es genauso«, sagte ich. »Sind Sie noch immer Mancino auf den Fersen?«

»O ja. Er hat sich ein richtiges Imperium aufgebaut. Was den illegalen Schnapshandel, die unerlaubten Bars und die Prostitution angeht, beherrscht er den ganzen südlichen Teil dieser Insel. Schießt jeden, der es wagt, in sein Territorium einzudringen, über den Haufen und hat fast alle städtischen Beamten auf seiner Gehaltsliste. Doch auf der Straße wird gemunkelt, dass Lucky Luciano, sein treuer Leutnant, schon mit den Hufen scharrt. Lucky will expandieren und zuerst *ganz* Manhattan und dann die anderen Bezirke einnehmen. Ich hörte zufällig, wie er zu einigen der anderen Jungspunde sagte, dass Mancino zu konservativ, zu kleingeistig sei.«

Ich lachte. »Klingt ganz so, als wären die gesetzwidrigen Geschäfte auch nicht anders als die rechtlich erlaubten: Irgendwer versucht immer, etwas Neues, etwas Besseres zu machen.«

»Hey, wohnen Sie noch immer in der City? Ich werde morgen in Ihrer Gegend sein, unten beim Bahnhof. Darf ich Sie dann zu dem versprochenen Dinner einladen?«

Ich hielt inne. Ich mochte Dan, doch ich war immer noch entschlossen, zu Lukas zurückzukehren.

»Als Freunde«, sagte ich.

»Sicher«, sagte er. »Natürlich. Als Freunde.«

Wir verabredeten uns für den nächsten Abend in einem neuen kleinen italienischen Restaurant namens Luigi's in der Nähe der Hochbahnstation in der Pearl Street.

LUIGI'S RESTAURANT
DOWNTOWN NEW YORK CITY
24. DEZEMBER 1923

Ich muss sagen, dass mir das Dinner mit Dan im Luigi's an jenem Weihnachtsabend sehr viel Spaß machte.

Es war ein behagliches kleines Restaurant mit düsterem Licht, rot-weiß karierten Tischdecken und holzvertäfelten Wänden. Man konnte es sogar romantisch nennen.

Unser Tisch befand sich an einem Fenster, das zur Straße und der robusten Eisentreppe hinaussah, die hinauf zu der Hochbahnstation führte. Nur einer der anderen Tische war besetzt, ein zweites Pärchen, das in aller Stille speiste. Und das Essen war hervorragend.

Dan stellte mir viele Fragen: über mich, meine Jugend in Berlin und, nachdem ich ihm von meinem kurzen Arbeitseinsatz für Einstein erzählt hatte, über meine Verbindung zu diesem einzigartigen Mann.

»Einstein ist ein erstaunlicher, wunderbarer Kerl«, sagte ich. »Sein Verstand ist einfach außergewöhnlich.«

Dan schüttelte den Kopf. »In der Zeitung standen ein paar Ausschnitte seiner Theorien. Hab versucht, sie zu lesen, aber sie haben mich ganz kirre gemacht. Energie, Masse, Lichtgeschwindigkeit, Krümmung von Raum und Zeit … Ich meine, das alles scheint überhaupt keinen Sinn zu ergeben.«

Ich lachte. »Wenn Sie verstehen, dass diese neue Art der Physik keinen rechten Sinn ergeben will, dann sind Sie schon auf einem guten Weg! Nehmen Sie nur die Lichtgeschwindigkeit. Wenn Sie 1000 Jahre lang mit Lichtgeschwindigkeit unterwegs sind, dann haben Sie nach Einsteins Berechnungen einer Sache namens ›Zeitdilatation‹ eigentlich 1005 Jahre benötigt.«

Ich kritzelte die Gleichung auf meine Serviette:

$$T = \frac{T_0}{\sqrt{1 - \frac{v^2}{c^2}}}$$

»Das ist die Formel aus Einsteins Relativitätstheorie, wobei *c* die Lichtgeschwindigkeit ist …«

Ich quasselte noch zwei Minuten lang weiter, bevor ich aufblickte und sah, dass Dan mich nur anstarrte.

Peinlich berührt hielt ich inne. »Tut mir leid, aber ich lasse mich immer hinreißen, wenn ich an diese Dinge denke.«

Er lachte. »Das ist schon okay. Es gefällt mir, zuzusehen, wie Sie sich hinreißen lassen. Also gut, nur damit ich es richtig verstehe … Sie sagen, dass ich, wenn ich mich 1000 Jahre lang mit Lichtgeschwindigkeit bewege, eigentlich 1005 Jahre unterwegs bin?«

»Ja«, sagte ich strahlend.

Er rollte die Augen. »Ich denke, ich jage lieber weiter den bösen Jungs hinterher.«

Er deutete mit einem Nicken auf meinen silbernen Armreif. »Erzählen Sie mir davon? Sie tragen ihn immer.«

»Es ist eine lange Geschichte«, sagte ich. »Zuerst war er ein Geschenk von meinen Eltern, und dann hat mein Vater ihn zweimal auf den neuesten Stand gebracht. Auf der Innenseite sind Botschaften von ihnen eingraviert. Wenn ich ihn trage, fühle ich mich, als würde ich sie immer an meiner Seite haben.«

»Das ist schön«, sagte Dan.

Unser Hauptgang wurde serviert und unsere Unterhaltung wandte sich ihm zu.

»Ich werde nicht mehr lange in New York sein«, sagte er.

»Wohin gehen Sie?«

»Ich wurde nach D. C. abberufen. Die Army bat das Finanzministerium um Agenten, die Deutsch sprechen können. Es geht um eine neue Behörde. Mein Name wurde genannt, also werde ich nächste Woche gehen.«

»Was ist mit Ihrer Arbeit hier und mit Mancino und den Gangs?«

»Meine Bosse erlauben mir, sie zu beenden«, sagte Dan, »und zwar mit einem lauten Knall. In ein paar Tagen steht ein großer Einsatz bevor. Die Finanzbehörde und das New York Police Department arbeiten zusammen. Wir werden einen Haufen Festnahmen vornehmen, unter anderem auch Baby Face.«

»Passen Sie auf sich auf«, sagte ich.

»Das werde ich«, sagte er, als ein Schatten auf unseren Tisch fiel.

Baby Face Mancino stand über uns.

»Hallo, Agent Kessler. Was dagegen, wenn ich mich zu Ihnen setze?«

Dans Gesicht wurde bleich.

Große Kerle in schwarzen Mänteln und mit dunklen Hüten erschienen in der Eingangstür und den Hintertüren. Sie hielten Waffen in ihren behandschuhten Händen.

Die Kellner und der Küchenchef waren alle verschwunden. Das andere Pärchen wurde hinausgeführt.

Das Erste, was Dan zu Baby Face sagte, war: »Lassen Sie sie gehen. Sie hat damit nichts zu tun.«

»Die Braut bleibt«, sagte Baby Face Mancino. »Also, Agent Kessler – Special Agent Daniel Kessler vom Finanzministerium, Prohibitionsagent des Bundes –, ein Vögelchen hat mir gezwitschert, dass Sie vorhaben, mich im Laufe der Woche hopszunehmen.«

Dan blieb ganz still. »Woher wollen Sie das wissen?«

»Ich habe meine Quellen.«

»Das New York Police Department?«

Mancino nickte. »Der Polizeichef höchstpersönlich. Sie sollten achtsamer sein, wenn Sie sich jemand anvertrauen. Ihr Bundesbeamte seid anständig wie die Pfadfinder, doch die örtliche Polizei, nun, sie sind dumme irische Trottel. Die Hälfte der Cops in diesem Bezirk steht auf meiner Gehaltsliste, und die andere Hälfte trinkt meinen Schnaps und verspielt ihr Geld in meinen Bars, wenn ihre Schicht vorbei ist.«

»Was wollen Sie von mir?«, sagte Dan.

»Oh, nichts weiter. Ich wollte Sie nur kennenlernen, bevor ich Sie und die Dame hier nach hinten bringen und erschießen lasse.«

Als er das sagte, suchte ich nach einer Fluchtmöglichkeit, fand aber keine.

Ich ließ meinen Blick umherschweifen.

Draußen sah ich eine schwarze Packard-Limousine stehen. Mrs. Mancino und der vier Jahre alte Douglas jr. saßen hinten, ein Fahrer hockte aufrecht hinter dem Lenkrad.

Das musste ich Baby Face lassen: Er war solch ein cooler Kerl, dass er seine tödlichen Geschäfte in diesem Restaurant abwickeln konnte, während seine Familie draußen in einem Wagen mit laufendem Motor auf ihn wartete.

Er winkte zwei seiner Gorillas mit einem Finger herbei, und sie packten Dan und mich und wollten uns gerade von unseren Stühlen zerren, als es geschah.

Eine ohrenbetäubende Maschinengewehrsalve schlug durch das Fenster neben mir, ein Schauer aus zerbrochenem Glas ging über uns nieder.

Wir alle duckten uns: Dan, Baby Face und ich.

Die beiden Gorillas gingen nicht schnell genug in Deckung. Ihre Köpfe wurden aufgerissen, Blut spritzte, und sie stürzten zu Boden.

Das schrille Quietschen von Reifen schnitt durch die Luft, als drei schwarze Autos, auf deren Trittbrettern bewaffnete Männer standen, gleichzeitig vor dem Restaurant zum Stehen kamen.

Die Männer hielten Thompson-Maschinenpistolen in ihren Händen, die neue bevorzugte Waffe der kriminellen Klasse mit ihrer hohen Schussgeschwindigkeit, dem typischen, nach vorn gerichteten Handgriff und dem kreisrunden Magazin.

Einer der Männer, der an der Seite des ersten Autos stand, feuerte seine Waffe wie im Wahn. Eine Feuerzunge peitschte aus der Mündung, und ein Sturm aus Kugeln zischte über unsere Köpfe hinweg.

Ich konnte einen kurzen Blick auf ihn erhaschen.

Es war Lucky Luciano.

Baby Face Mancinos treu ergebene rechte Hand war ihm nicht mehr treu ergeben. Lucky griff nach der Macht, und es war eine äußerst feindselige Übernahme.

Was als Nächstes geschah, geschah sehr schnell.

Luckys Männer sprangen von ihren Wagen – einige ballerten unverdrossen weiter, während andere zu der Limousine eilten, in der Mancinos Frau und Sohn saßen.

Und dann wusste ich Bescheid.

Dies war nicht nur ein Anschlag auf das Leben von Baby Face Mancino.

Es war außerdem eine Entführung.

Und Dan und ich waren zwischen die Fronten geraten.

Als wir zwischen Mancinos noch lebenden Männern im Restaurant und Luckys Angreifern vor dem Gebäude – die sich nun ein hitziges Feuergefecht lieferten – hockten, taten wir das Einzige, was uns noch übrig blieb.

Wir sprangen durch das zerbrochene Fenster hinaus auf den Gehweg und huschten hinter einen Zeitungskiosk in der Nähe, um uns in Sicherheit zu bringen.

»Hier entlang!« Dan zog mich nach links, hinein in eine sichere Seitengasse.

Ich wollte ihm gerade folgen, als ich einen Schrei hörte – von Mrs. Mancino. Ich drehte mich um und sah sie.

Einer von Lucky Lucianos Männern hatte soeben Douglas Mancino jr. aus den Armen seiner Mutter gerissen und zerrte ihn aus der Limousine, während sie aus dem Wagen hinunter in die Gosse stürzte und entsetzt kreischte.

Als er von dem Kerl verschleppt wurde, trat der Junge um sich und rief: »Mama! Mama!«

Bis heute weiß ich nicht, was über mich gekommen ist.

Vielleicht war es das Schreien der Mutter, die ihr Kind verlor, vielleicht war es das Schluchzen des Jungen. Vielleicht war es auch der Gedanke an das, was den kürzlich entführten Kindern zugestoßen war. Ich weiß es nicht.

Doch in jenem Augenblick riss ich mich von Dan los und preschte auf den Gangster zu, der den Jungen verschleppte.

Ich rempelte ihn mit meiner Schulter, so hart ich nur konnte, und stieß ihn gegen einen Laternenpfahl.

Er verlor das Gleichgewicht, doch er war viel größer als ich und stürzte nicht zu Boden. Er hob seine Pistole, richtete sie auf mich, und dann – *Peng!* – spritzte eine Blutfontäne aus seinem Hinterkopf. Er sank zu Boden und ließ von dem Jungen ab, und ich wandte mich um und sah Dan, der seine rauchende M1911-Pistole erhoben in der Hand hielt.

Er hatte den Gangster erschossen.

Und plötzlich setzte ich mich in Bewegung. Ich nahm die Hand des Jungen, und wir hasteten mit Dan an unserer Seite die Treppe zur Hochbahnstation hinauf, um von den Gangstern wegzukommen, die noch immer in das Restaurant ballerten, in dem Baby Face steckte.

Lucky sah uns davonrennen und deutete auf drei seiner Männer. »Schnappt euch den Jungen! Und erledigt die anderen beiden!«

Dan und ich hetzten die Eisentreppe hinauf, so schnell es nur ging, und zerrten den kleinen Jungen hinter uns her.

Kugeln schlugen gegen die Tragebalken und ließen Funken fliegen.

Dan feuerte zurück und traf die eisernen Stützpfeiler der Treppe, als die drei Männer auf die ersten Stufen sprangen.

Wir erreichten den Bahnsteig, gerade als ein Zug einfuhr.

Wir befanden uns nun hoch über der Straße, bestimmt drei Stockwerke, und noch immer konnten wir die Schießerei hören, die unten wütete.

»Los! Los! In den Zug!«, rief Dan, und wir rannten den Bahnsteig entlang und hüpften durch die offene Tür des zweiten Waggons.

Dann schlossen sich die Türen – doch nicht schnell genug. Die drei Gangster taumelten von der Treppe über den Bahnsteig und sprangen in einen der hinteren Waggons. Erst dann fuhr der Zug ab, und so befanden wir uns in einem fahrenden Zug zusammen mit Mancinos Sohn und, ein paar Waggons hinter uns, drei schwer bewaffneten Gangstern.

Es war schon nach acht Uhr am Weihnachtsabend, also befanden sich nicht viele Passagiere an Bord, vielleicht vier in jedem Waggon.

Wer weiß schon, was Lucky Lucianos Männern durch den Kopf ging, als sie mit ihren Maschinenpistolen das Feuer eröffneten und durch die Verbindungstüren der Waggons ballerten?

Mutig feuerte Dan mit seiner Colt-Pistole zurück und traf einen der Männer. Dessen Kopf kippte zurück, und er sank zu Boden.

Der Zug wurde immer schneller und huschte über seine erhöhten Schienen zwischen Lagerhallen, Mietshäusern und Gebäuden in Lower Manhattan entlang.

Die beiden verbliebenen Gangster schoben sich immer weiter voran, bis sie den dritten Waggon erreichten. Zwischen ihrem und unserem Waggon befand sich nur noch einer.

»Wie lange noch bis zur nächsten Station?«, fragte Dan hastig.

»Zu lange«, sagte ich. »Wir werden es nicht schaffen, bevor die Kerle uns erwischen.«

Der Zug schlängelte sich um eine Kurve und polterte weiter.

»Verdammt, was können wir tun …?«, sagte Dan gerade, als ich es tat.

Ich riss an dem Nothalt-Kabel, das unter der Decke baumelte.

Die Reaktion folgte auf dem Fuß.

Die Räder des Zugs kreischten, als die Notbremse zuschnappte, und der Zug kam hoch über der Straße zum Stehen.

Die beiden Gangster wurden zu Boden geschleudert und landeten auf ihren Gesichtern.

»Hier entlang«, drängte ich Dan und führte ihn an eine der Seitentüren.

Ich riss sie auf und sprang hinunter auf die Schienen. Dan reichte mir den Jungen und folgte mir, als ich die Schienen vor dem stehenden Zug hinunterrannte, hoch über den düsteren Straßen der südlichen Innenstadt New Yorks, und über die Holzschwellen tänzelte.

»Wohin gehen wir?«, rief Dan.

»Nicht anhalten!«, rief ich zurück. »Wir müssen dort sein, bevor sie aus dem Zug kommen.«

30 Sekunden später hüpften Lucky Lucianos Halunken aus dem Zug und feuerten mit ihren Maschinenpistolen. Die Kugeln streiften die Ziegelmauer eines Gebäudes, als wir um eine Ecke huschten und in Deckung gingen.

Die beiden Gangster hetzten die Schienen entlang, die tödlichen Maschinenpistolen fest in ihren Händen, und suchten nach dem Paar, das ihnen Mancinos Jungen weggenommen hatte.

Sie stürmten mit erhobenen Waffen um die Ecke …

… und sahen nichts als eine leere Schienenstrecke vor sich.

Sie liefen den ganzen Weg bis zur nächsten Haltestation, fanden aber nichts.

Verwirrt und verlegen rannten sie davon, als in der Pearl Street Polizeisirenen aufheulten.

Dan und ich hockten angespannt – Baby Face Mancinos vier Jahre alten Sohn zwischen uns gequetscht – unter dem Fenster in meinem alten Schlafzimmer in der Katherine-Graham-Coulson-Sekretärinnenschule.

Als die beiden pistolenschwingenden Gangster keine zwei Meter vor uns vorüberliefen, hielten wir den Atem an.

Zum Glück war Weihnachten und niemand in dem Zimmer. Es war uns gelungen, das Fenster zu öffnen – das Schloss war noch immer nicht repariert worden – und hineinzuklettern, bevor die Männer um die Kurve kamen.

Noch eine ganze Weile lang wagten wir es nicht, uns zu rühren.

Tatsächlich schliefen wir für den Rest der Nacht in dem Zimmer und erwachten am Weihnachtsmorgen in denselben unbequemen Betten, in denen Fanny und ich vor einiger Zeit, als wir noch an der Sekretärinnenschule gewesen waren, geschlafen hatten.

Als wir erwachten, schlummerte der Junge noch immer tief und fest mit seinem Daumen im Mund.

Am nächsten Morgen brachten Dan und ich den Jungen zurück zu Baby Face Mancino.

Wir schlichen uns nicht an und erkundeten die Lage nicht.

Wir liefen einfach die Stufen zu seinem eleganten Sandsteinhaus hinauf, und Dan klopfte laut an die Tür.

Baby Face öffnete selbst die Tür, und als er uns sah, machte er große Augen.

Dann stürmte Mrs. Mancino an ihm vorbei und nahm den kleinen Kerl in ihre Arme. Sie drückte den Jungen ganz fest an sich und eilte mit ihm ins Haus zurück. Dan und ich blieben an der Türschwelle stehen und starrten ihren Ehemann an, den Gangster, der erst vor zwölf Stunden unsere Erschießung angeordnet hatte.

»Sie beide haben meinen Sohn gerettet«, sagte er.

Dann wandte er sich mir zu. »Sie. Miss. Wie ist Ihr Name?«

»Sagen Sie's ihm nicht …«, begann Dan.

»Hanna Fischer«, sagte ich mit fester Stimme.

»Ich habe gesehen, wie Sie aus Ihrem Versteck in die Schießerei hineinliefen, um meinen Sohn zu retten. Ich habe gesehen, wie Sie einen von Luckys Männern beiseitegestoßen und ihm meinen Jungen aus den Händen gerissen haben. Warum?«

Zuerst sagte ich nichts. Seltsamerweise schüchterte mich der Blick von Baby Face nicht ein.

Dann sagte ich: »Er ist nur ein Kind. Welchen Geschäften Sie nachgehen – ob sie nun legal sind oder auch nicht –, hat nichts mit ihm zu tun. Ihre Rivalen hatten kein Recht, ihn sich zu nehmen.«

»Auch wenn ich Sie ein paar Minuten vorher noch umbringen wollte?«, sagte Baby Face.

»Das macht es nicht weniger unrecht.«

Neben mir atmete Dan scharf ein.

Baby Face Mancinos breiter Mund verzog sich zu einem wissenden Grinsen. »Ich mag Sie, Miss Hanna Fischer. Ich weiß nicht, woher Sie's haben, aber Sie verfügen über ein feines Gespür für Ehre.«

Er nickte Dan zu. »Das gilt auch für Sie, Special Agent Daniel Kessler vom Finanzministerium. Angesichts dessen, was Sie für meinen Sohn getan haben, betrachte ich unsere Differenzen hiermit als erledigt und unsere Rechnungen als beglichen. Vielen Dank. Vielen Dank Ihnen beiden.«

Eine Woche später sollte Dan nach D. C. aufbrechen und seine Arbeit bei der neuen Bundesbehörde antreten.

Aus seiner geplanten Razzia gegen Mancinos illegale Geschäfte wurde nichts. Die Schießerei am Heiligabend, wie die Presse es nannte, hatte die Temperatur deutlich erhöht, und Mancino und Lucky Luciano, die nun erbitterte Feinde waren, hatten ihre illegalen Schnapslager geräumt und die Spelunken für eine Weile geschlossen.

Sie machten sie wieder auf, nachdem Dan gegangen war, in dem sicheren Bewusstsein, dass sie alle anderen New Yorker Cops geschmiert hatten.

Was mich anging, so erreichte ich kurze Zeit später mein anvisiertes Sparziel, bat um einen vierwöchigen Urlaub und kaufte mir ein Dritte-Klasse-Ticket für ein Dampfschiff nach Hamburg.

Endlich ging es für mich zurück nach Deutschland.

Endlich ging es zurück zu Lukas.

So etwas wie einen Hochverrat gegen die Landesverräter von 1918 gibt es nicht.

Adolf Hitler, 1924, während seines Verfahrens nach dem Bierkeller-Putsch

DEUTSCHLAND
1924

Mein Dampfschiff legte am 31. März 1924 in Hamburg an.

Ich fand ein Land vor, das im Chaos versank.

Die Inflation war außer Kontrolle geraten.

Ultranationalistische Banden streunten in den Straßen.

Und die Gerichtsverhandlung gegen Adolf Hitler in Bayern unter dem Vorwurf des Hochverrats war eine landesweite Sensation.

Sie war alles andere als eine Demütigung des Mannes, und die Richter in dem Prozess – allesamt Nazi-Sympathisanten – erlaubten ihm, seine Tiraden loszulassen, wann immer ihm danach war. Er nahm sogar Zeugen ins Kreuzverhör.

Er verwandelte die Verhandlung in seine eigene nationale, ja sogar internationale Propagandashow. Anstatt zu versuchen, die Vorwürfe gegen ihn zu entkräften, gab Hitler freimütig zu, dass er die gerade frisch einberufene Weimarer Regierung stürzen wollte.

Als ich am 1. April mit dem Zug in Berlin ankam, wurde Hitler von dem milden Gericht zu einer Haftstrafe von fünf Jahren verurteilt, die aber nach nur läppischen sechs Monaten in eine Bewährungsfrist umgewandelt werden konnten.

Die politische Klasse und die Pressevertreter waren entsetzt.

Die Nazi-Banden in den Straßen frohlockten.

Es war mir unmöglich, keine Notiz von alledem zu nehmen, als ich in Berlin ankam, doch ehrlich gesagt war es mir egal.

Als ich aus dem Zug hüpfte, machte ich mich umgehend auf den Weg in die Haberlandstraße und mein altes Viertel, um Lukas zu finden.

Ich stand vor meinem alten Wohnhaus.

Ich wusste nicht so recht, was ich hier vorzufinden erwartet hatte, doch das war es nicht.

Das Gebäude war während der letzten vier Jahre wieder hergerichtet worden, aber in den Rissen in der Fassade waren noch immer dunkle Brandspuren von dem Feuer zu erkennen, das in der Nacht, in der mein Vater starb, gewütet hatte.

In unserer Wohnung lebte nun eine andere Familie.

Sie waren neu in Berlin und erst im Jahr zuvor hergezogen. Von dem, was sich im Jahre 1919 hier zugetragen hatte, kannten sie nur vage Gerüchte.

Mir wurde gesagt, dass all unsere Möbel und Habseligkeiten – sofern sie nicht in dem Feuer verbrannt waren – irgendwann abgeholt und entsorgt worden waren, auch meine Kleidung, meine Bücher und sogar mein Tagebuch. Verdammt.

Ich musste Lukas finden.

Ich ging zum Laden der Hofstedters, der nur ein paar Straßen entfernt war.

Dort fand ich Herrn Hofstedter, Lukas' Vater, an seinem üblichen Posten hinter dem Tresen und fragte ihn atemlos, wo ich Lukas finden könne.

Er sah mich seltsam an.

»Nun, junge Hanna, wo sollte er schon sein, wenn nicht am Kaiser-Wilhelm-Institut, wo er immer ist?«

Ich bemerkte die Wunderlichkeit seiner Antwort, dachte aber nicht weiter darüber nach.

30 Minuten später huschte ich durch die Eingangstür des Kaiser-Wilhelm-Instituts für Physik und fragte die Empfangsdame, wo ich Lukas finden könne, woraufhin ich auf ein paar Büros im ersten Stock der Fakultät für Physik verwiesen wurde.

Ich hastete die Treppe hinauf, als würde mein Leben davon abhängen, und stürmte völlig außer Atem in ein kleines Büro.

Wo ich ihn fand.

Meinen Lukas.

Er sah nicht einen Tag älter aus als damals, als ich aus Deutschland geflüchtet war.

Er war in dieser Hinsicht schon immer knabenhaft gewesen: schmächtig, bebrillt.

Er saß an seinem kleinen Schreibtisch und war in irgendein Forschungspapier vertieft, als ich mit großen Augen und vollem Herzen hereinplatzte.

Zu meinem Erstaunen zeigte er sich kein bisschen überrascht.

Er runzelte nur die Stirn.

»Hanna, meine Güte, was ist denn nur los?«, sagte er.

»Lukas!«, sagte ich. »Mein Gott, ich bin ja so froh, dich zu sehen! Es ist ja so lange her …«

»So lange her? Hanna, geht es dir nicht gut?«

Unser Wiedersehen verlief nicht so, wie ich es mir ausgemalt hatte.

Es war, als würde ich in einem skurrilen Traum feststecken.

Und dann sah ich es.

An seiner linken Hand.

Ein goldener Ehering.

»Du hast *geheiratet?*«, platzte es aus mir heraus.

»Äh, ja …«

»Wen?«, fragte ich mit Nachdruck.

»Nun ja, wen schon, Hanna?«, sagte Lukas. »Dich.«

Mir schwirrte der Kopf.

Er hatte *mich* geheiratet?

Wie war das möglich?

Lukas erkannte den Zusammenhang einen Augenblick, bevor ich es tat.

Noch einmal runzelte er die Stirn, erhob sich und blickte mich mit ernster Miene an.

»Oh, ich verstehe, was hier vor sich geht«, sagte er. »Hanna hatte mich schon davor gewarnt, dass so etwas geschehen könnte. Norma, es ist sehr unanständig von dir, hier aus heiterem Himmel aufzutauchen und dich als deine Schwester auszugeben. Ich werde den Sicherheitsdienst verständigen und dich in Gewahrsam nehmen lassen. Dann werde ich das Sanatorium anrufen, damit sie dich abholen können.«

Nun schwirrte mir der Kopf noch mehr.

Ich musste meine ganze Willenskraft aufbringen, um aufrecht stehen zu bleiben und nicht an Ort und Stelle in Ohnmacht zu fallen.

»*Norma?*«, sagte ich. »Du glaubst, ich bin Norma? Nein, ich bin Hanna …«

Lukas schob sich an mir vorbei in den Flur und rief: »Würde bitte jemand den Sicherheitsdienst herholen?«

Ich wusste nicht, was ich tun sollte.

Es war ein Albtraum, ein surrealistischer Albtraum.

Vier Jahre lang hatte ich geschuftet, um zurück nach Berlin zu kommen, zurück zu Lukas, zu meinem Leben.

Doch wie es schien, war dieses Leben nicht länger meines.

In meiner Abwesenheit hatte Lukas, mein süßer Liebster, eine Person geheiratet, die vorgab, ich zu sein.

Dafür kam nur eine Verdächtige infrage.

Meine brillante, aber gestörte Zwillingsschwester.

Wie sie das geschafft hatte, wusste ich nicht. An jenem Tag im Kaiser-Wilhelm-Institut für Physik wusste ich nur, dass Lukas glaubte, dass ich *sie* sei und versuchen würde, *mich* zu imitieren.

Ich hörte ihre schweren Schritte, bevor ich sie sah.

Zwei kräftige Wachmänner, die gekommen waren, um mich in Gewahrsam zu nehmen.

Auch wenn mein Kopf noch immer Purzelbäume schlug, so verstand ich doch, dass, was immer Norma auch im Schilde führte, heute damit enden sollte, dass ich in eine Irrenanstalt verfrachtet werden würde.

Ich wandte mich ab, um davonzulaufen, nur um zu sehen, dass zwei weitere Wachmänner aus der anderen Richtung auf mich zukamen.

Bevor ich mich versah, packten mich die vier Männer und drückten mich zu Boden, während ich schreiend protestierte und um mich schlug.

Und dann verpasste mir einer von ihnen einen Hieb mit seinem Schlagstock, und die Welt wurde schwarz.

Ich erwachte in einem beängstigenden Raum mit weißen Wänden und war an einen hölzernen Rollstuhl gefesselt.

Es war ein feuchter Raum mit einem kalten Fliesenboden, einer Metallspüle, einer Bank und einem Bett mit Rollen. Die weißen Wände waren mit Rostflecken und Dreck besudelt.

Ich war in einer Art Krankenhaus, einer Irrenanstalt.

Der Geruch von Karbolsäure und menschlichen Ausscheidungen der übelsten Sorte erfüllte die Luft.

Mich durchzuckte die nackte Angst, als ich den Ort erkannte.

Dies war dieselbe Anstalt, in der Ooma während ihrer Jugend immer mal wieder untergebracht gewesen war und in der mein Vater und ich sie häufiger besucht hatten.

Eine grobe, fette Krankenschwester stand in meiner Nähe und entleerte meine Umhängetasche auf einen Tresen, während eine zweite Schwester ihren Inhalt notierte.

»Eine Haarbürste, rot«, sagte die erste Schwester barsch.

»Haarbürste, rot«, sagte die zweite und machte eine Notiz.

»Ein Paar Strumpfhosen, braun.«

»Strumpfhosen, braun.«

»Eine Geldbörse …« Die fette Krankenschwester hielt inne und runzelte die Stirn. »Na, sieh mal einer an. Unsere kleine Dame hat richtiges Geld.«

Ich sah zu, wie die erste Schwester meine Geldbörse aus der Tasche fischte, sie öffnete und ein dickes Bündel US-Dollarscheine enthüllte.

In einem Land, das von einer Hyperinflation heimgesucht wurde, war der Dollar eine harte Währung.

»Der kleine Teufel muss es einem amerikanischen Touristen gestohlen haben«, grunzte die zweite Schwester.

Nach einer Weile verließen sie den Raum, und ich war wieder allein und noch immer an den Rollstuhl gefesselt.

Ich schlief wieder ein.

Als ich aufwachte, war der Himmel vor dem vergitterten Fenster von der untergehenden Sonne orange gefärbt.

Und jemand saß vor mir.

Ooma.

»Hallo, Hanna«, flüsterte sie. »Aber um den Schein zu wahren, will ich dich von nun an Norma nennen.«

»Ooma!« Ich zerrte an den Lederschnallen, die mich an den Rollstuhl fesselten. »Was soll das? Was hast du getan?«

Sie sah mich an, als wäre ich es, die nicht mehr bei Sinnen war.

»Du bist weggegangen, also habe ich dein Leben übernommen«, sagte sie.

Ich mühte mich, das zu schlucken, auch wenn es nicht einfach war. Wie hatte sie Lukas weismachen können, dass sie *ich* war?

»Das war angesichts der Tatsache, dass ich kein eigenes Leben hatte, eigentlich nur fair«, fügte Ooma hinzu. »Vor vier Jahren wurde ich aus dieser Anstalt entlassen und kehrte in die Haberlandstraße zurück, nur um unseren Vater tot und unsere Wohnung verlassen vorzufinden. Und du warst auch verschwunden.

Die Nachbarn erzählten mir, was geschehen war, wie der Lynchmob unseren lieben Vater aufgeknüpft hatte und dass du – ich – danach nicht mehr aufzufinden warst.

Die Wohnung war verschlossen und versiegelt worden, während ein Magistrat die offizielle Wohnsitzaufgabe vorbereitete. Das sollte einen Tag nach meiner Ankunft geschehen, also brach ich ein und schnappte mir so viele nützliche Dinge, wie ich nur finden konnte – Kleidung und Schuhe, die das Feuer überlebt hatten, und außerdem …«

»Mein Tagebuch«, sagte ich.

»Dein Tagebuch«, sagte Ooma. »Es machte Spaß, es noch

einmal zu lesen. Nur dass es diesmal wohl angebracht wäre zu sagen, dass ich es in- und auswendig lernte.«

Und so hatte es seinen Lauf genommen.

Aus meinem Tagebuch erfuhr sie alles über Lukas, über meine schulische Ausbildung, über mein Leben.

Und so wurde sie zu mir.

»Ich habe deinen Lukas entjungfert«, sagte Ooma. »Was war er damals doch ein süßer Kerl. Und so unschuldig. Doch das wurde schnell anders, als ich meinen Mund um seinen Schwanz legte. Die Unschuldigen sind die besten Ficker, weißt du? Ernsthaft.

Und mit seinem Studium ging es auch gut voran. Hat seinen Abschluss in Physik gemacht und ist geradewegs an das Kaiser-Wilhelm-Institut gegangen. Kurz darauf haben wir geheiratet. Eine Zeit lang habe ich dein Physik-Studium fortgeführt, aber das wurde mir schnell zu langweilig. Mir war mehr nach einem häuslichen Dasein, das mir der liebe Lukas bezahlt. Ich vögle ihn ein paarmal die Woche, damit er glücklich ist. Er weiß nicht, dass ich, wenn er bei der Arbeit ist, in die Stadt gehe und es dort mit den Kerlen treibe, die ich in den Kneipen kennenlerne. Das Leben als Mrs. Hanna Hofstedter ist gut.«

Alles drehte sich. »Mein Lukas … Wie konntest du …?«

Sie grinste. »Und dann hast du ihm diesen Brief aus New York geschickt! Diesen netten, langen Brief, den ich schnell abgefangen habe, als er mit der Post in den Laden seiner Eltern kam. Echt jetzt? Du bist auf eine Sekretärinnenschule gegangen? Eine *Sekretärin?* Mit deinem Superhirn? Herrgott im Himmel.

Die anderen Briefe von dir habe ich mir auch geschnappt. Ich muss sagen, dass sie mir einen wunderbaren Einblick in dein Wesen gaben, was bedeutete, dass ich noch mehr zu dir werden konnte, wenn ich mit Lukas zusammen war. Was ich damit sagen will: eine weichherzige Närrin. Also, vielen Dank dafür.«

Sie erhob sich. »Ich muss jetzt gehen. Mach dir bitte keine Sorgen, ich habe den Leiter der Anstalt gebeten, nett zu dir zu sein. Du bist nicht böse, nur verrückt. Ich verspreche, dass ich dich besuchen komme.«

Und dann ging sie fort.

Und ließ mich in der Irrenanstalt in dem Wald nahe Potsdam zurück, wo alle, die dort arbeiteten, mich als die verrückte Frau Norma Fischer kannten.

An diesem Abend kamen zwei andere Krankenschwestern, um mich in den Schlafsaal zu bringen, in einen, der während der Nacht abgeschlossen wurde.

Doch da war ich schon wieder völlig zur Besinnung gekommen.

»Wäre es vielleicht möglich«, sagte ich zu den Schwestern mit sanfter Stimme, »dass ich kurz in die Kirche gehen kann, um dem lieben Gott meine Gebete aufzusagen?«

Wir machten an der alten katholischen Kirche halt, die durch einen geschlossenen Säulengang mit dem Hauptgebäude verbunden war, und sie warteten draußen, während ich mich in der letzten Bankreihe niederkniete und den Kopf senkte.

Einige Zeit später, als sie merkten, dass ich nicht herauskam, muss eine von ihnen die Türen aufgestoßen und gesehen haben, dass ich nicht mehr da war. Schließlich müssen sie die Geheimtür hinten im Beichtstuhl offen vorgefunden haben.

Zu der Zeit hatte ich bereits einmal kehrtgemacht, um meine Tasche aus dem Aufnahmezimmer zu holen, und eilte kurz darauf durch den Wald, weit weg von diesem schrecklichen Ort.

Irgendwann hörte ich auf zu rennen und setzte mich in einem düsteren Park am Rande Potsdams auf eine Bank.

Ich öffnete meine Tasche und sah mit Entsetzen, dass all mein Geld weg war.

Mein so wertvolles amerikanisches Geld.

Bestimmt hatten die Krankenschwestern in der Anstalt es an sich genommen, so wie sie es bei allen armen Seelen machten, die dort gefangen waren.

Aber mein Rückfahrschein nach Amerika war noch immer in meiner Tasche, wahrscheinlich weil er auf Englisch geschrieben war und die Schwestern nicht wussten, was es damit auf sich hatte.

Meine Gedanken rasten. Ich war mittellos. In Deutschland. Mit nichts als meiner Kleidung am Leib und einem Dampfschiffticket nach New York in meiner Tasche. Ich hatte nicht einmal mehr meine Identität.

Mir fiel nur ein einziger Ort ein, an den ich gehen konnte.

Am nächsten Morgen klopfte ich an die Tür der Haberlandstraße Nr. 5.

»Herr Einstein empfängt keine Besucher!«, blaffte eine dumpfe Frauenstimme von drinnen.

»Bitte!«, rief ich. »Sagen Sie Herrn Einstein, dass Hanna Fischer da ist, die Tochter von Manfred Fischer, seinem alten Freund …«

Die Tür flog auf, und Einstein stand darin und sah mich mit großen überraschten Augen an.

»Kleine Hanna!«, sagte er und schloss mich freudig in seinen Arm. »Meine Güte! Komm rein, komm rein!«

Später am Tag – nachdem ich mich gewaschen, etwas gegessen und geschlafen hatte – erzählte ich ihm alles, was mir während der letzten Tage widerfahren war.

Als ich fertig war, sprang er auf, voller Energie.

»Das ist inakzeptabel! Wir müssen es sofort richtigstellen!«, rief er.

Innerhalb einer Stunde befanden wir uns im Büro des Direktors des Kaiser-Wilhelm-Instituts, zusammen mit dem Direktor, mit Lukas und mit Ooma.

Nachdem Einstein die Situation erklärt hatte, sagte der Direktor: »Professor Einstein, es tut mir leid, aber das ist äußerst unüblich.«

»Sie«, sagte Einstein und deutete mit seinem Kinn auf Ooma. »Ihr linkes Handgelenk. Zeigen Sie es uns.«

Ooma zögerte. Ihr Blick fiel auf mich.

O Einstein, dachte ich. *Sie sind so viel schlauer als ich.*

Einstein sagte: »Manfred Fischer hatte zwei Zwillingstöchter, Hanna und Norma, auch bekannt als Ooma. Im Alter von 17 Jahren versuchte Ooma sich das Leben zu nehmen, indem sie sich zweimal mit einer Rasierklinge in das linke Handgelenk schnitt.«

Ooma wollte ihr Handgelenk verbergen, doch bevor sie es tun konnte, packte Lukas es und schob den Armreif beiseite, der es verdeckte.

»Grundgütiger …«, flüsterte er, als er auf ihr bloßgelegtes Handgelenk blickte.

Die beiden Narben waren deutlich zu erkennen.

Und in diesem Augenblick sah ich einen ganzen Kosmos aus Gefühlen über Lukas' Gesicht huschen. Er war jahrelang auf kaltschnäuzigste Weise manipuliert worden: Seine Liebe für mich, echt und unverfälscht, war von einer anderen an sich gerissen worden.

Sein verwirrter Blick huschte von Ooma zu mir. Er blinzelte, als würde er versuchen, die Lüge zu verstehen, die sein Leben die letzten Jahre gewesen war.

»Lukas …« Ich griff nach seiner Hand.

»Nein«, sagte er und zog sie weg. »Nein, ich muss … Ich kann nicht …«

Er stürzte aus dem Zimmer und ließ mich und Einstein und den Direktor mit Ooma allein.

Sie zuckte nur die Schultern und grinste. »Tja, nun, es war gut, solange es währte.«

Die Polizei wurde gerufen.

Bevor sie kam, entschuldigte sich Ooma und ging auf die Damentoilette. Zwei Wachmänner begleiteten sie bis zur Tür, doch als sie nach ein paar Minuten nicht wieder herauskam, gingen sie hinein und sahen, dass sie aus einem Fenster geschlüpft und verschwunden war.

Die nächste Woche verging wie im Flug.

Ich blieb bei Einstein, weil ich kein Geld hatte, um in irgendeinem Hotel unterzukommen.

Es stellte sich heraus, dass Ooma vier verschiedene Kredite in meinem Namen aufgenommen hatte, um ihren lasterhaften Lebenswandel zu finanzieren, ohne sich dazu herabzulassen, auch nur einen davon zurückzuzahlen.

Was die ganze Angelegenheit noch schlimmer machte: Sie hatte Lukas' Eigentum als Sicherheit für die beiden größeren Kredite angegeben, was bedeutete, dass Lukas und ich, während sie sich auf der Flucht befand, hoch verschuldet waren.

Tagelang wollte Lukas sich meine Bitte um ein Treffen nicht einmal anhören, doch schließlich gab er nach, und wir trafen uns am vierten Tag im Institut zum Mittagessen.

»Ich dachte wirklich, sie wäre du«, sagte er leise. »Ich

meine, sicher, sie hat einige Sachen anders gehandhabt, doch sie wusste Dinge, die nur du und ich besprochen hatten.«

»Sie hat mein Tagebuch gestohlen«, sagte ich. »Sie kannte meine innersten Gefühle, besonders die für dich.«

Zusätzlich zu dem finanziellen Schaden, den sie ihm zugefügt hatte, musste Lukas auch noch mit dem zweiten Leben, das Ooma unter meinem Namen geführt hatte, fertigwerden: ihrer ungezügelten Hurerei, der sie in den Bars und den Lasterhöhlen der Stadt nachgegangen war und die sie mit den verschiedenen Krediten finanziert hatte. Sie hatte in der Stadt sogar eine geheime Wohnung für ihre amourösen Abenteuer angemietet.

Untröstlich, verwirrt und wütend, wie er war, hatte er bereits einen Anwalt beauftragt, die Annullierung ihrer Scheinehe in die Wege zu leiten.

»Sie hat mich benutzt«, sagte Lukas. »Wie einen Tölpel hat sie mich benutzt.«

»Lukas, ich bin mir sicher, wir können …«

»Nein, Hanna, wir können nicht. Ich kann dich nicht ansehen.«

»Wie bitte?«

»Verstehst du nicht? Ich kann dich nicht einmal ansehen! Jedes Mal wenn ich dich ansehe, sehe ich nur, wie sie mir Hörner aufsetzt und, was noch schlimmer ist, wie sie meine Gefühle für dich benutzt.«

Er blickte an mir vorbei ins Nichts. »Bitte, Hanna, geh einfach. Lass mich in Ruhe.«

Mit schwirrendem Kopf ging ich zurück zu Einsteins Wohnung in der Haberlandstraße.

Meine Rückkehr nach Deutschland war eine einzige Katastrophe. Ooma hatte meine Liebe, mein Leben und meinen

Ruf zerstört. Und anstatt mich in seine Arme zu schließen, hatte Lukas mich verstoßen.

Ja, ich hatte meine Identität zurück, doch welchen Wert hatte sie noch?

Ich mochte mir gar nicht die schrecklichen Dinge ausmalen, die Ooma jenseits der finanziellen Betrügereien in meinem Namen angestellt hatte.

Und zu allem Überfluss war mir mein ganzes Geld gestohlen worden.

»Herr Einstein, was soll ich denn nur tun?«, fragte ich Einstein eines Abends.

Er runzelte die Stirn. »Kind, auch mit meinem erfinderischen Geist kann ich mir kaum vorstellen, was dir hier widerfahren ist und wie du dich fühlen musst.

Doch Deutschland ist gerade ein schwieriger Ort. Es ist schwer, eine Arbeit zu finden, und Geld, wenn man denn welches verdient, ist wertlos. Und Deutschland selbst wird mit jedem Tag zorniger. Es ist kein Ort, an dem du leben oder gar versuchen solltest, wieder Fuß zu fassen. Ich verdiene nun mehr Geld, aber nur weil ich fortwährend Auftritte habe und Reden halte, und es ist nicht genug, um dir zu helfen.

Es mag grausam klingen, Kind, doch du hast die Lösung in der Tasche: ein Ticket zurück nach Amerika. Nach dem zu urteilen, was ich gesehen habe, als ich dort war, und was du mir erzählt hast, konntest du dir in New York ein Leben aufbauen. Und in diesen sonderbaren und schwierigen Zeiten verspricht Amerika die besten Möglichkeiten. Mein Rat an dich, Hanna, ist, dorthin zurückzugehen.«

Und das tat ich auch.

Ich stieg noch an jenem Abend in einen Zug nach Hamburg und ging am nächsten Morgen an Bord des Dampfers. Und zum zweiten Mal in meinem Leben schipperte ich wie betäubt nach Amerika und fragte mich, was dort aus mir werden würde.

In meiner Melancholie kehrte ich in ein beschwingtes Amerika zurück.

Alle schienen ihren Spaß zu haben und reich zu werden.

Während ich wieder für den strengen und reservierten Clay Bentley sen. schuftete, sah ich zu, wie Clay Bentley jr. – der wegen seiner Investitionen im Geld schwamm, wenigstens auf dem Papier – immer verschwenderischer wurde, seine politische Meinung immer lautstärker kundtat und seinen Vater immer offener kritisierte.

So wie viele seiner weiße Schuhe tragenden Freunde wurde Bentley jr. Mitglied im örtlichen Zirkel des Ku-Klux-Klan. Die Blutlinie der weißen Rasse, so sagte er, werde von »den Negern und den Juden« bedroht.

Stella blieb mit ihrem Sohn in New York City, als Bentley jr. einem Marsch des Ku-Klux-Klan im März des Jahres 1925 in Washington, D. C. beiwohnte.

Mehr als 30.000 Klansmänner, die alle ihre gespenstischen weißen Roben trugen, aber die Kapuzen ohne Scham abgesetzt hatten, sodass ihre Gesichter deutlich zu sehen waren, marschierten voller Stolz die Pennsylvania Avenue entlang.

Zufällig hörte ich Bentley jr. nach seiner Rückkehr zu einem seiner Trinkkumpane sagen, dass er sich vier Prostituierte ins Bett geholt hatte, während er wegen des Marsches in D. C. gewesen war. »Zwei von ihnen waren schwarz wie die Nacht, und mein lieber Schwan, was haben mir die Damen Spaß bereitet.«

1926, ein Jahr später, hatte mein Leben wieder so etwas wie Normalität angenommen.

Ich arbeitete. Ich traf mich mit Fanny. Ich arbeitete noch mehr. Ich bezahlte schließlich meinen Studienkredit an die Katherine-Graham-Coulson-Sekretärinnenschule zurück – in nur sechs statt zehn Jahren. Fanny war deswegen sehr stolz auf mich.

1927 feierte ich zusammen mit ganz Manhattan, wie es schien, die Nachricht, dass Charles Lindbergh einen Flug über den Atlantischen Ozean von New York nach Paris vollbracht hatte.

Lindbergh war damals erst 25 Jahre alt und wurde im Handumdrehen zu einer Berühmtheit und zum Inbegriff dieser berauschenden Zeit. Er eröffnete ein florierendes Flugunternehmen, beriet Präsident Hoover in allen Dingen, die die Luftfahrt betrafen, und bekam eine Goldmedaille des Kongresses verliehen.

(In späteren Jahren sollte Lindbergh ganz andere Werte verkörpern. 1932, als die Zeiten nicht mehr so prächtig waren, es ihm aber noch immer vortrefflich ging, wurde sein Baby entführt und ermordet. Während des Krieges ließen seine Kommentare über die Überlegenheit der weißen Rasse und die Risiken, von »minderwertigen« Blutlinien verunreinigt zu werden, viele – auch Präsident Roosevelt – zu dem Schluss kommen, dass Lindbergh ein Nazi war.)

Und dann, kurz nach Lindberghs berühmtem Flug, erhielt Mr. Bentley sen. ein kurioses Telegramm von niemand anderem als Albert Einstein.

Wie es schien, wollte sich Mr. Einstein etwas von Mr. Bentley sen. für eine kurze Zeit für eine Konferenz in Belgien borgen.

Mich.

TEIL IV

1927
MR. EINSTEINS SEKRETÄRIN

Einstein! Hören Sie auf, Gott zu sagen, was er zu tun hat!

Niels Bohr, Physiker und ein Freund Einsteins

BELGIEN
1927

Die Solvay-Konferenz, die in Brüssel, Belgien, im Oktober 1927 abgehalten wurde, ging als eines der größten Zusammentreffen der klügsten Köpfe in die Geschichte ein.

Es war bereits die fünfte Konferenz dieser Art, doch diese sollte wegen ihrer unglaublichen Teilnehmerliste die berühmteste von allen werden – eine Liste, zu der Einstein, Bohr, Curie, Schrödinger, Compton, Dirac, Planck und, was brisant war, Werner Heisenberg gehörten.

Natürlich hatte Einstein schon eine Sekretärin, die sich um seine alltäglichen Belange kümmerte, doch für Solvay benötigte er eine zusätzliche Assistentin, die sich in der Physik auskannte und während der Vorträge und Treffen, bei denen diese Titanen der Wissenschaft Themen auf einem fortgeschrittenen Niveau besprachen, für ihn Notizen machte.

Als Einstein ein Telegramm an Mr. Bentley schickte, um ihn zu bitten, mich als seine Assistentin für die Konferenz borgen zu dürfen, hatte Mr. Bentley mit Freude zugestimmt und war ganz begeistert gewesen, dass er noch einmal damit angeben konnte, seine Sekretärin mit dem großen Einstein zu teilen.

Mr. Bentley war außerdem einer der wenigen Menschen in New York, die über meine Fähigkeiten in der Physik Bescheid wussten, und es freute ihn, mich inmitten all dieser wissenschaftlichen Meister, die in Brüssel dabei sein würden, zu wissen.

Und so fuhr ich im Oktober 1927 mit einem Schiff nach Antwerpen in Belgien, um ein zweites Mal Mr. Albert Einsteins Sekretärin zu sein.

Als ich in Antwerpen anlegte, wartete dort zu meiner Überraschung ein junger Mann in einem schwarzen Anzug und mit einem Schild mit meinem Namen auf mich.

Einstein war nicht dort.

Er war bereits an dem Tagungsort im Leopold-Park in Brüssel, ungefähr eine halbe Stunde weiter südlich.

Mir war gesagt worden, dass der Gründer der Solvay-Konferenz, der wohlhabende Industrielle und Philanthrop Ernest Solvay, dafür bekannt war, seine Ehrengäste mit den feinsten Unterkünften, Geschenken und Reisearrangements zu verwöhnen.

Augenscheinlich reichte diese Großzügigkeit bis hinunter zu den Assistenten der Ehrengäste, und so schlüpfte ich hocherfreut auf den ledernen Rücksitz der Renault-Limousine und glitt in einer unerhörten Behaglichkeit in Richtung Brüssel.

1945.

Die Bürger Antwerpens leben unter einem nahezu steten Bombardement durch deutsche V2-Raketen.

Tausende von Wernher von Brauns tödlichen Flugkörpern sollen die Hafenstadt über einen Zeitraum von sechs Monaten heimsuchen.

Die Ziele sind willkürlich: Kinos, Krankenhäuser, Wohnblocks.

Im März 1945 wird das Time-*Magazin Antwerpen die »Stadt des plötzlichen Todes« nennen.*

Die Landschaft Belgiens sieht aus wie in einem Märchen: farbenfrohe Dörfer, die sich an kleine Flüsse schmiegen, Kirchen und Burgen, die auf Anhöhen stehen und auf grüne Täler hinunterblicken, und natürlich wunderschöne Kanäle, die sich durch viele belgische Städte winden.

Als ich in meiner luxuriösen Limousine sitzend die Randgebiete von Brüssel erreichte, sah ich etwas, das weitaus weniger drollig war.

Fort Breendonk war eine düstergraue Monstrosität aus Beton, die wie ein Troll in der Landschaft hockte.

Es war eine Festung, aber eine sonderbare, die zugleich modern und altmodisch wirkte.

Das Fort wurde am Anfang des ersten Krieges mit modernen Materialien errichtet – hauptsächlich Stahlbeton –, doch das Design war hoffnungslos veraltet und ähnelte mit seinen dicken, soliden Mauern und dem breiten Graben eher einer Burg. Eine Weiterentwicklung der Militärtechnologie sollte es noch vor dem Ende des Ersten Weltkriegs überflüssig machen.

Doch sein Design sollte sich für einen anderen Zweck als sehr gelungen erweisen.

Juli 1944.

Ich fahre in einer anderen Limousine dieselbe Landstraße zwischen Antwerpen und Brüssel entlang.

Dieses Auto ist größer und deutlich luxuriöser als der Renault von 1927.

Es ist ein Mercedes. Lang, groß und schnell.

Nur die wichtigsten Nazis bekommen einen Mercedes. Hitler liebt sie, weil sie durch und durch deutsch und wirklich hervorragend sind.

Ich sitze schweigend neben Speer, der einen Bericht über die Geschehnisse in Fort Breendonk liest, das nun ein Konzentrationslager ist.

Es ist zu einem Problem geworden.

An der riesigen Betonfestung angekommen, laufe ich hinter Speer und ein paar hochrangigen SS-Offizieren her. Sie sprechen über eine Evakuierung des Lagers.

In einem breit gefächerten System aus unsagbar grausamen Konzentrationslagern wird Breendonks Ruf für Grausamkeiten höchstens noch von dem von Mauthausen erreicht.

Und nun, da die Alliierten in Nordfrankreich gelandet sind, fürchten die Nazis, dass sie Breendonk benutzen könnten, um das Ansehen des Dritten Reiches in Misskredit zu bringen.

Darum der Besuch von Speer.

Schmitt, der alte Kommandant, war dafür bekannt, seine Hunde auf die Gefangenen zu hetzen. Noch schlimmer war seine Frau, die eigenmächtig und nach Lust und Laune Bestrafungen befahl.

Hier riecht es nach menschlichen Exkrementen. Aus den Augenwinkeln sehe ich ein paar Gefangene, die voller Angst aus den Schatten der Baracken lugen. Sie sind Skelette mit Augen. Kaum noch menschlich.

Ich fühle mich schlecht. So etwas habe ich schon zu oft gesehen.

Ich habe außerdem Geheimberichte über das, was sich in der Normandie zugetragen hat, gelesen. Die Landung der Alliierten an den Stränden dort hat die Nazis schockiert. Es war ein derart wagemutiges Vorgehen, dass niemand aus der deutschen Militärelite es vorhergesehen hat.

Die Alliierten sind nicht die Piefkes, für die Hitler sie gehalten hat.

Sie befinden sich auf europäischem Boden und stürmen nun durch Frankreich in Richtung Belgien und Holland.

»Ich schätze, wir können das ganze Lager bis September geräumt haben«, sagt Schmitt zu Speer. »Die Wächter sind sehr effizient. Sie sind von hier. Belgische SS. Sie werden es schaffen.«

Effizient, sagt er.

Das ist die Art von nichtssagendem Bürokratendeutsch, das in Nazideutschland für einen Genozid üblich geworden ist.

»Effizient« bedeutet, dass die Wächter – die selbst Belgier sind – in einem der grausamsten Lager in Europa alle Insassen hinrichten werden.

Speer gibt ihnen grünes Licht, und wir gehen zu unserer Mercedes-Limousine zurück und fahren wieder weg.

Kurz darauf erreichte meine kleine Renault-Limousine das Internationale Solvay-Institut für Physik im Leopold-Park in Brüssel. Einstein wartete bereits mit ausgebreiteten Armen und einem noch breiteren Lächeln auf mich.

»Meine liebe Hanna!«, rief er mir entgegen.

Damals war er 48. Sein wildes Haar wurde schon grau, doch seine natürliche Ausgelassenheit war noch immer vorhanden.

»Ach du meine Güte, es ist ja so schön, dich zu sehen! Wundervoll! Komm, komm!«

Er führte mich hinein.

»Denk an meine Worte: *Nichts* kann dich auf das vorbereiten, was du auf dieser Tagung sehen und hören wirst.«

Die Teilnehmer der Solvay-Konferenz 1927
1. Max Planck, 2. Marie Curie, 3. Paul Dirac, 4. Albert Einstein,
5. Erwin Schrödinger, 6. Arthur Compton, 7. Werner Heisenberg,
8. Niels Bohr.

Das alles beherrschende Gesprächsthema auf der Solvay-Konferenz von 1927 war die neue Atomwissenschaft.

Für den Normalbürger muss es wie Hexerei erschienen sein, dass aus den kleinsten Teilchen der Materie solch eine unfassbare Menge an Energie entstehen konnte.

Und diese Männer – und eine Frau, die eindrucksvolle, schroffe Marie Curie – waren die Hexenmeister.

Sie sprachen in ihrer eigenen exotischen Sprache: Wellen und Photonen, Neutronen und Protonen, Isotope und Atome. Sie debattierten sogar kontrovers über »Unschärfe« als ein Konzept.

Und was waren sie für eine sonderbare Schar von Hexenmeistern.

Dürr oder beleibt, in der Regel eine Brille tragend und viele jüdischer Herkunft, kamen sie aus England, Deutschland, Frankreich und Skandinavien.

Unter dieser schon beeindruckenden Ansammlung von genialen Köpfen stachen zwei hervor.

Zuerst einmal Einstein, schon allein wegen seines Ansehens auf diesem Gebiet.

Der andere war Werner Heisenberg.

Zum einen war er jung; sichtbar jünger als die anderen Teilnehmer. Er war gerade 26 Jahre alt, schlank und attraktiv.

Und brillant.

Er war das Wunderkind, das mit der von ihm entwickelten Unschärferelation schon seine Spuren hinterlassen hatte.

Leider war er auch ein arroganter Schnösel. Oft schien er von seiner eigenen Genialität betört zu sein, und zwar bis zu einem Punkt, an dem es den anderen Genies auf die Nerven ging.

Einstein war noch nicht vollends von der Unschärferelation überzeugt, und Heisenberg, dieser junge, forsche Emporkömmling, neigte dazu, sogar Einsteins Rückfragen mit einer an Grobheit grenzenden Art und Weise abzutun, die sich nur als Verachtung beschreiben lässt.

Ich begleitete Einstein zu allen Vorträgen und Meetings.

Und wie ich ihn begleitete, wurden auch die anderen großen Wissenschaftler von einem Studenten oder Juniorprofessor, der als Assistent diente, begleitet.

Sogar die *Assistenten* waren hochbegabt.

Der Amerikaner Arthur Compton, den ich zusammen mit Einstein ein paar Jahre zuvor an der Princeton-Universität kennenlernen durfte, hatte einen Doktoranden aus Yale namens Ernest Lawrence mitgebracht.

Bohr hatte einen jungen und äußerst talentierten Physikstudenten namens Alexej Silbermann aus St. Petersburg in Russland dabei.

Heisenberg hatte gleich *zwei* Assistenten.

Der erste war ein typischer steifer deutscher Doktorand von der Universität Göttingen namens Kurt. Der zweite jedoch war – was ganz dem flotten Heisenberg entsprach – eine wunderschöne blonde Frau namens Brigitte Weber.

Brigitte war eine Doktorandin der Physik an der Universität von Leipzig, wo Heisenberg demnächst seine Stelle als Fachbereichsleiter antreten würde.

Sie machte eine glamouröse Figur auf einer sonst sehr unglamourösen Veranstaltung.

Ihr glänzendes blondes Haar war kurz geschnitten und an den Spitzen gelockt.

Sie trug einen perfekt sitzenden rotbraunen Ledermantel, der ihren schlanken Körper betonte.

Sie hatte sich ihre Lippen mit einem lebhaft roten Lippenstift gefärbt, was viele der schwerfälligen Wissenschaftler und deren ebenso tapsige Assistenten in ihrer Gegenwart zum Stottern brachte – ein Effekt, den sie augenscheinlich genoss.

Und sie trug das entzückendste und erotischste Parfüm, das ich je in meinem Leben gerochen hatte. Es blieb in der Luft hängen, nachdem sie schon vorübergegangen war, und erregte einem im wahrsten Worte die Sinne.

(Ich trug übrigens noch immer mein Californian-Poppy-Parfüm zum Gedenken an meine Mutter. Zwar hielt ich es noch immer für temperamentvoll und von Freude erfüllt, doch im Vergleich zu Brigittes Duft erschien es mir sehr konservativ.)

Kurzum, Brigitte war die selbstbewussteste Frau, die ich in meinem ganzen Leben gesehen hatte, und sie war eine *zweite* Assistentin.

Die meiste Zeit machte sie stillschweigend Notizen oder flüsterte Heisenberg ins Ohr, doch es sollte nicht unerwähnt bleiben, dass sie, wenn sie doch eine Frage zur Atomwissenschaft oder der Unschärferelation stellte, mit Präzision und einem klaren Wissen über dieses Fachgebiet sprach.

Viel wurde über die 1927er Solvay-Konferenz und die dort geführten Diskussionen und Debatten geschrieben.

Worüber nichts geschrieben wurde, ist ein Geheimtreffen, das spät am Abend des vorletzten Tages der Konferenz stattfand und von dem britischen Physiker Paul Dirac in seinen Privaträumen geleitet wurde.

Nur ein paar Auserwählte dieser illustren Wissenschaftler waren dazu eingeladen, unter anderem Einstein.

Und da Einstein daran teilnahm, war auch ich dabei.

»Und? Ist es möglich?«, fragte Einstein.

Es war nach dem Abendessen und schon fast Nacht. Ein Feuer prasselte in Diracs Kamin.

»Ja«, sagte Dirac. »Eine Spaltung des Atoms ist möglich. Als Energiequelle wäre es unglaublich. Diese atombasierte Energie könnte – theoretisch – den Energiebedarf der Menschheit für Jahrhunderte decken, ja sogar für Jahrtausende.«

»Und wie ist es als eine Waffe?«, fragte Einstein monoton.

»Auch das«, sagte Dirac.

Eine Stille legte sich über den Raum.

Das war, so wussten sie alle, die theoretische Konsequenz aus Einsteins Gleichung $E=mc^2$.

Wenn man ein Atom spalten konnte, dann konnte man – theoretisch – eine unermessliche Menge an Energie entfesseln.

Es wäre nicht bloß eine Waffe. Es wäre eine Superwaffe. Die Bombe aller Bomben.

Einstein machte ein mürrisches Gesicht.

Marie Curie runzelte die Stirn.

Niels Bohr erhob sich von seinem Stuhl und zwickte sich gedankenverloren die Nase.

Arthur Compton sagte nichts.

Nur Heisenberg schien unbeeindruckt zu sein. Er lümmelte sich in seinen Lehnstuhl am Kamin und nippte an seinem Cognac. Seine beiden Assistenten, der deutsche Bursche und Brigitte, die Schönheit, saßen schweigend hinter ihm.

»Ich sehe das Problem nicht«, sagte er. »Ganz und gar nicht. Zuerst einmal bräuchte man, um das zu tun, ein ganz neues Element oder wenigstens eine Art Uranisotop, das so selten sein dürfte, dass man es als nicht existierend bezeichnen kann. Weiterhin bräuchte man eine Menge davon – tonnenweise. Es würde tausend Jahre dauern, das erforderliche Material zu bekommen. Und darüber hinaus, selbst wenn man es bekäme, wie würde man diese Atombombe zu seinen Feinden schaffen? Sie wäre schwerer als ein kleines Gebäude. Man müsste sie auf einen Frachter laden und in einen feindlichen Hafen bringen, was heißt, dass man sie leicht auf der Fahrt dorthin torpedieren könnte. Nein, es ist unmöglich.«

Einstein wandte sich an Madame Curie. »Marie? Ihre Gedanken dazu? Sie haben mehr Erfahrung mit Uran als wir alle zusammen.«

Sie hatte ihren ersten Nobelpreis für ihre Betrachtungen von Uranstrahlen gewonnen.

Curie nickte. »Mit den neuen Geräten eröffnen sich weitere Möglichkeiten für das Uranatom. Diese Entwicklung überrascht mich nicht.«

Dirac sagte: »Enrico meint, dass es möglich ist.«

Enrico war Enrico Fermi, ein italienischer Physiker und Pionier in der neuen Atomwissenschaft. Ein paar Jahre zuvor, mit gerade einmal 20, war Fermi einer der Ersten gewesen, die die »furchtbaren Mengen« an potenzieller Energie erkannt hatten, die Einsteins Gleichung implizierte.

Heisenberg entgegnete: »Fermi sagte auch, dass es in der nahen Zukunft unmöglich sei, womit er das nächste Jahrhundert meinte.«

Bohr sagte: »Die Russen haben erst kürzlich den Abbau von Uran intensiviert. Ist es nicht so, Alexej?«

Bohrs Assistent trat vor. Er war vielleicht 25, schlaksig und spindeldürr und trug eine Hornbrille.

Bohr sagte: »Alexej ist ein bemerkenswerter junger Physiker aus St. Petersburg. Er hat die letzten sechs Monate unter mir in Kopenhagen studiert.«

Alexej sagte: »Damals, im Jahr 1905, bekniete ein russischer Geologe namens Wladimir Wernadski die zaristische Regierung Russlands, Uran in großen Mengen abzubauen, doch das Feudalregime ignorierte ihn.

Das neue Regime, diese Sowjets, sie sind zwar brutaler, aber auch gescheiter. Sie schätzen die Wissenschaft viel mehr, als es der Zar tat. Und sie lesen all Ihre wissenschaftlichen Abhandlungen. Als sie erkannten, dass Uran sogar noch wertvoller sein könnte, als Wernadski annahm, hat das kommunistische Regime in Russland ein Team aus Wissenschaftlern in St. Petersburg dazu berufen, Uran zu beschaffen und seine Eigenschaften zu untersuchen.«

Heisenberg zuckte die Schultern. »Trotzdem ist es nur Spekulation.«

»Darum heißt es ja auch *theoretische* Physik, Werner«, sagte Bohr.

Dirac sagte: »Haben wir mit dieser Wissenschaft die Büchse der Pandora geöffnet?«

Einstein kaute langsam auf seiner Pfeife.

Genau das war der Gedanke, der ihm durch den Kopf ging.

Arthur Compton sagte: »Daraus ergibt sich eine weitere Frage: Wenn eine Nation eine Atombombe entwickelt, wie würde sie an ihr Ziel gebracht werden? Wenn nicht mit Werners Frachter, dann vielleicht mit einem Flugzeug?«

»Das oder eine Rakete«, sagte Dirac. »Fritz von Opel hat unverblümt gesagt, dass er seine raketenbetriebenen Fahrzeuge in Flugzeuge umgestalten will, die eines Tages in das Weltall fliegen.«

»Das Weltall!« Heisenberg schnaubte. »Raketen?«

Er stand auf. »Gentlemen, Madam Curie. Da unser Gespräch nun im Reich der Science-Fiction angekommen ist, werde ich ins Bett gehen. Ich wünsche Ihnen allen eine gute Nacht. Kurt, Brigitte, kommen Sie.«

Er ging, und seine beiden Assistenten eilten ihm hinterher.

Einstein wandte sich an Bohr. »Was wissen Sie von Opels Raketenfahrzeugen?«

Er bezog sich auf die Fahrzeuge, die der deutsche Automobilhersteller erst kürzlich gebaut hatte.

Opel hatte mehrere öffentliche Vorführungen seiner neuen Technologie veranstaltet und mit Raketen bestückte Fahrzeuge mit einer unglaublichen Geschwindigkeit über Schienen fahren lassen.

Diese Vorführungen waren eine Sensation gewesen und die Öffentlichkeit hatte sie geliebt. Doch nun hörte ich zum ersten Mal jemanden sagen, dass Opel diese Schienenfahrzeuge zu raketenbetriebenen Flugzeugen umbauen wollte.

Bohr sagte: »Ich sprach mit einem der Partner von Opel, Max Valier, und er sagt, dass es physikalisch möglich ist. Heute ist eine Rakete vielleicht nur in der Lage, von Brüssel nach Antwerpen zu fliegen, doch in Zukunft, so sagte er, könnte sie von Berlin nach Paris oder gar New York oder, ja, theoretisch auch ins Weltall fliegen.«

»Das heißt, die Wissenschaft ist erst im Entstehen«, sagte Marie Curie schroff.

»Aber das war unsere vor ein paar Jahren auch noch, Marie«, sagte Einstein sanft. »Wir sollten ein Auge auf Opels Tun haben. Gott verhüte, dass eines Tages eine Atomwaffe mittels einer Rakete von einer Seite der Welt zur anderen gebracht werden kann.«

Um elf Uhr neigte sich das Meeting dem Ende zu.

Die meisten der Teilnehmer zogen sich zurück, und so verblieben nur Einstein, Dirac, Compton und Bohr sowie ihre Assistenten, zu denen der russische Bursche, Alexej Silbermann, und ich gehörten.

»Es gibt noch eine Sache zu klären«, sagte Arthur Compton. »Wir müssen Alexej aus Europa schaffen, nach Amerika, und es muss geschehen, bevor die Konferenz in zwei Tagen endet.«

Ich blickte schockiert auf, doch Einstein zeigte keine Anzeichen von Beunruhigung. Er hatte gewusst, dass diese Angelegenheit zur Sprache kommen würde.

Bohr sah meine Reaktion.

»Alexej ist ein brillanter Geist, Hanna. Er ist eine menschliche Rechenmaschine und in der Lage, komplexe Gleichungen mit einer Geschwindigkeit zu lösen, wie ich es noch nie zuvor gesehen habe. Auch wenn es die Welt noch nicht weiß, aber dieses neue Sowjet-Regime in Russland steht den Juden offen feindselig gegenüber, und es gab schon mehrere grausame Pogrome, bei denen sämtliche jüdische Bewohner diverser Städte ermordet wurden. Wir dürfen es weder zulassen, dass die Sowjets ihm wegen seines Glaubens nach dem Leben trachten, noch gestatten, dass sie sich seine Fähigkeiten für die neue Atomwissenschaft zunutze machen. Darum werden wir ihn nach Amerika verschwinden lassen.«

Compton ging zur Tür und sagte zu jemandem, der draußen stand: »Kommen Sie herein.«

Compton kehrte zurück und führte einen neuen jungen Gentleman in das vom Kaminfeuer erhellte Zimmer.

Ich zuckte zusammen, denn ich kannte diesen Mann.

Es war Dan Kessler.

Dan schüttelte Hände mit Einstein und den anderen versammelten nuklearen Hexenmeistern.

»Dies ist Daniel Kessler«, sagte Compton, »vom OSS, dem Amt für strategische Dienste. Das OSS wird sich um Alexejs Abreise aus Europa und seine Übersiedlung nach Amerika kümmern.«

»Wir nennen es Übertritt«, sagte Dan, als er Alexejs Hand auf eine vertraute Weise schüttelte. »Hallo noch mal, Alexej.«

»Dan.« Alexej sagte seinen Namen mit sichtbarer Erleichterung. Der junge Mann war, das verstand ich nun, wegen seines bevorstehenden Übertritts äußerst nervös.

Und plötzlich wurde mir bewusst, dass alle im Raum auf diesen Augenblick gewartet hatten: Dirac, der Brite; Compton, der Amerikaner; Bohr, der Däne, der Alexej genau aus diesem Grund als seinen Assistenten eingestellt und nach Belgien gebracht hatte; und auch Einstein.

Dan blieb vor mir stehen und nahm meine Hand mit einem wissenden Nicken. »Hanna Fischer«, sagte er. »Sieh mal einer an. Professor Einsteins Sekretärin.«

»Assistentin, wenn's recht ist, junger Mann«, sagte Einstein. »Kennst du diesen Gentleman, Hanna?«

»In der Tat, Herr Einstein. Wir lernten uns vor ein paar Jahren in New York kennen. Damals kämpfte er noch gegen Gangster, aber wie es scheint, kümmert er sich nun um weltläufigere Angelegenheiten. Darum sind Sie also nach Washington gegangen, Dan?«

»So ist es. Schön, Sie zu sehen. Es freut mich, dass es Ihnen gut geht.«

Er wandte sich der Gruppe zu und sprach mit einem

professionellen Tonfall. »Am Sonntagmorgen wird Alexej bei Tagesanbruch Brüssel verlassen und per Zug nach Antwerpen reisen. Dort werde ich am Hafen auf ihn warten, genau wie ein Schiff, das nach New York ablegen wird.«

Er reichte Alexej ein Zugticket.

Und dann gab er mir zu meiner Überraschung auch eines.

»Was soll das?« Ich blickte von dem Ticket auf zu Dan und dann zu Einstein hinüber.

Dan sagte: »Wir müssen jedem, der fragt, plausibel erklären können, warum Alexej die Konferenz vorzeitig verlässt. Diese Erklärung werden Sie sein. Wenn jemand fragt, wurden Sie von Mr. Bentley, Ihrem Chef, unerwartet nach New York zurückbeordert. Doch eine hübsche junge Frau kann unmöglich allein reisen, und darum wird Alexej – auf Professor Einsteins Drängen – Sie auf der Zugfahrt begleiten, um sicherzustellen, dass Sie Ihr Schiff heil erreichen.«

Ich drehte mich zu Einstein um. Er nickte. »Der Junge braucht unsere Hilfe, Hanna. Wir müssen ihn und seinen bemerkenswerten Geist in ein sicheres Land schaffen.«

Dan zeigte mir sein gewinnendes Lächeln. »Wir haben Ihnen eine eigene Kabine an Bord reserviert. Sie werden per erster Klasse nach New York zurückkehren, bezahlt von Uncle Sam.«

»Also gut«, sagte ich.

> Das Leben ist für niemanden von uns einfach. Aber was soll's? Wir brauchen Beharrlichkeit und vor allem Vertrauen in uns selbst. Wir müssen daran glauben, dass wir eine Begabung für etwas haben, und dieses Etwas gilt es zu erhalten.
>
> Marie Curie

An meinem letzten vollen Tag während der Solvay-Konferenz – vor meiner frühen Abfahrt am nächsten Morgen – saß ich allein im Park und aß mein Mittagessen, als sich jemand zu mir gesellte.

Es war Marie Curie.

»Darf ich mich zu Ihnen setzen?«, fragte sie.

»Ja, natürlich.« Ich sprang auf und fegte mit der Hand die Krümel meines Sandwichs beiseite.

»Oh, setzen Sie sich, setzen Sie sich«, sagte sie. »Albert sagte mir heute Morgen, dass Sie die Tochter von Sandy Martin sind.«

Es überraschte mich, dass die große Madame Curie von meiner Mutter wusste.

»Das … Das bin ich, ja.«

»Ich habe sie einmal getroffen, während eines Aufenthalts in Berlin. Sie war eine außergewöhnliche Physikerin«, sagte Curie. »Es tut mir ja so leid, dass Sie sie in solch einem jungen Alter verloren haben. Auch mir ging es sehr ans Herz.«

»Vielen Dank.«

Sie beugte sich ein wenig zu mir herüber. »Albert sagte auch, dass Sie eine fleißige Studentin der Physik sind. Sehr talentiert hat er Sie genannt.«

»Er ist zu gütig.«

»So etwas sagt er nur sehr selten, also dachte ich mir, dass ich herüberkomme, um Sie kennenzulernen. Und um Ihnen einen Rat zu geben.«

»Einen Rat?«

In der von Männern beherrschten Welt der modernen Wissenschaft hatte Madame Curie zwei Nobelpreise gewonnen und ganz allein zwei Kinder großgezogen, nachdem ihr Ehemann gestorben war.

Wenn sie mir einen Rat geben wollte, würde ich ganz genau zuhören.

»Mein Rat ist folgender«, sagte sie. »Machen Sie einen formalen Abschluss. Ganz wichtig ist ein Doktortitel. Die Welt der akademischen Forschung wird von Männern geführt, und alle Männer sind Pfauen, die gerne mit ihren Titeln prahlen. Sehen Sie sich doch nur Heisenberg an, diesen Idioten mit seinen zwei Assistenten. Die hat er nur mitgebracht, um anzugeben.

Doch das einzig wahre Zeichen von Ansehen in der Welt der Wissenschaft, junge Dame, ist ein ›Doktor‹ vor Ihrem Namen. Erst dann werden Sie ernst genommen. Ihre Mutter wusste das, und es verlieh ihr Ansehen. Erlangen Sie diesen Titel, dann werden Sie es weit bringen.«

Und mit diesen Worten war sie fertig und ging.

Curie war dafür bekannt, unnahbar, streng und kurz angebunden zu sein, aber das war sie nur, weil sie ihre Zeit nicht verschwenden wollte.

Ihre Worte – so schlicht und unverblümt vorgetragen – machten einen tiefen Eindruck auf mich.

Es wäre mir peinlich gewesen, der großen Madame Curie zu sagen, dass ich nicht einmal die High School formal abgeschlossen hatte. Die einzige Schule, an der ich einen Abschluss erhalten hatte, war die Sekretärinnenschule in New York.

Ich fasste noch an Ort und Stelle den Entschluss, dass ich dieses Versäumnis beheben und meine Abschlüsse machen würde, sobald ich wieder in den Vereinigten Staaten war.

Eine kurze Weile später erhob ich mich, und als ich auf dem Weg zurück zum Hauptflur war, begegnete mir Brigitte, Heisenbergs schöne Assistentin.

Als wir aneinander vorüberliefen, nickte sie mir zu.

»Ich mag Ihr Parfüm«, sagte sie.

»Vielen Dank ...«

»Ist es Californian Poppy? Von J. & E. Atkinson aus London?«

Ich blinzelte. »Ja. Ja, das ist es.«

»Ein wundervoller Duft. Er passt zu Ihnen.«

Sie wandte sich wieder ab und lief weiter. Von ihrer Aufmerksamkeit geschmeichelt, wollte ich mich noch länger mit ihr unterhalten, ganz egal worüber.

Und so rief ich ihr nach: »Ihr Parfüm gefällt mir auch sehr. Darf ich fragen, wie es heißt?«

Sie lächelte mit ihren rubinroten Lippen. »Es heißt Shalimar von Jacques Guerlain.«

»Es ist ein sehr verwegener und markanter Duft«, sagte ich.

»Meine Liebe, es ist viel besser als das. Es ist animalisch. Sinnlich. Gemacht, um Begierden zu wecken. Shalimar bedeutet ›Garten der Liebe‹, und Guerlain hat höchstpersönlich verkündet, dass es nach seiner Geliebten duften soll.«

Mir stockte ein wenig der Atem.

Brigitte blinzelte. »Ich kann seine Wirkung nur bestätigen. Dieses Parfüm macht die Männer ganz wild.«

Und damit spazierte sie davon.

Am Sonntagmorgen, kurz vor Tagesanbruch, erreichten Alexej und ich den nördlichen Bahnhof von Brüssel.

Der Horizont leuchtete rosarot. Die Stadt lag schweigend da. Die Kanäle waren so reglos wie Mühlteiche.

Da ich mir bewusst war, wie wertvoll mein Reisebegleiter sowohl für Amerika als auch für das sowjetische Russland war, ließ ich meinen Blick suchend über den Bahnsteig schweifen und hielt Ausschau nach Personen, die uns beobachteten, doch ich sah niemand Verdächtigen.

Für eine Geheimmission war alles ziemlich unscheinbar.

Nicht so wie in den Romanen, die ich gelesen hatte. Hier waren keine Spione in dunklen Mänteln und mit schwarzen Hüten, die sich gegen Laternenpfähle lehnten und Zigaretten rauchten. Überhaupt nichts Aufregendes.

Alexej und ich nahmen unsere Plätze im dritten Waggon ein, der Zug fuhr ab.

Ich beruhigte mich.

Wir waren auf dem Weg. Wir hatten es geschafft.

Ich saß am Gang, während Alexej seinen Kopf gegen das Fenster lehnte und einschlief.

Gute 20 Minuten später, als ich die Skyline von Antwerpen in der Ferne sah – es war die einer klassischen mittelalterlichen europäischen Stadt, die von dem einsam aufragenden Turm der Liebfrauenkathedrale beherrscht wurde –, ließ ich Alexej allein, um die Toilette hinten im Waggon aufzusuchen.

Als ich kurze Zeit später zurückkehrte, saß Alexej noch immer mit dem Kopf an die Scheibe gelehnt da.

Als der Zug die Brücke über der Schelde überquerte und uns in die Stadt brachte, stupste ich ihn an.

»Kommen Sie, Schlafmütze. Zeit, zu gehen.«

Er wachte nicht auf.

Rührte sich nicht.

Ich sah genauer hin, als ich ihn noch einmal anstieß …

… und entdeckte das Blut unter seinem Tweed-Mantel.

Zögernd öffnete ich Alexejs Mantel und sah mit Entsetzen, dass sich ein immer größer werdender Kreis aus Blut über sein Hemd zog.

In der kurzen Zeit, in der ich fort war, hatte jemand dem Jungen ein Messer ins Herz gerammt.

Und ihn ermordet.

Mir gefror das Blut. Ich wirbelte herum, voller Angst und alarmiert, und suchte nach …

Sie starrte mich geradewegs an.

Sie saß in einem der nach hinten gerichteten Sitze auf der anderen Seite des Ganges, nur ein paar Reihen weiter, und sah mich an.

Ihr blondes Haar war wie immer perfekt frisiert, und sie trug ihren schmal taillierten rotbraunen Ledermantel.

Brigitte.

Ihre Augen ließen nicht von meinen ab.

Sie blinzelte nicht.

Es war eine kompromisslose Warnung: *Du hast nichts gesehen. Du weißt nichts.*

Ich erwischte mich dabei, ihr blondes Haar anzuglotzen, als es mir schlagartig klar wurde: Es war immer perfekt, wann immer ich sie gesehen hatte, und es war immer gleich gewesen.

Eine Perücke.

Mit einem Quietschen rollte der Zug in die Endstation im Bahnhof von Antwerpen und kam mit einem Ruck zum Stehen.

Ich klammerte mich an meine Armlehne und warf einen Blick auf den toten Alexej.

Als ich mich mit pochendem Herzen wieder umdrehte und mich von meinem Platz erhob, stand Brigitte direkt vor mir, Nasenspitze an Nasenspitze.

Ich wusste nicht, was ich tun sollte.

Ich war noch nie zuvor einem Attentäter begegnet.

»Ich mag Ihr Parfüm wirklich sehr«, sagte sie mit einem russischen Akzent, bevor sie sich an mir vorbeischob und aus dem Zug stieg, um sich unter all die anderen Passagiere zu mischen.

Ich blickte aus dem Fenster und sah, wie sie sich hinten in der Menge aufhielt, mit einer schnellen Bewegung ihre kurze blonde Perücke abnahm, ihren auffallenden rotbraunen Mantel abstreifte und beides in einen Mülleimer stopfte.

Ihr Haar unter der Perücke war dunkel, ihre neue Kleidung gewöhnlich.

Und dann war sie verschwunden.

Ich stieß die Luft aus, die ich angehalten hatte.

Dann bekam ich wieder einen klaren Kopf, griff nach meinen Sachen und huschte aus dem Zug. Ich wollte nicht mehr hier sein, wenn einer der Schaffner Alexej entdecken und mir unangenehme Fragen stellen würde.

Ich ließ den armen Jungen in seinem Sitz zurück, tot und allein, gegen das Fenster gelehnt, die Augen geschlossen, der Körper regungslos.

Eine halbe Stunde später erreichte ich den Hafen.

Als Dan Kessler mich allein kommen sah, eilte er mir entgegen.

»Was ist passiert?«

Ich erzählte es ihm.

Dan blickte finster drein. »Verdammt. Natürlich hatten die Sowjets eine Spionin in die Konferenz eingeschleust. Sie müssen Wind von Alexejs geplantem Übertritt bekommen haben.«

»Es tut mir leid, Dan«, sagte ich und senkte den Kopf.

»O Hanna, nein. Das war nicht Ihre Schuld. Ganz und gar nicht. Sie waren nicht dafür da, Alexej zu beschützen. Zum Teufel, es tut mir leid, Sie in solch eine Gefahr gebracht zu haben. Brigitte – oder wie auch immer ihr richtiger Name lautet – hätte auch Sie umbringen können.«

Er führte mich zum Schiff.

»Hanna, Sie haben den Vereinigten Staaten heute einen großen Dienst erwiesen. Das wird nicht in Vergessenheit geraten. Ich muss nun zurück zu unserem Quartier in Paris und einen sehr langen Bericht über all das hier verfassen.« Er seufzte. »Dann bis zum nächsten Mal, *Fräulein*. Vielen Dank.«

Er blieb am Fuß der Gangway stehen, während ich sie hinauflief.

Ich sah, dass er noch 40 weitere Minuten an derselben Stelle verharrte, bis das Schiff schließlich auslief.

Erst später kam mir der Gedanke, dass er das nicht aus einer wie auch immer gearteten Zuneigung zu mir getan hatte, sondern um sich zu vergewissern, dass keine weiteren Sowjet-Agenten wie Brigitte an Bord kamen, um mich zu töten.

Ich verbrachte die meiste Zeit meiner Rückreise nach New York damit, all die Dinge zu verdauen, die mir in Belgien widerfahren waren.

Die Solvay-Konferenz, ihre titanenhaften Teilnehmer, die geistige Stimulation der Debatten und Gespräche dort.

Das Geheimtreffen, auf dem ich erfuhr, dass die Spaltung eines Atoms, wenigstens in der Theorie, eine Bombe von unvorstellbarer Kraft hervorbringen konnte.

Marie Curies Rat.

Das überraschende Wiedererscheinen von Dan Kessler in meinem Leben und die hautnahe Begegnung mit einer sowjetischen Meuchelmörderin, die nur als Brigitte bekannt war.

Ich muss gestehen, dass ich, als mein Schiff in New York City anlegte, sogar ein wenig erleichtert war …

… bis ich wieder zu meiner Arbeit ins Woolworth Building zurückkehrte und erfuhr, dass Mr. Clay Bentley sen. nicht mehr mein Chef war.

Genau genommen war Mr. Bentley sen. nicht einmal mehr Teil der Firma, die seinen Namen trug. Er war während meiner kurzen Abwesenheit in einem Handstreich vom Aufsichtsrat geschasst worden.

Ich nahm an, dass auch ich als seine Sekretärin meinen Job verlieren würde, aber dem war nicht so.

Ich würde nun, so wurde mir mitgeteilt, für den neuen Vorstandschef von Bentley & Sons Trucking and Shipping tätig sein, den Mann, der den Umsturz inszeniert hatte.

Mr. Clay Bentley jr.

TEIL V

1927
MR. BENTLEY JUNIORS SEKRETÄRIN

Kann schon sein, dass du Löcher in den Schuhen hast, aber lass das nicht die Leute draußen wissen. Poliere die Spitzen.

Earl »Fatha« Hines, Jazzlegende

»Da ist sie ja!«, rief Clay Bentley jr., als ich sein Büro betrat. Es war dasselbe Büro, in dem sein Vater gesessen hatte, als ich nach Brüssel aufgebrochen war.

Junior hatte bereits die Möbel austauschen lassen. Sein Schreibtisch, sein Stuhl und die Couch waren viel moderner, als die seines Vaters es gewesen waren.

Ich wartete in der Tür und klammerte mich unsicher an meinen Notizblock.

»Kommen Sie rein, Hanna, kommen Sie rein.« Junior führte mich zur Couch. »Nehmen Sie doch Platz.«

Ich setzte mich ganz an den Rand der Couch.

Ich war angespannt und muss auch so ausgesehen haben, denn er sagte: »Entspannen Sie sich. Bitte. Sicher, ein paar Dinge hier haben sich verändert, aber kaum etwas, das Sie betreffen würde.«

Das war eine riesige Untertreibung.

Im Laufe der darauffolgenden Woche sollte ich erfahren, was geschehen war.

Clay jr. hatte den Aufsichtsrat davon überzeugt, dass die Strategien seines Vaters in dieser Goldrauschzeit ausgelutscht und völlig veraltet waren.

Die Firma konnte und sollte besser dastehen, und Clay jr., der den Finger am Puls dieser neuen Epoche hatte, kannte all die Antworten, die sämtliche Aktionäre reich machen würden.

Er inszenierte die Übernahme während einer Sondersitzung des Aufsichtsrats, und innerhalb nur einer Stunde hatte Clay sen. seinen Schreibtisch ausgeräumt und war vom Sicherheitsdienst aus dem Gebäude gebracht worden.

Ich mochte mir gar nicht vorstellen, wie es für meinen alten Chef gewesen sein musste.

So streng er auch sein konnte, hatte er doch auch eine freundliche und sensible Seite.

Die Erniedrigung, das Büro der Firma, die seinen Namen trug, verlassen zu müssen, die Sachen auf seinem Schreibtisch in eine Schachtel zu stopfen, musste furchtbar gewesen sein.

Als ich an einem Sonntagnachmittag endlich die Zeit dazu fand, nahm ich einen Zug nach Long Island und stattete ihm einen Besuch ab.

Als Clay Bentley sen. die Tür öffnete und mich erblickte, fingen seine Augen an zu leuchten.

»Hanna! Wie schön, Sie zu sehen!«

Wir saßen auf der Veranda hinten und tranken Limonade, während wir dem Sonnenuntergang über dem Long Island Sound zusahen.

Wie es seine Art war, bestand Clay sen. darauf, alles über meine Zeit bei der Solvay-Konferenz zu erfahren, bevor wir darüber sprachen, was in der Firma geschehen war.

Ich erzählte ihm alles, außer von Alexej Silbermann und dessen Schicksal. Davon musste er nichts wissen.

Dann wandte sich unser Gespräch der Firma zu.

Er schüttelte den Kopf.

»Mein eigener Sohn. Als Geschäftsmann kann ich sogar akzeptieren, was in der Aufsichtsratssitzung geschehen ist. Geschäft ist Geschäft. Die Aktionäre wollen immer die beste Rendite haben, und in diesen Zeiten, wo jeder Mann und sein Hund ganz leicht Geld zu verdienen scheinen, verstehe ich, warum sie sich für Claytons moderne Pläne und eine neue ›Ausrichtung des Unternehmens‹ erwärmen. Doch als

Vater, Hanna, könnte ich mir in den Hintern beißen. Wie konnte ich nur solch einen Sohn großziehen?«

Ich sagte nichts.

Ich fragte mich nur, wie viel er eigentlich von seinem Sohn jenseits der herzlosen Übernahme des Familienunternehmens wusste: über dessen Frauengeschichten, dessen Betrügereien, dessen Glücksspiel mit Leuten wie Baby Face Mancino.

»Wie geht es Ihnen?«, fragte ich sanft.

Er zuckte die Schultern. »Gleich nachdem sie mich vor die Tür gesetzt hatten, rief ich meinen Makler an und sagte ihm, er solle alle meine Anteile an der Firma verkaufen. Ich tat es nicht aus Trotz. Ich bin einfach nicht von Claytons Vorstellungen überzeugt. Es ist nicht mehr meine Firma, also muss ich sie loslassen.«

»So meinte ich es nicht. Ich wollte wissen, wie Sie sich fühlen. Geht es Ihnen gut, Sir?«

Zu meiner Überraschung erhellte sich seine Miene.

»Wissen Sie, es ist noch früh, doch ich muss sagen, dass ich meine freie Zeit genieße. Nach dem Verkauf meiner Anteile habe ich genug Geld, um den Rest meiner Tage angenehm zu verleben. Ich spiele Golf und gehe mit alten Freunden essen. Ich spiele Bridge. Ganz ehrlich? Ein Teil von mir wünscht sich, ich wäre schon vor zehn Jahren in den Ruhestand gegangen. Oh, und ich verbringe viel mehr Zeit mit …«

In diesem Moment hörte ich, wie sich die Vordertür im Haus öffnete und eine Frauenstimme rief: »Clay? Clay, Schatz, bist du da?«

Mrs. Henrietta Henderson erschien in der Tür zur Veranda. Sie trug ein buntes Kleid und hielt eine Tüte mit Lebensmitteln in ihren Händen.

»Hallo, Hanna!«, rief sie. »Wie schön!«

Clay sen. räusperte sich und beendete seinen Satz: »Und ich verbringe viel mehr Zeit mit Henrietta, die, wie ich mit großem Vergnügen sagen möchte, nun meine Verlobte ist.«

Ich hüpfte von meinem Stuhl und schloss sie beide in die Arme. Ich freute mich so sehr für sie.

Vielleicht hatte er seine Firma verloren, doch Clay Bentley sen. ging es ausgezeichnet.

Für Clay Bentley jr. zu arbeiten, war ganz anders, als für seinen Vater tätig zu sein.

Es war, einfach ausgedrückt, chaotisch.

Junior war unstrukturiert und impulsiv. Ständig verlegte er Meetings in letzter Minute, was unweigerlich dazu führte, dass ich die Sekretärinnen der Chefs großer Firmen anrufen musste, um mich zu entschuldigen und neue Termine zu vereinbaren.

Während seiner Neustrukturierung von Bentley & Sons Trucking and Shipping hatte Junior auch einen aalglatten, gut gekleideten Burschen namens Art Dunkley eingestellt, der sich selbst, wie es in der neuen Sprache jener Zeit üblich war, als »Ökonom« bezeichnete.

Junior hatte Dunkley bei irgendeiner gesellschaftlichen Veranstaltung kennengelernt. Dunkley hatte seinen Abschluss an der Harvard University gemacht und war in jeder Hinsicht ein gläubiger Anhänger von allem, was Finanzen betraf.

»Wirtschaft ist Wissenschaft, Männer!«, hörte ich ihn eines Morgens bei einem Treffen der leitenden Angestellten in Juniors Büro sagen. »Mit ihr verhält es sich nicht anders als mit der Schwerkraft. Du machst *x* und erhältst *y*. Es ist Mathematik, wenn auch eine, die so komplex ist, dass sie die Fähigkeiten der Normalbürger übersteigt. Und ein kluger Mann benutzt diese Wissenschaft, um sein Geld für sich arbeiten zu lassen.«

Dieser letzte Teil war sein Mantra.

Lass dein Geld für dich arbeiten.

Verkaufsoptionen abstoßen und Fremdkapital benutzen – so vermehrte man seine Gewinne, ohne neue Trucks kaufen oder zusätzliche Zugwaggons mieten zu müssen.

Und es funktionierte. In den Monaten nach der Übernahme durch Clay jr. gingen die Profite der Firma durch die Decke.

Ich traf mich auch mit Fanny.

Nur dieses Mal nicht in unserem üblichen Café in der Nähe vom Woolworth Building, sondern in Brooklyn.

Sie und Raymond, ihr Ehemann, waren dorthin gezogen, nachdem Raymond in den Stadtrat gewählt worden war.

»Tja, mein kleiner Polacke liebt die Politik ganz einfach. Er lebt dafür. Raymey will nächstes Jahr für den Staatssenat kandidieren. Wenn er gewinnt, werden wir hinauf nach Albany ziehen. Du meine Güte, wenn er in diesem Tempo weitermacht, wird er 1940 der neue Präsident sein. Kannst du dir die Schilder in den Gärten ausmalen? WÄHLT RAYMOND WOZNIAK ZUM PRÄSIDENTEN!«

Natürlich war Fanny sehr gespannt darauf, von meinen Erlebnissen in Brüssel zu erfahren.

Ich erzählte ihr von den Atomen, die die Bauklötze von allem sind. Ich berichtete ihr sogar von dem bemerkenswerten Gedanken, ein Atom zu spalten und damit ungeheure Mengen an Energie freizusetzen.

Sie hörte mir aufmerksam zu, doch am meisten beeindruckte sie meine Begegnung mit Marie Curie.

»Ich kann kaum glauben, dass du Madame Curie kennengelernt hast!«, sagte sie. »Sie ist einfach großartig. Was für eine wundervolle Frau!«

»Ich habe ihren Rat befolgt«, sagte ich. »Erst neulich habe ich mich für die Abendschule eingeschrieben, um meinen High-School-Abschluss nachzuholen.«

»Braves Mädchen«, sagte Fanny. »Braves Mädchen.«

»Was ist mit dir?« Ich hatte schon viel zu lange über mich

selbst gesprochen. »Wie geht es mit deinem Job in der Welt der Hochfinanz voran?«

»Oh, ich habe bei dieser Wall-Street-Firma gekündigt. Dort waren nur ein Haufen Arschgeigen. Ich denke tatsächlich darüber nach, meine eigene kleine Investmentfirma hier in Brooklyn zu gründen«, sagte Fanny. »Nichts Großes, nur einen kleinen Laden.«

»Das ist fantastisch, Fanny! Schön für dich!«

»Es wird bestimmt schwierig, neue Klienten zu finden, aber ich möchte es versuchen.«

»Ich bin mir sicher, dass du es großartig machen wirst!«, sagte ich.

Ich erwähnte den aufgeblasenen Ökonomen, der neu in der Firma war und ständig davon redete, dass die Ökonomie eine Wissenschaft sei.

Fanny nickte. »Viele der neuen Bücher sagen dasselbe, aber ich weiß nicht so recht. Würdest du Poker eine Wissenschaft nennen? Gute Spieler werden in einem Pokerspiel immer besser abschneiden als schlechte, doch vergiss nie, dass dazu auch eine Portion Glück gehört. In der Ökonomie ist das der Faktor Mensch.«

»Was soll das heißen?«, fragte ich.

»Das soll heißen: Stell dich nie zwischen einen Mann und sein Geld. Geld bringt die Menschen dazu, sonderbare Dinge zu tun. Dieser ganze Physik-Kram, der bei deiner Konferenz in Brüssel besprochen wurde, das ist Wissenschaft. Du machst *x* und bekommst immer *y* heraus. In der Wirtschaft verhält es sich anders. Da geht es eher um das menschliche Verhalten als um wissenschaftliche Tatsachen.«

Es machte mir immer Spaß, mich mit Fanny zu unterhalten.

Mir gefiel, wie sie die Dinge erklärte.

Gleichwohl stiegen die Gewinne von Bentley & Sons Trucking and Shipping, da man dort strikt den modernen Wirtschaftstheorien des Mr. Art Dunkley folgte, in den nächsten zwei Jahren so kräftig wie nie zuvor.

Die Anteilseigner waren begeistert, und Clay jr. aalte sich während der Vorstandssitzungen in ihren lobenden Worten.

Aber auch nur dann, wenn Clay jr. überhaupt zur Arbeit erschien.

Mehr als alles andere bestand meine Aufgabe zu jener Zeit darin, mich um seine gesellschaftlichen Termine zu kümmern, den Unterhalt und die Pflege des neuen Herrenhauses, das er und Stella in Southampton gekauft hatten, zu organisieren, die Liegegebühr für die neue Jacht, die dort an seiner privaten Anlegestelle lag, zu bezahlen, und für die Verpflegung und die Servierkräfte auf den riesigen Gesellschaftspartys, die Clay jr. im Sommer schmiss, zu sorgen.

Ich bezahlte alle Rechnungen und kümmerte mich um alle Einzelheiten, damit er sein Leben sorgenfrei leben konnte.

Er machte sich nie die Mühe, für etwas zu bezahlen.

Ich bezahlte einfach später für alles.

Noch nie in meinem Leben musste ich so schwer arbeiten.

»Das ist ein übles Pack!«, rief ich über den Rasen [zu Gatsby]. »Sie sind mehr wert als die ganze verdammte Bande zusammen.«

Aus *Der große Gatsby*
von F. Scott Fitzgerald

Angesichts all der gesellschaftlichen Aspekte meiner Arbeit musste ich mich oft an Stella wenden, die bis 1929 – zu meiner Überraschung und trotz des schwindelerregenden Erfolgs der Firma – mehr damit beschäftigt war, eine Mutter für ihren sieben Jahre alten Sohn zu sein, als eine Society-Ehefrau.

»Der kleine Charlie hat Lernschwierigkeiten«, sagte sie mir eines Nachmittags beim Kaffee in ihrem Herrenhaus in Southampton.

Wir saßen auf einer Veranda, die auf den Atlantischen Ozean hinaussah.

Wellen schwappten an das Ufer. Hunderte kleine Lichter hingen an Schnüren über dem riesigen Rasen, der ganz bis hinunter zum Ozean reichte. Ich konnte Clays private Anlegestelle sehen, die dort unten, ungefähr 70 Meter entfernt, in das Wasser hinausragte.

Auf dem Rasen waren Tische mit weißen Tischdecken und Klappstühle in langen Reihen unter den sternenhellen Lichterschlangen aufgebaut. Stella und Clay jr. gaben an diesem Abend eine Party.

Es sah einfach hinreißend aus, doch Stella schien sich nicht dafür zu interessieren.

Sie sagte: »Charlies Lehrerin sagt, dass sein Leseniveau weit unter dem Durchschnitt liegt und dass er sehr still ist und unter den anderen Jungs keine Freunde findet. Clay jr. sagt, dass er einfach härter sein muss, ein echter Kerl auf dem Schulhof und so weiter, doch ich glaube, der Junge ist … ich weiß auch nicht … anders. Sanft. Und vielleicht ein bisschen langsam.«

Ich dachte an die Stella, die ich in der Sekretärinnenschule kannte: wunderschön und dreist, entschlossen und selbstbewusst. Die Sekretärin, die loszog und Clay jr. seiner Frau wegnahm, um ein Leben als Dame der feinen Gesellschaft zu leben.

Und nun war sie hier und lebte genau solch ein Leben, nur dass sie mir von ihrem schweigsamen kleinen Jungen erzählte und sich nicht im Geringsten für die glamouröse Party interessierte, die sie am Abend ausrichten würde.

Während ich Stellas Worten über ihren Sohn und seine Probleme lauschte, konnte ich nicht umhin, auch an das zu denken, was ich über ihren Ehemann wusste.

Zum Beispiel die Geliebte, die er sich in der Stadt hielt, in einer Wohnung über einer Spelunke unten beim Fischmarkt, und die er dreimal die Woche nach dem Mittagessen besuchte und die meisten Abende zu Drinks und Glücksspiel ausführte.

Ich erinnerte mich an die Worte, die ich J.P. Morgan während Stellas Hochzeit mit Clay jr. flüstern gehört hatte: »Wann immer ein Mann seine Geliebte heiratet, lässt er eine offene Stelle zurück.«

Und so ging das Leben weiter.

Ich arbeitete pausenlos, um mit Clay jr. Schritt zu halten, wozu ich immer wieder zwischen der City und den Hamptons pendeln musste, und nebenbei besuchte ich noch an zwei Abenden in der Woche die Schule.

Und dann, im August 1929, erhielt ich während einer kleinen, stillen Zeremonie an meiner Abendschule auf der Lower West Side meinen High-School-Abschluss.

Fanny kam in die Stadt, um mit mir in einem kleinen Restaurant, wo Wein unter dem Tisch ausgeschenkt wurde, zu feiern.

»Und was kommt nun als Nächstes für Hanna Fischer?«, fragte sie, als wir verstohlen auf meinen Erfolg anstießen.

»Ich werde weiterhin Marie Curies Rat befolgen und meine Abschlüsse machen«, sagte ich. »Ich werde mich an ein paar Universitäten nach einem Physik-Studium erkundigen.«

Fanny lachte schallend und sprang auf, um sich an die anderen Gäste im Restaurant zu wenden.

»Habt ihr das gehört, ihr Wichte? Dieses Mädchen hier wird eine Expertin für die Bausteine des Universums!«

Das Publikum blieb unbeeindruckt, doch das war Fanny egal.

Sie nahm mich ganz fest in den Arm und flüsterte: »Ich bin ja so stolz auf dich, Schätzchen. Geh und zeig's ihnen.«

Genau das hatte ich vor, bis es drei Monate später geschah.

WALL STREET NACH BÖRSEN-
CRASH IN PANIK

Zeitungsschlagzeile, 24. Oktober 1929

Im Oktober des Jahres 1929, nach einem Jahrzehnt des nie gekannten Wohlstands, stürzte die Börse in New York ab.

Ins Bodenlose.

Es begann früher im Monat mit einem leichten Stottern. »Schlechte Tage«, die nach einem zehn Jahre andauernden Bullenmarkt salopp als unbedeutende Störungen abgetan wurden.

Und dann, am 24. Oktober: die Katastrophe.

Nach einer anfänglichen Panik setzten sich die mächtigen Männer der New Yorker Banken – darunter auch J. P. Morgan – zusammen und tätigten gewaltige Aktienkäufe, um wieder Vertrauen herzustellen.

Fünf Tage später, am 29. Oktober, der als »Schwarzer Dienstag« bekannt wurde, brach der Aktienmarkt völlig in sich zusammen, und von den mächtigen Bänkern war nichts zu sehen und zu hören.

Es sollte der schlimmste Tag in der Geschichte der Börse werden. An einem einzigen Tag büßte der Dow Jones 11,7 % seines Wertes ein.

Binnen der nächsten zwei Wochen sollte er fast 50 % verlieren.

Bis der Markteinbruch Mitte 1932 vorüber war, sollte er 89 % verlieren, und das ganze Land sollte sich im festen Griff einer alles erdrückenden Depression befinden.

Der Boom der 1920er hatte sowohl die Reichen als auch die Normalbürger dazu gebracht, mit Aktien zu spekulieren.

Wohlhabende Doktoren und Zahnärzte beschwatzten ihre Assistenten, ihre ganzen Ersparnisse an der Börse zu investieren.

Und viele dieser Leute – die zweifellos der Überzeugung waren, dass der Markt, wie Irving Fisher es am 16. Oktober 1929 nur acht Tage vor der ersten Panik lauthals verkündete, ein »permanent hohes Niveau« erreicht hatte – investierten geliehenes Geld.

Das sollte sich als verhängnisvoll erweisen.

Denn dadurch verschlimmerten sich ihre Verluste dramatisch.

Nicht nur dass sie ihr eigenes Geld verloren. Sie verloren auch noch das Geld, das sie sich geborgt hatten. Margin-Kredite wurden zurückgefordert, doch es war kein Geld mehr da, um sie zu bedienen.

Es erwischte sowohl reiche als auch arme Familien: innerhalb weniger Tage in den Bankrott abgerutscht.

Trotz des sensationslüsternen Berichts einer britischen Boulevardzeitung, in dem geschildert wurde, dass Teile vom Broadway mit den Leichen von Börsenmaklern übersät waren, die sich in ihrer Verzweiflung aus dem Fenster gestürzt hatten, gab es kaum jemanden, der sich auf diese Weise das Leben nahm.

Dennoch sah ich einmal den Leichnam eines Mannes, der gesprungen war, auf dem Bürgersteig, nur eine oder zwei Minuten nachdem er sich von dem Dach seines Gebäudes gestürzt hatte.

Der Aufschlag auf dem Fußweg hatte eine schreckliche Sauerei verursacht. Sein Körper war mehr oder weniger explodiert.

Juli 1943. In der Nähe von Linz, Österreich.

Ich sehe einen abgemagerten Häftling durch die Luft segeln und auf den Grund eines Steinbruchs schlagen. Auch sein Körper zerplatzt.

Ich bin im Konzentrationslager Mauthausen, wo hungernde Häftlinge die Steine abbauen, mit denen Speer seine gewaltigen neuen Superstädte aus dem Boden stampfen will.

Ich stehe hinter Speer und dem Lagerkommandanten.

Über uns erhebt sich die sogenannte Todesstiege, über die die Häftlinge die schweren Steinblöcke schleppen müssen.

Oben an der mitleidlos unebenen Treppe treiben die SS-Wachen schreckliche Spielchen mit den erschöpften und bemitleidenswerten Gefangenen. Lachend nennen sie diesen Abhang die »Fallschirmspringerwand«, von der sie die Gefangenen stoßen.

Speer, der neben mir steht, scheint es nicht zu bemerken. Vielleicht kümmert es ihn auch nicht.

Er fragt den Kommandanten, wie viele Steine im kommenden Monat noch abgebaut werden und wie die Produktion der neuen Messerschmitt in den Grotten des Lagers vorangeht.

Die finanziellen Verluste durch den Börsencrash waren verheerend. Und während die Verluste, die der Normalbürger erlitt, der sich Geld zum Investieren geliehen hatte, beträchtlich waren, hieß es in der Welt der professionellen Broker und Händler, dass es die am härtesten traf, die ungesicherte oder »nackte« Optionen verkauft hatten.

Leute wie Mr. Clay Bentley jr.

Clay jr. erschien am 30. Oktober nicht zur Arbeit.

Und auch nicht am darauffolgenden Tag oder dem danach.

In dem Chaos dieser tumultartigen Wochen war Clay Bentley jr. verschwunden.

Ich wurde losgeschickt, um ihn zu finden.

Ich muss gestehen, dass mein erster Gedanke war, in ein Krankenhaus oder die Leichenhalle zu gehen und nachzuschauen, ob sein Leichnam unter der Brooklyn Bridge angespült worden war oder ob man ihn irgendwo mit einer selbst zugefügten Schusswunde am Kopf gefunden hatte.

Stattdessen nahm ich die lange Zugfahrt zu seinem Herrenhaus in Southampton auf mich, wo ich ihn auch fand.

Er war nicht tot.

Es war viel schlimmer als das.

Ich klingelte an der Tür von Clays und Stellas Herrenhaus, doch niemand öffnete mir, also lief ich um das Haus herum.

Ich hörte ihre Stimmen, bevor ich sie sah.

Männerstimmen mit einem Bronx-Akzent.

Ich kam um die Ecke und erblickte den weitläufigen Rasen, der hinter dem Haus bis hinunter zum Atlantik reichte, wo Clay eine private Anlegestelle hatte.

Ganz am Ende der Anlegestelle, gleich bei seinem Segelboot, sah ich Clay jr. neben Stella stehen, die schluchzend den kleinen Charlie in ihren Armen hielt.

Zehn kräftige Männer in dunklen Mänteln und mit schwarzen Fedora-Hüten hatten sie eingekesselt.

An der Spitze dieser Gang aus Gewalttätern, direkt vor Clay, stand Baby Face Mancino, mit seinem unverkennbaren weißen Filzhut auf dem Kopf.

Es stellte sich heraus, dass Clay jr. seine Risiko-Wertpapiere nicht nur für sich selbst gekauft hatte, sondern auch für seine Bekannten aus dem Gangstermilieu, zu denen auch Baby Face Mancino gehörte.

Und er hatte einen riesigen Haufen von Mancinos Geld verloren.

Ich lugte um die Hausecke und hörte Baby Face sagen: »Dachtest, du bist so schlau, nicht wahr, Schnösel? Spekulierst mit meinem Geld auf deinem tollen Aktienmarkt.«

»Hör zu, Mancino, ich kann dir dein Geld zurückholen, versprochen«, stotterte Clay. »Ich brauche nur ein bisschen mehr Zeit.«

Seine Hände waren hinter seinem Rücken gefesselt und zwei der Schläger hielten ihn fest. Sicher war ich mir nicht, doch es sah aus, als würde Clay jr. in etwas stehen, das einer kleinen Metallwanne ähnelte.

Mancino schüttelte den Kopf. »Nein, nein, nein, Schnösel. Weißt du, ich mache meine Geschäfte nicht auf deine Art.«

Erst jetzt sah ich, dass unter den Gangstern ein zweites Kind auf dem Bootssteg stand, ein Junge von vielleicht zehn Jahren.

Es war Douglas Mancino jr., Baby Face Mancinos Sohn.

Neben dem Kind standen drei offene Koffer.

Zerzauste Klamotten waren aus ihnen herausgerissen worden, um Schmuck, goldene Kerzenständer und viele dicke Geldbündel zu enthüllen.

Und plötzlich wurde mir alles klar.

Clay und Stella hatten sich davonstehlen wollen – auf seiner Jacht, mit dem Bargeld und den verkäuflichen Wertgegenständen –, als Mancino und seine Schläger aufgetaucht waren.

»Komm schon, Doug …«, sagte Clay jr. beschwichtigend.

»Halt's Maul!«, schrie Baby Face plötzlich wie ein Vulkan.

Clay senkte sofort den Blick.

Stella schluchzte.

Baby Face begann, auf und ab zu schreiten. »Weißt du, Schnösel, in meiner Branche ist es üblich, ein Exempel zu statuieren, wenn jemand so grandios versagt hat wie du.«

Er nickte den beiden Männern zu, die Clay jr. hielten. »Ist es jetzt fertig?«

»Kann losgehen, Boss«, antwortete einer der beiden.

Meine Augen wurden groß, als ich begriff, was in der Wanne war, in der Clay jr. stand.

Zement.

Stella machte mit dem kleinen Charlie im Arm einen Satz nach vorn und schrie »Nein!«, doch einer der anderen Männer zerrte sie zurück an ihren Platz.

Ich konnte nicht glauben, was ich dort sah.

Mancino war drauf und dran, Clay jr. mit Zementschuhen in den Ozean zu werfen.

Und dann tat ich etwas, ohne nachzudenken, von dem ich nicht gedacht hätte, dazu in der Lage zu sein.

Ich trat hinter der Hausecke hervor und rief: »Hey! Einen Augenblick mal!«

Die auf dem Bootssteg versammelten Gangster wirbelten gleichzeitig zu mir herum.

Einige von ihnen zogen ihre Pistolen.

Die beiden Jungen wandten sich mir erschrocken zu.

Auch Stella und Clay jr. blickten zu mir herüber.

»Hanna! Lauf! Verschwinde von hier!«, rief Stella.

»Hanna! Ruf die Polizei!«, schrie Clay jr.

Doch ich lief nicht davon oder rief nach der Polizei.

Baby Face beäugte mich kühl.

Während er mich betrachtete, kniff er die Augen zusammen. Er hob die Hand und bedeutete seinen Männern, die Waffen zu senken.

Ich schritt zum Bootssteg hinunter und war dabei viel ruhiger, als ich es mir vorgestellt hatte.

Genau genommen verspürte ich sogar ein sonderbares Gefühl des inneren Friedens, als ich mich dem Kreis der Gangster näherte.

»Ich kenne Sie …«, sagte Baby Face langsam und nahm mein Gesicht unter die Lupe. »Wir sind uns schon einmal begegnet.«

Ich blieb direkt vor ihm stehen.

»Das stimmt«, sagte ich. »Vor sechs Jahren. In Luigi's Restaurant. In der Nacht, als Lucky Luciano versuchte, Ihren Sohn zu entführen.«

Ich deutete mit dem Kinn auf den Jungen.

Mancino starrte mich an. »Richtig. Hanna. Hanna Fischer. Sie waren mit diesem Agenten dort.«

»Ich habe Ihrem Jungen das Leben gerettet.«

»Das ist wohl wahr.«

»Ich möchte, dass Sie mir diesen Gefallen nun erwidern«, sagte ich.

»Wenn ich mich richtig erinnere, sagte ich in jener Nacht, dass wir quitt sind.«

»Ich denke, ich habe noch immer etwas gut bei Ihnen«, sagte ich und deutete mit einem Nicken auf Clay jr., Stella und den kleinen Charlie. »Verschonen Sie sie. Mir zuliebe. Dann sind wir quitt.«

Stella gaffte mich mit offenem Mund an.

Clay jr., die Füße in Zement feststeckend, blickte verzweifelt von mir zu Mancino hinüber.

»Jaja …«, sagte er.

»Nein«, sagte Baby Face. »Dieser hochnäsige kleine Schleimscheißer hat die Hälfte meines Vermögens verloren und dann versucht, sich zu verpissen. Das kann ich ihm nicht durchgehen lassen, nicht vor meinen Männern oder meinem Sohn. Ich muss ein Exempel an ihm statuieren.«

Ich erwiderte Baby Face Mancinos Blick einen Moment lang, dann sah ich hinüber zu Stella und dem kleinen Charlie.

Ihre tränenerfüllten Augen waren groß vor Angst.

Ich wandte mich wieder an Baby Face.

»Also gut«, sagte ich monoton. »Töten Sie ihn, aber verschonen Sie die Frau und das Kind.«

Clay jr. verdrehte die Augen. »Was?! Hanna!«

Mancino blickte mich fest an. Ich konnte seine Miene nicht deuten.

»Sie wird nicht reden, oder?«, sagte er schließlich.

Ich warf Stella einen fragenden Blick zu.

Stella schüttelte den Kopf energisch.

»Sie wird nicht reden«, sagte ich.

»Ganz sicher?«

»Ganz sicher«, sagte ich mit fester Stimme.

»Sie haben wirklich Rückgrat, Hanna Fischer«, sagte Baby Face. »Okay, wir haben einen Deal. Aber nun sind wir auf jeden Fall quitt.«

Er drehte sich zu den beiden Männern um, die Clay jr. festhielten, und nickte ihnen kurz zu.

Die beiden Gangster stießen Clay jr. unversehens vom Bootssteg.

Mit einem entsetzlichen Angstschrei platschte Clay Bentley jr. ins Wasser, die Hände gefesselt, die Füße in einer mit Zement gefüllten Wanne steckend. Er versank und verschwand in den Wellen.

Er kam nie wieder zum Vorschein.

Der kleine Junge, Douglas Mancino jr., starrte auf die Stelle, wo Clay jr. unter der Wasseroberfläche abgetaucht war.

Stella schloss die Augen und drückte ihren Sohn an ihre Brust.

Baby Face baute sich vor mir auf. »Kein Wort zu niemandem. Das gilt für Sie beide.«

»Verstanden«, sagte ich.

Baby Face machte auf dem Absatz kehrt. »Man sieht sich, Hanna Fischer. Sie sind ein harter Brocken.«

Und damit liefen die Gangster und der kleine Junge davon.

Ich blieb mit Stella und ihrem Sohn auf dem windigen Bootssteg stehen und konnte nichts weiter tun, als ihnen schweigend hinterherzusehen.

Stella verlor alles.

Ihren Ehemann. Ihr Haus. Ihr Auto. Ihren Schmuck. Ihr Geld. Ihre Freunde. Und ihr Ansehen.

In den Monaten nach dem Crash herrschten seltsame Zeiten.

Die New Yorker Gesellschaft fand heraus, wer wirklich Geld hatte und wer nicht.

Das alte Geld der etablierten Familien, das auf einem festeren Fundament beruhte, konnte dem finanziellen Sturm im Großen und Ganzen standhalten.

Das neue Geld flog davon wie Kartenhäuser, ganz egal ob es auf Schulden oder Darlehen basierte oder nichts weiter als eine Fassade war.

Das Einzige, was Stella nicht verlor, war Charlie, ihr Sohn.

Doch sie fing wieder von vorn an, mit nichts, als alleinerziehende Mutter.

Die Schulden von Clay jr. waren viel höher, als sich irgendwer hätte träumen lassen. Bentley & Sons Shipping and Trucking wurde vollständig abgewickelt, und als die Schuldeneintreiber kamen und nach seinen persönlichen Besitztümern verlangten, nahmen sie sich alles.

Während dieser Zeit ließ ich Stella und Charlie eine Weile bei mir wohnen, und ich sah zu, wie ihre Freunde aus der feinen Gesellschaft sie mieden und ihrem Schicksal überließen.

Kurzum, Stella musste sich wieder eine Arbeit suchen.

Die Frau, die alles dafür getan hatte, sich aus der arbeitenden Klasse zu entfernen, brauchte einen Job.

Natürlich stellte niemand in der City irgendwen ein, und

selbst wenn sie es getan hätten, wäre Stellas Vita nicht gerade aktuell gewesen.

Doch ich überzeugte jemanden, sie einzustellen.

»Hanna, dafür bist du mir etwas schuldig«, sagte Fanny, während Stella sich in dem Vorzimmer ihres kleinen Betriebs in Brooklyn einrichtete. »Und zwar etwas Großes.«

Fanny und ihr neues Geschäft hatten den Crash weitgehend unbeschadet überstanden, in erster Linie weil Fanny fast all ihre Anteile einen Monat zuvor abstoßen konnte, nachdem sie einen Tipp von einem Pförtner erhalten hatte. (»Der Markt ist einfach außer Kontrolle«, hatte sie mir damals gesagt. »Jeder Idiot macht Scheingewinne und glaubt, ein Experte zu sein. Wenn Pförtner anfangen, dir Anlagetipps zu geben, dann ist es an der Zeit auszusteigen.«)

»Du bist ein guter Mensch, Fanny«, sagte ich. »Sie braucht unsere Hilfe.«

»Glaubst du, dass Stella dasselbe für uns tun würde?«, fragte Fanny.

»Ich weiß es nicht. Aber wir werden es tun.«

Fanny stöhnte. »Also gut, meinetwegen. Schauen wir mal, ob sie noch weiß, wie man tippt.«

Was mich anging, so verlor ich nach dem Crash auch meine Stelle.

Als die Firma abgewickelt wurde, setzte man uns alle vor die Tür.

Doch als ich meine Entlassungsunterlagen erhielt, lag ihnen eine Notiz von Mr. Clay Bentley sen. bei, der mich bat, ihn aufzusuchen.

Und so ging ich mal wieder auf einen Nachmittagstee zu ihm nach Hause auf Long Island.

»Geht es Ihnen gut, Sir?«, fragte ich und nippte an meinem Tee. »Ich meine nach dem, was Clay jr. zugestoßen ist?«

Traurig schüttelte er den Kopf. »Clay jr. und ich hatten schon eine Weile nicht mehr miteinander gesprochen. Er war mir gegenüber ein anderer Mensch, und, nun ja, er hat sich seinen Weg selbst ausgesucht …« Ihm versagte die Stimme.

»Hat Ihnen der Crash schlimm zugesetzt?«, fragte ich.

»O nein, überhaupt nicht«, sagte Clay sen. Seine Miene erhellte sich. »Wie sich herausstellte, hätte mir nichts Besseres passieren können, als aus meiner eigenen Firma rausgeschmissen zu werden. Wie ich schon sagte, ich habe damals alle meine Anteile verkauft, darum waren wir nicht davon betroffen.«

Henrietta setzte sich zu ihm. Sie trug ein freundliches Lächeln auf den Lippen.

Clay sen. beugte sich vor. »Aber das ist nicht der Grund, warum ich Sie hergebeten habe, Hanna. Nun, ich gehe davon aus, dass Sie mit der Abwicklung der Firma arbeitslos geworden sind, ist es nicht so?«

»Das stimmt, Sir«, sagte ich.

»So etwas dachte ich mir bereits, also habe ich mir erlaubt, einem alten Bekannten zu telegrafieren und ihn zu fragen, ob er vielleicht eine Anstellung für Sie hat. Er antwortete umgehend und sagte, dass er Sie von Herzen gerne einstellen würde.«

Ich setzte mich auf. »Aber Mr. Bentley, das ist sehr freundlich von Ihnen. Wer ist denn dieser Gentleman?«

»Nun, wer schon?«, sagte Clay sen. »Albert Einstein.«

AUS DEM ZWEITEN VERHÖR
BERLIN, DEUTSCHLAND, 1942

VERNEHMUNGSBEAMTER (OBERGRUPPENFÜHRER HEYDRICH): Miss Fischer, Sie haben ungefähr zehn Jahre in Amerika verbracht, richtig?

FISCHER: Das ist richtig.

VERNEHMUNGSBEAMTER: Wann sind Sie nach Deutschland zurückgekehrt?

FISCHER: Es muss um 1930 gewesen sein, nicht lange nach dem Börsencrash.

VERNEHMUNGSBEAMTER: Warum sind Sie zurückgekommen?

FISCHER: Um meine Stelle als wissenschaftliche Mitarbeiterin für Albert Einstein anzutreten.

VERNEHMUNGSBEAMTER: Wir wollen alles über Ihre Zeit mit Einstein erfahren, auch über seine Verbindung zu Niels Bohr und Enrico Fermi. Seien Sie darauf bedacht, uns die Wahrheit zu erzählen, junge Frau, denn vielleicht wissen wir mehr, als Sie glauben.

Für all die Millionen von Unzufriedenen bot Hitler in einem stürmischen Wahlkampf etwas, das ihnen in ihrem Elend wie ein Maß an Hoffnung erschien. Er würde Deutschland wieder stark machen, sich weigern, Reparationen zu zahlen, den Versailler Vertrag zurückweisen, Korruption ausmerzen, die Geldbarone (besonders wenn es Juden waren) in die Knie zwingen und dafür sorgen, dass jeder Deutsche in Lohn und Brot kam.

Aus *Aufstieg und Fall des Dritten Reiches*
von William L. Shirer

BERLIN
1930

Ich trat im März 1930 in Berlin meinen Dienst für Einstein an.

Damals hatte er schon Helen Dukas als seine Erste Sekretärin eingestellt. Sie kümmerte sich um sein Leben, seinen Terminkalender und seine allgemeine Korrespondenz. Sie war, das muss ich sagen, einfach großartig.

Was er jedoch brauchte, war eine Assistentin mit wissenschaftlichen Kenntnissen, die die vielen Forschungsaufsätze, die ihm zur Durchsicht und in der Hoffnung auf Unterstützung zugesandt wurden, richtig bewerten und priorisieren konnte.

Einstein war sich durchaus bewusst, dass seine Unterstützung einem jungen Physiker zu einer erfolgreichen Karriere verhelfen konnte, was hieß, dass er wählerisch sein musste. An diesem Punkt kam ich ins Spiel.

Es war, einfach gesagt, wundervoll.

Während der ganzen Zeit, in der ich für ihn tätig war, ermutigte mich Einstein, mich in meiner Freizeit fortzubilden, und so begann ich, langsam und auch nur stundenweise, meine geliebte Physik auf Universitätsniveau zu studieren.

Deutschland war jedoch alles andere als wundervoll.

Die Depression hatte das Land schwer erwischt. Millionen von Menschen waren arbeitslos, mittellos und obdachlos.

Zorn und Verbitterung waren überall und wurden unentwegt von Hitler und seiner aufstrebenden nationalsozialistischen Partei befeuert.

Hitlers Genialität war einfach gestrickt: Er gab den Deutschen jemanden, dem sie die Schuld zuschreiben konnten.

Juden. Marxisten. Kommunisten. Die Verräter, die den Versailler Vertrag unterschrieben hatten. Internationale Banken, die Deutschland von seinem rechtmäßigen Platz an der Spitze der globalen Hackordnung fernhielten.

Die aufrechten Deutschen hatten nichts falsch gemacht. Das hier war ihnen angetan worden.

Solange es sie gab, war die Nazipartei eine aus Aufwieglern bestehende Randerscheinung gewesen, die selbst in ihren besten Jahren nur winzige Prozentzahlen bei den Wahlen erringen konnte.

Bei den Reichstagswahlen im September 1930 gewannen die Nazis fast 20 Prozent der Stimmen und wurden zur zweitgrößten politischen Partei im Land.

Zwei Jahre später, mit einem Wahlziel, das das Ende der

Demokratie in Deutschland versprach, gewannen die Nazis erstaunliche 37 Prozent der Stimmen, was ihnen die größte Zahl von Mitgliedern im Reichstag, aber noch nicht die vollständige Kontrolle bescherte.

Deutschland lag im Dunkeln, und Hitler schickte sich mit seinen Versprechen von Wohlstand und nationalem Ruhm an, ein neues Licht zu entfachen.

Ich lebte mich in einen neuen Alltag mit Einstein ein.

Im Laufe eines Jahres arbeitete er an drei verschiedenen Orten: seinem Büro an der Universität in Berlin, in Amerika während des Winters und im Sommer in seinem Zweitwohnsitz am Ufer des Schwielowsees in Caputh, ungefähr eine Stunde von Berlin entfernt.

Einstein liebte sein Häuschen in Caputh mehr als jeden anderen Ort auf der Welt.

Es stand am Rand eines Kiefernwaldes mit Aussicht auf den See und gab ihm die eine Sache, die er mehr als alles andere brauchte: Stille zum Nachdenken.

Bekanntlich liebte er es, zu segeln, und diesem Hobby ging er in Caputh nach, oft allein.

Wie nun jeder weiß, schenkten ihm drei seiner wohlhabenden Freunde zu seinem 50. Geburtstag ein Segelboot im Wert von 15.000 Mark.

Doch kaum jemand weiß, dass es sich dabei um ein Ersatzboot handelte.

Einstein – der brillante Einstein, das unvergleichbare Genie, der schlauste Kopf der Menschheit – hatte sein erstes Boot an einer kaum zwei Meter tiefen Stelle, nur ein paar Schritte vom Steg entfernt, zum Kentern gebracht.

Das war ein viel kleineres Boot gewesen, und als er sich damit für eine Solofahrt hinaus auf den See begab, stand er auf, um das Segel zu setzen. Dann verlor er das Gleichgewicht, wodurch sich das kleine Boot zu sehr neigte und Wasser hineinschwappte. Noch bevor er etwas tun konnte, lief das Boot voll, kippte um und versank.

Einstein, der kein guter Schwimmer war, strampelte um sein Leben und schaffte es, sich an einen der Holzpfähle des Stegs zu klammern.

Als er ins Häuschen zurückkehrte, die Kleidung triefnass, das wilde Haar flach an seinen Kopf gedrückt, sein Schnurrbart herabhängend, hatte Elsa lauthals gelacht. Sie sollte ihn immer wieder an dieses Ereignis erinnern.

Ich ging oft an diesem Steg spazieren.

Vom Ufer aus konnte ich gerade so den schräg stehenden weißen Mast des alten Bootes unter den Wellen erkennen. Schließlich knotete Einstein eine kleine rote Fahne an den Mast, damit er das gesunkene Boot nicht mit seinem neuen, viel hübscheren Boot rammte.

Ich sollte auch noch eine andere wichtige Sache über Einsteins Häuschen in Caputh erwähnen.

Hier bewahrte er seine wichtigsten Forschungspapiere und privaten Briefe auf – wozu auch seine Korrespondenz mit Leuten wie Bohr zu Themen wie der Atomwissenschaft und ihrer theoretischen militärischen Nutzung gehörte.

Aus Sorge darüber, dass in sein Büro an der Universität eingebrochen werden könnte, um ebensolche Unterlagen zu entwenden – oder auch nur Souvenirs, was schon zweimal passiert war –, verwahrte er dort keine wichtigen Dokumente mehr.

Er verwahrte sie in einem Safe, der unter einer losen Fliese gleich neben dem Kohleofen im Keller seines Häuschens in Caputh versteckt war.

> Ich hatte ja keine Ahnung, dass mein Kopf so viel wert ist.
>
> Albert Einstein über das Kopfgeld, das die Nazis auf ihn ausgesetzt hatten

CALIFORNIA INSTITUTE OF TECHNOLOGY
LOS ANGELES, KALIFORNIEN
1933

Das größte Vergnügen an meiner Arbeit für Einstein war es, ihn in den Wintermonaten auf seinen Reisen in die Vereinigten Staaten begleiten zu dürfen.

Einsteins Beweggründe für seine Aufenthalte in Amerika waren dreierlei: Ruhe, geistige Stimulation und das Wetter.

In Deutschland wurde Einstein überall erkannt, doch in Kalifornien mit seinen stets viel beschäftigten und eiligen Menschen konnte er eine Straße entlanglaufen, ohne auch nur ein einziges Mal angesprochen zu werden.

Außerdem konnte er sich am California Institute of Technology, einem der Epizentren der atomaren Forschung, in Gespräche mit einigen der klügsten Köpfe Amerikas vertiefen.

Und schließlich, das Wetter.

Ganz ehrlich, ein Winter in Kalifornien ist wie woanders ein Sommer. Sonnenaufgänge und -untergänge, Mittagessen und Dinner draußen. Es war einfach unvergleichlich.

Bei unserem letzten Aufenthalt am Caltech im Frühjahr 1933 war ich während eines Privattreffens zwischen Einstein und Niels Bohr, der ebenfalls zu Besuch war, anwesend.

Ich hatte ja keine Ahnung, wie bedeutsam dieses Treffen sein würde – nicht nur für mich, sondern auch für den Rest der Welt.

Es fand in Einsteins Büro im Caltech statt, das auf einen von der kalifornischen Sonne durchfluteten Rasen hinaussah.

Ich liebte Niels Bohr. Er zeigte sich jedem, den er traf, als bescheiden, höflich und zuvorkommend, obwohl er in den Jahren seit der Solvay-Konferenz zum führenden Kopf der Atomwissenschaft geworden war.

Einstein fragte ihn nach einem Update zu dem Thema, das sie zuerst während der Solvay-Konferenz im Jahre 1927 bei ihrem Geheimtreffen angesprochen hatten: der Nutzbarkeit von Atomen als Waffe.

»Fermi sagt, dass es auf jeden Fall möglich ist«, sagte Bohr. »Er hat mir seine Berechnungen gezeigt. Die Zahlen stimmen. Es ist nur die Frage, ob sich diese Berechnungen in die Wirklichkeit umsetzen lassen.«

»Und wie ist es um die Machbarkeit bestellt?«, fragte Einstein.

Bohr sagte: »Es würde unfassbar teuer sein. Ich meine wirklich *unfassbar* teuer. Doch mit der Hilfe einer nationalen Regierung und einer kleinen Armee, die aus den besten Wissenschaftlern in diesem Bereich besteht, ist es technisch machbar.«

Es war kurz nach diesem Treffen – als ich und Einstein auf unserem Weg zurück nach Europa an der Princeton-University haltmachten –, dass ich Einstein vor zwei Attentätern der Nazis rettete.

Nachdem Kessler und Einstein hereingestürmt waren, um mich zu retten – »Sie ist meine Sekretärin!« –, begleitete ich sie zu einer nahe gelegenen Militärbasis.

Dan sorgte dafür, dass wir in Sicherheit waren, bevor er sich zu uns setzte und jedem von uns eine kleine Visitenkarte überreichte. Auf der Karte waren Adressen samt Telefonnummern in verschiedenen Städten aufgelistet: New York, Los Angeles, London, Paris, Berlin, sogar Moskau.

Dan sagte: »Professor Einstein. Hanna. Dies ist eine ganz besondere Karte, die wir nur an ganz besondere Menschen herausgeben. Darauf ist eine Liste mit sicheren Unterschlüpfen in jeder dieser Städte verzeichnet. Sollten Sie sich jemals an diesen Orten in Schwierigkeiten befinden, können Sie jederzeit die entsprechende Telefonnummer anrufen oder Adresse aufsuchen. Jederzeit, verstehen Sie?«

»Vielen Dank, Agent Kessler«, sagte Einstein.

»Ja, vielen Dank«, sagte ich. »Vielen, vielen Dank.«

Ehrlich gesagt, war der Anschlag auf Einsteins Leben ein tollpatschiger Versuch von einer unausgereiften Organisation, die sich noch nicht daran gewöhnt hatte, die Schalthebel der Macht eines ganzen Landes zu bedienen.

Von dem ganzen Vorfall erschöpft, ging Einstein zu Bett.

Dan und ich unterhielten uns bis tief in die Nacht und erzählten einander von den Ereignissen, die unser Leben nach der Solvay-Konferenz bestimmt hatten.

Als ein Bundesagent, der fließend Deutsch sprach, war Dan dem OSS, dem Büro für Strategische Dienste, zugewiesen worden. Während seiner Stationierung in Washington, D.C. war er stets in Kontakt mit den OSS-Agenten in Europa gewesen und hatte die Machtübernahme der Nazis von Anfang an beobachtet.

Ich berichtete ihm aus meinem Leben, auch vom Tod von Clay Bentley jr. durch Baby Face Mancino in den Tagen nach dem Börsencrash 1929 und meiner darauffolgenden Anstellung bei Albert Einstein.

Es war wunderbar, ihn wiederzusehen, und es freute mich sehr, dass es ihm gut ging.

Ich wünschte, ich hätte noch etwas länger bleiben können, doch einige Tage später brach ich nach Berlin auf, ohne Einstein und Elsa, die mir in ein paar Wochen folgen sollten.

Doch wie sich herausstellte, folgte mir Einstein nicht nach Deutschland.

Er sollte nie nach Deutschland zurückkehren.

Ich wage mich wegen Hitler nicht
zurück nach Deutschland.

Albert Einstein in einem Brief an
Margarete Lebach, Februar 1933

Am 30. Januar 1933 wurde Adolf Hitler zum Reichskanzler ernannt, doch erst im März jenes Jahres machten die Nazis von ihrer nun erworbenen Macht Gebrauch.

Denn zu dieser Zeit verabschiedeten sie mit dem Ermächtigungsgesetz einen Verfassungszusatz, der es Hitler und seinem Kabinett erlaubte, Gesetze ohne die Zustimmung des Reichstags zu erlassen.

Nun konnten die Nazis per Dekret regieren.

Schnell eliminierten sie rivalisierende Parteien und überfluteten Deutschland mit rassistischer und antisemitischer Propaganda.

In Dachau eröffneten sie das erste Konzentrationslager, um politische Gefangene festzuhalten.

Es war außergewöhnlich, mit welcher Offenheit sie all das taten. Sie setzten genau das um, was sie versprochen hatten: Sie demontierten die Demokratie.

Einstein wagte es, seine Stimme gegen die Nazis zu erheben. Er gab seine Stelle an der Preußischen Akademie der Wissenschaften auf und legte seine deutsche Staatsbürgerschaft ab.

Die Antwort der Nazis ließ nicht lange auf sich warten.

Einstein wurde unerbittlich in der Zeitung der Nazis, dem *Völkischen Beobachter*, angegriffen, seine Werke wurden verbrannt.

Und auf ihn wurde ein neues, noch höheres Kopfgeld ausgesetzt.

Als Einsteins Bekannter, der Philosoph Theodor Lessing, in der Tschechoslowakei wegen eines ähnlichen Kopfgelds einem Mordanschlag zum Opfer fiel – und seine Mörder in Deutschland als Helden gefeiert wurden –, nahm die Situation ein ganz neues Ausmaß der Bedrohung an.

Als ich im Februar jenes Jahres nach Berlin zurückkehrte, lautete der ursprüngliche Plan, dass Einstein und Elsa mir einen Monat später nach einigen Zwischenstopps in England und Belgien folgen würden.

Doch dann kamen Hitlers Aufstieg, der Reichstagsbrand und die schlimmen Angriffe auf Einstein.

Eine Rückkehr nach Deutschland war damit für Einstein viel zu gefährlich geworden. Er und Elsa gingen wie geplant nach England, blieben dann aber dort.

Und so fand ich mich in diesen furchterregenden Anfangstagen von Nazideutschland plötzlich allein in Berlin in Einsteins Büro wieder.

Und dann geschah etwas sehr Beunruhigendes.

Die Nazis kamen zu mir.

Offiziell hieß es das »Gesetz zur Behebung der Not von Volk und Reich«, doch es wurde als das Ermächtigungsgesetz bekannt.
Im März 1933 verabschiedet, verlieh es Hitler die Macht, selbst Gesetze zu erlassen und das deutsche Parlament, den Reichstag, zu umgehen.
Durch seine Verabschiedung änderte sich Deutschland per Wahl im Grunde selbst von einer Demokratie zu einer Diktatur.

Aus *Eine moderne Geschichte Deutschlands* von Samuel Spinello

BERLIN, NAZI-DEUTSCHLAND
1933

Ich kümmerte mich gerade um Einsteins akademische und wissenschaftliche Angelegenheiten in seinem Büro, als sie kamen.

Von Kalifornien nach Deutschland zurückzukehren, war, als würde man aus dem Himmel in die Hölle kommen.

Es wurden fast wöchentlich Kundgebungen abgehalten, und sie waren beängstigend. Menschenmengen von mehr als 200.000 Teilnehmern riefen und geiferten wutentbrannt.

Die Bücherverbrennungen an den Universitäten verliehen der Nacht buchstäblich eine höllische Seite.

Und dann waren da noch die Nazibanden aus Schlägern in ihren braunen Uniformen – die sogenannten Braunhemden oder die Sturmabteilung, wie sie sich selbst nannten –, die sich nun ungestraft in den Straßen herumtreiben konnten.

Die deutsche Gesellschaft war auf den Kopf gestellt worden.

Überall herrschte Hysterie. Wissen, Lernen und Kompetenz wurden als gefährlich erachtet. Juden wurde es verboten, an Universitäten zu unterrichten.

Und die Insassen hatten nicht nur die Anstalt übernommen, sie streiften mit der offenen Billigung der Regierung durch die Straßen und schlugen nach Belieben Leute zusammen, manchmal nur deshalb, weil sie eine Brille trugen.

Es ist erschütternd, wenn ich mir vorstelle, wie nahe Einstein dran war, nach Deutschland zurückzukehren und von dem neuen Regime in Gewahrsam genommen zu werden.

Doch ich war dort.

An dem Tag, als die Nazis kamen, war ich in seinem Büro und sortierte die neuen wissenschaftlichen Arbeiten, die ihm zur Durchsicht zugeschickt worden waren.

Wie es sich für einen Mann von seinem Ansehen gehörte, hatte Einstein eine ganze Bürоflucht an der Universität. Er arbeitete in dem hinteren Zimmer, während Helen und ich unseren Aufgaben in dem vorderen Raum nachgingen. Von seinem Zimmer zweigten sich ein Leseraum und ein Archiv ab. Hunderte wissenschaftliche Arbeiten und Journale lagen dort auf den Regalen.

Ich sollte noch erwähnen, dass Einstein außerdem eine Vielzahl von Geschenken bekam, von Prinzen, Präsidenten, Nationen und Universitäten.

Als ich nach Berlin zurückgekommen war, hatte ich neue Geschenke für Einstein im Archiv vorgefunden.

Ein Didgeridoo von der australischen Regierung.

Eine römische Büste aus Italien.

Und, was mich besonders beeindruckte, einen mehr als eineinhalb Meter großen Terrakotta-Krieger von der chinesischen Regierung. (Die Geschenke von Nationen, die Einstein bewunderten, waren in der Regel Gegenstände, die einen Teil der Kultur des Landes zum Ausdruck brachten.) Leider lag der Terrakotta-Krieger in einer langen, mit Stroh gefüllten Holzkiste in der Mitte des Archivs, sodass ich immer umständlich um ihn herumlaufen musste, um an die Regale zu gelangen.

Jedenfalls katalogisierte ich gerade ein paar Dinge im Archiv, als ich Schritte und Stimmen aus dem vorderen Büro hörte.

»Haben Sie von den jüdischen Professoren gehört? Sie werden alle entfernt ...«

»Wenn sie nicht schon aus dem Land geflohen sind ...«, sagte eine zweite Stimme.

Ich kannte diese zweite Stimme.

Es war Werner Heisenbergs Stimme.

Die erste Stimme war jünger und männlich. Einer von Heisenbergs Assistenten, nahm ich an. »Julius erzählte mir von Dachau. Dort haben sie die Baracken zu einem Lager umfunktioniert. Stacheldraht, Wachen, Hunde und so weiter. Für Juden und politische ...«

Schwere Stiefelschritte brachten die Stimme zum Schweigen.

Die Stimme des Neuankömmlings war tiefer, stärker.

»Ich will alles, was er zu dem Thema hat, Professor Heisenberg. Korrespondenz mit Bohr. Alle Artikel, die Bohr ihm geschickt hat. Berechnungen. Modelle. Alles.«

Heisenberg sagte: »Ich versichere Ihnen, Herr Heydrich,

dass Bohr und seine Anhänger sich irren. Es ist nicht machbar.«

»Wir müssen uns vergewissern«, antwortete Reinhard Heydrichs Stimme. »Vergewissern Sie sich.«

Heydrichs ruhiger und wohlüberlegter Tonfall ließ mich erschaudern.

Ich hoffte nur, dass sie nichts von dem Häuschen in Caputh und der losen Fliese vor dem Kohleofen im Keller wussten.

Dann sagte Heisenberg: »Einstein besitzt ein Sommerhaus am See in Caputh. Gut möglich, dass er auch dort Briefe und Dokumente verwahrt.«

Heydrich sagte: »Ich lasse Ihnen eine Einheit der SA hier, über die Sie nach Belieben verfügen können. Gehen Sie nach Caputh, wenn Sie hier fertig sind. Wie schon gesagt, ich will alles. Nehmen Sie alles auseinander, wenn es nötig ist. Heil Hitler.«

»Heil Hitler«, antwortete Heisenberg.

Eine Tür schlug zu. Heydrich war gegangen, doch sein SA-Trupp war offensichtlich dageblieben.

Heisenberg erhob seine Stimme: »Männer! Ihr habt den Obergruppenführer gehört. Findet alles, was es zu finden gibt.«

Ich traute meinen Ohren nicht.

Sie wollten Einsteins Büro *sofort* durchstöbern.

Und ich war im Archiv gefangen.

Meine Augen zuckten wild umher und suchten nach einem Ausgang. Sie fanden ein einzelnes kleines Fenster ganz oben über einem der Regale. Es war zu weit weg, um es zu erreichen.

Sekunden später flog die Tür zum Archiv auf und Heisenberg und zwei bewaffnete SA-Männer traten ein.

Und fanden ein normales, menschenleeres Archiv vor.

Sie sahen nichts Ungewöhnliches.

Nur ein paar mit Akten und Journalen vollgepackte Regale und eine lange Holzkiste, deren Deckel halb geschlossen war.

Heisenberg stieß den Deckel beiseite und schnaubte verächtlich beim Anblick des unschätzbar wertvollen Terrakotta-Kriegers, der darunter lag. »Noch ein Geschenk. Von den Chinesen. Einstein kommt nie mehr zurück. Vielleicht kann ich es in meinem Garten aufstellen.«

Sie machten sich daran, Akten und Kisten von Regalen zu nehmen und nach Schriftverkehr oder Notizen über die Wissenschaft vom Atom zu suchen.

Ich wagte nicht, zu atmen.

Ich lag so ruhig da, wie ich nur konnte, in der Holzkiste, unter dem Strohbett, ganz fest an die Unterseite des chinesischen Terrakotta-Kriegers gepresst.

Dort verharrte ich eine Stunde lang, bis sie schließlich das Archiv verließen und ihre Aufmerksamkeit dem Rest von Einsteins Büroräumen widmeten.

Es musste um sechs Uhr abends sein, denn es war bereits dunkel.

Ganz sacht schlüpfte ich aus dem hohen Fenster in der Ecke des Archivs und flüchtete in die Nacht. Ich begab mich zur nächstgelegenen Bahnstation und nahm einen Zug, der mich nach Caputh bringen sollte, bevor Heisenberg und die Nazis dort auftauchten.

CAPUTH
1933

Der Zug hatte kaum am Bahnhof von Caputh gehalten, als ich hinaussprang und losrannte.

Eine alte Straße führte durch den Kiefernwald zum See und zu Einsteins Häuschen, doch ich wollte sie nicht nehmen.

Falls Heisenberg und der SA-Trupp zum Häuschen gingen, würden sie diese Straße nehmen, und ich wollte nicht in ihre grellen Scheinwerfer geraten, während ich in dieselbe Richtung unterwegs war.

Also rannte ich stattdessen durch den Wald.

Zum Glück kannte ich die Pfade, und im Licht des aufgehenden Mondes kam ich gut voran.

Nachdem ich durch den düsteren Wald gehuscht war, erreichte ich offenes Gelände und erblickte Einsteins Häuschen am See.

Ich seufzte erleichtert und wagte ein Lächeln …

… kurz bevor ich das Dröhnen von Motoren hörte und mehrere Scheinwerferpaare zwischen den Bäumen aufblitzen sah.

Heisenberg und die Nazis waren gekommen.

Ich preschte über den langen Rasen zwischen Wald und Häuschen – völlig ungeschützt –, bevor ich hinter einer Hauswand verschwinden konnte, gerade als zwei Lkws und eine schwarze Mercedes-Limousine aus dem Wald und auf den breiten Wendeplatz aus Kies vor dem Haus rumpelten.

Ich betrat das Häuschen durch die Hintertür und schlich mich durch seine dunklen Zimmer.

Ich sah sie durch die vorderen Fenster.

Heisenberg stieg aus dem Mercedes und betrachtete das Haus. Ein Dutzend SA-Schergen sprang aus den Lkws hinter ihm.

Mir blieb nicht viel Zeit.

Ich hastete in die Küche und machte mich auf den Weg in den Keller.

Dort war es kalt und muffig, weil er seit Oktober nicht mehr benutzt worden war.

Ich eilte zum Kohleofen.

Er befeuerte die zentrale Heizungsanlage des Hauses, doch zurzeit war er untätig. Ein Schild des Herstellers prangte auf seiner kleinen Eisentür: J. A. TOPF & SÖHNE.

Ich warf mich auf meine Knie, hob die lose Fliese aus dem Boden vor dem Ofen und legte den kleinen Safe frei, der in das Fundament eingelassen war.

Ich drehte an dem Zahlenschloss, um die Kombination einzugeben, und riss die Tür des Safes auf.

Drei mit Dokumenten vollgestopfte Aktenordner lagen vor mir.

Albert Einsteins intimste Gedanken: Korrespondenz mit den klügsten Köpfen unserer Generation, seine privaten Recherchen und Notizen sowie, was vielleicht am wichtigsten war, sein Schriftverkehr über die Theorie von atomaren Waffen.

Ich schnappte mir alle drei Ordner und huschte die Treppe hinauf. Ich war gerade zurück in der Küche, als jemand die Haustür eintrat.

Das Licht von Taschenlampen schnitt wie Säbel durch die Diele, als ein paar Braunhemden in das Häuschen stürmten.

Ich lugte aus dem Küchenfenster und sah weitere Nazis, die über den Rasen ausschwärmten, über den ich hergekommen war. Sie hielten Maschinengewehre in den Händen und bildeten eine Absperrung.

Auf diesem Weg konnte ich also nicht zurück.

Mein Blick verlagerte sich nach links, hin zum See …

… und zu Einsteins prachtvollem Segelboot, das dort am Steg lag und sanft im Wasser schaukelte. Alle seine Fenster und Luken waren für den Winter fest verschlossen worden.

Mir blieben ungefähr zehn Sekunden, bis die Soldaten draußen das ganze Haus umstellt hatten und mir auch diesen Fluchtweg versperrten.

Mir blieb keine andere Wahl.

Ich stürmte aus der Küchentür, so schnell ich nur konnte, über den hinteren Rasen zum See.

Das Letzte, was ich hörte, war, dass Heisenberg das Haus betrat und rief: »Nehmt alles auseinander!«

Wenn mein Versteck in Einsteins Büro, als ich mich unter dem Stroh in der Holzkiste mit dem chinesischen Terrakotta-Krieger verbarg, verwegen anmutete, dann war der Schlupfwinkel, den ich in Caputh benutzte, einfach nur ungeheuerlich.

Die Nazi-Schergen verteilten sich mit erhobenen Waffen um das Haus und suchten nach möglichen Zeugen, die sich in der Nähe aufhielten.

Doch sie fanden niemanden.

Nicht unter dem Steg und auch nicht in Einsteins neuem Boot, das sie von vorn bis hinten durchstöberten.

Ich war nicht auf jenem Boot.

Ich versteckte mich in Einsteins anderem Boot, seinem alten Boot, das ein paar Meter vom Steg entfernt untergegangen war und dessen Mast er mit einer kleinen roten Fahne markiert hatte.

Ich hielt mich in einer Luftblase in dem versunkenen Segelboot versteckt, unter der Wasseroberfläche, wo die Nazis mich nicht sehen konnten.

In dem engen Raum klang jeder meiner Atemzüge so laut wie ein Kanonenfeuer, doch offenbar konnten sie mich nicht hören, denn sie fanden mich nicht.

Ich wartete so lange, wie ich es dort aushalten konnte.

Ein paar Stunden später stieg ich lautlos aus dem See, die drei unschätzbaren, wenn auch triefend nassen Aktenordner meines Chefs fest umklammert, und fand das Haus verlassen vor.

Die Nazis waren mit ihrem Beutezug durch Einsteins Häuschen fertig und wieder verschwunden, ohne etwas von den Aktenordnern und deren Inhalt zu ahnen.

Ich sollte erst später erfahren, als wie wichtig sich diese Tatsache erweisen würde.

Auschwitz, 1942.

Neun Jahre nach jener Nacht in Caputh sehe ich dasselbe Schildchen auf einer eisernen Ofentür:

J. A. TOPF & SÖHNE

Dieses Mal ist das Schild nicht an einen kleinen Ofen montiert, der die Heizungsanlage eines Häuschens anfeuert.

Dieses Schild ist nicht an einer, sondern gleich an drei obszön großen Ofentüren befestigt.

Speer schätzt die drei Türen mit dem kühlen Auge eines Architekten ab. »Wie hoch, sagten Sie, ist das Fassungsvermögen? Wie viele werden damit pro Tag entsorgt werden können?«

»Eintausend«, antwortet der Techniker der Topf-Industriebetriebe.

Speer runzelt die Stirn. »Wir müssen unsere Kapazitäten für die Verbrennungen erhöhen. Wir haben mehr als 100.000 sowjetische Gefangene, und es werden noch Millionen hinzukommen. Und dann haben wir noch nicht einmal über die Juden gesprochen …«

Ich stehe hinter Speer, in Schweigen gehüllt und mit dem Bleistift über meinen Notizblock gebeugt, während mir der Kopf schwirrt von dem Entsetzen, das ich sehe und höre.

Speers Stimme wird leiser, wie so oft, wenn er Berechnungen anstellt.

Er senkt gedankenverloren den Kopf, als würde er ein mathematisches Problem lösen und keinen industriellen Massenmord planen.

Der Mann von Topf sagt: »Diese Öfen sind viel schneller als die alten. Es ist viel einfacher, Leichen hineinzuschieben. Außerdem werden Sie keine Särge benutzen, wie man es bei einem herkömmlichen Krematorium macht.«

Ich bin kurz davor, mich zu übergeben.

Die Landschaft, die uns umgibt, ist karg und von einem kränklichen Gelb, als wäre sie aus Schwefel gemacht. Nichts wächst hier. Es ist ein passender Ort für eine Hölle auf Erden.

Ich nahm einen langen Umweg zurück nach Berlin.

Es war spät, zwei Uhr in der Nacht, als ich ein unscheinbares Backsteinhaus ein paar Straßen westlich vom Tiergarten entfernt erreichte.

Ich warf noch einmal einen Blick auf die Adresse, die auf der durchweichten Visitenkarte stand, die Dan Kessler mir nach dem Vorfall in Princeton gegeben hatte. Es war die mit der Liste von Unterschlüpfen und Telefonnummern, an die ich mich im Notfall wenden sollte.

Ich klopfte an die Tür.

Ein Licht ging an, und ein paar Augenblicke später sah ich einen Schatten, der sich über die andere Seite des Türspions legte: Jemand schaute nach, wer um solch eine Uhrzeit noch klopfte.

Die Tür flog auf.

Dahinter stand Special Agent Dan Kessler und machte große Augen.

Als er mich in jener Nacht in der Tür seines Unterschlupfs in Berlin stehen sah, zog er mich sofort ins Haus.

»Was machen Sie in Berlin?«, fragte ich.

»Die Regierung der Vereinigten Staaten sorgt sich sehr wegen der Nazis. Ich wurde erst vor ein paar Tagen nach Berlin beordert, um mich um die Einsätze des OSS zu kümmern: ein Auge auf die Nazis haben und D. C. Bericht erstatten. Herr im Himmel. Das ganze Land scheint den Verstand verloren zu haben.«

»Das können Sie laut sagen«, sagte ich.

Dann erzählte ich ihm, wieso ich zum Unterschlupf gekommen war und was ich in Einsteins Büro an der Universität und in seinem Häuschen in Caputh erlebt hatte.

Ich vertraute Dan die klammen Aktenordner an. »Das hier sind die Unterlagen aus dem Haus. Vielleicht können Sie sie irgendwann in der Zukunft zurückgeben, sobald sie wieder trocken sind.«

»Und nun«, fuhr ich fort, »kann ich nicht zurück in Einsteins Büro. Solange die Nazis das Sagen haben, wird Einstein nicht zurückkommen. Ich habe keine Arbeit mehr und weiß mitten in der schlimmsten Depression der neueren Geschichte nicht, was ich nun tun soll. Ich habe keinen Job, keine Familie und so gut wie kein Geld.«

Dan sah mich an. Seine Augen wurden schmal.

»Wissen Sie«, sagte er, »vielleicht kann ich Ihnen einen Job besorgen. Genau genommen kann ich Ihnen sogar zwei Jobs besorgen, wenn Sie der Sache gewachsen sind.«

Am nächsten Tag brachte Dan mich in sein Büro und übergab mir ein Dossier.

Daran war mit einer Büroklammer das Foto eines attraktiven jungen Mannes mit einem langen Gesicht und stechenden Augen befestigt. Er hatte einen sonderbar asymmetrischen Haaransatz, der auf der rechten Seite seiner Stirn höher lag als auf der linken.

»Das ist Albert Speer«, sagte Dan. »Er ist Architekt – jung, gerade einmal 27 – und, wie man hört, ein wirklich guter obendrein. Er ist ein Schützling von Paul Troost, Hitlers Lieblingsarchitekt. Speer ist gebildet und kommt aus einem wohlhabenden Elternhaus, was für die Nazis ungewöhnlich ist.«

Das war sogar mehr als ungewöhnlich.

Die Nazis verachteten Intellektuelle und die Wohlhabenden gleichermaßen. Sie brüsteten sich damit, die Partei des einfachen Mannes zu sein.

Dan fuhr fort: »Speer trat der Nazi-Partei 1931 bei, was eigenartig ist. Soweit wir es in Erfahrung bringen konnten, ist er kein Fanatiker. Und doch ist er der Partei lange vor ihrem kürzlichen Wahlerfolg beigetreten.«

»Was steckt dahinter?«

»Kurz gesagt: Ehrgeiz«, sagte Dan. »Er ist klug – wirklich klug –, doch er ist auch auf einer Mission. Wir glauben, dass Speer der Partei beigetreten ist, weil er gesehen hat, was kommen würde, und darauf hat er gesetzt. Er wusste, dass er einen guten Platz in ihrem Regime einnehmen würde, wenn er schon ein Mitglied war, bevor die Nazis die Macht erlangten. Er hatte recht. Die Nazis honorieren die ersten

Mitglieder viel mehr als die ganzen Neulinge, die sich ihnen erst nach der Machtergreifung angeschlossen haben.«

»Und was hat das alles mit mir zu tun?«, fragte ich.

»Durch meine Tarnung als Chef eines Importunternehmens für Stahl habe ich Speer bei mehreren Geschäftsessen kennengelernt. Troost, sein Boss, steht Hitler sehr nahe, und Speer sagt, dass Hitler große Pläne für Deutschland hat: monumentale Bauten, Triumphbogen, weite Plätze und Alleen. Troosts Stern steigt immer weiter empor, und damit auch der von Speer. Erst letzte Woche berichtete mir Speer, dass Hitler ihn für einige seiner eigenen Entwürfe in höchsten Tönen gelobt hat. Der Kerl strahlte vor Stolz über das ganze Gesicht.«

Ich wusste noch immer nicht, wohin das alles führen sollte.

Dan sagte: »Ich habe durch gewisse Quellen erfahren, dass Troost krank ist. Sehr krank. Vielleicht stirbt er sogar. Wenn das geschieht, wird aller Voraussicht nach Speer seinen Platz als Hitlers Lieblingsarchitekt einnehmen.«

»Und welche Rolle spiele ich dabei?«

»Speer sagte mir auch, dass er und Troost so viel zu tun hätten, dass sie Hitlers Forderungen kaum nachkommen könnten. Speer meinte, er habe so viel um die Ohren, dass er eine zweite Sekretärin brauche.«

Dan ließ den letzten Satz in der Luft hängen.

»Einen Moment mal. Sie wollen, dass ich die Sekretärin dieses jungen Architekten werde?«

Dan nickte. »Die Regierung der Vereinigten Staaten möchte so viel wie möglich über Adolf Hitler in Erfahrung bringen – wo er sich aufhält, wie seine Stimmung ist, was er für die Zukunft plant.

Dieser Speer ist klug, gebildet, kultiviert, aber lassen Sie sich nicht täuschen. Er ist auch gerissen. So wie ich es sehe, wird er, wenn er die Karriereleiter weiter hinaufsteigt, wie er es bisher getan hat – und wenn Troost in den nächsten paar Jahren sterben sollte –, zu einer der Schlüsselfiguren in dem neuen Regime, zu jemandem, der Hitler sehr nahesteht.

Wie ich schon sagte, kann ich Ihnen vielleicht zwei Jobs beschaffen: Sie arbeiten für Speer als seine Sekretärin, und zur selben Zeit arbeiten Sie für mich und berichten mir von allem, was Sie während seiner Treffen mit Hitler und der Führungsriege der Nazis zu sehen und zu hören kriegen.«

Ich runzelte die Stirn. »Was ist mit den Nazis? Wenn Speer so wichtig wird, werden sie dann nicht herausfinden, wer ich bin? Die halb amerikanische Tochter eins Versailles-Verräters?«

»Das kriege ich schon hin. Ich meine, *Fischer* ist einer der geläufigsten Nachnamen in Deutschland. Mein Büro kann Ihnen falsche Papiere beschaffen: Geburtsurkunde, einen Stammbaum, verschiedene Adressen. Die Nazis haben sich nicht gerade einen Gefallen damit getan, den Reichstag abzubrennen. Dabei wurden eine ganze Menge Regierungsdokumente vernichtet. Das spielt uns in die Hände.«

Ich musste zweifelnd dreingeblickt haben, denn Dan beugte sich schnell ein wenig vor und fügte hinzu: »Ich meine, hey, vielleicht wird ja gar nichts daraus, und wenn das der Fall ist, können Sie jederzeit aufhören und ich werde Ihnen woanders eine Stelle besorgen …«

Ich hob die Hand, und er verstummte.

»Nur damit ich es richtig verstehe … Sie wollen, dass ich eine Spionin bin? Für Amerika? Gegen die Nazis?«

Dan schluckte. »Nun, ich meine ja nur … Nach dem, was Ihrem Vater und Einstein widerfahren ist, dachte ich, dass Sie vielleicht … Aber nur, wenn Sie wollen …«

Ich hob noch einmal meine Hand und brachte ihn zum Schweigen.

»Ist schon gut«, sagte ich. »Ich werde es tun.«

AUS DEM ZWEITEN VERHÖR
BERLIN, DEUTSCHLAND, 1942

VERNEHMUNGSBEAMTER (OBERGRUPPENFÜHRER HEYDRICH): Frau Fischer, Sie sind zurzeit als die Erste Privatsekretärin für Albert Speer tätig, ist es nicht so?

FISCHER: Das stimmt.

VERNEHMUNGSBEAMTER: Und diese Tätigkeit bringt Sie regelmäßig mit dem Führer in Kontakt, nicht wahr?

FISCHER: Auch das ist richtig.

VERNEHMUNGSBEAMTER: Wie kam es, dass Sie für Speer tätig wurden?

FISCHER: Es war irgendwann 1933, wenn ich mich recht erinnere. Speer brauchte eine zweite Sekretärin, und eine gemeinsame Bekannte stellte uns vor. Ich traf mich zweimal mit Speer zu einem Vorstellungsgespräch und bekam die Stelle.

TEIL VI

1933
SPEERS SEKRETÄRIN

Auch ich war wie berauscht von der Vorstellung, Zeichnungen, Geld und Baufirmen zu nutzen, um steinerne Zeugen der Geschichte zu erschaffen und so unsere Behauptung zu bekräftigen, dass unser Werk tausend Jahre bestehen würde.

Aus *Erinnerungen: Eine Autobiografie*
von Albert Speer

> Wenn einer in Reih und Glied zu einer Musik marschieren kann, dann verachte ich ihn schon.
>
> Albert Einstein

BERLIN
1933

Albert Speer war ein Paradebeispiel für Gegensätze.

Als ich für ihn zu arbeiten begann und ihn besser kennenlernte, wurde mir schnell bewusst, dass Dan Kesslers Dossier über ihn nur an der Oberfläche kratzte.

So kam Speer zum Beispiel nicht nur aus einem reichen Elternhaus, sondern aus einem *sehr* reichen.

Seine Kindheit und Jugend verliefen frei von irgendwelchen Sorgen. Als junger Mann war er in den Ferien segeln gegangen.

Und er war nicht nur *ziemlich* brillant.

Er war ein hochbegabter Intellektueller, der so belesen in der Philosophie, den Wissenschaften und der Geschichte war, dass er nach Belieben Kant und Nietzsche und Schopenhauer zitieren konnte.

Und doch hatte er sich einem Haufen ungehobelter Schurken angedient.

Als ich ein gutes Jahr für Speer gearbeitet hatte, geschah es.

Paul Troost, Speers Chef und Mentor, verstarb.

Und so wurde Speer im Alter von 28 Jahren Adolf Hitlers Chefarchitekt und ein Teil des inneren Zirkels um den Führer.

Hitler traf sich jeden Tag mit Speer, häufig zu einem Morgenspaziergang oder zum Abendessen.

Zuerst war ich bei diesen Treffen nicht dabei.

Das war die Aufgabe von Speers Erster Sekretärin, einer älteren Dame namens Liesel Veith, die mit ihrem Notizblock im Garten wartete und am Ende der Spaziergänge all die Dinge niederschrieb, die zu bauen, zu vollenden und zu tun der allmächtige Führer den Architekten beauftragt hatte.

Ich hielt mich dabei immer im Hintergrund und erhielt die Notizen erst in unserem Büro, wo ich mich darum kümmerte, dass die darin enthaltenen Anweisungen ausgeführt wurden.

Doch als der Winter kam, wurde Frau Veith krank und schaffte es nicht mehr, draußen in der Kälte zu stehen. Schon bald darauf ging sie ganz in den Ruhestand, und ich wurde Speers Erste Sekretärin.

Meine Beförderung brachte mich in die Nähe des Führers.

Die Welt sah Hitler aus der Ferne – in Filmen der Wochenschau und auf Zeitungsfotos, wie er von Balkonen winkte, in Limousinen chauffiert wurde und Hetzreden hielt.

Als eine einfache Sekretärin, die am Rande des Geschehens stand, sah ich ihn aus unmittelbarer Nähe.

Etwas Besseres hätte Dan Kessler sich nicht wünschen können.

> Ich fange an, ein paar der Gründe für Hitlers verblüffenden Erfolg zu verstehen … Er bringt Prunk und Farbe und Mystik in das trostlose Leben der Deutschen im 20. Jahrhundert zurück.
>
> William L. Shirer, Tagebucheintrag

Hitler.

Was gibt es noch zu sagen, das nicht längst bekannt ist?

Wenn Speer ein Mysterium war, dann war Hitler das auch, aber um ein Tausendfaches multipliziert.

Den Deutschen präsentierte er sich als ein bescheidener Mann des Volkes, als ein wahrer Patriot, der aus einfachen Verhältnissen stammte.

Insgeheim jedoch hielt er sich für weltgewandt, Mann mit vornehmem und sachkundigem Geschmack.

Und nachdem er 1933 an die Macht gekommen war, hielt er sich noch für etwas, das darüber hinausging: Er betrachtete sich als Persönlichkeit von großer historischer Bedeutung und verhielt sich entsprechend.

Dieses überhöhte Selbstverständnis sorgte für eine immer größer werdende Kluft zwischen dem Führer und seinen eigentlichen Nazibrüdern, den Unmenschen, mit denen er während seiner »Tage des Kampfes« und beim gescheiterten Bierkeller-Putsch von 1923 versucht hatte, die Macht an sich zu reißen.

1933 wohnten sie alle in Herrenhäusern und bekleideten hohe Ränge, doch für Hitler waren sie noch immer dieselben Raufbolde aus dem vorherigen Jahrzehnt.

Hitler verabscheute ihre Geschmacklosigkeit. Sie waren nicht nur Ungebildete, denen es an Kultiviertheit mangelte. Sie waren ihm peinlich.

Denn er war nun ein Staatsmann. Seine ehemaligen Kameraden, das sagte er ganz unverblümt, waren Banausen.

Außerdem war Hitler, das muss gesagt werden, der von Natur aus gewiefteste Mensch, der mir je im Leben untergekommen ist.

Er konnte wie kein anderer Menschen lesen, ausländische Politiker und Botschafter genauso wie seine Verbündeten in seiner eigenen Partei, die Einfluss auf ihn nehmen wollten, und auch die Massen in voll besetzten Stadien.

Es war, als würde er über ein angeborenes Verständnis in Bezug auf die Motivation und den Antrieb eines Menschen verfügen, was es ihm erlaubte, solche Menschen sehr einfach zu manipulieren.

Nicht einmal Goebbels war darin so gut.

Joseph Goebbels kannte nur eine Gangart: volles Tempo voraus. Hitler kannte ungefähr zehn. Er konnte fast jeden Menschen nach seiner Pfeife tanzen lassen.

Und doch war er eitel.

Sogar außergewöhnlich eitel.

Während die anderen Nazis herkömmliche Partei-Abzeichen trugen, hatte er ein ganz spezielles: Seines war aus Gold gefertigt und zeigte, was einzigartig war, einen Adler, der ein Hakenkreuz in seinen Klauen hielt.

Seine Eitelkeit spiegelte sich auch in seinen Unterkünften und Büros wider.

Der Alterungszustand seines Amtssitzes und der Büroräume, die er nach seiner Ernennung zum Reichskanzler übernommen hatte, widerte ihn an, und so ließ er ihre Inneneinrichtung neu gestalten und ausstatten.

Es sei unmöglich, internationale Gäste in solch schäbigen Räumen zu empfangen, sagte er. Sein Amtssitz müsse die ganze Pracht und Vorherrschaft des Deutschen Reiches repräsentieren.

Und was das Äußere seiner Regierungsgebäude betraf, nun, dafür hatte er weitaus größere Pläne im Kopf.

Denn sein Reich sollte ein tausendjähriges werden.

Und das war der Punkt, an dem Speer ins Spiel kam.

Die Juden sind unser Unglück

Spruchband bei einem Nazi-Aufmarsch

NÜRNBERG, NAZI-DEUTSCHLAND
1934

Speers erster Triumph für Hitler war der Reichsparteitag im September 1934.

Speer verwandelte das Zeppelinfeld in Nürnberg in einen riesigen Schrein des Nazismus.

Ein gigantischer Stahladler mit einer Spannweite von mehr als 30 Metern erhob sich über einer erhöhten Bühne. Dutzende Flutlichter schossen Lichtstrahlen senkrecht in den Nachthimmel empor, unter dem 160.000 uniformierte Nazis in unzähligen perfekten Reihen dastanden. In Rot, Schwarz und Weiß gehaltene Hakenkreuzfahnen wehten einmütig im Wind.

Die berühmte Regisseurin Leni Riefenstahl filmte diese Reichsparteitage, von denen sich Bilder – und mit ihnen die Pracht des neuen Deutschlands – in die ganze Welt verbreiteten.

Genau wie Hitler es wollte.

Es war ein vollendetes Propagandawerk und ein riesiger Erfolg.

Während dieser ganzen Zeit arbeitete Speer unermüdlich und von seinen Ambitionen angetrieben, was bedeutete, dass auch ich unermüdlich arbeitete.

Alle zwei oder drei Monate traf ich mich mit Dan Kessler an einem Gänseteich im Tiergarten und setzte ihn über die

Pläne, Intrigen und Machenschaften innerhalb der Nazi-Elite in Kenntnis.

Nach dem Triumph in Nürnberg schlief Speer drei Tage lang.

Ich war auch erschöpft und hätte dasselbe getan, wenn mich nicht diese unerwartete Nachricht erreicht hätte, die mir von einer mir bekannten Sekretärin aus dem Standesamt übermittelt wurde.

Es ging um meine Schwester Ooma.

Sie war in einem Gefängnis in Brandenburg gestorben.

Und in ihrem Testament hatte sie mir alles, was ihr gehörte, vermacht.

Da Speer ein paar Tage frei hatte, ergriff ich die Gelegenheit, um nach Berlin zu fahren.

Ooma war in einem *Gefängnis* gestorben.

Ich dachte an unsere gemeinsame Vergangenheit – und daran, wie sie sich mein Leben angeeignet hatte – und fragte mich, in welche Schwierigkeiten sie geraten sein musste, um dort zu landen.

Ich erreichte das Gefängnis in der Altstadt von Brandenburg.

Ich trat an den Empfangstresen, stellte mich vor und legte den Brief bezüglich Oomas Tod vor. Ich sagte, ich sei gekommen, um ihr persönliches Hab und Gut entgegenzunehmen.

Der Direktor des Gefängnisses kam, um mich zu begrüßen.

Er blätterte durch einen Stapel Unterlagen. Nach den vielen Jahren in Amerika hatte ich ganz vergessen, wie fanatisch die Deutschen waren, wenn es um das Anlegen von Unterlagen ging.

»Ah, ja«, sagte er. »Norma Fischer. Genau genommen war sie hier Patientin, als unsere Einrichtung noch eine Nervenheilanstalt für Geistesgestörte und Schizophrene war, bevor sie zu einem Strafgefängnis umgewandelt wurde. Sie wurde für eine Sterilisation ausgewählt.«

Das Sterilisationsgesetz.

Oder, formeller ausgedrückt: *das Gesetz zur Verhütung erbkranken Nachwuchses.*

Es wurde gleich nach der Machtübernahme verabschiedet, damit psychisch kranke Menschen keine Kinder haben und die deutsche Blutlinie nicht verunreinigen konnten.

1940.

Ich stehe in demselben Gefängnis, vor demselben Empfangstresen, zusammen mit Speer, doch nun lautet der Name der Einrichtung »Tötungsanstalt Brandenburg«.

Es ist ein Ort des Schreckens und der Schreie.

Die Nazis sind von der Sterilisation zur Auslöschung übergegangen.

Sie exekutieren die körperlich und geistig Behinderten nun, denn solche »Untermenschen« verschmutzen die Reinheit der arischen Rasse.

»Sie wurde *sterilisiert?*«, fragte ich.

»Ja, es scheint so«, sagte der Gefängnisdirektor, nachdem er einen Blick in die Akte geworfen hatte. Er sagte es so ungeniert, so beiläufig.

Ach du meine Güte, dachte ich. *Sie haben sie sterilisiert.*

»Jetzt sind wir ein herkömmliches Gefängnis«, sagte er. »Sie wissen schon, für Diebe, Vergewaltiger, Mörder, politisch Unerwünschte, Kommunisten und so weiter.«

Ich runzelte die Stirn. »Warum war Ooma – Norma – hier? Sie war keine Kriminelle.«

Noch einmal blätterte er in der Akte.

»Hier steht, dass sie mehrfach die Krankenschwestern angriff. Sie war eine Beißerin. Nachdem sie einer Schwester ins Gesicht gebissen hatte, wurde sie wegen Körperverletzung angeklagt und verurteilt. Das war zu der Zeit, als aus der Anstalt ein Gefängnis wurde, also wurde sie einfach hierbehalten.«

Zusammen mit Dieben und Vergewaltigern und Mördern, dachte ich. *Herr im Himmel.*

Er öffnete eine Tür für mich. »Kommen Sie herein. Hier sind ihre Sachen, und Sie als nächste Angehörige müssen uns sagen, was mit dem Leichnam geschehen soll.«

Nachdem wir einen langen Flur entlanggegangen waren, betraten wir einen Raum, der wie eine Leichenkammer aussah. Dort lag ein Körper auf einem Stahltisch. Er war mit einem Laken bedeckt.

Das ist also aus Ooma geworden, dachte ich.

Der Direktor überreichte mir eine kleine Tüte, die mit Oomas Habseligkeiten gefüllt war: eine Handtasche, ein paar Kleidungsstücke, eine Lesebrille.

Ich hielt inne.

Ooma hatte nie eine Lesebrille getragen.

Der Direktor zog das Laken zurück, und ich sah den Leichnam, der auf dem Stahltisch lag.

Es war nicht Ooma.

Der Gefängnisdirektor dachte zweifellos, dass mein schockiertes Keuchen die ganz natürliche Reaktion einer Familienangehörigen war, die den Leichnam eines geliebten Menschen erblickte.

Doch mein Schock war von einer ganz anderen Art.

Ich erkannte sofort, was geschehen war.

Irgendwann während ihrer Zeit in dem Konzentrationslager für die geistig Kranken – vielleicht während der Umwandlung in ein Gefängnis – hatte Ooma ihre Identität mit einer anderen Insassin getauscht.

Ich überlegte, ob ich den Gefängnisdirektor über den Fehler in Kenntnis setzen sollte, und entschied mich dagegen. Nachdem ich seine flapsigen Bemerkungen zur Zwangssterilisation gehört hatte, konnte ich ihn nicht leiden.

Doch es änderte nichts an der Tatsache.

Ooma, meine berechnende Schwester, war dort draußen unter einem anderen Namen, irgendwo in diesem als Nazideutschland bekannten Land.

Die meisten Mitglieder der NS-Führungsriege hatten Deutschland noch nie verlassen. Wenn einer von ihnen einmal einen Urlaub in Italien gemacht hatte, galt er bereits als Experte für auswärtige Angelegenheiten …
Von den 50 Reichsleitern und Gauleitern – die Elite der Führungsriege – hatten nur zehn eine Universitätsausbildung. Die große Mehrheit von ihnen hatte nicht mehr als einen Realschulabschluss.

Albert Speer

BERCHTESGADEN, BAYERN
1935/1936

Speer kam Hitler immer näher, und nach einer Weile galt er zusammen mit Goebbels, Himmler und Bormann als ein Teil seines engsten Führungskreises.

Speer speiste fast jeden Tag mit Hitler, in den Privaträumen des Führers in der Reichskanzlei in Berlin und an dessen Rückzugsort in den Bergen in Berchtesgaden oder, wie einige es nannten, auf dem Obersalzberg.

Natürlich verlieh diese Nähe zum Führer Speer eine enorme Macht innerhalb der Partei.

Hitlers Leibwächter kannten ihn und mich mittlerweile so gut, dass sie uns schnell durch die immer größeren

Absperrungen winkten, die die verschiedenen Domizile des Führers schützten.

Doch nach etwas mehr als einem Jahr dieser gemeinsamen Essen enthüllte Speer mir in einem seltenen Wutanfall, dass er seines Herrn und Meisters überdrüssig wurde.

»Guter Gott«, rief er eines Morgens nach einem weiteren Abendessen mit Hitler. »Der Mann wiederholt sich immer und immer wieder. Bei jedem Essen erzählt er dasselbe. Er ist wie ein kaputtes Grammofon. Und niemand wagt es, ihm zu sagen: ›Mein Herr, diese Geschichte kennen wir schon.‹ Gott, wenn ich noch einmal etwas über seine Zeit als Kurier in den Schützengräben während des Krieges hören muss, dann werde ich einen Anfall bekommen.«

Doch Hitler war nicht nur unfassbar monoton, sagte Speer, sondern darüber hinaus auch noch weltfremd, humorlos, nicht annähernd so kultiviert und intelligent, wie er glaubte, und rassistisch.

Natürlich waren diese Beobachtungen von Speers eigener Arroganz geprägt, denn jeder objektive Vergleich zeigte, dass er selbst viel kultivierter und gebildeter als Hitler war.

Speer machte über die anderen führenden Nazis gleichermaßen abfällige Bemerkungen.

So war Himmler von pseudowissenschaftlichen und pseudohistorischen Ansichten wie besessen, wenn sie seine bizarre Theorie zur Überlegenheit der germanischen Rasse stützten.

Heydrich, der Chef der Gestapo, war ein Psychopath. »Ein geborener Mörder«, sagte Speer.

Bormann war ein Stiefellecker, der Hitler stets nur in höchsten Tönen lobte, aber auch verschlagen. Er folgte Hitler auf Schritt und Tritt und wurde schnell zu Hitlers Privatsekretär, der sich um all seine Belange kümmerte, von den

Terminen des Führers bis hin zu seinen Tantiemen für *Mein Kampf*.

Bormann war ein wahrer Gläubiger, wenn es um die Ideologie der Nazis ging. Seine Frau sollte zehn Kinder für das Reich in die Welt setzen.

»Der Mann ist ein Schwein«, sagte Speer eines Tages. »Trotz all seines Geredes von der Reinheit seiner nazistisch-christlichen Glaubenslehre verschwindet er nach dem Essen in ein Hinterzimmer seines Büros und treibt es mit Gertrude Schneider, seiner Sekretärin.«

Goebbels war ein Fanatiker. Doch er war auch aalglatt. Speer sagte, man solle die ganze Zeit ein Auge auf ihn haben.

Rudolf Heß war einfach nur bizarr. Als er damit anfing, seine eigenen »organischen« Lebensmittel zu den gemeinsamen Mahlzeiten mitzubringen, lud Hitler ihn nicht mehr ein.

Für mich und für meine gelegentlichen Berichte für Dan Kessler beim Gänseteich im Tiergarten war viel wichtiger, wie Hitler die Welt und rivalisierende Staaten betrachtete.

Großbritannien musste respektiert werden.

Das Land hatte eine langjährige Erfahrung darin, die Angriffe unterschiedlicher europäischer Reiche abzuwehren, und seine Männer, wie Hitler es während des Weltkriegs selbst gesehen hatte, hatten mit Mut und Entschlossenheit in den schlammigen Schützengräben gekämpft.

Japan war eine Nation, die als echte Weltmacht angesehen werden musste, doch als Hitler ein paar Jahre später ein Bündnis mit Japan einging, tat er es nur zögerlich, denn es fiel ihm schwer, sein Selbstverständnis von einer blonden, blauäugigen arischen Herrenrasse mit diesen »gelbhäutigen Menschen« in Einklang zu bringen.

Italien war unzuverlässig, Mussolini nicht mehr als ein nützlicher Esel.

Und dann war da noch Amerika.

»Der Führer findet, dass Amerika weich ist«, berichtete ich Dan eines Tages beim Teich im Tiergarten.

»Weich?«, sagte Dan.

»Weil es nie so richtig auf die Probe gestellt wurde. Amerika hat kaum an dem Krieg teilgenommen, sagt Hitler, nicht vor 1918, als er schon fast vorüber war. Das habe ich ihn selbst sagen gehört. Hitler tut Amerika als eine Nation von Bastarden ab, die nichts mit der Reinheit Deutschlands gemeinsam hat: ein Straßenköter, der von vielen minderwertigen Immigranten abstammt. Sein Plan ist es, die bevorstehenden Olympischen Spiele in Berlin zu nutzen, um das zu veranschaulichen.«

Die Austragung der Olympischen Sommerspiele in Nazideutschland im Jahre 1936 war damals ein sehr kontroverses Thema.

Die Spiele waren vom Internationalen Olympischen Komitee an Berlin vergeben worden, bevor die Nazis an die Macht kamen, doch nun, wo sie das Sagen hatten, verlangten viele Länder aus Angst, dass Hitler und sein Nazi-Regime die Spiele dazu missbrauchen könnten, ihre rassistischen Ideologien zu propagieren, dass sie den Deutschen wieder weggenommen wurden. Doch das IOC weigerte sich.

»Aber genau das hat Hitler vor«, sagte ich. »Er hat so etwas erst vor einer Woche zu Speer gesagt.«

»Wie gehen ihre Pläne voran?«

»Speer liebt es. Hitler hat ihm ein unbegrenztes Budget zugesichert, und es gibt nichts, was Speer so sehr mag wie eine große Leinwand. Vor drei Tagen haben wir die Lichtshow geprobt, die er sich für die Abschlusszeremonie ausgedacht hat. Sie ist einfach gigantisch und wird den Lichtdom von Nürnberg geradezu altmodisch erscheinen lassen.«

Dan nickte.

Dann betrachtete er mich eingehend.

Wie sich herausstellte, hatten auch seine Bosse einen Hintergedanken bei den Olympischen Spielen 1936.

Dan sagte: »In der sowjetischen Olympia-Mannschaft gibt es zwei Brüder – Igor und Anatoli Kurzow. Sie sind beide Offiziere in der Roten Armee und exzellente Pistolenschützen, von denen erwartet wird, dass sie Medaillen gewinnen. Außerdem sind sie hochrangige Ingenieure, die sich mit dem Bau von Flüssigraketen befassen. Sie wollen sich in die Vereinigten Staaten absetzen.«

»Okay …«

»Amerika würde die Kurzow-Brüder sehr gerne aufnehmen. Wie Sie sich vorstellen können, würden wir nur allzu gerne erfahren, was die Sowjets auf diesem Gebiet verfolgen, was sie entdeckt haben und was wir vielleicht daraus lernen können.«

»Das kann ich mir denken«, sagte ich.

»Dann werden Sie auch verstehen, dass es nicht gerade einfach ist, zwei bekannte Raketenwissenschaftler aus der Sowjetunion zu bekommen. Aber im August dieses Jahres werden die beiden für zwei Wochen in Berlin sein, inmitten von Hunderten Athleten und Tausenden Zuschauern. Wir werden den Schutz der Spiele nutzen, um die Kurzow-Brüder in die Vereinigten Staaten zu bringen.«

»Ich verstehe.«

»Hat Speer jemals die Raketentechnik in Zusammenhang mit den Nazis erwähnt?«

»Ein paar Mal. Es gibt ein Team in der Heeresversuchsanstalt in Kummersdorf, das daran arbeitet. Irgendein geniales Wunderkind leitet die Abteilung.«

»Was ist mit der Atomwissenschaft?«, fragte Dan.

»Es gibt eine Gruppe von Wissenschaftlern am Kaiser-Wilhelm-Institut, die sich damit beschäftigt. Ich weiß nicht, wer ihr angehört. Speer sagte mal, dass Hitler nicht viel von der Atomwissenschaft hält. Er hält sie für eine jüdische Wissenschaft. Der Führer ist sehr viel stärker an den Raketen-Experimenten in Kummersdorf interessiert.«

Dan sagte: »Können Sie vielleicht mehr darüber in Erfahrung bringen?«

»In ein paar Tagen werde ich sogar viel mehr darüber wissen«, sagte ich. »Speer und der Rest der Führungsriege werden am kommenden Montag zusammen mit dem Führer einer Besprechung beiwohnen, bei der es um den Stand der Dinge sowohl bei den Projekten der Raketenwissenschaft als auch der Atomwissenschaft geht. Ich werde mich nach dem Treffen wieder mit Ihnen in Verbindung setzen.«

DIE REICHSKANZLEI

1936

Am folgenden Montag lief ich durch den hübschen kleinen Garten, der sich im Hof des Reichskanzlei-Gebäudes befand, um mich zu ebenjenem Treffen zu begeben.

1945.

Russische Artilleriegeschosse donnern, als ich zusammen mit Bormann Hals über Kopf durch den Garten der Reichskanzlei renne.

Der Garten ist nicht mehr als eine faulige Mischung aus Dreck, Trümmern, Blut und menschlichen Körperteilen.

Wir hasten an Hitlers verbranntem Leichnam vorbei, der in einem Bombenkrater neben dem von Eva Braun liegt, und fliehen in die Nacht, weg von der Roten Armee, die nur ein paar Straßen entfernt ist.

Ich betrat die Reichskanzlei vom Garten aus und machte mich auf den Weg nach oben zum Hauptsitzungssaal.

Dort nahm ich meinen Platz an der Wand bei den anderen Sekretärinnen ein, hinter Speer, Hitler und der versammelten Führungsriege der Nazis.

Ein paar Augenblicke später öffneten sich die riesigen Türen des Saals, und herein kamen die beiden Wissenschaftler, die für die zu erörternden Programme zuständig waren. Der Mann, der die Verantwortung für das Raketenprogramm in Kummersdorf trug, war erstaunlich jung, doch sein Ruf als Genie auf dem Feld der Raketentechnik eilte ihm voraus.

Sein Name: Wernher von Braun.

Der Mann, der das atomare Wissenschaftsprogramm am Kaiser-Wilhelm-Institut leitete, war jemand, den ich bereits bei der Solvay-Konferenz im Jahre 1927 getroffen hatte.

Werner Heisenberg.

Heisenbergs Stern war in den vergangenen zehn Jahren enorm gestiegen, auch wenn gesagt werden muss, dass der Weg an die Spitze ohne die Konkurrenz von jüdischen Wissenschaftlern ein relativ leichter war.

Ich fürchtete, dass er mich vielleicht wiedererkennen und mit Einstein in Verbindung bringen würde.

Ich hätte mir keine Sorgen machen müssen.

Als Heisenberg den Raum mit dem langen Tisch in der Mitte, an dem die ranghöchsten deutschen Nazis saßen, betrat, warf er nicht einen einzigen Blick in meine Richtung.

Doch ich erinnerte mich an ihn.

Besonders an seine Rolle bei den beiden Razzien in Einsteins Büro und dessen Häuschen vor drei Jahren.

Heisenberg sah mit seinem nach hinten gekämmten Haar und seiner Höckernase noch immer blendend aus. Schnell wurde deutlich, dass er auch noch immer eine hohe Meinung von seinem eigenen Intellekt hatte.

»Meine Herren«, begann er, »unsere Laboratorien hier in Deutschland sind die besten in der ganzen Welt. Wir sind, das kann ich getrost sagen, den anderen Nationen um Jahre voraus, was die Erforschung der Eigenschaften und Möglichkeiten des Atoms angeht.«

Am Kopfende des riesigen Tisches hörte Hitler ungerührt schweigend zu.

Bormann heuchelte Interesse und warf Hitler alle paar Sekunden nachdenkliche Blicke zu. Hinter ihm kritzelte Gertrude Schneider, seine Sekretärin und Gespielin, Notizen nieder.

Heisenberg sagte: »Diese *Atomenergie,* wie wir sie nennen, wird in der nahen Zukunft zu einer endlosen Energiequelle für deutsche Städte, Fabriken und sogar U-Boote werden …«

»Kommen Sie zum Punkt«, fiel ihm Bormann schroff ins Wort. »Kann sie als Waffe benutzt werden? Uns wurde gesagt, dass diese Wissenschaft – die jüdischen Ursprungs ist und von Einsteins Arbeit herrührt – als Quelle für eine Art Superwaffe benutzt werden kann. Das ist es, was der Führer wissen will.«

Heisenberg nickte. »Richtig. Nun. Theoretisch ja, das stimmt, aber nicht beim gegenwärtigen Stand der Wissenschaft …«

»Theoretisch?«, sagte Speer und lehnte sich vor.

Heisenberg zögerte. »Ich sage das aus zwei Gründen. Zum einen ist das Zerbrechen oder die ›Spaltung‹ eines Atomkerns immer noch nicht mehr als eine Idee. Und zum Zweiten würde solch eine theoretische Waffe ein exotisches Element benötigen – genau genommen ist es ein Isotop dieses exotischen Elements –, das wir als Uran kennen, und, nun ja, meine Herren, es würde *Jahrzehnte* in Anspruch nehmen, die erforderliche Menge an Uran anzuhäufen, um den Kern solch einer Waffe zu bestücken …«

»Es ist also nicht möglich«, sagte Hitler leise, und sofort wurde es im ganzen Raum mucksmäuschenstill.

»Das ist richtig, mein Führer«, sagte Heisenberg.

»Dann dürfen Sie nun gehen«, sagte Hitler.

Wieder zögerte Heisenberg, der Hitlers abrupte Art nicht gewohnt war, bevor er seine Unterlagen einsammelte und den Raum wie ein gescholtener Schuljunge verließ.

Die Aufmerksamkeit im Raum richtete sich nun auf von Braun, den anderen Wissenschaftler.

Sein Vortrag handelte von der noch recht neuen Raketenwissenschaft, und das erste Foto, das er auf einer Staffelei präsentierte, entlockte den versammelten Nazis ein staunendes Schnauben.

Sogar Hitler beugte sich vor.

Das Bild schockierte mich.

Es zeigte eine Rakete, die acht Stockwerke hoch gewesen sein muss.

Von Braun sagte: »Meine Herren, unsere ersten Versuche mit der Aggregat-Raketenreihe waren außergewöhnlich vielversprechend. Wir haben Schubwerte von mehr als 3000 Pfund erreichen können, und bei einer gyroskopischen Stabilisierung rechnen wir damit, innerhalb eines Jahres einen stabilen Überschallflug zu vollbringen.«

»Was soll das heißen?«, fragte Bormann. Die Wissenschaft war nicht Bormanns Stärke.

Hitler antwortete. »Dr. von Braun spricht von einer Rakete, die in Deutschland abgeschossen werden und London treffen kann. Ist es nicht so, Herr Doktor?«

Von Braun nickte und deutete auf das Foto der gigantischen Rakete.

»Mein Führer, Sie haben völlig recht. Ich denke jedoch, dass wir noch viel mehr schaffen können. Ich werde Ihnen eine Rakete bauen, die in Deutschland abgeschossen werden kann, um *New York City* zu treffen.«

Von Brauns Schachzug war brillant.

Ab diesem Moment war Hitler wie besessen von dem

Raketenprogramm. Wenn es zusätzliche Mittel, Männer oder Munition benötigte, wurde es genehmigt.

Es hätte Heisenberg maßlos geärgert, wenn er gesehen hätte, wie von Braun – in Heisenbergs Augen waren Raketenbauer nur bessere Automechaniker – ihn an diesem Tag in diesem Raum an die Wand gespielt hatte.

Heisenberg war viel zu theoretisch gewesen.

Von Braun dagegen hatte sein Publikum völlig richtig eingeschätzt, und sein Publikum war nicht die an dem Tisch versammelte Nazi-Schar gewesen.

Sondern nur Hitler.

Und Hitler scherte sich nicht um Vorträge über theoretische Physik, exotische Elemente und Isotope. Er hatte den Krieg hautnah miterlebt, hatte gesehen, wie Männer von Granaten und Sprengstoff zu Hackfleisch gemacht worden waren.

Eine Rakete, die von Deutschland nach Amerika flog: Das war etwas, das er sich bildhaft vorstellen konnte.

Nachdem von Braun gegangen war, wandte sich Hitler seinem Führungszirkel zu. »Meine Herren? Hat irgendwer dem, was wir gehört haben, noch etwas hinzuzufügen?«

Heydrich schob seine Brille hoch. »Wenn ich darf, mein Führer? Meine Agenten in Moskau haben mich darüber in Kenntnis gesetzt, dass die Sowjets signifikante Fortschritte in der Raketentechnologie machen. Und so, wie wir Raketen nach Amerika abschießen könnten, wäre es furchtbar, wenn die Sowjets in einem Jahr oder zwei in der Lage wären, Flugkörper von Moskau nach Berlin zu schicken. Zwei der führenden russischen Raketenwissenschaftler, ein Bruderpaar namens Kurzow, werden in wenigen Monaten nach Berlin kommen, um an den Olympischen Spielen teilzunehmen.«

»Was schlagen Sie vor?«, fragte Speer.

»Die Raketenwissenschaft ist die Zukunft der Kriegsführung, und wir können es nicht zulassen, dass die Sowjets auf diesem Gebiet Fortschritte machen«, sagte Heydrich. »Ich schlage vor, dass wir die Kurzow-Brüder am Ende der Spiele, während der Abschlusszeremonie, wenn sie für eine kurze Zeit von ihren sowjetischen Aufpassern getrennt sind, entführen und töten.«

Davon musste ich Dan erzählen.

Ich schaffte es, ihn ein paar Minuten zu treffen, unmittelbar bevor die Spiele begannen, und berichtete ihm von dem Plan der Nazis, die Kurzow-Brüder zu ermorden.

»Verdammt«, sagte Dan. »Wissen Sie, wie ihr Plan aussieht?«

»Nein, ich weiß nur, dass Heydrich selbst die Idee dazu hatte und dass sich Gestapo-Agenten als deutsche Athleten verkleidet im Innenbereich aufhalten werden.«

»Es werden Agenten auf dem Feld sein? Scheiße«, sagte Dan. »Wie sollen wir damit konkurrieren?«

Ich sagte: »Vielleicht habe ich eine Lösung. Ich denke dabei an etwas, das mir während der Proben zur Abschlusszeremonie und Speers Lichtshow aufgefallen ist. Dort könnte sich eine Möglichkeit auftun, eine sehr kleine. Doch es ist eine Möglichkeit.«

»Reden Sie weiter.«

»Wir schnappen uns die Kurzow-Brüder *während* der Abschlusszeremonie …«

Ich erzählte Dan, was mir vorschwebte.

Als ich fertig war, nickte er.

»Das lässt uns kaum Platz für Fehler, aber welche Wahl haben wir schon? Wenn es nicht funktioniert, werden sich die Nazis die beiden Jungs schnappen, und dann sind sie so gut wie tot. Gehen wir's an.«

BERLIN
1936

Die Olympischen Spiele 1936 in Berlin waren ein Spektakel, wie es die Welt noch nie gesehen hatte.

Das war etwas, so überlegte ich, während ich der Eröffnungszeremonie vom opulenten »Führerbalkon« im neuen Olympiastadion mit 100.000 johlenden Zuschauern unter mir zusah, das man bekam, wenn man ein internationales Großereignis an ein autoritäres Regime vergab, das nur so vor Selbstherrlichkeit strotzte.

Nazi-Fahnen umgaben das Stadion in perfekten Abständen. Wie Soldaten, die im Gleichschritt marschierten, flatterten sie in perfekter Symmetrie: ein rot-weiß-schwarzes Meer aus Hakenkreuzen.

Es stellte sich schnell heraus, dass Hitlers Plan, die Spiele dafür zu missbrauchen, die Nazi-Partei und ihre rassistischen und antisemitischen Ansichten zu propagieren, viel aufwendiger gestaltet war, als alle, auch Dan, es je für möglich gehalten hätten.

Diese Olympischen Spiele waren die ersten, über die im Radio und in den Wochenschauen berichtet wurde, und Hitler war ein meisterhafter Manipulator dieser neuen Form der Medien.

Genau wie bei den Reichsparteitagen in Nürnberg beauftragte er Leni Riefenstahl damit, einen Film über die Spiele anzufertigen, der einzig und allein die Überlegenheit der Nazi-Ideologie dokumentieren sollte. Hitler bestand darauf, dass diese Spiele die perfekte Gelegenheit waren, das, wie er es nannte, »aristokratische Prinzip der Natur«, also die Überlegenheit der arischen Rasse, zur Schau zu stellen.

Zu seinem Pech hatte ein schwarzer Athlet aus den USA namens Jesse Owens etwas ganz anderes im Sinn.

Schnell entwickelte sich Owens zum unangefochtenen Star der Spiele und gewann vier Goldmedaillen.

»Es ist, als hätte das Schicksal Owens geschickt, um Hitler zu ärgern«, sagte ich zu Dan Kessler, als wir zusammen in einer langen Schlange vor einem Essensstand inmitten des Getümmels im Olympiastadion warteten.

Die Atmosphäre im Olympiastadion war genau wie an jedem anderen Austragungsort die eines großen Karnevals.

Es war der letzte Tag der Spiele.

Bis zur Abschlusszeremonie waren es nur noch ein paar Stunden, und Dan und ich hatten uns in dieser Schlange verabredet: nur zwei Zuschauer, die miteinander plauschten, bis sie an der Reihe waren.

Diese Olympischen Spiele hatten wie alle anderen auch Helden und Kontroversen hervorgebracht.

Ein als Außenseiter gehandeltes amerikanisches Ruderteam hatte die sehr arische deutsche Rudermannschaft geschlagen, von der alle geglaubt hatten, dass sie die Goldmedaille gewinnen würde.

Die deutschen Reiter gewannen sämtliche Goldmedaillen in ihren Disziplinen, ein mathematisch fragwürdiger Erfolg, der für Verwunderung unter den internationalen Journalisten sorgte.

(Die deutschen Journalisten vor Ort wagten es nicht, die deutschen Erfolge infrage zu stellen, da dies leicht zu ihrer Verhaftung hätte führen können.)

Die Kurzow-Brüder aus der Sowjetunion belegten den

vierten und den fünften Platz im Pistolenschießen und verpassten die Medaillenränge nur knapp.

»Es war, als hätten sie andere Dinge im Kopf gehabt«, sagte ich zu Dan, während wir einen Schritt in der Schlange nach vorn machten.

»Also gut«, sagte Dan leise. »Alles ist vorbereitet. Wir werden es in Ihrem kleinen Zeitfenster während der Abschlusszeremonie machen. Es ist das einzige Mal, dass die Kurzow-Brüder nicht unter der Bewachung ihrer Aufpasser stehen.«

Während der ganzen Spiele waren die Mitglieder des sowjetischen Teams von Aufpassern mit ausdruckslosen Mienen begleitet und bewacht worden.

Hitler, Heydrich, Speer und Dan Kessler wussten ganz genau, dass diese »Aufpasser« in Wahrheit Offiziere des NKWD, des Volkskommissariats für innere Angelegenheiten, waren, also der Geheimpolizei angehörten, und sicherstellen sollten, dass kein Mitglied des sowjetischen Teams sich während der Spiele absetzte.

Doch davon abgesehen brummte Berlin vor Begeisterung.

Die Bewohner der Stadt erfreuten sich an den Spielen und füllten alle Stadien, bejubelten jeden Medaillengewinner, drängten in die Kneipen und sangen in den Straßen, wenn sie nach einem langen Tag voller Wettkämpfe nach Hause liefen.

Und dann war alles vorüber und die Abschlusszeremonie begann.

Es war Nacht und das Olympiastadion von zahlreichen Flutlichtern beleuchtet. Speer war ein Meister der nächtlichen Beleuchtung, und er hatte sich selbst übertroffen.

Das Stadion war brechend voll.

Athleten aus aller Welt tummelten sich auf der Grünfläche und auf der Laufbahn. Sie lagen sich in den Armen, nun, da die Wettkämpfe vorüber waren. Alle trugen die Farben ihres Landes, einige hatten Medaillen um den Hals, andere schwenkten Fahnen. Alle lächelten.

Die Stimmung war trotz der über allem wehenden Nazi-Flaggen ausgelassen und sogar fröhlich.

Und dann kam der Schlüsselmoment: das Löschen der olympischen Flamme.

Ganz plötzlich, wie aufs Stichwort – genau wie Speer es geplant und ich es während der Proben gesehen hatte –, wurden all die riesigen Flutlichter abgeschaltet.

Das Stadion versank in eine völlige Finsternis, nur die olympische Flamme brannte noch hoch oben an einem Ende der Tribüne.

Ein Schweigen fiel über das Olympiastadion, als sich die 100.000 Besucher und die Hundertschaften von Athleten unten auf dem Feld der flackernden Flamme zuwandten.

Das war der Punkt, an dem Dan aktiv wurde.

»Sobald das Flutlicht ausgeht, bekommen Sie Ihre Chance«, hatte ich zu Dan gesagt, als ich ihm eine Woche zuvor meinen Plan darlegte. »Ich weiß nicht, wie Sie auf das Feld gelangen – als Wachmann verkleidet oder so etwas in der Art –, aber das müssen Sie tun: Wenn es im Stadion dunkel wird, schaffen Sie Igor und Anatoli Kurzow durch den Athleten-Tunnel aus dem Stadion in die Tiefgarage, wo ich sie durch einen Versorgungsgang zu einer U-Bahn-Station an der Westseite des Olympiastadions führen werde.

Im U-Bahn-Tunnel ist ein Schacht zu einem Abwasserrohr, das bis hinunter zum Fluss führt. Dort werden Sie einen Wagen haben, der auf Sie wartet. Werfen Sie die Kurzow-Brüder in den Wagen und fahren Sie sie zum Flughafen. Sie werden außer Landes sein, noch bevor das Stadion leer ist.«

Die Flutlichter erloschen.

Im Stadion wurde es dunkel. Dan, der sich auf der Grünfläche als Wachmann verkleidet aufhielt, schob sich an die Kurzow-Brüder heran …

… gerade als die beiden russischen Athleten/Wissenschaftler von vier Männern, die die *deutsche* Mannschaftsuniform trugen, gepackt und vom Feld hinunter zu dem Athletentunnel gedrängt wurden, der zur Tiefgarage führte.

Es war unser Plan – nur dass die Nazis ihn ausführten.

Sie hatten dieselbe Idee gehabt.

Ich wartete in der Garage.

Sie stand voll mit den Limousinen der Nazi-Elite, darunter auch Hitlers kugelsicherer Mercedes-Benz. Die Fahrer standen alle draußen am Feld, um sich das einmalige Spektakel anzusehen. Über mir konnte ich die gedämpften Jubelrufe der Menschenmenge hören.

Für mich als Speers Sekretärin war es völlig normal, dass ich hier unten bei seiner Limousine stand und auf meinen Herrn und Meister wartete. Die vier in Trainingsanzüge gekleideten Gestapo-Männer registrierten meine Anwesenheit, ignorierten mich aber, als sie zusammen mit den Kurzow-Brüdern in ihrer Mitte herbeieilten.

Die Überraschung, die mich packte, als ich die Entführer und ihre Opfer sah, war echt, und ich machte einen Satz beiseite, als die Agenten Igor und Anatoli Kurzow ebenjenen Versorgungsgang zum U-Bahn-Tunnel hinunterführten, den ich für Dan und mich vorgesehen hatte.

Ich lugte ihnen hinterher, während ihre sechs Schatten immer kleiner wurden, kurz bevor sie die Tür am Ende des Ganges erreichten …

Lichtblitze schossen von der anderen Seite in die Dunkelheit.

Maschinengewehrfeuer.

Die sechs Schatten zuckten und sackten in sich zusammen. Einer der Gestapo-Agenten zog seine Waffe und schoss damit auf den Angreifer, den ich nicht ausmachen konnte.

Zur selben Zeit, als die Schüsse fielen, brach die Menschenmenge über mir in ein lautes Getöse aus und übertönte das Rattern des Maschinengewehrs.

Entsetzt sah ich dem Geschehen zu.

Die Gestapo-Leute waren in eine Falle, in einen Hinterhalt gelaufen.

Dort unten war noch jemand anderes.

Jemand, der ihnen aufgelauert hatte.

Mir schwirrte der Kopf.

Wenn Dan und ich mit den beiden Russen dort unten in dem Gang gewesen wären, hätte man *uns* über den Haufen geschossen und getötet.

Ich stand noch immer wie im Schock da, als einer der Gestapo-Agenten aus dem Gang taumelte und Anatoli Kurzow vor sich herschob.

Beide Männer waren blutüberströmt. Einschusslöcher bedeckten die Brust des Gestapo-Mannes, doch er versuchte noch immer tapfer, mit dem Russen davonzukommen.

Kurzow war auch verwundet. Er hatte eine Schussverletzung am Bein und humpelte schmerzverzerrt in meine Richtung.

Dann knallte ein Schuss, sein Kopf zerplatzte. Einen Augenblick später erwischte eine Kugel den Gestapo-Mann von hinten.

Eine Fontäne aus Blut schoss aus seiner Brust.

Beide Männer stürzten zu Boden.

Eine Stimme hallte aus den Tiefen des dunklen Versorgungsgangs.

»Habt ihr wirklich geglaubt, ihr würdet damit davonkommen?!«

Die Stimme sprach auf Deutsch, hatte aber einen russischen Akzent.

Es war die Stimme einer Frau.

Mein Entsetzen wurde noch größer, als mir bewusst wurde, dass ich diese Stimme kannte.

Ich hatte sie neun Jahre zuvor auf der Solvay-Konferenz gehört.

In aller Eile huschte ich vom Eingang des Versorgungsgangs weg und verschwand in das einzige Versteck, das mir hier unten zur Verfügung stand: der Rücksitz von Speers Limousine.

Voller Angst lugte ich vorsichtig durch das Fenster des Wagens.

Anatoli Kurzow war tot, doch der Gestapo-Mann war es noch nicht. Stöhnend lag er auf dem Betonboden.

Und dann tauchte sie auf.

Sie trat in einem gemächlichen Tempo aus dem Gang. In der Hand hielt sie ein Maschinengewehr sowjetischer Bauart.

Es war die Frau, die ich in Brüssel als »Brigitte« kennengelernt hatte.

Sie stand über den beiden Männern und feuerte zweimal schnell in Kurzows Herz, um sicherzustellen, dass er tot war.

Dann beugte sie sich über den Gestapo-Mann und richtete ihre Waffe auf sein Gesicht.

»Ihr Nazis. So dumm. Habt ihr wirklich gedacht, ihr könntet unsere Wissenschaftler entführen?«

Sie schoss dem Gestapo-Mann zwischen die Augen, und er sackte endgültig in sich zusammen.

Sie wandte sich ab, um zu gehen …

… doch dann hielt sie inne.

Und hob die Nase, als würde sie etwas riechen.

Sie ließ ihren Blick suchend durch die Tiefgarage schweifen.

Ich erstarrte.

Dann erwachte die Frau, die ich als Brigitte kannte, mit einem Blinzeln aus ihrer Trance, drehte sich um und begab sich in die Finsternis des Versorgungsgangs, um so schnell zu verschwinden, wie sie gekommen war.

Ich konnte ihr nur hinterherblicken.

Zwei Tage später traf ich mich wieder mit Dan und berichtete ihm, was sich zugetragen hatte.

»Ihr echter Name lautet Swetlana Sarkowski«, sagte Dan. »Sie ist eine der besten Attentäterinnen Russlands. Während der letzten sechs Jahre hat sie vier unserer Spione in London und Paris liquidiert und einen Konsulatsbeamten dazu gebracht, die Seiten zu wechseln. Sie ist die ultimative Honigfalle: Sie holt sich einen Kerl ins Bett und erpresst ihn, bis er keinen Nutzen mehr für sie hat. Dann tötet sie ihn.«

»Genau genommen habe ich sie schon 1927 in Brüssel getroffen«, sagte ich. »Sie war es, die Alexej Silbermann in dem Zug nach Antwerpen getötet hat.«

Dan blickte finster drein. »Dies ist schlimmer als nur ein Attentat: Die Sowjets haben einen Agenten in der Nazi-Spitze. Sie wussten alles von dem Entführungsplan der Nazis, wozu auch der Fluchtweg durch den Versorgungsgang gehörte.«

Ich nickte. »Die Sowjets wussten auch, dass die Kurzows überlaufen wollten. Vielleicht sind sie die gefährlicheren Feinde als die Nazis. Wer weiß schon, ob sie nicht auch über unseren Plan Bescheid wussten?«

Dan blickte mich fest an. »Diese Sorge ist berechtigt, aber letztendlich glaube ich nicht, dass sie davon wussten.«

»Woher wollen Sie das wissen?«, fragte ich.

»Hätten sie davon gewusst, dann wären wir beide jetzt tot, von Swetlana Sarkowski ermordet.«

> Das unfassbare Netzwerk der Lager – die Unterbringung, Abfertigung, Verelendung, Ausbeutung und Ermordung von Millionen unschuldiger und in keiner Weise bedrohlicher Menschen – war die größte institutionelle Einrichtung Deutschlands während der NS-Zeit.
>
> Aus *Hitlers willige Helfer*
> von Daniel Jonah Goldhagen

Nach den Olympischen Spielen 1936, während der Rest der Welt sich weiterhin mit der Wirtschaftskrise plagte, schaltete Deutschland unter der Aufsicht von Albert Speer in den industriellen Schnellgang.

Autobahnen, Flughäfen, Brücken, Infrastruktur.

Und viel verdeckter, unter Missachtung des Versailler Vertrags, Kriegswaffen.

Panzer, Flieger, Schlachtschiffe, U-Boote, schwere Artillerie und natürlich Raketen.

Ich besuchte die Fabriken mit Speer fast jede Woche.

Immer wenn wir von einem dieser Besuche nach Berlin zurückkehrten, erstattete Speer dem Führer Bericht, während ich mich heimlich mit Dan Kessler traf und ihm darlegte, was ich gesehen und erfahren hatte.

Ich lebte in einem Zustand der ständigen Angst, erwischt zu werden. Die Gestapo war dafür bekannt, Büros bei Tag oder jemandes Haus bei Nacht zu stürmen und die Menschen darin fortzuschaffen und für immer verschwinden zu lassen. Wenn ich allein in meiner kleinen Wohnung schlief, schreckte ich oft zu unchristlichen Zeiten auf, weil mich irgendein lautes Klopfen geweckt hatte und ich glaubte, dass die Geheimpolizei gerade meine Tür eintrat.

Doch das geschah nie.

In Peenemünde begutachteten Speer und ich Wernher von Brauns Fortschritte mit der Flüssigtreibstoffrakete. Von Brauns Stern stieg immer weiter auf.

Wir besuchten auch Heisenberg in seinen Räumlichkeiten am Kaiser-Wilhelm-Institut in Berlin und in seinem Haus in Hechingen.

Er hatte kaum Fortschritte gemacht.

Das deutsche Atomprogramm kam nicht von der Stelle, was bedeutete, so sagte Heisenberg zu Speer, dass er keine praktische Möglichkeit sah, diese neue Wissenschaft als eine Kriegswaffe zu nutzen.

»Mag schon sein, dass Herr Hitler die Physik gerne arisch hätte«, sagte Heisenberg zu Speer, »doch die Physik schert sich nicht um Rassen, und die jüdischen Wissenschaftler, die wir aus Deutschland vertrieben haben, haben einen ganzen Berg an Wissen mitgenommen. Ich tue alles, was in meiner Macht steht, doch hier bin ich gezwungen, mit vielen zweitklassigen Wissenschaftlern zusammenzuarbeiten.«

Während wir kreuz und quer durch Deutschland reisten, legte Speer großen Wert darauf, auch ein schreckliches neues Gebilde in der deutschen Landschaft aufzusuchen.

Die Lager.

Nachdem die Nazis das erste Konzentrationslager 1933 in Dachau gleich nach der Machtübernahme eröffnet hatten, ließen sie ein Lager nach dem anderen errichten.

Für jede Art von Staatsfeind gab es ein Lager: Kriminelle, Degenerierte, Perverse, aber auch Kommunisten, Autoren von verbotenen Werken und jeden, der das arische Idealbild infrage stellte oder die deutsche Blutlinie verunreinigen konnte.

Es erstaunte mich immer wieder, dass das deutsche Volk solche Grausamkeiten einfach hinnahm.

Deutsche, das muss gesagt werden, sind gehorsame, nachgiebige Menschen und übereifrige Regelbefolger. Das Tempo, mit dem sie das System aus Konzentrationslagern als nur einen weiteren Teil ihres alltäglichen Lebens hinnahmen und sogar begrüßten, war verblüffend.

Und dann, im Jahre 1938, kurz nach dem Anschluss, wurde ein neues Lager in Österreich aufgemacht, eines, das für Speer besonders interessant war.

Es befand sich etwas außerhalb von Linz an einem Ort namens Mauthausen.

»Der Granit ist hier von extrem hoher Qualität, Herr Speer, und es gibt eine Menge davon«, sagte der dienstbeflissene Lagerkommandant, als wir das neue Lager Ende 1938 zum ersten Mal besuchten.

»Ausgezeichnet«, sagte Speer. »Ausgezeichnet.«

Er benötigte eine unfassbare Menge an Granit, um Hitlers neues Berlin, die Hauptstadt des Tausendjährigen Reiches, zu errichten.

Dieses neue Berlin sollte gewaltige Bauten bekommen, unter anderem einen Triumphbogen, der den in Paris winzig erscheinen lassen würde, hoch aufragende Regierungsgebäude, weitläufige Promenaden, prächtige Alleen und ein kolossales gewölbtes Hauptgebäude, das die »Große Halle« heißen sollte.

Dieses Berlin war etwas, das Hitler sich erträumt hatte, doch es war Speer, der es entwarf, und so wurde es auch zu *seinem* Traum.

Speer hielt einen Brocken Granit in seiner behandschuhten Hand und wendete ihn, während er ihn eingehend betrachtete.

»Ja. Ja, das ist genau das Richtige.«

Der Kommandant sagte: »Es gibt außerdem noch eine Reihe von Höhlen und Tunneln in dem Berg, die der Herr Reichsminister vielleicht auf eine mögliche Nutzung hin begutachten möchte.«

Wir sahen uns die Höhlen an.

Ihre schiere Größe war atemberaubend.

Speer betrachtete sie mit einem wissenden Blick.

Der Kommandant sagte: »Die Höhlen sind durch natürliche Gänge miteinander verbunden. Die auf der Innenseite sind nicht gerade stabil, führen aber bis zur anderen Seite hinüber. Wenn man ein paar Hundert Insassen für den Bau abstellen würde, könnte man diese Gänge zu sauberen Tunneln umbauen, die durch den ganzen Berg reichen.«

Als wir eine Stunde später aus Mauthausen wegfuhren, sagte Speer zu mir: »Hanna, bitte machen Sie eine Notiz: ›Ingenieurkorps der Wehrmacht. Höhlen in Mauthausen für die Herstellung hochwertiger Munition und Waffen herrichten.‹ Setzen Sie sich auch mit dem Präsidenten von Messerschmitt in Verbindung und sagen Sie ihm, dass ich einen Ort gefunden habe, an dem er seine neuen Jagdflugzeuge unbehelligt bauen kann. Dieser Berg ist stark, seine Wurzeln reichen tief. Und die Höhlen sind perfekt, um unsere Geheimwaffen zu konstruieren und zu schützen.«

Mai 1945.

Amerikanische Streitkräfte befreien Mauthausen.

Die Berichte der Insassen sind unerträglich.

Die schlimmsten Gräuel, so wird ihnen erzählt, waren den sowjetischen Gefangenen vorbehalten.

Ein spezieller Vorfall aus dem Frühjahr 1945 wird mehr als einmal erwähnt.

Die Hasenjagd.

In der Nacht vom ersten auf den zweiten Februar gelang einer Gruppe von 500 sowjetischen Insassen eine Massenflucht.

Unter der Verwendung von nassen Decken erklommen sie die elektrischen Zäune und flüchteten in die umliegende Landschaft.

Ihre neu gewonnene Freiheit war von kurzer Dauer.

Sie waren so ausgehungert und unterernährt, dass die SS-Wachen des Lagers sie ohne Mühe aufspüren konnten.

Genau genommen waren die Nazis von dem jämmerlichen Fluchtversuch derart amüsiert, dass sie einige Anwohner der umliegenden Städtchen zusammentrommelten, um den entflohenen Männern wie bei einer altmodischen Fuchsjagd zu Pferd nachzustellen.

Die Wachen und die Anwohner machten sich einen Riesenspaß aus der ganzen Sache. Vergnügt brachten sie die Entflohenen zur Strecke und richteten sie hin, indem sie sie erschossen, erhängten oder zu Tode prügelten.

Von den 500 Gefangenen, die geflohen waren, überlebten nur elf.

Speer und ich kehrten nach Berlin zurück, wo wir den letzten Halt auf unserer Rundreise einlegten.

Speer war von Hitler beauftragt worden, einen russischen Spion zu befragen, der erwischt worden war, als er versucht hatte, Unterlagen aus dem Raketenstützpunkt in Peenemünde zu stehlen.

Dieser Spion, wurde uns gesagt, hatte einen deutschen Wissenschaftler aus von Brauns Team dazu erpresst, ihm einen Folianten voller Forschungsdokumente zu überreichen. Doch sie waren beide von der Gestapo an ihrem Treffpunkt aufgegriffen und in das Gestapogefängnis in Spandau gebracht worden.

Nach dem Krieg sollte das Kriegsverbrechergefängnis Spandau eines der berühmtesten Gefängnisse der Welt werden.

Doch vor und während des Krieges beherbergte es im Wesentlichen den ganz eigenen Machtbereich der Gestapo.

Als das Netz der Konzentrationslager immer größer wurde, nutzte die Gestapo das Gefängnis in Spandau als eine Art Zwischenstation für problematische oder einzigartige Gefangene, bis entschieden werden konnte, wohin sie geschickt werden sollten.

Mit seinen hohen Ziegelmauern und Zinnentürmen sah es fast wie eine mittelalterliche Burg aus.

Sein düsteres Haupttor wurde von zwei Ziegeltürmen flankiert, die aussahen, als sollten auf ihnen Bogenschützen stehen.

Speer und ich hielten in seiner Limousine vor dem Haupttor und gingen hinein.

Juli 1947.

Der Krieg ist vorbei und ich schreite allein durch das Haupttor von Spandau.

Der Ort ist nun ein anderer und wird von den Alliierten, den Siegern des Krieges, geführt. Erstaunlicherweise hat das mittelalterliche Tor das Bombardement, das so viel vom Rest von Berlin in Schutt und Asche gelegt hat, unbeschadet überstanden.

Es beherbergt nur sieben Gefangene: Nazi-Verbrecher, die allesamt während der Nürnberger Prozesse angeklagt und verurteilt worden sind.

Mein OSS-Ausweis erlaubt mir den Zugang zum Inneren hinter dem Empfangsbereich, und zwei britische Wachmänner führen mich zügig zu der Zelle mit der Aufschrift:

GEFANGENER NR. 5
SPEER, ALBERT

Einer der Wachmänner öffnet die Tür, und ich werfe einen Blick in die Zelle.

Speer ist blass, dünn, ausgemergelt. Sein Haar ist grau und schütter. Die billige Gefängniskluft hängt schlaff an seinem Körper. Er ist in den Jahren, seit wir Spandau zusammen besuchten, stark gealtert.

Und nun ist er kein Besucher.

20 Jahre haben sie ihm gegeben.

Speer und ich saßen zusammen mit vier Gestapo-Offizieren, die alle Ledermäntel mit Gürteln und ausdruckslose Mienen trugen, in einem Verhörzimmer.

Die meisten NS-Funktionäre, die Speer begegneten, verbeugten sich vor ihm und schlugen unterwürfig die Hacken zusammen.

Nicht die Gestapo.

Selbstverständlich wussten sie, wer er war, doch sie würdigten ihn kaum eines Blickes. Schließlich war es durchaus möglich, dass er in naher Zukunft einer ihrer »Gäste« sein würde.

Zuerst trafen wir den Deutschen, den unglückseligen Wissenschaftler, der dazu erpresst worden war, seine Geheimnisse preiszugeben.

Er war ein jämmerlicher kleiner Mann namens Dr. Ernst Rennicker.

»Bitte! Bitte, Sie müssen verstehen! Sie hat mich verführt!«, sagte er. »Sie wollte, dass ich ihr einige Teile des Raketensystems übergebe, aber das habe ich nicht getan, o nein! Ich habe sie nur kurz auf ein paar Entwürfe schauen lassen, das ist alles.«

Dr. Rennicker hatte höhere Abschlüsse an drei der angesehensten Universitäten in Deutschland erworben, doch trotzdem war er nicht klug genug, zu wissen, dass die Gestapo so etwas wie Mitleid nicht kannte.

Nachdem Speer mit ihm fertig war, wurde Dr. Ernst Rennicker nach hinten geführt und erschossen, und sein brillantes Gehirn tropfte an einer Mauer herab.

Speer sagte: »Bringen Sie den russischen Spion herein. Hanna, würden Sie bitte nach draußen gehen?«

Ich nickte und verließ das Verhörzimmer. Ich wartete ein kurzes Stück den Flur entlang.

Ein paar Minuten später wurde der russische Spion hereingeführt.

Auch wenn sie nur die Gefängniskleidung trug, stolzierte sie den Flur entlang, als würde er ihr gehören. Mit ihrer wohlgeformten Figur ließ sie sogar die Gefangenenkluft modisch erscheinen. Sie sah mich nicht, als sie in das Verhörzimmer gebracht wurde und aus meinem Blickfeld verschwand.

Doch ich hatte sie gesehen.

Und mir blieb vor Schreck die Luft weg.

Dass der sowjetische Spion eine Frau war, überraschte mich nicht.

Die Führungsriege der Nazis – besonders die Schürzenjäger unter ihnen wie Bormann und Goebbels – war mehr als einmal davor gewarnt worden, dass die besten russischen

Spione bildhübsche Frauen waren, die ausgebildet wurden, um sie in kompromittierende Situationen zu locken.

Was mich überraschte, war die Tatsache, dass ich diesem sowjetischen Spion schon begegnet war.

Zweimal sogar.

Bei der Solvay-Konferenz 1927 und bei den Olympischen Spielen 1936.

Die Frau, die in das Verhörzimmer schritt, war Swetlana Sarkowski.

Speer und die Gestapo verbrachten die nächsten drei Stunden mit Swetlana.

Ich nutzte die Zeit, um durch die aus Ziegelstein gemauerten Flure und die Hinterhöfe des Gefängnisses zu schlendern.

Damals war es nur spärlich besetzt, da die meisten der wenigen Gefangenengruppen – Kommunisten, Regimekritiker, Juden – bereits in spezielle Lager gebracht worden waren.

Als ich um eine Ecke bog, hörte ich einen Tumult und lugte in ein düsteres Krankenzimmer, wo eine Frau in einem Zahnarztstuhl saß und sich nach Leibeskräften wehrte.

Sie war mit Lederriemen an den Stuhl gefesselt. Vier Krankenschwestern und ein Arzt, der eine Spritze in der Hand hielt, rangen mit ihr und versuchten, sie niederzudrücken.

Die Frau, deren Kopf rasiert worden war, schlug wild um sich und tat alles, um zu verhindern, dass das medizinische Personal ihr die Spritze verabreichte.

Ich erstarrte.

Sogar mit dem kahl rasierten Schädel erkannte ich sie.

Ich wusste nicht, wie sie sie gefunden hatten oder was sie angestellt hatte, um festgenommen und nach Spandau gebracht zu werden, doch wie es schien, war ihre Zeit in Freiheit nach der Flucht aus dem Gefängnis in Brandenburg nicht von langer Dauer gewesen.

Es war meine Schwester.

Es war Ooma.

Schließlich gelang es den Schwestern, Ooma lange genug zu bändigen, sodass der Arzt ihr die Injektion verpassen konnte.

Ooma hörte fast augenblicklich auf zu strampeln. Ihr Körper sackte in sich zusammen, und das medizinische Personal verließ den Raum.

Sie drängten sich an mir vorbei, als ich wie benommen in der Tür stand und Ooma stumm betrachtete.

Ich war fassungslos.

Ich hatte sie seit jenem Tag in Berlin im Jahre 1924, als Einstein und ich sie vor Lukas zur Rede gestellt hatten und Einstein ihre wahre Identität enthüllen konnte, indem er auf die beiden Narben an ihrem linken Handgelenk verwies, nicht mehr gesehen. Dann war sie durch ein Fenster in der Damentoilette geflohen und hatte mein Leben in Berlin in Trümmern liegend zurückgelassen.

Als ich dort stand und sie betrachtete, rollte Ooma ein wenig auf die Seite, und ihre glasigen Augen fanden meine und wurden ganz groß, als sie mich erkannten.

Sie versuchte, sich aufzusetzen und gegen die einschläfernden Mittel in ihrem Blutkreislauf anzukämpfen.

»Hanna?«

Ich wusste wirklich nicht, was ich tun oder sagen sollte.

Zögernd machte ich einen Schritt auf sie zu.

»Ooma, bist du es wirklich?«

»Oh, meine Schwester. Komm zu mir … Es ist schon … so lange her, und ich möchte … dir etwas sagen …« Ihre Stimme wurde immer schwerer.

»Ja?«

»Ich habe … dein Leben … wirklich genossen.«

Dann gewann das Medikament die Oberhand, und sie schlief ein.

Ich fühlte mich gleichermaßen verwirrt und verletzt und

war regelrecht wütend, doch dann trat Speer aus dem Verhörzimmer und rief nach mir. Ich eilte zu ihm zurück, und zusammen verließen wir Spandau.

Als wir in seiner Limousine davonfuhren, sammelte ich mich wieder und fragte ihn: »Was wird aus der russischen Spionin? Für eine Agentin in Gefangenschaft schien sie mir schrecklich selbstsicher zu sein.«

Speer blickte gedankenverloren aus dem Fenster. »Sie weiß, dass wir sie unversehrt nach Moskau zurückschicken werden.«

»Warum?«

»Vor einem halben Jahr griffen die Sowjets zwei unserer besten Agenten in Stalingrad auf. Sie wusste, dass es zu einem Austausch kommt. So ist es nun mal im Spionage-Gewerbe.«

Eine Woche später kehrte ich mit sechs bewaffneten Männern und den Unterlagen, die dafür sorgen würden, dass Swetlana Sarkowski nach Moskau gebracht werden würde, nach Spandau zurück.

Ich hielt mich ganz bewusst aus ihrem Blickfeld fern, als sie einen langen unterirdischen Korridor entlang zu einer Laderampe geführt wurde, wo ein Wagen darauf wartete, sie zu dem Austauschort, wo immer der auch war, zu fahren.

Als sie die Tür am Ende des Korridors erreichte, hielt Swetlana plötzlich inne und reckte ihre Nase in die Luft.

Sie drehte sich nicht um, als sie auf Englisch rief: »Ich weiß, dass du hier bist, Poppy! Ich kann dich riechen! So wie ich dich in der Tiefgarage bei den Olympischen Spielen gerochen habe! Du tauchst an den sonderbarsten Orten auf: Solvay, die Spiele und jetzt hier. Vielleicht bist du gar nicht so süß, wie du zu sein scheinst. Ich werde nach dir Ausschau halten, kleine Mohnblume!«

Dann trat sie durch die Tür und verschwand aus meinem Blick.

Ich brauchte ein paar Minuten, um mich zusammenzunehmen, doch ich schaffte es.

Denn ich blieb an jenem Tag aus ganz eigenen Beweggründen noch etwas länger in Spandau.

»Na, sieh mal einer an«, sagte Ooma. »Du siehst aber schick aus.«

»Hallo, Ooma«, sagte ich.

Wir saßen in demselben Verhörzimmer, das Speer benutzt hatte, um Rennicker und Swetlana zu befragen, auf Stühlen, die an den Fußboden geschraubt waren, auf einander gegenüberliegenden Seiten eines Stahltisches, der sich ebenfalls nicht bewegen ließ.

Ich kann mir gar nicht vorstellen, was für ein Bild wir abgegeben haben müssen.

Ich in einem konservativen Hosenanzug und mit frisch frisierten kurzen Haaren.

Und sie, meine Zwillingsschwester, in ihrer grauen Gefängniskluft und mit einem kahl rasierten Schädel.

»Habe ich mich je dafür entschuldigt, dass ich dir vor all diesen Jahren dein Leben gestohlen habe?«, fragte sie. »Tja, tut mir leid.«

»Mir wurde gesagt, du bist in Brandenburg gestorben.«

»Auch ich war ganz bestürzt darüber, von meinem Tod zu erfahren«, sagte Ooma mit einem Schmunzeln.

»Ich habe den Leichnam gesehen. Ich wusste, dass du entkommen bist. Ich dachte mir schon, dass du die Identität einer anderen Insassin gestohlen hast. So wie du mir meine gestohlen hattest.«

»Lass dir etwas gesagt sein, Schwester«, sagte Ooma. »Solltest du jemals eingesperrt werden – auch wenn das in deinem Fall wohl eher unwahrscheinlich ist –, egal ob in einer Anstalt, einem Lager oder einem Gefängnis, musst du innerhalb von drei Tagen die Flucht wagen. Das war mein

Fehler hier. Ich habe es nicht zeitig genug versucht. Nach drei Tagen ist es vorbei. Man braucht Kraft für eine Flucht, doch sie geben dir kaum etwas zu essen, also verliert man die benötigte Energie.«

»Was hast du angestellt, um hier zu landen?«

»Eigentlich war es nur ein bisschen Pech.« Sie zuckte die Schultern. »Ich habe diesen Nazi-Statthalter aus Polen gevögelt, als seine Frau uns erwischte. Sie war eine von diesen Fanatikerinnen, die an diesen ganzen arisch-christlichen Schwachsinn glaubten. Das Miststück hat mich angeschwärzt. Ihn aber nicht, denn ihr gefiel das Leben in Saus und Braus als seine Ehefrau. Was ist mit dir, kleines perfektes Fräulein? Was treibt eine geschniegelte Dame wie du in diesem neuen Deutschland?«

»Ich bin eine Sekretärin.«

Auf keinen Fall würde ich ihr sagen, für wen ich arbeitete.

»Du kannst nicht irgendeine Sekretärin sein«, sagte Ooma und beugte sich vor. »Keine gewöhnliche Sekretärin könnte hier hereinspazieren und ein Verhörzimmer bekommen, nur um sich mit mir zu unterhalten.«

Ich stand auf. »Ich gehe jetzt. Mach's gut …«

»Weißt du, ich habe mir überlegt, dass ich mir eine Perücke mache«, sagte Ooma unvermittelt.

»Eine Perücke?« Ich griff nach dem Türknauf.

»Ja.« Sie rieb sich über ihren kahlen Kopf. »Damit ich wieder hübsch aussehe. Damit die Jungs mich wieder rannehmen, hart und schnell, so wie es dein süßer Lukas immer getan hat.«

Ich öffnete die Tür.

»Geh nicht!«, sagte sie und versuchte aufzustehen, was die Handschellen, die sie an den Stuhl fesselten, aber verhinderten.

Ihre Stimme wurde zu einem Kreischen. »Geh nicht, Hanna! Es tut mir leid! Lass mich nicht allein! Komm zurück!«

Ihre Schreie verfolgten mich den Flur entlang, als ich mich beeilte, zum Ausgang zu kommen.

Eine einzige Bombe dieser Art, von einem Schiff transportiert und in einem Hafen ausgelöst, würde womöglich den ganzen Hafen sowie einen Teil des umliegenden Territoriums zerstören.

Aus einem Brief von Albert Einstein an Präsident Franklin D. Roosevelt vom 2. August 1939

1938, als Deutschland, von Hitlers grimmigen Reden angetrieben und von Speer in die Tat umgesetzt, immer mehr Raketen, U-Boote, Panzer und Jagdflieger baute, wurde eine der Schlüsseltheorien der Atomwissenschaft zur Wirklichkeit.

Die Kernspaltung wurde möglich.

Das Atom war zerlegt worden.

Die Nachricht dieser unglaublichen Errungenschaft verbreitete sich wie ein Lauffeuer in der akademischen Welt.

Es waren Joliot in Frankreich und Szilárd in Amerika, die aus diesem Konzept ableiteten, dass die Fragmente eines gespaltenen Atoms dazu genutzt werden konnten, andere Atome zu spalten und damit eine exponentielle Kettenreaktion von Spaltungen auszulösen.

Diese Kettenreaktion war theoretisch in der Lage, unglaubliche Mengen an Energie zu produzieren, Energie, die unter Einsatz von Kernreaktoren zur Stromerzeugung eingesetzt werden konnte – oder zum Bau von unheilvollen und beispiellos mächtigen Bomben, die ganze Städte zerstören würden.

Und so wurde im August 1939 der wohl berühmteste Brief aller Zeiten geschrieben.

Szilárd überzeugte Einstein, einen Brief an Präsident Franklin Delano Roosevelt zu verfassen, in dem vor der Gefahr gewarnt wurde, dass die Nazis ebensolch eine Bombe erlangen könnten.

In dem Brief machte Einstein aber einen Fehler.

Da er glaubte, dass solch eine mächtige Atombombe sehr groß und sperrig sein würde, warnte er davor, dass sie per Schiff in eine Hafenstadt gebracht werden müsste und dass sie den ganzen Hafen sowie das umliegende Gebiet zerstören würde.

Auch wenn er brillant war, hatte er nicht bedacht, dass die Bombe womöglich kleiner ausfallen würde und per Flugzeug oder – sollte der atomare Sprengkopf nochmals verkleinert werden – durch die parallel entwickelte ballistische Raketentechnik transportiert werden könnte.

Der Brief wurde abgeschickt und hatte den gewünschten Effekt: die Erschaffung des Manhattan-Projekts, des größten und kostspieligsten Wissenschaftsprojekts aller Zeiten.

Bohr hatte behauptet, dass solch ein Unterfangen unglaublich teuer werden würde, woraus er schloss, dass keine Regierung jemals bereit wäre, die finanziellen Mittel dafür aufzubringen. Doch genau das tat Amerika.

Einen Monat nachdem Einstein seinen Brief an Roosevelt geschickt hatte, marschierten die Nazis in Polen ein und katapultierten mich mitten in einen der schrecklichsten Konflikte der Menschheitsgeschichte.

> Im September 1941 sah die internationale Lage recht düster aus, doch Deutschland stand blendend da … Der Großteil Europas war von den Nazis besetzt, deutsche Panzerdivisionen rollten in Russland ein und die Vereinigten Staaten waren offiziell noch immer neutral.
>
> Aus *Physik heute* von David C. Cassidy

Es ist so viel über das europäische Drama des Zweiten Weltkriegs geschrieben worden, dass ich mich nicht lange mit den vielen verschiedenen Schlachten aufhalten muss.

Gleichwohl kann man leicht vergessen, dass der größte Flächenbrand der Geschichte nur sechs Jahre andauerte.

Über diesen Zeitraum spielte es sich ungefähr wie folgt ab:

1939: Deutschland marschiert in Polen ein.

1940: Deutschland besetzt Frankreich, Belgien, Holland, Dänemark und Norwegen. Deutschland greift Großbritannien massiv aus der Luft an, doch die Briten halten den Angriffen stand, was den deutschen Einmarsch in Großbritannien verzögert.

1941: Deutschland marschiert in Russland ein und erreicht fast Moskau.

1942: In Stalingrad wird die deutsche Armee in einer erbitterten Schlacht umzingelt und schließlich besiegt.

Und damit wendet sich das Blatt.

1943: Deutschland zieht sich zurück, während Russland

mit einer hoch überlegenen militärischen Stärke vorandrängt.

1944: Im Westen dringen die alliierten Streitkräfte an den Stränden der Normandie in das besetzte Frankreich ein und marschieren von dieser Seite in Richtung Deutschland.

1945: Im April wird Deutschland von beiden Seiten eingeschnürt und erleidet eine schmachvolle Niederlage.

Die ersten beiden Jahre des Krieges, in denen Deutschland einen Sieg nach dem anderen errang, bekräftigten nur die Nazis in der hohen Meinung, die sie von sich selbst hatten.

Sie waren die Herrenrasse. Sie herrschten über Europa. Nur Großbritannien blieb frei, würde aber irgendwann fallen.

Viele Menschen fragen sich zu Recht, wie die Geschichtsschreibung aussehen würde, hätte Hitler an diesem Punkt aufgehört.

Doch er hörte nicht auf.

Im Sommer 1941, auf der Suche nach dem »Lebensraum«, den er als das Geburtsrecht des deutschen Volkes betrachtete, befahl Hitler seinen Armeen, die größte militärische Operation aller Zeiten in Angriff zu nehmen: die Invasion Russlands.

Unternehmen Barbarossa.

Barbarossa sollte den Lauf des Krieges verändern.

Indem Hitler es anzettelte, setzte er schließlich sein eigenes Ende in Gang.

Barbarossa sollte so viele Soldaten und so viel Material verschlingen, dass Nazideutschland nicht mehr in der Lage war, den anderen Krieg gegen die Alliierten, der an der Westfront stattfand, zu führen.

Darüber hinaus sollten die unaussprechbaren Grausamkeiten, die die deutschen Soldaten bei ihrem Einmarsch in die Sowjetunion verübten, Deutschland auf die Füße fallen, als sich das Blatt schließlich wendete und die viel größere Rote Armee auf Berlin zumarschierte.

Die Rote Armee sollte Deutschland eine Lehre in Sachen »unaussprechliche Grausamkeiten« erteilen.

Natürlich war auch überall sonst auf der Welt viel los – im Pazifik, in Nordafrika und Italien –, doch mein Krieg war in Deutschland.

Im Jahre 1942, als sich die unermesslichen Streitkräfte der Sowjetunion anschickten zurückzuschlagen, verkündete Hitler dem deutschen Volk, dass sogenannte Wunderwaffen an einem geheimen Ort entwickelt würden und dass sie Deutschland einen triumphalen Sieg bescheren sollten.

Doch die Wirklichkeit sah noch viel drastischer aus.

Nicht nur dass die Armeen der Nazis starke Verluste auf dem Schlachtfeld hinnehmen mussten, sie bekamen es auch mit einem akuten Mangel an Munition, Waffen und Treibstoff zu tun.

Hitler benötigte einen meisterhaften Organisator, der die Ressourcen des Landes angemessen verteilte und obendrein die Produktion seiner »Wunderwaffen« vorantrieb.

Aus diesem Grund ernannte Hitler im Frühjahr 1942 Albert Speer zu seinem Reichsminister für Bewaffnung und Munition.

Eine Woche nach Speers Ernennung stürmte die Gestapo in unsere Büroräume. Alle Sekretärinnen, die an ihren Schreibmaschinen saßen, wirbelten erschrocken und verängstigt herum.

»Was hat das zu bedeuten?«, rief Speer, als er aus seinem Büro trat.

Der Anführer der Gestapo-Einheit grinste ihn verschlagen an. »Vergeben Sie uns, Herr Reichsminister, doch wir haben

Grund zur Annahme, dass aus diesen Büros Geheiminformationen an den Feind weitergegeben werden. Jemand hier ist ein Spion!«

Sein suchender Blick fand mich.

»Sie! Mitkommen, sofort!«

Er deutete auf Gertrude Schneider. »Sie auch.«

AUS DEM ZWEITEN VERHÖR
GESTAPO-HAUPTQUARTIER
BERLIN, DEUTSCHLAND, 1942

VERNEHMUNGSBEAMTER (OBERGRUPPENFÜHRER HEYDRICH): Fräulein Fischer, ich möchte mich aufrichtig entschuldigen. Sie dürfen nun gehen.

FISCHER: Was … Was ist geschehen?

VERNEHMUNGSBEAMTER: Wie es scheint, sind Sie nicht der Spion, nach dem wir gesucht haben. Es ist Fräulein Schneider. Sie hat alles zugegeben.

FISCHER: Gertrude ist ein Spion?

VERNEHMUNGSBEAMTER: So ist es. Irgendwann letztes Jahr wurde sie von einem russischen Agenten verführt.

FISCHER: Haben Sie ihn auch verhaftet?

VERNEHMUNGSBEAMTER: Nein, der russische Agent war eine Frau – eine Frau, die mit Gertrude Fischer widernatürliche Sexualpraktiken vollzog. Während ihrer Schäferstündchen machte ein zweiter Agent der Sowjets Fotos von ihnen. Die Russen erpressten Fräulein Schneider dazu, Informationen preiszugeben, zu denen sie Zugang hatte, als sie für Reichsleiter Bormann tätig war.

FISCHER: Ach, du meine Güte. Gertrude. Das hätte ich niemals gedacht.

VERNEHMUNGSBEAMTER: Ich bitte nochmals um Entschuldigung. Vielen Dank für Ihre Zeit. Heil Hitler.

REICHSSICHERHEITSHAUPTAMT
PRINZ-ALBRECHT-STRASSE
1942

Drei Tage später taumelte ich aus dem Hauptquartier der Gestapo, zerlumpt, unausgeschlafen und in jeder Hinsicht erleichtert.

Als die Männer in unsere Büros stürmten, glaubte ich, ich wäre erledigt. Nun hatten sie mich doch enttarnt. Sie wussten, wer ich war.

Doch sie wussten es nicht.

Sie waren hinter jemand anderem her gewesen.

Es schockierte mich zudem, was ich über Gertrude erfahren musste. Wie es schien, waren es nicht nur Männer, die sich von hübschen russischen Spioninnen verführen ließen.

Eigentlich war es in solchen Fällen üblich, dass die Vorgesetzten der vermeintlichen Verräter ebenfalls verhört – und aller Wahrscheinlichkeit nach exekutiert – wurden, doch Martin Bormann war kein herkömmlicher Beamter.

Er war einer der wenigen Nazis, die einen Skandal wie diesen unbeschadet überstehen konnten.

Zum einen war er ein Empfänger des Blutordens, der nur an die Veteranen des ersten Hitlerputsches aus dem Jahre 1923 und an Männer vergeben wurde, die für die Partei im Gefängnis gesessen hatten. Ihn und den Führer verband eine lange gemeinsame Geschichte.

Zum anderen war er ein Reichsleiter.

Nur wenige Nazis sollten jemals diesen Posten, der nur eine Stufe unter dem Führer stand, anvertraut bekommen.

Bormann würde ohne einen einzigen Kratzer aus dieser Affäre hervorgehen.

Reinhard Heydrich sollte zur Erleichterung vieler in nur ein paar Monaten das Leben verlieren, als seine Limousine von tschechischen Attentätern an einem frühen Morgen in Prag hinterrücks angegriffen wurde. Während des Attentats wurde Heydrich von der Explosion einer Handgranate, die auf seinen offenen Wagen geworfen wurde, schwer verletzt.

Er wurde in ein Krankenhaus geschafft, wo er sich eine Woche lang vor Schmerzen krümmte, bevor er schließlich an einer Blutvergiftung starb.

Was mich betraf, so ging ich nach Hause, nahm ein langes Bad und schlief die nächsten 24 Stunden durch.

DIE KRIEGSREISEN

Nachdem er zum Reichsminister für Bewaffnung und Munition ernannt worden war, verfünffachten sich Speers Inspektionsreisen in Deutschland und den von Deutschland besetzten Gebieten.

Ich begleitete ihn auf jeder dieser Reisen.

Das bedeutete, dass wir ständig mit dem Auto, dem Zug und dem Flugzeug unterwegs waren.

Wir statteten auch Heisenberg einen Besuch am Kaiser-Wilhelm-Institut in Berlin ab. Er behauptete weiterhin, dass die Vorstellung, das Atom als eine Waffe einzusetzen, unrealistisch war.

(Nach diesem Besuch fragte mich Dan Kessler ausdrücklich nach Heisenberg und seiner Atomforschung. Als ich ihm berichtete, was Heisenberg gesagt hatte, nickte Dan weise und sagte: »Gut. Das ist gut.«)

Im besetzten Frankreich suchten Speer und ich die Militärstützpunkte im Norden des Landes auf, von wo aus Wernher von Brauns Raketen über den Ärmelkanal nach England abgeschossen wurden.

Die Stützpunkte waren perfekt platziert, doch das machte sie auch zu Zielen der alliierten Bombenangriffe.

Speer wollte eine besser befestigte Einrichtung, um Deutschlands wertvolle Superwaffen vor solchen Angriffen zu schützen.

Er entwarf eine Einrichtung, wie sie die Welt noch nicht gesehen hatte.

Sie sollte in Helfaut im nördlichen Frankreich entstehen, und alles an ihr würde gigantisch sein: eine schützende Betonkuppel, die nicht weniger als eine Million Tonnen wiegen und allen Bomben der britischen Luftwaffe standhalten würde, und riesige Hallen, um die Raketen zu laden und zu betanken, mit Wänden aus Beton und Toren, die sieben Stockwerke hoch waren.

Es sollte der Bunker aller Bunker werden.

Das war typisch für Speer: größer und verwegener als alles bisher Dagewesene.

Als ich nach diesem Ausflug nach Berlin zurückkehrte, traf ich mich mit Dan und teilte ihm den genauen Standort dieser geplanten Einrichtung in Helfaut mit.

Juli 1944.

Einen Monat nach der Landung der Alliierten in der Normandie am D-Day.

Nach einer Bauzeit von zwei Jahren ist die kolossale V2-Raketenfabrik in Helfaut, Frankreich, fast fertig und zum Einsatz bereit.

In der Nacht des 17. Juli attackiert eine Staffel RAF-Bomber das Gebäude und wirft Dutzende sechs Tonnen schwere Tallboy-Bomben mit einer schon fast unheimlichen Genauigkeit auf das Gebiet.

Erstaunlicherweise hält die mächtige Kuppel des Superbunkers dem heftigen Bombardement stand.

Doch die umliegende Hügellandschaft und die Zufahrten tun es nicht.

Sie werden unwiederbringlich zerstört.

Von Speers Superbunker in Helfaut wird nicht eine einzige Rakete abgefeuert.

Fast scheint es, als hätten die Alliierten gewusst, dass er dort steht.

So aufreibend diese Reise auch war, der Abstecher, den ich mit Speer 1942 zu einer ehemaligen Militärbasis gleich außerhalb von Oświęcim in Polen machte, war noch viel verstörender.

Die Basis hieß Auschwitz.

Sie stand auf einer kargen, leblosen Ebene, was nur passend war, denn sie sollte ein Tempel des Todes werden.

Auschwitz war 1940 als herkömmliches Konzentrationslager errichtet worden, um polnische Bürger zu kasernieren, die während des Einmarschs in ihr Land festgenommen wurden.

Doch als sich der Krieg gegen Nazideutschland wendete, forcierte Hitler seine »Endlösung des jüdischen Problems«, und so wurden gewisse Konzentrationslager zu reinen Vernichtungslagern umgebaut.

Auschwitz, das fast genau in der Mitte der von Deutschland annektierten Länder lag, sollte das größte und gefürchtetste dieser Todeslager werden.

Nürnberg 1946.

In Gefängniskleidung im Zeugenstand stehend wird Speer über sein Wissen bezüglich des Plans der Nazis, das ganze jüdische Volk in Europa auszulöschen – die sogenannte Endlösung –, ins Kreuzverhör genommen.

»Ich wusste nichts von diesen Plänen. Rein gar nichts. Ich war schockiert, als ich nach dem Krieg davon – und von ihrem Ausmaß – erfuhr.«

Er wird gefragt, ob er an der Wannseekonferenz teilgenommen hat, diesem berüchtigten von Reinhard Heydrich

einberufenen Treffen, das am 20. Januar 1942 stattfand und bei dem erörtert wurde, wie die Nazis die elf Millionen Juden im Großraum Europa umbringen wollten.

»Ich war nicht in Wannsee«, sagt er.

Das ist wahr.

»Ich wusste nicht, was dort besprochen wurde.«

Das ist eine Lüge.

In Auschwitz gab es mehrere Außenlager.

Das größte davon war Birkenau, und dort fanden die meisten Tötungen statt.

Von einem SS-Sturmbannführer geführt, liefen Speer und ich durch ein »Badehaus«.

»So wie wir es hier machen, ist es schon sehr raffiniert«, sagte der SS-Mann. »Wir karren die Gefangenen geradewegs von den Viehwaggons hierher und befehlen ihnen, sich zu waschen. Sie ziehen sich aus und kommen freiwillig herein, doch anstatt Wasser strömt Gas aus den Duschköpfen. Es ist sehr effizient.«

Da war schon wieder dieses Wort: *effizient*.

Ich konnte kaum glauben, was ich zu hören bekam, doch Speer nickte nur.

»Und wie werden die Leichen entsorgt?«, fragte er.

Wir wurden in das Krematorium gebracht, wo schon ein Techniker der Ofen-Firma auf uns wartete.

Hier sah ich zum ersten Mal die Öfen, an denen stolz die Plaketten des Herstellers prangten:

J. A. TOPF & SÖHNE

»Wie hoch, sagten Sie, ist das Fassungsvermögen? Wie viele werden damit pro Tag entsorgt werden können?«, fragte Speer.

»Eintausend«, sagte der Techniker der Topf-Industriebetriebe.

»Wir müssen unsere Kapazität für die Verbrennungen erhöhen. Wir haben mehr als 100.000 sowjetische Gefangene, und es werden noch Millionen hinzukommen. Und dann haben wir noch nicht einmal über die Juden gesprochen …«

Ich stand hinter Speer und machte Notizen.

Der Mann von Topf sagte: »Diese Öfen sind viel schneller als die alten. Es ist viel einfacher, Leichen hineinzuschieben. Außerdem werden Sie keine Särge benutzen, wie man es bei einem herkömmlichen Krematorium macht.«

»Das Wannsee-Protokoll ist eindeutig«, sagte Speer. »Die Zahlen werden enorm sein.«

Ich wusste nicht, was es mit diesem »Wannsee-Protokoll« auf sich hatte. Ich sollte später erfahren, dass es sich dabei um das Sitzungsprotokoll der Wannseekonferenz handelte.

Hitler nahm bekanntermaßen nicht an dem Treffen teil.

Als wir dort in Birkenau standen, sagte Speer: »Machen Sie die Öfen so groß wie möglich.« Dann ging er davon.

An jenem Nachmittag wurden wir von Hitler höchstpersönlich nach Berlin beordert.

Wir sollten umgehend zurückkommen, was hieß, dass wir ein Flugzeug nehmen mussten.

Wenn zu jener Zeit ein hochrangiger Minister oder Militärbeamter dringend nach Berlin kommen musste, konnten die Flugzeuge auf einer Notfalllandebahn im Tiergarten aufsetzen.

Im Grunde wurde nur die Charlottenstraße, die einmal quer von Ost nach West durch den Tiergarten verlief, zu einer Landebahn für kleine Flieger wie den Fieseler Fi 156 Storch umfunktioniert. Die Straße sollte für solche Missionen bis zum Ende des Krieges benutzt werden, auch für den berühmten »letzten Flug aus Berlin« von Hanna Reitsch, dem deutschen Fliegerass.

Der Grund für das dringende Treffen war die Schlacht, die in Stalingrad geschlagen wurde. Der Winter stand bevor, und die Kämpfe steckten fest.

»Hitler will wissen, wo seine *Wunderwaffen* bleiben«, sagte Speer. »Je länger unsere Streitkräfte in Stalingrad feststecken, desto mehr Zeit haben die Russen, mehr Männer in den Kampf zu schicken. Das Einzige, wovon die Russen mehr haben als wir, sind Männer. Unsere einzige Möglichkeit, diesen Nachteil in militärischer Stärke auszugleichen, sind mehr und bessere Vernichtungswaffen.«

Wir flogen nach Berlin zurück, landeten in der Mitte des Tiergartens und fuhren unverzüglich zur Reichskanzlei.

Notfalllandebahn im Tiergarten

Wir wurden bereits vom Führer sowie von Himmler und Goebbels und Bormann erwartet.

Hitler verlangte nach einem Bericht über den Fortschritt der V2-Raketen, die in Peenemünde entwickelt wurden, und über den »Uranverein«, Deutschlands Projekt zur Kernspaltung.

Zu diesem Zweck waren auch Wernher von Braun und Werner Heisenberg in die Reichskanzlei einbestellt worden. Sie waren bereits da, als wir ankamen.

Von Braun stellte sich als Erster der einschüchternden Ansammlung von Nazi-Größen.

Er trug seine volle SS-Uniform und stand kerzengerade da, als er in kurzen, emotionslosen Sätzen Bericht erstattete. Er war gerade einmal 30 Jahre alt.

Während Bormanns (neue) Erste Sekretärin Notizen machte, sprach von Braun in seiner typischen kurz angebundenen militärischen Art von seinen Errungenschaften.

Sie waren beeindruckend.

Seine Raketen, so sagte er, würden schon bald längere Strecken noch präziser zurücklegen können, um noch zerstörerischer zuzuschlagen.

Hitler war sichtlich ergriffen. Er nickte begeistert.

»Das sind wunderbare Neuigkeiten – einfach wunderbar«, sagte er.

»Was brauchen Sie von uns?«, fragte Bormann.

Von Braun antwortete, ohne zu zögern. »Ich brauche eine höhere Produktionskapazität, mehr Arbeiter und eine größere Anlage, um größere Raketen, die V2s, zu bauen.«

»Speer«, sagte Hitler, »verschaffen Sie von Braun so viele Zwangsarbeiter, wie er benötigt. Seine Raketen werden diesen Krieg für uns gewinnen.«

Man dankte von Braun für seine Dienste, dann ging er.

Als Nächster war Heisenberg dran.

Er gab eine ganz andere Figur als von Braun ab.

Er trug Zivilkleidung. Seine Krawatte war schlecht gebunden. Ich bemerkte, dass er an Gewicht zugelegt hatte.

Anders als von Braun benutzte er lange, weitschweifende Sätze, die mit Fachausdrücken gespickt waren.

»Mit unseren Forschungsarbeiten bezüglich des Zyklotrons und des schweren Wassers sind wir viel weiter als der Rest der Welt«, sagte er.

Hitler verlor zusehends die Geduld, was auch Bormann bemerkte.

»Kann diese Wissenschaft für eine Waffe benutzt werden?«, fiel Bormann ihm ins Wort. »Für eine Superwaffe? Das ist es, was den Führer interessiert.«

Heisenberg nickte. »Nun, theoretisch schon, aber …«

»Aber was?«, sagte Bormann.

»Nun, es würde Jahrzehnte dauern, solch eine Waffe zu bauen, selbst wenn wir jeden Wissenschaftler in Deutschland darauf ansetzten. Wie ich bereits erwähnte, würde es meinen Berechnungen zufolge 20 Jahre dauern, um die benötigte Menge des Schlüsselelements für den Kern solch einer Bombe anzuhäufen.«

Hitler sagte nichts. Doch auf seinem Gesicht spiegelte sich die Enttäuschung wider. Bormann erhob sich. »Das wäre dann alles, was wir wissen müssen …«

Himmler schaltete sich ein. »Ich habe eine Frage an Professor Heisenberg.«

Bormann setzte sich wieder und hörte zu.

Himmler fuhr fort: »Damals im September 1941 fuhren Sie nach Kopenhagen, um sich mit Niels Bohr, dem jüdischen Physiker, zu treffen.«

Heisenberg schluckte. Es beunruhigte ihn augenscheinlich, dass Himmler von der Reise wusste.

»Bohr … Bohr ist Christ«, sagte Heisenberg. »Das weiß ich ganz sicher …«

»Und ich weiß ganz sicher, dass seine Mutter jüdisch war«, sagte Himmler in dem gespenstischen Tonfall, für den er bekannt war. »Und das Judentum wird von der Mutter weitergegeben. Bohr ist schon seit langer Zeit einer der führenden Köpfe in der Welt der Atomforschung. Sagen Sie uns, was Sie und Professor Bohr in Kopenhagen zu besprechen hatten.«

Heisenberg rutschte nervös herum.

Himmler hatte – wie er es oft tat – Heisenbergs Arroganz mit seinem Wissen über dessen Reisen kaltgestellt.

Heisenberg sammelte sich und hob sein Kinn ein wenig, als er die Frage des Reichsführers-SS beantwortete.

»Ich fragte ihn nach den Plänen der Alliierten, das Atom als Waffe nutzbar zu machen. Ich hatte Bohr schon vor langer Zeit nahegelegt, dass solche Waffen nicht herzustellen sind, und es freut mich, Ihnen mitteilen zu können, dass Bohr mir endlich beipflichtet. Bohr sagte mir, dass die Versuche der Alliierten, in Amerika eine sogenannte ›Atombombe‹ zu bauen, kläglich gescheitert sind. Unser Treffen in Kopenhagen endete damit, dass ich Bohr davon berichtete, wie weit die deutsche Forschung auf diesem Gebiet vor allen anderen liegt und dass jeder Versuch ihrerseits, uns einzuholen, reine Zeitverschwendung wäre.«

Himmler nickte und wandte sich an Hitler.

»Das stimmt mit unseren Geheimdienstberichten aus Amerika überein, mein Führer. Die Amerikaner stoßen in ihrem Bemühen, solch eine Bombe zu bauen, auf eine Sackgasse nach der anderen. Unser Agent in Washington vermeldet, dass die Existenz einer einsatzfähigen Bombe noch 15 Jahre entfernt ist.«

Hitler erhob sich, und auch alle anderen standen auf.

»Vielen Dank, meine Herren. Das ist alles, was ich wissen muss.«

Er ging davon, und damit war das Treffen beendet.

Später an jenem Abend fand ich mich in einer Bar ein paar Straßen vom Brandenburger Tor entfernt ein, nicht weit von der Reichskanzlei.

Sie hieß Müllers Bar, und die Atmosphäre war lebhaft, ja fast schon ausgelassen. Noch gewann Deutschland den Krieg.

Musik wurde gespielt. Es wurde angestoßen. SS-Männer tanzten mit hübschen Mädchen, die Lippenstift und wallende Kleider trugen.

Ich saß mit einem Glas Rotwein an der Theke, als ein attraktiver Gestapo-Offizier in schwarzer Uniform neben mir Platz nahm.

»Guten Abend, Fräulein«, sagte Dan Kessler.

»Herr Sturmbannführer.«

Nachdem die Straße im Tiergarten zu einer Notfalllandebahn gemacht worden war, hatten wir unsere Treffen vom Gänseteich in diese Bar verlegt.

Dan hatte sich zur Gewohnheit gemacht, eine Gestapo-Uniform zu tragen. Sie bewirkte auf eine großartige Weise, dass sich die Leute von ihm fernhielten.

»Bohr war großartig in Kopenhagen«, sagte ich. »Heisenberg hat jedes seiner Worte geschluckt. Er glaubt, dass die

Alliierten nur ihre Zeit verschwenden, wenn sie versuchen, die Bombe zu bauen.«

»Ausgezeichnet«, sagte Dan. »Wer war dort?«

»Hitler, Speer, Himmler, Goebbels und Bormann«, sagte ich. »Sie sind jetzt auch der Meinung, dass das Atomprogramm der Amerikaner nutzlos ist. Die Informationen, die Sie ihrem Spion in D. C. zukommen ließen, haben es bis hierhin zurück in die höchsten Ränge der führenden Nazis geschafft.«

Dan erhob sich, um zu gehen. »Großartige Arbeit, Hanna. Seien Sie nun besonders vorsichtig. Ich werde Sie wahrscheinlich eine Zeit lang nicht sehen. Ich muss außer Landes, um mir neue Befehle zu holen. Ich werde mich bei Ihnen melden, sobald ich zurück bin.«

Er berührte meine Schulter und lächelte.

Trotz der schlimmen Zeit und des schrecklichen Krieges um uns herum gefiel es mir, wenn Special Agent Dan Kessler lächelte.

AUS DEM DRITTEN VERHÖR
SOWJETISCHER KOMMANDOSTAND
BERLIN, DEUTSCHLAND
MAI 1945

VERNEHMUNGSBEAMTER: Wie hat die Nazi-Führungsriege den Krieg im Jahr 1943 wahrgenommen?

FISCHER: Hitler hielt noch immer an dem Irrglauben fest, dass geheime Wunderwaffen gebaut wurden, mit denen sich der Verlauf des Krieges verändern ließe.

VERNEHMUNGSBEAMTER: Die V2-Raketen?

FISCHER: Ja. Und die neuen Kampfflieger von Messerschmitt.

VERNEHMUNGSBEAMTER: Wir haben das Raketenwerk in Peenemünde eingenommen, konnten dort aber nichts finden. Wohin wurde das Raketenprogramm gebracht?

FISCHER: Wegen der Bombenangriffe der Alliierten auf Peenemünde wurde das Raketenprogramm 1943 in die Mitte des Landes verlegt, in eine riesige unterirdische Fabrik namens Mittelwerk. Dort arbeiteten die Gefangenen aus dem Konzentrationslager nebenan, Mittelbau-Dora, einem Außenlager von Buchenwald.

VERNEHMUNGSBEAMTER: Zwangsarbeiter?

FISCHER: Ja.

VERNEHMUNGSBEAMTER: Russische Gefangene?

FISCHER: Ja.

VERNEHMUNGSBEAMTER: Wie viele?

FISCHER: Vielleicht 60.000.

VERNEHMUNGSBEAMTER: Und wie viele haben überlebt?

FISCHER: Vielleicht die Hälfte.

> In einem einsamen Tal im Harz …
> inspizierte ich die großflächige unterirdische Anlage, in der die V2-Raketen gebaut werden sollten. In den unerhört langen Hallen waren die Gefangenen damit beschäftigt, die Maschinen einzurichten und Rohrleitungen zu verlegen. Mit ausdruckslosen Gesichtern blickten sie durch mich hindurch …
>
> Aus *Erinnerungen: Eine Autobiografie* von Albert Speer

MITTELWERK – UNTERIRDISCHE RAKETENFABRIK MITTELDEUTSCHLAND
1944

Wernher von Braun führte Speer und mich höchstpersönlich durch die Anlage in Mittelwerk.

Speers Raketenbunker in Nordfrankreich war schon kolossal, doch diese Anlage war noch einmal gewaltiger.

Es war die größte Innenraumfläche, die ich je gesehen hatte: ein riesiger Tunnel, der bis mitten in das Herz des Berges gebohrt worden war.

Wir liefen an Tausenden Gefangenen vorüber – ausgemergelte, halb verhungerte Männer, von denen viele russische Gefangene aus der ersten Hälfte des Krieges waren –, die an einem Fließband schufteten, über das jede Woche Hunderte V2-Raketen liefen.

Von Braun sagte: »Ich brauche frische Zwangsarbeiter, Herr Reichsminister. Diese hier sind schwach, nutzlos. Sie sterben wie die Fliegen auf ihren verdammten Posten. Ich hörte, es gibt noch jede Menge in Mauthausen-Gusen. Schicken Sie mir welche von dort.«

»Ich werde mich darum kümmern«, sagte Speer. »Hanna, notieren Sie das.«

SCHLOSS HAIGERLOCH SÜDWESTDEUTSCHLAND 1944

Werner Heisenberg brachte Speer und mich in das mittelalterliche Innere von Schloss Haigerloch.

Wegen der anhaltenden Bombenangriffe der Alliierten auf Berlin wurde Heisenbergs Atomforschungsteam vom Kaiser-Wilhelm-Institut in die historische Stadt Haigerloch tief im Südwesten Deutschlands, nicht weit von Heisenbergs Elternhaus in Hechingen, verlegt.

»Es ist hier unten«, sagte Heisenberg, als er uns durch eine versteckte Tür in der Kirche des alten Schlosses führte und über eine Steintreppe hinunter in einen Geheimkeller brachte.

Und dort war er.

Heisenbergs Atomreaktor.

Es war ein sonderlich aussehendes Ding.

Schnüre, an die Dutzende kreideartige schwarze Würfel geknotet waren – Uranwürfel –, baumelten über einem kreisrunden, mit schwerem Wasser befüllten Tank.

»Die Wissenschaft dahinter ist komplex«, sagte Heisenberg in seiner typisch herablassenden Art, »doch eine größere

Ausgabe dieses Reaktors könnte diesen gesamten Teil Deutschlands über Jahre hinaus mit Energie versorgen.«

Ich betrachtete das Ding staunend.

Es war ungefähr sechs Meter hoch. Dass so viel Energie aus etwas so Winzigem kommen konnte, war wirklich kaum zu glauben.

Ich war mit der Wissenschaft dahinter vertraut, doch das sagte ich weder Heisenberg noch Speer.

Das schwere Wasser und der Grafit wurden in der Kernreaktion als Bremssubstanz benutzt: Sie verlangsamten Neutronen, was für eine ununterbrochene Reaktion sorgte.

Auch die Uranwürfel interessierten mich sehr. Sie waren das Herzstück einer jeden atomaren Vorrichtung.

»Der Führer möchte noch einmal wissen …«, begann Speer.

»Nein«, fiel ihm Heisenberg ins Wort. »Es kann nicht als Waffe benutzt werden.«

»Hanna, machen Sie eine Notiz.«

Wir verließen den geheimen Keller unter dem Schloss Haigerloch.

KZ MAUTHAUSEN-GUSEN
OBERÖSTERREICH
1944

Unser nächster Halt auf der Reise war das weitläufige Konzentrationslager Mauthausen-Gusen in Österreich.

Von allen Lagern im NS-Terrorsystem war nur Mauthausen-Gusen eines der »Kategorie III«, was bedeutete, dass es das brutalste war. Es bestand aus einem Netzwerk von 49 Außenlagern und hatte einen Ruf für seine beispiellose Barbarei erlangt.

Wir waren schon einmal hier gewesen, im Jahr zuvor, als ich einen Gefangenen in den Tod stürzen gesehen hatte.

Seitdem war das Lager noch einmal deutlich größer geworden.

Genau wie in Mittelwerk waren die wichtigsten Produktionsstätten, um sie vor den alliierten Bombenangriffen zu schützen, in riesige unterirdische Tunnel und Hallen verlegt worden, die die Gefangenen in den Berg gehauen hatten.

Ich sah mich voller Staunen um.

Tausende Zwangsarbeiter schufteten in den gewaltigen Höhlen.

Sie alle litten Hunger.

Die meisten von ihnen, so wurde uns berichtet, waren sowjetische Infanteristen, die in den frühen Tagen von Barbarossa in Gefangenschaft geraten waren.

Der Zweck dieses Besuchs war es, die Produktion der Messerschmitt Me 262 unter die Lupe zu nehmen. Angeblich war sie mehr als 100 Stundenkilometer schneller als selbst der beste amerikanische Kampfjet, der P-51D Mustang. Eine wahre Wunderwaffe.

Der Lagerkommandant, Franz Ziereis, verkündete voller Stolz: »Herr Reichsminister, wir stellen über 1200 Flieger pro Monat her! Mauthausen-Gusen ist der Stolz des ganzen Reiches!«

Der Stolz des ganzen Reiches, dachte ich. *Dieser Ort.*

Sowjetische Gefangene stierten uns mit hohlen Augen an, als wir an ihnen vorüberliefen. Auch wenn sie völlig ausgelaugt waren, so brannte noch immer ein Feuer in ihren Augen. Stolz lässt sich nie so ganz auslöschen.

»Kommen Sie«, sagte der Kommandant, »lassen Sie uns zu Mittag essen. Mein Koch hat uns eine göttliche Zwiebelsuppe und eine Gänsestopfleber zubereitet.«

Wir kehrten am nächsten Tag nach Berlin zurück, wo ich mich mit Dan traf. Er war mit überraschenden Neuigkeiten von seiner kürzlichen Reise zurückgekehrt.

»Die Alliierten schmieden schon Pläne für die Zeit *nach* dem Krieg«, sagte er, als wir im Müllers zusammensaßen.

»Aber noch ist es nicht vorbei«, sagte ich.

Die Alliierten hatten im Juni die Strände der Normandie gestürmt, aber noch keinen Fuß auf deutschen Boden gesetzt.

»Oh, es ist vorbei«, sagte Dan. »Das Pentagon hat alles genau berechnet. Es ist unmöglich, dass Nazideutschland diesen Krieg gewinnt. Jetzt bauen das OSS und die Army eine neue Spezialeinheit namens ›ALSOS‹ auf. Sobald Deutschland fällt und sich ergibt, wird es einen Wettlauf der Amerikaner mit den Sowjets geben, um die besten deutschen Wissenschaftler und Waffenbauer zu finden und für sich zu gewinnen, Leute wie Heisenberg und von Braun – vor allem von Braun. Es ist die Aufgabe der ALSOS, sie als Erster ausfindig zu machen.«

Als ich am nächsten Morgen in Speers Büro in der Reichskanzlei ankam, erwarteten mich weitere überraschende Neuigkeiten, diesmal von der deutschen Seite.

Martin Bormann, Hitlers rechte Hand, war befördert worden, und da er sich nun um wichtige neue Aufgaben zu kümmern hatte, brauchte er eine zusätzliche Sekretärin, und er wollte eine haben, die bereits gezeigt hatte, dass sie auf der höchsten Ebene des Regimes zurechtkam.

»Jemand, der jeden kennt und weiß, wo alles ist«, sagte er. »Ich habe keine Lust, irgendein dummes neues Mädchen anzulernen.«

Für diese Rolle verlangte er ausdrücklich nach mir.

Natürlich war meine Erfahrung ein gewichtiges Argument, doch ich merkte auch, wie sein Blick über meinen Körper huschte, als er seine Forderung stellte.

Speer konnte nichts dagegen tun. Bormann stand im Rang höher.

Schon am nächsten Tag sollte ich das Büro wechseln. Von da an war ich die Sekretärin von Reichsleiter Martin Bormann.

TEIL VII

1945
BORMANNS SEKRETÄRIN

Die Reichskanzlei

Wenn das, was ich gesehen habe, herauskommt, dann werden wir alle bis zu den Knien im Blut waten.

Ein Schlosser der J. A. Topf & Söhne,
der die Abluftventilatoren
in Auschwitz montierte

> Ich weiß, Bormann ist vulgär. Doch was immer er auch anpackt, macht er mit Haut und Haaren, und ich kann vollkommen darauf vertrauen, dass meine Befehle augenblicklich ausgeführt werden, egal was ihm dabei im Weg steht.
>
> Adolf Hitler

KALIWERK KAISERODA
MERKERS, MITTELDEUTSCHLAND
JANUAR 1945

Martin Bormann hätte sich kaum noch mehr von Albert Speer unterscheiden können.

Speer war Hitler hörig und machte mit den Nazis gemeinsame Sache, um Geschichte zu schreiben, Monumente zu errichten, die Welt zu prägen, Erinnerungen zu gestalten. Er war verheiratet und hatte, soweit ich weiß, keine Frauengeschichten. Darüber hinaus war er freundlich und zuvorkommend.

Bormann war ganz anders.

Er scherte sich um niemand anderen als sich selbst. Alles, was er tat, machte er aus reinem Eigeninteresse.

Er war kein Intellektueller. Tatsächlich verachtete er solche Menschen. Er war eine Kreatur der Straße und verfügte über eine feine Nase, wenn es um Stärke, Macht und Angst ging.

Seine sexuellen Gelüste waren beträchtlich – und dazu

auch noch widerwärtig –, obwohl er verheiratet war und viele Kinder hatte. Mir gelang es, seine Annäherungen abzuwehren, doch er hatte viele Sekretärinnen, Köchinnen und Kellnerinnen davon überzeugt, für ein paar leere Versprechungen mit ihm zu schlafen.

Ich weiß sogar von einigen Fällen, in denen er, wenn er ein Konzentrationslager besuchte, auf eine bedauernswerte Gefangene deutete, die dann später in sein Quartier gebracht wurde, um seine Bedürfnisse zu stillen.

Als ich im Frühjahr 1945 für ihn zu arbeiten begann und abzusehen war, dass Deutschland den Krieg wohl verlieren würde, trat sein Selbsterhaltungstrieb instinktiv zum Vorschein.

Das merkte ich schon auf meiner ersten Inspektionsreise mit ihm.

Unsere Reiseroute ähnelte meiner letzten Exkursion mit Speer, war aber doch ganz anders.

So führte mich zum Beispiel mein erster Halt mit Bormann zum Kaliwerk Kaiseroda in Merkers, ungefähr zwei Stunden von Mittelwerk entfernt, wo Wernher von Braun noch immer Raketen in seiner riesigen unterirdischen Fabrik baute.

In dem Kaliwerk in Merkers lagerten Gold im Wert von 400 Millionen Reichsmark sowie viele unschätzbare Kunstwerke, die aus jeder Ecke Europas geraubt worden waren.

Die schiere Anzahl war überwältigend.

Bormann sprach zu dem dort federführenden Nazi. »Schaffen Sie alles nach Genua. Dort wird ein U-Boot warten. Ich werde alles nach Buenos Aires bringen. Der Codename des Projekts lautet *Adlerflug*. Sagen Sie es, und Sie werden durch jeden Kontrollpunkt gewunken.«

Ich konnte es nicht glauben.

Die Nazis waren trotz all ihrer fast schon religiösen Anmaßungen über eine angebliche Herrenrasse und die arische Überlegenheit – und ihrer hasserfüllten Vernichtungsstrategien gegen alle »Rassen«, die sie als minderwertig betrachteten – nichts weiter als herkömmliche Diebe.

Deutschland lag in Ruinen. Die Amerikaner waren bereits auf deutsches Gebiet vorgedrungen und die Russen rückten von Osten heran. Bombenangriffe auf Berlin fanden viermal die Woche statt, häufig am helllichten Tag. Deutschland würde vielleicht schon in wenigen Monaten fallen.

Und die Ratten, die das Land in den Krieg geführt hatten, verließen das sinkende Schiff.

Und Bormann arbeitete intensiv daran, ihre Flucht zu planen.

FLUGHAFEN TEMPELHOF
27. JANUAR 1945

Sein nächster Halt lag im Süden von Berlin.

Während die Bomben der Alliierten mit einem fernen, dumpfen Dröhnen auf die Stadt niedergingen, sah sich Bormann eine abgeschottete Flugzeughalle in Tempelhof an.

Darin standen, weit weg von allen anderen Hallen, zwei vollgetankte Flieger.

Jeder Flieger verfügte über zwei Besatzungen, die angewiesen waren, wechselweise zu schlafen, sodass sie rund um die Uhr zum Abflug bereit waren.

»Sollte Berlin fallen, werden diese Flieger die Führungsriege von hier wegbringen«, sagte Bormann zu seinen Männern. »Das ist von größter Wichtigkeit, verstanden? Heil Hitler.«

»Heil Hitler!«, antworteten sie und rissen ihre Arme in die Höhe.

Bis heute weiß ich nicht, ob Hitler von diesen Fluchtplänen Kenntnis hatte.

Sogar als die Rote Armee auf die deutsche Hauptstadt zumarschierte, machte er nicht den Eindruck, aus Berlin flüchten zu wollen.

Bormann und ich kehrten gegen Mittag in unsere Büros in der Reichskanzlei zurück.

Dort wartete eine Nachricht auf meinem Schreibtisch:

Sturmbannführer Kriegler von der Gestapo möchte Sie bei nächster Gelegenheit sprechen.

Bomben kreischten über unsere Köpfe hinweg, als ich Dan eine Stunde später im Müllers traf.

Das Bombengewitter war an diesem Tag besonders schwer. Immer wieder knallte es ganz in unserer Nähe.

»Wir verschwinden«, sagte Dan nur, als ich mich neben ihn setzte.

»Verschwinden?«

»Sie und ich werden aus Berlin abgezogen. Es ist mit all den Luftangriffen schon jetzt viel zu gefährlich, und die Zentrale glaubt, dass die Russen innerhalb weniger Wochen hier sein werden. Die 12. Armee unter General Bradley kommt von Westen her auf Berlin zu, doch ich glaube nicht, dass sie rechtzeitig hier sein wird. Ich habe mit ihrem S2, dem Nachrichtenoffizier, gesprochen. Die 6. Armee ist ganz unten im Süden des Landes auf dem Weg nach München und Berchtesgaden. Die Zentrale will, dass wir verschwinden. Sofort.«

Ich lächelte vor Erleichterung. Das war die Nachricht, auf die ich gewartet hatte. Unser Krieg war vorbei. Wir würden nach Amerika zurückkehren.

Dan sagte: »In einer Stunde werde ich unsere Kontaktperson der Roten Armee treffen, um Pläne für die Zeit nach dem Krieg zu schmieden. Danach muss ich noch einige Unterlagen und Sachen im Unterschlupf vernichten. Ich habe ein abfahrbereites Auto und falsche Papiere, um uns zu den amerikanischen Linien im Süden zu bringen. Heute Abend brechen wir auf, Punkt sieben Uhr.«

»Sieben Uhr heute Abend«, sagte ich.

»Gehen Sie jetzt wieder in Ihr Büro und beenden Sie den

Arbeitstag so wie jeden anderen. Aber morgen werden Sie nicht mehr zum Dienst erscheinen.«

Ich kehrte von innerlicher Aufregung erfüllt ins Büro zurück.

Bormann war wie immer schwer damit beschäftigt, seine nächste Aufgabe in Hitlers Auftrag zu erfüllen.

Nun, da die Sowjets und die Amerikaner von beiden Seiten in Deutschland einmarschierten, hatte Hitler angeordnet, die Lager und Gefängnisse in und um Berlin zu evakuieren und die Insassen in Todeslager wie Auschwitz-Birkenau, Mittelwerk und Mauthausen-Gusen zu schicken.

Meine letzte Aufgabe mit Bormann sollte es sein, das Gefängnis in Spandau zu besuchen und für die Evakuierung vorzubereiten.

KRIEGSVERBRECHERGEFÄNGNIS SPANDAU

Bormann und ich kamen um vier Uhr am Nachmittag in Spandau an und fanden ein geschäftiges Gewusel vor.

Gerätschaften wurden verpackt und Insassen in Lkws verfrachtet, die sie zu den Bahnhöfen in der Umgebung bringen sollten.

Ich sah Nazi-Wächter, denen goldene Halsketten und Schmuck aus den Taschen hingen: zweifellos Habseligkeiten der Insassen, die sie nun nicht mehr brauchten.

»Mauthausen-Gusen!«, rief ein junger Nazi mit einem Klemmbrett in der Hand aus vollem Hals. »Diese Fuhre kommt nach Mauthausen-Gusen!«

Ein Trupp aus jämmerlich dreinblickenden Gefangenen wurde über eine Holzplanke auf die Ladefläche eines Lkws getrieben. Die Leute hatten augenscheinlich keinen Schimmer, welche Hölle sie erwartete.

Eine Reihe von Käfigen war draußen auf dem Hof gleich neben den Laderampen errichtet worden. Sie sahen wie Hühnerställe aus, nur dass darin Menschen hockten.

Einer dieser Käfige war bis zum Bersten mit weiblichen Gefangenen gefüllt. Sie klammerten sich an die persönlichen Dinge, die sie in den Händen tragen konnten: Taschen, Schuhe.

»Hanna!«, rief eine Stimme. »Hanna Fischer!«

Ich drehte mich um und sah sie inmitten all der anderen Frauen gegen das Gitter gequetscht. Sie rief durch einen grässlichen ledernen Maulkorb nach mir.

Meine Schwester.

Ooma.

Während Bormann seinen Aufgaben nachging – als der pedantische Deutsche, der er war, verlangte er nach einer genauen Auflistung aller Insassen, die in ihr Verderben geschickt wurden –, trat ich an den Käfig heran.

Genau wie alle anderen Frauen hatte auch Ooma einen kahl rasierten Schädel und trug eine gestreifte Gefängniskluft.

Ein Wort war in den braunen Ledermaulkorb, der ihre Nase und ihren Mund bedeckte, gestanzt worden: BEISSER.

»Bitte, Hanna«, sagte sie durch ihre Maske. »Du musst mich hier rausholen. Wie es heißt, werden wir nach Mauthausen gebracht, um ausgetilgt zu werden. Du musst mir helfen.«

Ich starrte meine Schwester an, diese fehlgeleitete Frau, die mein Leben gestohlen hatte, nachdem sie einen Großteil ihres eigenen Lebens in Krankenhäusern, Lagern und Gefängnissen hatte verbringen müssen.

Hatte sie dieses Schicksal verdient?

Ich war mir sicher, dass sie noch nie »ganz richtig im Kopf« gewesen war. Und außerdem war sie noch immer meine Schwester. Ich erinnere mich noch immer an den tränenreichen Ausruf meiner Mutter an dem Tag, als Ooma sie in den Arm genommen hatte.

Ich wandte mich an einen der Wachmänner neben dem Käfig. »Wann werden diese Frauen weggebracht?«

»Gleich morgen früh«, sagte er.

»Ich werde sehen, was ich tun kann«, sagte ich zu Ooma. »Ich versuche, im Büro ein Verlegungsgesuch für dich unterschreiben zu lassen.«

Bormann hatte seine Aufgabe erfüllt und war im Begriff zu gehen. »Auf geht's«, rief er.

»Ich komme später noch einmal wieder, versprochen«, sagte ich zu Ooma, bevor ich mich ihm anschloss.

Auf unserer Fahrt zurück zur Reichskanzlei sah ich eine alliierte Bombe vom Himmel herabkreischen und eine Kirche in Schutt und Asche legen.

In der einen Sekunde war die Kirche noch da, in der nächsten war sie nur noch eine Wolke aus Rauch und Trümmerteilen.

Zu einer Zeit, in der es Bomben nur so regnete, war dieser Tag ein besonders schlimmer.

In den wenigen Stunden, die mir noch blieben, tippte ich ein Verlegungsgesuch für Ooma, das sie für eine Putzfraueneinheit in einem Zivilkrankenhaus in Westberlin vorsah. Ich schob es Bormann inmitten eines Stapels anderer Dokumente zu, und er unterzeichnete es, ohne es sich auch nur anzuschauen.

Und schon war ich zur Tür hinaus.

Ich hatte alles genau geplant.

Ich würde mich mit Dan in Müllers Bar am Brandenburger Tor treffen und mit ihm zusammen in sein Auto steigen und davonfahren. Auf unserem Weg zur Stadt hinaus würde ich kurz ins Gefängnis in Spandau gehen und den Wachen an der Rezeption Oomas Verlegungsgesuch überreichen.

Sobald Ooma in dem Krankenhaus war, hatte sie jede Gelegenheit zu fliehen. Was sie danach machte, ging nur sie etwas an. Weiter reichte meine familiäre Loyalität nicht.

Ich eilte durch den rauchverhangenen Tag zur Bar.

Gerade als ich um eine Ecke kam und das Müllers sah …

… schoss eine weitere alliierte Bombe aus dem Himmel herab und sprengte die Kneipe in einem Hagel aus Feuer und Ziegelsteinen auseinander.

Die Explosion riss mich von den Beinen.

Zerbrochene Ziegelsteine zischten über meinen Kopf hinweg und schlugen in die Schaufenster der Läden hinter mir.

Nach einem Moment erhob ich mich und sah die Bar – unsere Bar – oder das, was noch davon übrig war.

Das Dach sah aus wie der geöffnete Deckel einer Suppendose und war in einem schrägen Winkel nach oben gebogen, was die zerstörte Einrichtung den Elementen aussetzte.

Glücklicherweise war die Bar nicht direkt getroffen worden.

Die Bombe war auf das Gebäude daneben niedergegangen. Es war völlig ausgelöscht worden. Es war einfach nicht mehr da.

Flammen schlugen aus dem Müllers.

Sein gemauerter Schornstein brach mit einem lauten Getöse in sich zusammen.

Ich hörte die Sirenen von Löschfahrzeugen in der Ferne, doch wer wusste schon, ob sie hierherkamen oder auf dem Weg zu einem anderen Bombeneinschlag waren?

Ich hastete zu dem Trümmerhaufen hinüber, um nach Dan zu suchen.

Mit einem Satz hüpfte ich durch das zerschlagene vordere Fenster in das Innere der Ruine und rief: »Dan! Dan!«

Die Leichen der Barbesucher – Zivilisten genau wie Soldaten – lagen blutüberströmt und mit Brandflecken übersät da.

»Dan! Nein …«

»Hanna …«, rief eine heisere Stimme aus der Seitengasse hinter der Bar.

Ich eilte hinüber und fand ihn in seiner Gestapo-Uniform, das Gesicht blutverschmiert, seine Beine unter einem Haufen zerbrochener Ziegelsteine feststeckend.

Neben ihm lag eine Frau. Ihr Gesicht und ihr Oberkörper waren von demselben Steinhaufen bedeckt.

»Dan!« Ich machte mich daran, die Ziegelsteine von seinen Beinen zu hieven. »Ist alles in Ordnung?«

Er kniff das Gesicht schmerzverzerrt zusammen. »Nicht … wirklich …«

Nachdem ich die ersten Steine entfernt hatte, sah ich sein linkes Bein.

Es war an mehreren Stellen gebrochen. An seinem Knöchel ragte ein Stück Knochen aus seiner Haut.

Dan Kessler würde Berlin heute Nacht nicht verlassen und schon gar nicht durch halb Deutschland reisen. Er würde eine ganze Weile nicht laufen können.

»Hanna, verschwinden Sie von hier«, sagte er. »Nehmen Sie den Wagen und … Ahh!« Er schrie vor Schmerzen.

Ich wusste nicht, was ich tun sollte. Doch ich würde ihn nicht einfach zurücklassen, so viel war sicher.

In diesem Augenblick stöhnte die Frau unter dem Ziegelsteinhaufen. Sie lebte noch. Hastig schob ich die zerbrochenen und verkohlten Steine von ihrem Gesicht.

Als ich den letzten Stein beiseitegeschoben hatte, erstarrte ich.

Mir wäre nie in den Sinn gekommen, dass Dans letztes Treffen mit der Kontaktperson der Roten Armee – ein Offizier, ein Spion – eine Frau sein würde. Und schon gar nicht, dass *sie* es war.

Vor mir in der Gasse hinter der zerstörten Bar lag Swetlana Sarkowski.

Ich starrte die russische Spionin an, als ihre Lider flatterten und sie die Augen öffnete.

Sie hatte nun schwarzes Haar, doch ihr wunderschönes Gesicht war unverkennbar.

Sie blickte mich an, war aber von dem Bombeneinschlag noch so benommen, dass sie mich nicht sah.

Doch dann roch sie mich.

»Californian Poppy …«, sagte sie schläfrig. »Wie schön, dich wiederzusehen.«

Blut tropfte von ihrer Schläfe. Es verklebte das Haar an der Seite ihres Kopfes und bedeckte ihren ganzen Hals.

Mit blutverschmierten Fingern tastete sie nach ihrer Hüfte, als ich es plötzlich sah. Ein verbogenes Stück Metall ragte aus der linken Seite ihres Bauches. Auch hier tropfte Blut herab.

Sie berührte es und schrie vor Schmerzen.

Ich setzte mich sofort in Bewegung.

Zuerst zerrte ich Dan zu unserem Auto. Es stand ganz in der Nähe, zur Abfahrt bereit. Zum Glück war es bei dem Bombenangriff nicht allzu sehr zu Schaden gekommen. Ein paar Risse zogen sich über die Windschutzscheibe und es hatte etliche Kratzer abbekommen, doch ansonsten war es in Ordnung.

Dann lief ich zurück, befreite Swetlana aus dem Geröll und schaffte auch sie zum Auto.

Dann fuhr ich beide zum nächstgelegenen Krankenhaus: ein unterirdisches Feldlazarett, das in der U-Bahn-Station am Potsdamer Platz unweit der Reichskanzlei errichtet worden war.

Dans Gestapo-Uniform verschaffte ihm eine Vorzugsbehandlung, und er und Swetlana wurden in eine saubere

Ecke des Krankenhauses geschafft, wo sich ein paar Ärzte sofort um sie kümmerten.

Drei Stunden später lagen sie beide in der umfunktionierten U-Bahn-Station in sauberen Betten, schwer lädiert und bandagiert, aber am Leben.

Swetlana schlief fest. Das Morphium hatte sie ausgeknockt. Die Wunde an ihrem Bauch war schlimm gewesen und hatte zahlreiche Nähte benötigt.

Dan war wach, und als ich mich auf die Kante seines Bettes setzte, schüttelte er nur den Kopf.

»Ausgerechnet heute«, sagte er. »Ausgerechnet … Hören Sie, Hanna. Sie müssen verschwinden.«

»Ich werde Berlin nicht ohne Sie verlassen, Mister.« Ich deutete mit einem Nicken auf die Schiene an seinem linken Bein und über seinem Knöchel. »So wie es aussieht, werden Sie in nächster Zeit nirgendwohin gehen. Ruhen Sie sich aus. Ich werde mir etwas überlegen. Nun muss ich erst einmal meiner Schwester helfen. Ich komme in ein paar Stunden zurück.«

Ich beugte mich vor und küsste ihn sanft auf die Stirn.

»Ruh dich jetzt aus«, sagte ich. »Ich bin bald wieder da.«

Es war schon Nacht, als ich mit dem Auto an dem Gefängnis in Spandau ankam und durch das Tor mit den burgähnlichen Türmen links und rechts eilte.

Als Sekretärin des Reichsleiters wurde ich sofort hereingelassen.

Ich bat darum, zu dem Käfig mit den weiblichen Gefangenen gebracht zu werden.

Die Wachmänner grinsten. Auch sie wussten von Bormanns Gelüsten und seinem gelegentlichen Ansinnen, eine Gefängnisinsassin in seine Wohnung in der Stadt bringen zu lassen, um sie zu »verhören«.

»Diese da«, sagte ich und deutete auf Ooma. »Bringen Sie sie in das Verhörzimmer. Ich muss ihr im Auftrag von Reichsleiter Bormann ein paar Fragen stellen.«

Die Wachmänner schoben Ooma in den festgeschraubten Stuhl, der vor dem ebenso festgeschraubten Tisch stand.

»Das können Sie abnehmen.« Ich deutete auf ihren ledernen Knebel. »Du wirst mich doch nicht beißen, oder?«

Sie schüttelte den Kopf.

Die Wachmänner lösten das Vorhängeschloss hinten an dem Knebel. Dann verließen sie das Zimmer und knallten die eiserne Tür hinter sich zu.

Wir waren allein.

Ooma nahm den Knebel ab, und ich sah ihr Gesicht. Es sah aus wie meines, nur dass ihr Schädel kahl rasiert war und ihre Wangen wegen der Unterernährung eingefallen waren.

Sie hielt die zerfledderte kleine Tasche mit ihren Habseligkeiten auf ihrem Schoß fest in ihren Händen.

»Ach, Schwester«, sagte sie mit glänzenden Augen. »Sieh dich nur an. Sieh nur, wie weit du es in dieser Welt gebracht hast. Sekretärin des Reichsleiters.«

»Ooma«, sagte ich und fischte den Verlegungsschein aus meiner Handtasche. »Hör zu, ich werde dich verlegen lassen und …«

Sie schlug so schnell wie eine Peitsche zu.

Ihre Hand schoss aus ihrer kleinen Tasche hervor, und ich sah das Tuch in ihren Fingern.

Sie streckte ihren Arm über den Tisch und drückte mir das Stück Stoff gegen die Nase. Mir blieb gerade noch genug Zeit, um den beißenden Geruch einer Chemikalie wahrzunehmen: Chloroform. Woher sie es hatte, weiß ich nicht.

Wahrscheinlich hatte sie es während eines Besuchs im Krankenhaus mitgehen lassen.

Ich sank in meinen Stuhl und mühte mich, nicht das Bewusstsein zu verlieren.

Meine Muskeln wurden immer schlaffer und mein Blick verschwamm, doch ich sah noch, wie Ooma um den Tisch trat und den Verlegungsschein beiläufig in die Hand nahm.

Dann holte sie etwas aus ihrer Tasche hervor, etwas, das struppig und pelzig aussah.

Ich brauchte einen Moment, um zu verstehen, was es war.

Eine Perücke. Eine kleine Perücke, die dieselbe Farbe und denselben Stil wie mein eigenes Haar hatte.

»Recht lieben Dank, dass du zurückgekommen bist, Schwester«, sagte sie. Ihre Stimme klang fern.

Dann griff sie nach unten und zog mir meinen geliebten silbernen Armreif vom Handgelenk. Kühl schob sie ihn sich über ihr eigenes.

»Du warst buchstäblich meine letzte Hoffnung«, sagte sie. »Ich hasse es, dir das hier antun zu müssen, schon wieder, doch dein wunderbares Leben wird einmal mehr meines sein. Aber was noch schlimmer ist, dieses Mal wird mein Leben auch zu deinem.«

Dann verlor ich vollends das Bewusstsein. Alles wurde schwarz.

Ich erwachte in einer dunklen Eiseskälte und fand mich auf dem Holzboden eines rollenden Viehwagens wieder, zwischen den Füßen von 20 anderen weiblichen Gefangenen liegend und mit Oomas Lederknebel eng über mein Gesicht geschnallt.

Der Boden, auf dem ich lag, war mit feuchtem Stroh bedeckt, das nach menschlicher Pisse und Scheiße roch.

Mir brummte der Schädel.

Ich raffte mich auf und berührte meinen Kopf.

Und spürte Stoppeln.

Mein Haar war verschwunden.

Ooma hatte es abrasiert.

An meinem linken Handgelenk klebte Blut. Ich sah nach und sah zwei frische Schnitte – Schnitte, die denen entsprachen, die Ooma sich als Jugendliche zugefügt hatte.

O mein Gott, nein, dachte ich.

Ich lugte durch die Lücken in den Holzlattenwänden und sah Felder, die im Mondlicht vorüberhuschten.

Ich war in einem Zug, der in Richtung Süden durch eine ländliche Gegend rauschte. Und ich war anstelle von Ooma hier, auf dem Weg zum schlimmsten Lager im ganzen deutschen Lagersystem.

Mauthausen.

KONZENTRATIONSLAGER MAUTHAUSEN-GUSEN
29. JANUAR 1945

Wir erreichten Mauthausen am späten Nachmittag des nächsten Tages.

Mein anfängliches Entsetzen, das ich verspürt hatte, als ich in dem Viehwaggon aufgewacht war, hatte sich in einen unverhohlenen Zorn auf Ooma verwandelt. Wie hatte sie mir das antun können, zumal ich nur nach Spandau zurückgekehrt war, um ihr zu helfen?

Es fiel Schnee.

Ein kalter Wind pfiff.

Zusammen mit den anderen weiblichen Gefangenen wurde ich aus dem Zug gestoßen und einen langen, von einem Stacheldrahtzaun umgebenen Pfad entlanggetrieben, der zu dem Lager führte, das sich an den Fuß des Berges schmiegte.

Nur ich allein trug eine Beißer-Maske.

Als ich durch die Tore dieses schrecklichen Ortes schritt, wandelte sich mein Zorn wieder, dieses Mal zu einem Gefühl der nackten Angst.

Ich verbrachte meine erste Nacht in einer der Baracken und schlief zusammen mit den anderen Frauen Kopf an Fuß auf einem Holzfußboden.

Es war bitterkalt, und wir drückten uns eng aneinander, um uns zu wärmen. Trotzdem starb eine aus unserer Fuhre in jener Nacht an Unterkühlung. Sie wurde am Morgen von ein paar männlichen Gefangenen hinausgetragen und in eine Grube geworfen, die schon mit faulenden Leichen gefüllt war.

Wir mussten sofort an die Arbeit gehen.

Ein jugendlicher Nazi fragte uns eine nach der anderen nach unseren besonderen Fähigkeiten.

In der Frauenbaracke machte es schnell die Runde, dass die Arbeit in den Höhlen in den Tiefen des Berges einem Todesurteil gleichkam.

Doch mir schwirrten andere Gedanken durch den Kopf.

Der erste drehte sich um etwas, das Ooma mir gesagt hatte:

»Lass dir etwas gesagt sein, Schwester. Solltest du jemals eingesperrt werden, egal ob in einer Anstalt, einem Lager oder einem Gefängnis, musst du innerhalb von drei Tagen die Flucht wagen. Nach drei Tagen ist es vorbei. Man braucht Kraft für eine Flucht, doch sie geben dir kaum etwas zu essen hier, also verliert man die benötigte Energie.«

Der zweite betraf einen Ingenieur der Nazis, der Speer bei einem unserer früheren Besuche in Mauthausen erzählt hatte, dass die Tunnel durch den ganzen Berg führten. Sicher, sie drohten in sich zusammenzustürzen, doch sie führten bis auf die andere Seite.

Als ich dran war, von dem jungen Nazi befragt zu werden, sagte ich: »Ich war in der Blechverarbeitung tätig.«

Ich wurde unverzüglich der Messerschmitt-Fabrik im Inneren des Berges zugewiesen, um am Montageband für die Me 262 zu arbeiten.

Noch am selben Tag wurde ich dorthin gebracht.

Die Gerüchte stellten sich als richtig heraus.

Sobald ich durch das gigantische Hallentor in den Berg hineingelaufen war und die riesige Industrieanlage darin betreten hatte, sollte ich nie wieder durch dieses Tor zurückkehren.

Nachdem ich meine Arbeit an den Kampffliegern aufgenommen hatte, musste ich im Inneren des Berges schlafen.

Zu jener Zeit machten sich die Nazi-Schergen nicht die Mühe, den Gefangenen eine Pritsche oder eine Matratze oder auch nur etwas zu essen zu geben. Sie ließen uns auf dem Zementboden schlafen und zwangen uns zu schuften, bis wir vor Erschöpfung oder Hunger eingingen. Aus meiner Zeit mit Einstein in den 1930ern, als ich viel über die Physik und von Atomreaktoren las, waren mir die Grundlagen der Metallverarbeitung bekannt, und so schummelte ich mich durch, so gut ich konnte.

Als aus einer Nacht zwei wurden und meine Kraft immer schneller nachließ, dachte ich immer wieder daran, dass Ooma mit ihrem Rat an mich recht hatte. Ich musste verschwinden, so schnell wie möglich, oder ich würde nie mehr herauskommen.

Und dann, während meiner dritten Nacht in Mauthausen, brach ein Tumult aus, und ein paar der SS-Männer aus dem Hauptlager kamen in unsere Halle gerannt und riefen die Wachen herbei.

Von ihren Rufen wach gerüttelt, hörte ich einen der SS-Männer sagen: »Ihr werdet es nicht glauben! Von den russischen Gefangenen in Block 20 drüben in Mühlviertel ist eine ganze Schar ausgebrochen! 500 von den Narren sind auf der Flucht! Kommt, wir wollen Jagd auf diese ausgehungerten Mistkerle machen! Es wird großartig!«

Mühlviertel war ein Außenlager von Mauthausen, in dem alle sowjetischen Gefangenen festgehalten wurden, die auf ihre Hinrichtung warteten.

Für die jungen Nazi-Wachen war es das Aufregendste, was sie in Mauthausen erlebt hatten, und so kamen sie alle beisammen, um ihren Freunden von der SS zuzuhören. Viele folgten ihnen nach draußen, um mit eigenen Augen zu sehen, was vor sich ging.

Ich verlor keine Sekunde.

Als sie uns die Rücken zukehrten, rannte ich los, in die andere Richtung, hinein in die Tiefe der Höhlen.

Ich trug noch immer meinen Knebel und hatte Mühe zu atmen, doch dieser Anflug von Hoffnung auf eine Flucht verlieh mir die nötige Kraft, in das Wirrwarr aus unbehauenen Tunneln jenseits der Fertigungshalle zu hasten, um irgendwie auf der anderen Seite wieder herauszukommen.

In einem Krieg, der nur so davon wimmelte, sollte die »Mühlviertler Hasenjagd« als eine der schlimmsten Gräueltaten in die Geschichte eingehen.

Die SS-Wachen und die Bewohner der umliegenden Städtchen begaben sich fröhlich auf die Jagd nach den 500 Rotarmisten und machten sich einen riesigen Spaß daraus, die armen Kerle niederzustrecken.

Es sollte drei Wochen andauern.

Wie sich herausstellte, reichten die Tunnel tatsächlich bis zur anderen Seite des Berges.

Eine Schraubzwinge aus der Fertigungshalle machte kurzen Prozess mit dem Schloss hinten an meinem Knebel. Es öffnete sich mit einem Knacken, und ich riss mir die Ledermaske ab und schnappte hastig nach Luft.

Ich griff mir noch eine Taschenlampe von einer Werkbank und flitzte mit letzter Kraft in die Tunnel.

Ich eilte im Zickzack durch die ersten Gänge. Als ich tiefer in das Tunnelsystem vordrang, wurden die Wände sichtbar rauer.

Dann kam ich um eine unbehauene Ecke und blieb wie angewurzelt stehen.

Zwei Gestalten suhlten sich auf dem Boden, ein Mann und eine Frau, und trieben es wild miteinander.

Die Frau war eine Gefangene, der Mann ein Wachmann.

Sie saß rittlings auf ihm, nackt, wie auf einem bockenden Pferd, während er auf seinem Rücken lag und vor Vergnügen grunzte und stöhnte.

Ich wusste, dass dies trauriger Alltag in jedem Gefangenenlager war, und zweifellos erhielt sie eine bevorzugte Behandlung für ihre Dienste: zusätzliches Essen, Decken, womöglich das Versprechen einer Freilassung, sobald alles vorbei war.

Ich rührte mich keinen Millimeter – völlig ungeschützt und voller Angst, dass meine Flucht vorüber war, bevor sie überhaupt angefangen hatte –, doch so, wie sie dalagen, war sein Gesicht von mir abgewandt, während sie mich geradewegs ansah.

Unsere Blicke trafen sich.

Sie wusste ganz genau, was ich tat.

Mit einem Blinzeln und einem kurzen Nicken bedeutete sie mir weiterzugehen, ohne auch nur ein Mal aufzuhören, mit den Hüften zu schwingen. Der Wachmann sah mich nicht und stöhnte munter weiter.

Ich rannte fort, während sein lustvolles Grunzen von den steinernen Wänden der Tunnel hinter mir widerhallte.

Ich benötigte sieben Stunden, um mich durch zahllose unbehauene Gänge zu winden und zu schlängeln – einige waren kaum breit genug, um mich hindurchzuquetschen –, doch schließlich kam ich durch eine Spalte auf der anderen Seite des Berges heraus und erblickte die Wälder Oberösterreichs.

Wohin jetzt?, fragte ich mich.

Deutschland war im Begriff, zu fallen.

Die Amerikaner kamen vom Westen.

Die Russen marschierten auf Berlin zu …

… wo ich Dan mit einem gebrochenen Bein und in einer falschen Gestapo-Uniform in einem Feldlazarett in der U-Bahn-Station am Potsdamer Platz zurückgelassen hatte.

Wenn die Russen Berlin einnahmen und ihn so vorfanden, würden sie ihn an Ort und Stelle exekutieren.

Ich musste ihn retten.

Ich musste zurück nach Berlin, bevor die Rote Armee dort eintraf.

Und so rannte ich los.

Während die SS-Männer und Anwohner auf der anderen Seite des Berges Jagd auf die armen sowjetischen Kriegsgefangenen machten, flüchtete ich in die entgegengesetzte Richtung.

Berlin lag weit im Norden.

Dort hinzukommen – und erst recht in das Zentrum einer vom Krieg zerrissenen Stadt vorzudringen und mit Dan zu flüchten –, war nichts, was sich einfach bewerkstelligen ließ.

Ich würde Hilfe brauchen, um es zu schaffen.

Und so schlug ich mich die nächsten paar Wochen westwärts durch den Süden des Landes, hin zu der einzigen Gruppe von Menschen, die mir helfen konnte.

Die 6. Armee der Amerikaner.

Während der letzten Monate des Krieges stießen Spezialeinheiten der amerikanischen und der sowjetischen Armeen nach Deutschland vor, nicht um Gebiete zu erobern, sondern wegen des Wissens der deutschen Wissenschaftler. Amerikas Suche nach deutschen Technikspezialisten wurde von der ALSOS-Mission – aus der nach dem Krieg die »Operation Paperclip« wurde – angetrieben, während die Russen die 9. Auslandsabteilung des NKWD hatten …

Aus *1945 – Die letzten Tage des Zweiten Weltkrieges* von William Hammonds

Meine Anstrengungen während dieser Reise waren zahlreich und sollen ein andermal erzählt werden: wie ich Kleidung aus einem ausgebombten Laden in Enns stahl, wie ich auf Heuböden und in verlassenen Bauernhäusern schlief, mich von den Hauptstraßen fernhielt, über stillgelegte Bahngleise lief, mich von Einheiten verloren gegangener und hungernder deutscher Soldaten fernhielt, wie ich alles aß, was mir zwischen die Finger kam, bis ich endlich, ungefähr vier Wochen später, kurz vor Stuttgart auf die 6. Armee stieß.

»Sofort anhalten!«, rief mir ein amerikanischer Scout zu, als ich mit erhobenen Händen aus einem Wäldchen trat.

»Ich will Ihnen nichts Böses!«, rief ich auf Englisch zurück, während ich mich langsam auf ihn und seine Kameraden zubewegte. »Ich habe für das OSS gearbeitet! Bitte bringen Sie mich zu Ihrem S2! Ich habe wichtige Informationen für Ihre Leute vom ALSOS!«

Das waren die magischen Worte, und sie funktionierten.

Kein gewöhnlicher Deutscher konnte wissen, was das OSS oder ein S2 – ein Nachrichtenoffizier – war, und schon gar nicht, dass es so etwas Geheimes wie die ALSOS-Mission gab.

Ich wurde zu einem mobilen Kommandostand geführt, wo ich auf zwei Colonels traf, einen kleinen Kerl namens Beizer und einen großen namens Rosenberg.

Der Kleine, Beizer, blickte mich mit erstaunten Augen an.

»Okay, ich beiße an. Wer sind Sie und wie kommen Sie dazu, über ALSOS zu reden?«

»Mein Name ist Hanna Fischer. Ich habe während des Krieges in Berlin mit einem Agenten des OSS, Dan Kessler, zusammengearbeitet und ihm von den deutschen Raketen- und Atomprogrammen berichtet.«

Colonel Beizer sah mich betont unbeeindruckt an.

»Also gut«, sagte ich. »Haben Sie sich schon Haigerloch angesehen?«

»Ja …«

»Und haben Sie dort die deutschen Atomforschungslabore entdeckt?«

»Ja.«

»Haben Sie auch den Reaktor gefunden?«

Er hielt inne.

»Nein.«

»Sind Ihre Leute noch immer im Schloss?«

»Das werde ich Ihnen nicht auf die Nase binden.«

»Funken Sie sie an und sagen Sie ihnen, sie sollen einen Blick unter die Kapelle des Schlosses werfen. Dort gibt es ein

Geheimlabor mit einem Reaktor aus einer Anordnung von Uranwürfeln.«

Beizer nickte seinem Kollegen zu. »Verständige die Leute vom ALSOS in Haigerloch und sag ihnen, sie sollen unter der Kapelle des Schlosses nachsehen.«

Rosenberg ging nach draußen, während Beizer und ich schweigend warteten.

Schließlich kehrte Rosenberg zurück. »Herr im Himmel, sie kennt sich aus. Das Team in Haigerloch hat gerade das Labor gefunden, von dem sie sprach. Sie sagten auch, dass es Daniel Kessler wirklich gibt. Die Zentrale will mit ihr sprechen, so schnell wie möglich.«

Beizer sagte: »Also gut, Miss Fischer. Sie haben sich gerade einen Pauschalflug zur ALSOS-Zentrale verdient.«

PARIS, FRANKREICH
1. MÄRZ 1945

Niemand sagte mir, dass sich die ALSOS-Zentrale in Frankreich befand, in der Oper mitten in Paris.

Ich wurde in einem Kleinflugzeug direkt von der Front nach Paris gebracht.

In der Oper angekommen, übergab mich mein GI-Geleit an vier Bürosekretärinnen, die mir ein Kleid und etwas Make-up besorgten, damit ich mich ein wenig zurechtmachen konnte. Mein Haar musste nicht gebürstet werden, da es erst vor vier Wochen abrasiert worden und noch immer recht kurz war.

Als eine der Frauen sich anschickte, mir bei meinem Make-up zu helfen, sagte ich: »Entschuldigen Sie, Miss, haben Sie vielleicht etwas zu essen da? Dafür wäre ich Ihnen wirklich dankbar. Seit fast einem Monat lebe ich von der Hand in den Mund und würde mich sehr über eine Mahlzeit freuen, ganz egal was Sie finden können.«

»Selbstverständlich Ma'am«, sagte sie und eilte davon. Kurz darauf kehrte sie mit einem Tablett voller Baguettes und Törtchen zurück. Ich verschlang sie alle.

Während sie um mich herumwuselten, bemerkte ich, dass die Sekretärinnen mich mit stiller Ehrfurcht behandelten, als wäre ich eine gestandene Agentin. Wenn ich nun darüber nachdenke, muss ich sagen, dass es auch irgendwie stimmte.

Ich hörte, wie zwei von ihnen sich zuflüsterten. »Sie war es, die den Standort der riesigen deutschen Raketenbasis in

Helfaut enthüllt hat. Das hat bestimmt Tausende Leben in England gerettet …«

»Ich hörte, dass sie sich mit der Atomwissenschaft auskennt …«, sagte eine andere.

Ich lächelte die Sekretärin an, die mir das Kleid reichte. Es war narzissengelb.

»Entschuldigen Sie bitte«, sagte ich, »wie ist Ihr Name?«

»Dorothy, Ma'am. Dorothy Summers.«

»Vergeben Sie mir, Dorothy, aber haben Sie vielleicht so etwas wie einen Anzug? Dieses Kleid ist wirklich hübsch, doch dort, wo ich hinmuss, möchte ich nicht hübsch aussehen, sondern ernst genommen werden. Vielleicht etwas aus dunkler Wolle?«

»O ja, selbstverständlich«, sagte sie und huschte davon.

Zehn Minuten später kehrte sie mit einem äußerst eleganten Kostüm zurück.

»Schick«, sagte ich.

»Wir sind in Paris«, sagte sie mit einem Lächeln. »Unser Budget ist unbegrenzt, und es gibt ein paar wirklich großartige Kaufhäuser in der Nähe.«

»Sie sind eine verdammt gute Sekretärin, Dorothy«, sagte ich.

»Ich habe eine der besten Sekretärinnenschulen in Amerika besucht, Ma'am. Die Graham-Coulson-Sekretärinnenschule«, sagte sie.

Ich machte große Augen. »Dort war ich auch, vor vielen Jahren! Regel Nummer eins …«

Sie stimmte ein, als ich fortfuhr: *»Ihre Aufgabe ist es, Ihrem Chef zu helfen, seine Arbeit zu tun!«*

Wir lachten.

Als die anderen Mädchen – von denen viele selbst die Graham-Coulson-Schule besucht hatten – mitbekamen, dass ich eine Absolventin dieser erhabenen Einrichtung war, überschütteten sie mich mit ihrer ganzen Aufmerksamkeit.

Denn ich war nicht nur eine Sekretärin wie sie, sondern eine Frau, die ein beträchtliches Maß an Bedeutung hatte, jemand, der ihren Kommandanten sprechen würde.

Ich schlüpfte in das Kostüm. Meine neu gefundenen Freundinnen trugen mir das Make-up auf.

Es wurde sogar angeboten, mir eine Perücke zu holen, doch das lehnte ich ab. Ich fand, dass mein superkurzes Haar perfekt zum Ausdruck brachte, wer ich war und was ich durchgemacht hatte.

Dann wurde ich in das Büro des Kommandanten der ALSOS-Mission gebracht: zu Colonel Boris Pash.

»Sie sind also Miss Fischer«, sagte Colonel Pash, als ich sein Büro betrat. »Ich habe über die Jahre viele Ihrer Berichte gelesen.«

Pash war nicht der übliche breitschultrige Militärkommandant. Mit seiner Drahtbrille und seinen Geheimratsecken sah er mehr nach einem High-School-Direktor aus.

»Schön, Sie kennenzulernen, Colonel.«

»Albert Einstein sagt, Sie seien eine ausgezeichnete Physikerin. Daher auch Ihr Wissen um Uranwürfel-Matrizen in Geheimlaboren, die unter Kirchen versteckt sind.«

»Als ich das Labor sah, wusste ich sofort, dass es wichtig ist«, sagte ich.

»Sie waren lange für Speer tätig, nicht wahr?«

»Ja.«

»Aber damit ist es seit Kurzem vorbei.«

»Ich wurde zu Martin Bormann versetzt. Sagen wir mal, dass sich seine Interessen sehr von denen Speers unterscheiden.«

»Was können Sie mir sonst noch über das deutsche Waffenprogramm sagen?«

»Was wollen Sie wissen?«

»Werner Heisenberg. Wo steckt er?«

»Ich kann Ihnen seine Privatadresse in Hechingen geben.«

»Die Messerschmitt-Fabrik?«

»Unter Tage in Mauthausen. Es gibt auch noch eine in Mittelwerk.«

Colonel Pash beugte sich vor. »Von Braun und das V2-Programm?«

»Auch in Mittelwerk. Unter Tage.«

Er hatte noch viele weitere Fragen. Einige konnte ich beantworten, andere nicht.

Als er fertig war, sagte er: »Miss Fischer, Sie haben Amerika während dieses Krieges einen großartigen Dienst erwiesen. Ich denke, Sie haben sich eine Ruhepause hier in Paris mehr als verdient.«

»Das ist sehr freundlich von Ihnen, Colonel«, sagte ich. »Doch nach allem, was ich getan habe, möchte ich Sie um einen Gefallen bitten.«

»Was?«

»Ich möchte, dass Sie mich zurück nach Berlin bringen.«

Als ich ihm von Dan erzählt hatte – einem amerikanischen Agenten in Gestapo-Uniform, der in einem deutschen Feldlazarett in einer U-Bahn-Station in Berlin-Mitte feststeckte; einer, der fast den ganzen Krieg als verdeckter Ermittler und in großer Gefahr zugebracht hatte; der Agent, der mich angeworben und mir die ganze Zeit zur Seite gestanden hatte –, sagte er: »Ist das Ihr Ernst? Sie wollen dorthin zurück, jetzt, wo die russische Armee schon vor der Tür steht?«

»Sir«, sagte ich. »Jeder Entscheidung geht eine Wahl voraus. Dies ist die richtige Wahl.«

Nachdem ich das gesagt hatte, tat Boris Pash alles, was in seiner Macht stand, um mich zurück nach Berlin zu bringen.

Doch das war etwas, so stellte sich heraus, das nicht einmal er, der Kommandant der ALSOS-Mission, entscheiden konnte.

Wertvolle Wochen verstrichen. In dieser Zeit las ich jeden Bericht über die Vorkommnisse in Berlin.

Die Rote Armee rückte immer näher an die Stadt heran, weit vor der 12. Armee unter General Omar Bradley, die vom Westen her auf die Stadt zumarschierte.

Die Russen würden zuerst da sein, und sie würden die Stadt auseinandernehmen.

Dann, im späten April, ließ Pash nach mir schicken.

General Bradleys Armee lag weniger als 50 Kilometer vor Berlin, und Bradley wollte ein Aufklärungsteam in die Stadt schicken – in einem von der Luftwaffe gestohlenen Flieger –, um zu sehen, wie weit die Sowjets schon gekommen waren.

»In dem Flieger gibt es einen zusätzlichen Sitz«, sagte Pash. »Ich habe ein paar Gefallen eingefordert, um ihn für Sie zu reservieren. Wenn Sie Kessler in den Flieger bekommen können, bevor das Team wieder verschwindet, dann tun Sie es. Doch niemand wird auf Sie warten oder nach Ihnen suchen. Ist das gut so?«

»Das ist gut.«

Ich würde zurück nach Berlin gehen, mitten ins Herz dieser brennenden Stadt, während die ganze Rote Armee über sie herfiel.

Was ich nicht wusste: Während der Wochen meiner Abwesenheit hatte ich dort ein Parallelleben geführt.

TEIL VIII

1945
BORMANNS SEKRETÄRIN

– DAS ZWEITE MAL: OOMA –

Der Führerbunker

»Ich kann nicht zurück ins Gestern gehen, da ich dort eine andere Person war.«

Alice in *Alice' Abenteuer im Wunderland*
von Lewis Carroll

BORMANNS BÜRO
DIE REICHSKANZLEI
FEBRUAR – APRIL 1945

Ich brauchte nur ein paar Tage, um zu wissen, wie Martin Bormann tickt.

Der Mann war ein Schwein und ein Lustmolch. Ich kannte Typen wie ihn.

Es wurde schnell deutlich, dass Bormann so besessen von seinem geliebten Führer war – ein Mann, der einen welken und schwächlichen Eindruck auf mich machte –, dass er Hanna und seine anderen Sekretärinnen kaum kannte.

Dass die Lage in Berlin so schnell den Bach hinunterging, half mir auch, mich in Hannas Leben einzuschleichen.

Bormann und ich verbrachten die meiste Zeit damit, zwischen der Reichskanzlei und dem Führerbunker, einem großzügigen Komplex aus massiv verstärkten Luftschutzbunkern, die sich unter dem Garten der Reichskanzlei erstreckten, hin- und herzueilen.

Besser hätte es gar nicht sein können.

Der Führerbunker war ganz einfach der sicherste Ort in Berlin.

Hier gab es auch reichlich zu essen und zu trinken, sogar Alkohol. Der Bunker war mit teuren Möbeln und Kunstwerken geradezu luxuriös ausgestattet. Hannas Leben, das nun wieder meines war, gefiel mir außerordentlich gut.

Was noch besser war: Bormann plante zusammen mit einer Gruppe aus anderen Nazis die Flucht von Deutschland nach Südamerika. Sie wollten in einem U-Boot türmen, das aus der italienischen Hafenstadt Genua abfahren würde, sobald der Befehl zur Evakuierung Berlins gegeben wurde.

Ich wollte auf dieses U-Boot. Es erwies sich als recht einfach, einen Platz an Bord zu ergattern.

Mit einem gut gewählten Augenzwinkern brachte ich Bormann dazu, mich in seinem Hinterzimmer über den Tisch gebeugt durchzuvögeln und dabei zu schnauben: »Ich wusste, dass du es willst, du kleines Luder. Ich wusste es!«

Mein Zugang zum Führerbunker verschaffte mir auch einen Einblick in den Krieg.

Es war ein verfluchtes Fiasko.

Während ich bei den Einsatzbesprechungen ganz hinten stand und zuhörte, wie die Führungsriege Hitler beibrachte, dass zwei feindliche Armeen vom Westen und vom Osten über Deutschland herfielen, starrte ich nur mit ausdrucksloser Miene diese Narren an, die ein ganzes Land dazu gebracht hatten, in ihrem Namen Kriege anzuzetteln.

Die Nazis, einschließlich Hitler, waren Idioten.

Die hohen Offiziere der Wehrmacht mit ihrem Hochmut und ihren Namen, die mit einem »von« begannen, waren nichts weiter als aufgeblasene Aristokratenärsche.

Und Bormann war ein kleines Wiesel, das Hitler stets in höchsten Tönen lobte und ihm sagte, wie brillant er doch sei, stets bereit, wirklich jeden Befehl auszuführen.

Die Welt um sie herum brach buchstäblich zusammen, und sie sprachen von Wunderwaffen und Armeen, die nicht existierten.

Unter ihnen war nur einer mit einem Sinn für die Wirklichkeit: Albert Speer, der Reichsminister für Rüstung und Kriegsproduktion. Er war gescheit, bedächtig und wortgewandt, während die anderen nur grob und vulgär waren.

Ich bemerkte, dass er seine Worte mit Bedacht wählte, denn es hätte selbst für einen Mann seiner Position tödlich sein können, Hitlers Selbsttäuschungen offen infrage zu stellen.

Und dann, während einer Krisensitzung im Führerbunker, als gerade jemand sprach, tauchte Speer plötzlich an meiner Seite auf und flüsterte: »Hallo, Hanna.«

Ich zögerte, bis der Groschen schließlich fiel. Damals, als sie mich in Spandau fand – Gott, wann war das? Noch vor dem Krieg, vielleicht '38 oder '39 –, hatte ich nicht gewusst, für welchen einflussreichen Funktionär meine Schwester arbeitete. Es musste Speer gewesen sein.

»Herr Reichsminister«, antwortete ich leise mit einem Nicken.

»Geht es Ihnen gut? Ist Ihre Tätigkeit für Bormann nicht zu … schwierig?«

Er schien sich um mich zu sorgen – beziehungsweise um die echte Hanna.

»Es gibt gewisse Momente«, flüsterte ich zurück.

»Wenn es … kompliziert wird … Ich meine, wenn er … Dinge von Ihnen verlangt, bei denen Sie sich nicht wohlfühlen, dann sagen Sie mir Bescheid«, sagte er unbeholfen.

Es war offensichtlich, dass Speer von Bormanns sexuellen Ausschweifungen wusste. Seine Sorge wäre fast schon süß gewesen, wäre er nicht rundherum mitschuldig an all den üblen Sachen, die die Nazis verbrochen hatten. Monster treten in vielen Formen und Farben auf, so kultiviert sie auch erscheinen mögen.

Gott sei Dank wurde nach ihm verlangt, und ich musste nicht mehr mit ihm sprechen.

Am 20. April überquerten russische Streitkräfte die Stadtgrenzen.

Bormann wollte nicht gehen.

Am 27. April marschierten die Russen auf die Stadtmitte zu.

Ein paar Mitglieder der Nazi-Führungsriege flohen in Fliegern, die von der improvisierten Start- und Landebahn im Tiergarten abhoben. Bormann wollte immer noch nicht gehen.

Die Sekretärinnen im Führerbunker, die noch Jungfrauen waren, baten die jüngeren Militäroffiziere darum, sie zu vögeln, ganz sanft, damit sie ihre ersten geschlechtlichen Erfahrungen nicht mit 20 russischen Infanteristen machten, die nur darauf warteten, sich einer nach dem anderen an ihnen zu vergehen.

Hitler erging sich in Wutausbrüchen und schwankte zwischen Behauptungen, dass der Krieg verloren sei, und der Hoffnung, dass Wencks 12. Armee nach Berlin zurückkommen und die russischen Horden fernhalten würde.

Doch ich wusste von Bormann, dass keine Rettung kam.

Ich wusste auch, dass die deutschen Streitkräfte in Berlin schon bald keine Munition mehr haben würden.

Am 29. April hatten die Russen die Stadtmitte eingenommen und lieferten sich offene Schlachten im Gestapo-Hauptquartier und im Reichstag.

Am Morgen des 30. April verkündete Hitler, dass er zusammen mit seinen deutschen Landsleuten bis zum letzten Atemzug kämpfen würde.

Am Nachmittag jenes Tages tötete er zuerst seine Frau und dann sich selbst.

Nun, da Hitler tot war, konnte Bormann endlich verschwinden. Er verschwendete keine Zeit.

Er machte sich aus dem Staub.

Und ich ging mit ihm.

NOTFALLLANDEBAHN TIERGARTEN
BERLIN-MITTE
30. APRIL 1945, 23:30 UHR

Während Dutzende alliierte Bomber über uns hinwegdröhnten, segelte unser gestohlener Storch-Flieger hinunter auf Berlin in Richtung Tiergarten, nicht weit vom Regierungsbezirk entfernt.

Die dunkle Stadt unter uns war ein Netz aus Schatten und Feuer. Der Park war nicht mehr als ein dunkles Rechteck vor diesem Hintergrund.

Es gab kein Flakfeuer und auch keine Luftabwehr: Dazu waren die Deutschen schon lange nicht mehr in der Lage. Die Bomber über uns warfen ihre Sprengladungen nur noch auf ganz spezifische Ziele ab, um nicht die russischen Streitkräfte in der Stadt zu treffen.

Diese Aufklärungsmission war ein waghalsiges Unterfangen, und ich war froh, dabei zu sein.

Ich saß ganz hinten im Flieger. Ich trug einen schwarzen Overall und eine schwarze Wollmütze über meinem immer noch kurzen Haar und starrte geradeaus.

Die drei kampferprobten Soldaten, die vor mir saßen, warfen mir hin und wieder Blicke zu, doch keiner von ihnen sagte etwas. Sie hatten ihre eigene Mission, die es zu erfüllen galt.

Unser Flieger setzte im Tiergarten auf und kam in der Nähe des Brandenburger Tors zum Stehen.

Die amerikanischen Soldaten huschten aus dem Flieger und verschwanden in der brennenden Stadt.

»In 30 Minuten heben wir wieder ab, Lady, um Punkt Mitternacht!«, rief der Pilot mir nach, als ich aus dem Flieger hüpfte. »Keine Sekunde später!«

Es würde knapp werden.

Ich würde zehn Minuten brauchen, um die U-Bahn-Station am Potsdamer Platz zu erreichen – wenn ich rannte –, und noch einmal zehn, um zurückzukommen, sofern ich auf keine Hindernisse oder auf russische Truppen traf und falls Dan überhaupt in der Lage war zu laufen.

»Verstanden!«, rief ich zurück.

Während überall um mich herum Bomben einschlugen und die Erde erzittern ließen, rannte ich los in Richtung Reichskanzlei und Potsdamer Platz.

Artilleriegeschosse knallten, als ich durch die leeren Straßen eilte.

Die Luft stank nach Karbid.

Alles war mit schwarzem Rauch verhangen. Überall loderten Feuer.

Links von mir flog ein ganzes Gebäude in die Luft, als ich daran vorüberrannte.

Aus den Augenwinkeln sah ich Schatten, die geduckt durch die Gassen huschten, und ich hörte Männer höhnisch johlen: russische Soldaten, die nach Blut lechzend durch die Ruinen pirschten.

Dann erreichte ich die Reichskanzlei und die U-Bahn-Station am Potsdamer Platz.

Ich eilte die Treppen hinunter zum Feldlazarett, wo ich Dan vor Wochen zurückgelassen hatte.

Es war leer.

Alle Schränke standen offen, sämtliche Medikamente, vor allem das Morphium, waren verschwunden.

Die Patienten, die noch laufen konnten, waren offensichtlich zusammen mit dem medizinischen Personal gegangen. Diejenigen, die das nicht konnten, waren ihrem Schicksal überlassen worden.

Sie lagen noch immer in ihren Betten – stöhnend, vor Schmerzen schreiend, ohne jede medizinische Versorgung.

Ich wusste nicht, wie lange die Ärzte und Schwestern nicht mehr da waren, aber ich schätzte, dass es vielleicht ein Tag gewesen sein musste.

Es war mir egal.

Ich rannte an ein paar umgestürzten Trennwänden vorbei in die Ecke des Lazaretts, in der ich Dan und Swetlana Sarkowski das letzte Mal gesehen hatte …

… und sah, dass ihre Betten leer waren.

»Nein«, hauchte ich. »Nein, nein …«

Ich warf einen Blick auf meine Uhr.

Es waren elf Minuten vergangen, seit ich aus dem Flieger des Aufklärungstrupps gestiegen war.

Ein Stöhnen hinter mir ließ mich herumwirbeln, und ich sah Dan auf dem Boden unter einem der Betten und in einem Zelt aus Laken versteckt liegen.

Sein linkes Bein steckte noch immer in einer Schiene, doch obwohl er blass war, sah er besser aus als bei unserem letzten Zusammensein.

Swetlana war nirgends zu sehen.

»Du bist zurückgekommen?« Dans Stimme war voller Schmerz.

»Das hatte ich doch gesagt, oder etwa nicht?« Ich hievte das Bett beiseite und räumte den Müll weg, der uns im Weg lag.

»Du sagtest, es würde eine Stunde oder so dauern.«

»Nun, mir ist etwas dazwischengekommen.« Ich legte seinen Arm um meine Schulter.

Als ich es tat, kamen sich unsere Gesichter ganz nahe, und er sah mir direkt in die Augen. »Aber du bist zurückgekommen. Hierher? Nur um mich zu holen?«

»Ich mag dich«, sagte ich und wagte ein kurzes Lächeln. »Ich mag dich sogar sehr. Ich mochte dich schon immer, Dan Kessler.«

Ich hob ihn auf die Füße und fing sein Gewicht mit meiner Schulter ab.

»Das beruht auf Gegenseitigkeit, Hanna Fischer«, sagte er. »Du bist eine Wahnsinnsfrau, weißt du das? Sobald wir hier raus sind, würde ich dich gerne noch einmal zum Dinner ausführen. Irgendwo, wo es nett ist, ohne Gangster und Hochbahnen.«

»Das würde mir gefallen.«

»Hey, dein Haar ist ganz kurz. Hast du es abgeschnitten? Wo *warst* du?«

»Nicht reden, wir müssen jetzt verschwinden.« Ich schleppte ihn zur Treppe. »Was ist mit Swetlana geschehen?«

»Ich weiß es nicht. Ich wurde eines Morgens wach, und sie war nicht mehr da.«

»Wann ist das medizinische Personal geflohen?«

»Vor ein paar Stunden. Jemand kam hereingerannt und rief, dass Hitler tot sei, dass er sich das Leben genommen und sie alle im Stich gelassen und den Russen überlassen habe. Wie nahe sind die Russen schon?«

»Sehr nah. Komm jetzt.« Noch einmal blickte ich auf meine Uhr. »Wir haben rund 15 Minuten, um zu unserem Flieger zu gelangen.«

Zusammen hasteten wir die Treppe hinauf.

Auf dem Weg nach oben mussten wir über die Leiche eines deutschen Soldaten schreiten. Mit schmerzverzerrter Miene beugte sich Dan hinunter und nahm die Pistole des Mannes an sich.

Gerade als wir draußen waren, schlug auch schon eine Salve russischer Artilleriegeschosse in die Straße ein.

Links und rechts von uns gab es Explosionen, und als der Rauch sich verzog, sahen wir, dass beide Enden der Straße blockiert waren.

»Verdammt, das wird uns Zeit kosten«, sagte ich. »Hier entlang. Wir nehmen eine Abkürzung durch den Garten hinter der Reichskanzlei.«

DER FÜHRERBUNKER HINTER DER REICHSKANZLEI

Nun, da Hitler tot war, hieß es im Führerbunker, dass jeder selbst zusehen musste, wo er blieb.

Alle machten sich aus dem Staub.

Bormann stopfte so viele wichtige Dokumente und Unterlagen, wie er tragen konnte, in eine Tasche und rannte zur Tür hinaus.

Ich folgte ihm, fest entschlossen, immer in seiner Nähe zu bleiben. Er war mein Ticket raus aus Europa, rein in ein neues Leben in Südamerika. Sobald wir dort waren, würde ich ihm etwas Geld stehlen und mich verdrücken, doch bis dahin musste ich an seiner Seite bleiben.

Wir kamen aus dem Führerbunker und gingen hinaus in den von Bombenkratern überzogenen Garten.

Der Himmel leuchtete in einem glühenden Orange; die Wolken reflektierten das Licht der brennenden Stadt.

Wir kamen an dem flachen Krater vorbei, in dem die verbrannten Leichen von Hitler und Eva Braun lagen. Hitler hatte angeordnet, dass sein Körper nach seinem Tod eingeäschert wird, damit er nicht in den Straßen von Moskau zur Schau gestellt werden konnte.

Das war also von Hitler, dem Mann, der Europa und die ganze Welt in einen Krieg gestürzt hatte, übrig geblieben: ein verkohlter Haufen Asche in einem Erdloch.

Bormann würdigte seinen ehemaligen Befehlshaber keines Blickes. Alles, was ihn jetzt noch antrieb, war sein Selbsterhaltungswille.

Als wir davoneilten, weg von den beiden Leichen in dem Krater, tauchten zwei Gestalten auf der anderen Seite des Gartens aus der Voßstraße auf.

Eine Frau, die einen verwundeten Mann auf ihre Schulter stützte.

Als sie näher kamen, erstarrte ich.

Bormann sah sie auch, und auch er hielt inne, denn genau wie ich erkannte er die Frau und war plötzlich verwirrt, denn sie hatte mein Gesicht.

Es war Hanna.

Als wir den Garten halb durchquert hatten, blieb ich mit Dan an meiner Schulter hängend wie angewurzelt stehen.

Ich hatte gesehen, wie zwei Gestalten aus dem Eingang des Führerbunkers kamen und über den Hinterhof in unsere Richtung eilten, doch ich erkannte sie erst, als sie näher gekommen waren.

Es waren Martin Bormann und Ooma, die vorgab, ich zu sein.

Zu viert standen wir dort in dem ausgebombten Garten und sahen einander fassungslos schweigend an.

Dan löste sich von meiner Schulter und starrte zuerst Ooma und dann mich mit offenem Mund an.

»Was zum Teufel …?«

Ich konnte sehen, was er dachte.

»Dan, warte …«, begann ich.

Dann rief Ooma: »Dan! Warte! Das ist Ooma! Das ist die Schwester, von der ich dir erzählt habe!«

Dan machte einen holprigen Schritt weg von mir, die Pistole fest in seiner Hand, und beäugte mich argwöhnisch.

Ich konnte es nicht glauben.

Dabei wusste ich, was er sah: mich, mit meinem rasierten Schädel und in einem Overall, und Ooma, die ihr Haar so trug, wie ich es früher immer tat, in ein Kostüm gekleidet und mit meinem kostbaren Silberarmreif an ihrem Handgelenk.

Bormann schien auch nicht zu wissen, was er davon halten sollte.

Er wandte sich Ooma zu. »Hanna? Wer … Was soll das?«

»Hanna?« Dan blinzelte zweimal und versuchte, seine Gedanken zu ordnen.

Dann hob er seine Pistole …

… und zielte damit auf *mich.*

Ooma sah ihre Chance. »Erschieß sie, Dan! Sie ist zurückgekommen, um mir wieder mein Leben zu stehlen! Erschieß sie! Jetzt!«

Dans Blick zuckte von mir zu ihr und wieder zurück.

Er senkte seine Augen zu meinem linken Handgelenk und den beiden Narben, die daran prangten.

»Dan, warte …«, sagte ich.

Ooma rief: »Sieh nur, die Narben! Töte sie!«

Ich starrte über den Lauf der Pistole hinweg in Dans Augen.

Und dann stellte er die Frage – eine Frage, die ich nie erwartet hätte.

»Wenn ich mich 1000 Jahre lang mit Lichtgeschwindigkeit bewege, wie lange bin ich dann tatsächlich unterwegs?«

***Wovon zum Teufel spricht er nur?* Ich runzelte die Stirn.**

O Dan, du bist ein schlaues Kerlchen, dachte ich, als ich sah, wie Ooma ausdruckslos dreinblickte, weil sie die Frage nicht verstand.

»1005 Jahre«, sagte ich schnell.

Peng.

Seine Pistole ging los.

Eine Gischt aus Blut schoss aus Oomas Brustkorb.

Der leere, verständnislose Blick verharrte auf ihrem Gesicht, als sie auf die Knie sank und mit der Nase voran in den Schlamm fiel. Sie war tot.

Dan richtete seine Pistole auf Bormann und drückte ab.

Klick.

Keine Patronen mehr.

Bormann, dessen erster Instinkt ihm so wie immer sagte, dass er seine eigene Haut retten sollte, ergriff die Gelegenheit und rannte aus dem Garten davon, raus aus unserem Blickfeld, rein in die brennende Stadt.

Dan und ich blieben zurück und blickten hinunter auf Oomas Körper, der regungslos im Schlamm lag.

Keiner von uns sagte ein Wort.

Dann brach ich das Schweigen: »1000 Jahre mit Lichtgeschwindigkeit, wie? Eine gute Frage in Anbetracht der Umstände.«

»Ich dachte mir, dass nur die echte Hanna die Antwort wissen würde«, sagte Dan. »Das war ein unvergessliches Dinner, schon bevor die Gangster auftauchten.«

»Ich weiß, aber lass uns später darüber sprechen. Wir können nicht hierbleiben. Wir müssen uns beeilen.«

»Richtig«, sagte Dan.

Wir verschwanden aus dem Garten, doch ich huschte noch einmal zurück und zupfte meinen Armreif von Oomas Handgelenk. Dann machten wir uns auf den Weg.

Und wie wir uns auf den Weg machten: zurück in die Ebertstraße, hin zum Brandenburger Tor und in den Tiergarten.

Die Begegnung im Garten der Reichskanzlei hatte uns Zeit gekostet, und wir mussten uns sputen, wenn wir den Flieger noch rechtzeitig erreichen wollten.

Wir traten aus einer Baumreihe hervor, genau an der Stelle, wo ich den Flieger verlassen hatte.

Doch der Flieger war weg.

Ich blickte die Charlottenstraße entlang und sah noch, wie er abhob und in Richtung Westen davonflog.

Wir hatten ihn um wenige Minuten verpasst.

»Verdammt …«, hauchte ich.

»Was sollen wir jetzt tun?«, fragte Dan keuchend.

»Ich habe eine Idee«, sagte ich. »Aber wir müssen uns beeilen. Wir müssen Bormann einholen.«

40 Minuten später, nach einem haarsträubenden Lauf quer durch die Stadt, erwischten wir Martin Bormann am Flughafen Tempelhof, gerade als er in einen der für ihn bereitstehenden Flieger steigen wollte – und gerade als zwei Einheiten russischer Fallschirmjäger auf die Startbahn stürmten und den Flieger am Abheben hinderten.

Die Russen nahmen uns mit, zusammen mit Reichsleiter Martin Bormann.

SOWJETISCHER MOBILER KOMMANDOSTAND
BERLIN
4. MAI 1945

Ein mobiler Kommandostand der Roten Armee in den Ruinen Berlins ist der Schauplatz meines dritten Verhörs.

Hitler ist tot. Deutschland hat kapituliert.

Als hochrangiger Nazi stand Bormann natürlich ganz oben auf der Liste der Russen mit Gefangenen von hohem Wert, Männer, die nach Möglichkeit lebend gefasst werden sollten. Da man uns mit ihm zusammen geschnappt hatte, ließ man uns auch am Leben.

Dan und ich verbrachten drei Tage in einer Zelle, bevor wir in das Verhörzimmer bestellt wurden.

Erst dort sah ich, was die Russen mit gefangen genommenen hochrangigen Nazis machten.

Bormann wurde vor unseren Augen wiederholt vergewaltigt.

Doch aus irgendeinem Grund ließ es Dan und mich kalt.

Während ich zusah, wie Bormann von vier dreckigen russischen Soldaten geschändet wurde, verspürte ich kein Mitleid mit ihm.

Und dann traten unsere Vernehmungsbeamten in das Zimmer.

Sie beide waren Offiziere und trugen mit Orden und Auszeichnungen behangene Uniformen.

»Hallo, Hanna«, sagte der ranghöhere Vernehmungsbeamte. »Meine Güte, du hattest viel zu tun.«

»Hallo, Swetlana«, entgegnete ich.

»Wirst du uns töten?«, fragte ich. Mir war nicht danach, Höflichkeiten auszutauschen.

Swetlana Sarkowski lächelte. Sie gab auch in voller Uniform eine beachtliche Figur ab.

»Hanna, du verstehst mich falsch«, sagte sie. »Als ich hörte, dass du und Agent Kessler mit Bormann aufgegriffen wurdet, gab ich strikte Anweisungen, dass euch beiden kein Haar gekrümmt wird. Während meiner Zeit in diesem U-Bahn-Lazarett erzählte mir Agent Kessler alles über dich: wie du aus Deutschland geflohen bist und in New York gelebt hast, dass du für Einstein und irgendeinen Kapitalisten gearbeitet und den jungen Sohn eines Gangsters gerettet hast. Du bist wirklich eine beeindruckende Frau, Californian Poppy.«

Sie hielt inne.

»Außerdem war ich dir etwas schuldig. Als ich vor ein paar Monaten zusammen mit Mr. Kessler schwer verletzt wurde, hast du mich in Sicherheit gebracht. Du hast mir das Leben gerettet.«

Sie nickte mir zu. Es war ein knappes, professionelles Nicken.

»Sag mir«, sagte ich. »Warst du es, die Gertrude in Bormanns Büro verführte?«

»Nein, das war eines von meinen Mädchen.« Sie beäugte mich von der Seite. »Für so etwas bin ich mittlerweile zu alt, aber zu meiner Zeit habe ich schon ein paar unschuldige junge Damen mit solchen Freuden bekannt gemacht.«

»Daher wusstest du also von Bormanns Fluchtflugzeugen in Tempelhof?«

»Ja.«

»Und was nun?«, fragte ich.

Wieder lächelte Swetlana. »Der Krieg ist vorbei. Es ist Zeit für uns, nach Hause zu gehen. Ich werde euch im Austausch gegen zwei von unseren Leuten an die Amerikaner übergeben.«

Ich deutete mit dem Kinn auf Bormann, der wimmernd in der Ecke hockte und sich seinen blutenden Hintern hielt. »Was geschieht mit ihm?«

Wie zur Antwort zückte Swetlana ihre Pistole und schoss Bormann ins Gesicht.

Er sackte tot zusammen.

»Seine Leiche wird in irgendeiner Straße in Berlin abgelegt, damit die Ratten ihn fressen können«, sagte sie.

Dann stand sie auf und ging aus dem Zimmer.

1945–1947

In den Monaten nach dem Ende des Krieges in Europa ging nichts schnell voran.

Enthüllungen über das Ausmaß der deutschen Vernichtungslager schockierten die Welt.

Man schätzte, dass bis zu sechs Millionen Juden ermordet worden waren, dazu noch unzählige sowjetische Kriegsgefangene und Angehörige anderer Minderheiten.

Inmitten all dessen kühlte die Beziehung zwischen den Amerikanern und den Sowjets merklich ab, und die einstigen Alliierten waren sich nicht mehr wohlgesinnt.

Nachdem Dan und ich den amerikanischen Streitkräften übergeben worden waren, brachte man uns auf dem Luftweg zurück nach Paris, wo wir in der Oper wieder mit dem ALSOS-Team zusammenkamen.

Nach der Umbenennung in »Operation Paperclip« begann die nächste Phase dieser Einheit erst so richtig.

Ihre Aufgabe sollte es sein, die brillanten Nazi-Ingenieure und Wissenschaftler wie Wernher von Braun und Werner Heisenberg ausfindig zu machen, bevor die Russen es taten, und sie nach Amerika zu schaffen.

Natürlich spielte ich dabei auch eine Rolle, und so blieb ich noch viele Monate mit Dan und Colonel Pash in Paris, um Fragen zu beantworten und viele der geheimen Fertigungsstätten, die ich besucht hatte, zu identifizieren.

Ab Ende des Jahres 1945 wurden die Kriegsverbrecherprozesse in Nürnberg abgehalten.

Albert Speer war einer der Angeklagten.

Er behauptete, vom Holocaust nichts gewusst zu haben. Das war natürlich lachhaft, doch sein Charme und seine Reue während der Prozesse retteten ihm das Leben.

Während die meisten anderen Nazis entweder zum Tode oder zu lebenslangen Gefängnisstrafen verurteilt wurden, erhielt Speer ein Strafmaß von 20 Jahren, die er im Gefängnis in Spandau absitzen sollte.

GEFÄNGNIS SPANDAU
JULI 1947

Im Sommer 1947 besuchte ich ihn in Spandau.

Sogar in seiner tristen Gefängniskluft gab er eine aristokratisch anmutende Figur ab. Er hatte begonnen, so sagte er mir, seine Memoiren zu schreiben.

»Sie haben also die ganze Zeit, während Sie für mich tätig waren, den Amerikanern Bericht erstattet?«, fragte er mürrisch.

»Die ganze Zeit«, sagte ich.

Er schüttelte den Kopf und starrte teilnahmslos auf den Boden. Der Ausdruck auf seinem Gesicht war eine Mischung aus Verrat und einer unverhohlenen Fassungslosigkeit über die Tatsache, dass ein brillanter Mann wie er sich von seiner Sekretärin hinters Licht hatte führen lassen.

»Die Atombomben, die die Amerikaner auf Japan abgeworfen haben …«, sagte er. »Die Amerikaner haben die Wissenschaft durchschaut, während unsere Leute – Heisenbergs Leute – es nicht konnten?«

Der Abwurf zweier Atombomben auf Hiroshima und Nagasaki zwei Jahre zuvor im August 1945 hatte für eine weltweite Sensation gesorgt. Dass eine einzige Bombe – die die Prinzipien der Einstein'schen Physik benutzte – eine ganze Stadt in Schutt und Asche legen konnte, war dem Normalbürger völlig utopisch erschienen. Die Nazis hatten damit geprahlt, Superwaffen bauen zu wollen. Die Amerikaner hatten es getan.

»So ist es.«

»Sie wussten von dem amerikanischen Programm?«

»Ja.«

»Als man unseren Spionen weismachte, dass die Amerikaner kläglich an der Atomwissenschaft scheiterten, wussten Sie, dass es anders war?«

»Das wusste ich.«

Noch einmal schüttelte er ungläubig den Kopf.

Ich sagte: »Ich muss es einfach fragen: Wie konnten Sie das tun? Wie konnten Sie all diese Sachen für Hitler und die Nazis bauen, die Gebäude, die Lager, die Öfen?«

Speer hielt inne und hob nachdenklich das Kinn. »Wann bekommt ein Mann schon die Gelegenheit, Geschichte zu erschaffen?«

Ich blickte ihn einen Moment lang regungslos an.

Und dann, ohne ein weiteres Wort zu sagen, ging ich davon.

Ich sah Albert Speer nie wieder.

Eines Tages im Oktober 1947 gab Colonel Pash mir Bescheid, dass ich nach Hause gehen könne.

Dan erhielt dieselbe Anweisung.

Wegen unserer langen und hervorragenden Dienste wurde uns eine Erste-Klasse-Beförderung an einen Ort unserer Wahl zugebilligt.

Die Frage war nur: Wo war nun mein Zuhause?

ATLANTISCHER OZEAN
OKTOBER 1947

Ich saß auf dem Deck eines Kreuzfahrtschiffes, das auf dem Weg nach New York war, und blickte zum Horizont hinaus.

Es war ein Schiff voller Kriegshelden aus dem europäischen Theater, die nun stilvoll nach Amerika zurückfuhren.

Viele der heldenhaften jungen Männer auf dem Schiff hatten schwere Verletzungen davongetragen, was ihre Rückkehr verzögert hatte.

Als ich an jenem Tag auf dem Sonnendeck saß, begann ich ein Gespräch mit einem jungen Unteroffizier aus Iowa namens Dawkins.

Nachdem er mir alles über seine Zeit in Europa erzählt hatte – er war am D-Day an den Stränden der Normandie gelandet und hatte in Berchtesgaden aus Hitlers Weingläsern getrunken –, fragte er mich, woher ich kam und was ich während des Krieges gemacht hatte.

Ich sagte, dass ich ihm davon nicht erzählen könne, was er sofort verstand. Ich erzählte ihm auch nicht, dass ich aus denselben Weingläsern in Berchtesgaden getrunken hatte.

Doch ich berichtete ihm davon, wie ich nach Amerika gekommen war.

»Mein Vater war Deutscher, doch meine Mutter war Amerikanerin. Ich wuchs in Berlin auf, aber 1919 zog ich nach New York City. Ich lebte dort während der 20er-Jahre in der Nähe der Fischmärkte.«

»Die Fischmärkte in New York, sagen Sie?«, fragte er. »Dann müssten Sie eigentlich von Baby Face Mancino gehört haben.«

»Natürlich. Meine Güte, ich erinnere mich noch, wie er all die anderen Gangster in der Lagerhalle bei den Fischmärkten erschießen ließ. Und daran, wie Lucky Luciano versuchte, seinen Sohn, Douglas jr., zu entführen. Ich war sogar dabei, als es passierte.«

»Sie waren dabei?«, fragte Dawkins. Dann rief er seinen Freunden zu: »Hey, Jungs, wo ist der Spaghetti? Wo ist Dougie?«

Es wurde geschrien und gerufen, und dann trat ein breitschultriger, dunkelhaariger junger Mann von vielleicht 25 Jahren auf das Deck.

Er sah aus wie sein Vater, nur jünger und adretter, und sein Blick war nicht wild oder verrückt, sondern konzentriert, scharfsinnig und vom Krieg verhärtet.

Mir stockte der Atem. »Douglas jr.«

»Kenne ich Sie?«

»Du wirst dich nicht erinnern, aber wir lernten uns kennen, als du ungefähr vier Jahre alt warst. Ich rettete dich vor einem Restaurant, als Lucky Luciano versuchte, dich zu entführen. Ich war mit einem Bundesagenten namens Dan Kessler dort.«

Er machte große Augen. »Das waren Sie? Meine Mom und mein Dad sprachen die ganze Zeit von jener Nacht und von einer Frau, die mich über die Bahnschienen trug, um mich vor Luckys Männern zu retten.«

Ich nickte. »Ich habe dich noch einmal gesehen, als du, keine Ahnung, vielleicht neun oder zehn Jahre alt warst und dein Vater … nun, als dein Vater Clay Bentley jr. in Zementschuhen von einem Bootssteg gestoßen hat.«

Nun verdrehte der junge Mann seine Augen förmlich.

»Herr im Himmel, Lady …«, flüsterte er. »Und wie ich mich daran erinnere. Heilige Scheiße, das werde ich nie vergessen. Dann waren Sie es, die sich meinem Vater entgegenstellte?«

»Ja, das war ich.«

»Junge, Junge, Sie haben an jenem Tag vielleicht Eindruck auf meinen Vater gemacht. Er hat oft gesagt: ›Diese Lady auf dem Steg war verdammt noch mal die kaltblütigste und nervenstärkste Vermittlerin, die mir je untergekommen ist.‹«

»Was ist mit deinem Vater geschehen?«

»Er ist vor ein paar Jahren gestorben. Ihm ist's ergangen wie Capone: Er wurde wegen Steuerhinterziehung nach Sing Sing geschickt, und dort hat ihn dann irgendein Arschloch abgestochen.«

Schließlich war Doug Mancino jr., der Sohn eines italienischen Gangsters, 1941 der Army beigetreten und hatte in Italien und Deutschland gedient, wo er sich zwei Purple Hearts und einen Silver Star verdiente. Am Monte Cassino hatte er seine gesamte Einheit gerettet.

Wir plauderten noch den ganzen Nachmittag lang, während unser Schiff westwärts über den Atlantik schipperte, der untergehenden Sonne und der Heimat entgegen.

An jenem Abend stand ich am Bug des Schiffes und dachte nach.

Dan gesellte sich zu mir. »Weißt du, ich glaube, ich habe mich nie dafür bedankt, dass du mir in Berlin das Leben gerettet hast. Du bist in die brennende Stadt zurückgekehrt, während die Russen sie stürmten, um meinen Hintern zu retten.«

»Gern geschehen.« Ich lächelte.

»Worüber denkst du so angestrengt nach?«, fragte er.

»Über die Zukunft. In New York wartet nichts auf mich. Wieder einmal. Kein Job, kein Geld, keine Perspektive, keine Familie, kein Leben.«

Dan nickte schweigend.

Dann sagte er: »Nun, formal gesehen wurde Hanna Fischer – die Sekretärin von Albert Speer und Martin Bormann – am 30. April 1945 in Berlin erschossen. Während des Krieges sind viele Unterlagen verloren gegangen. Wenn du ein neues Leben in New York beginnen möchtest – ein ganz neues Leben, ein kompletter Neuanfang –, dann könntest du es tun.«

»Was willst du damit sagen?«, fragte ich.

»Sieh dir doch nur an, was die amerikanische Regierung für all diese Nazi-Wissenschaftler macht. Sie beschafft ihnen neue Identitäten mit allem Drum und Dran. Es wäre einfach, meine Leute anzuweisen, dasselbe für dich zu tun. Zum Teufel, ich könnte sogar ein Begräbnis für dein altes Selbst arrangieren.«

Ich schüttelte den Kopf. »Lass mich darüber nachdenken, ja?«

»Selbstverständlich. Und, Hanna … Ich bin mir nicht so sicher, dass nichts in New York auf dich wartet.«

Am nächsten Tag liefen wir im Hafen von New York ein und legten auf Staten Island an.

Als Dan und ich den Landungssteg hinunterliefen, berührte er meine Schulter und deutete nach rechts.

Dort sah ich drei Menschen stehen. Sie winkten mir lächelnd zu.

Fanny und Raymond, ihr Ehemann.

Und Albert Einstein.

Natürlich hatte Dan ihnen ein Telegramm geschickt und sie über unsere bevorstehende Ankunft informiert.

Einstein nahm mich lange in den Arm.

»Meine liebe Hanna. Es tut mir ja so leid, dass ich dich 1933 nach Deutschland vorgeschickt habe. Hätte ich es nicht getan, wärst du dort nicht stecken geblieben.«

»Ach, Sir, das war doch nicht Ihre Schuld. So fügte sich alles zum Besten: Ich schaffte es, die Nazis von Ihren Forschungsarbeiten fernzuhalten. Dafür musste ich mich in Ihrem gesunkenen Segelboot in Caputh verstecken.«

»In meinem Boot?«, rief er. »Nun, das erklärt den Zustand der Unterlagen, als ich sie schließlich zurückbekam. Gott sei Dank hast du sie zuerst gefunden. Darin waren meine frühen Berechnungen einer atomaren Anlage enthalten.«

Ich drehte mich zu Fanny um, und sie hüpfte auf mich zu und schloss mich ganz fest in ihre Arme, während Raymond, ihr Ehemann, uns zuschaute.

Erst als sie mich wieder losließ, bemerkte ich, wie schick ihre Kleidung war. Sie trug einen teuren Abendanzug, und auch der Anzug von Raymond war sehr schön geschnitten.

»Meine kleine Investmentfirma hat sich in den letzten paar Jahren recht gut an der Börse gemacht«, sagte Fanny, als sie meine Blicke bemerkte. »Ich habe einen Haufen Klienten, und während Raymond sich in die Staatsversammlung hat wählen lassen, habe ich uns ein paar Milliönchen verdient, jawohl!«

Ich grinste bis über beide Ohren. »O Fanny! Gut gemacht! Ich bin ja so stolz auf dich. Du hast es weit gebracht, seitdem du all diese Bücher in unserem Schlafsaal in der Sekretärinnenschule gelesen hast.«

»Genau wie du, Hanna«, sagte sie. »Was deine Reisen angeht, aber auch deinen Wohlstand.«

»Wohlstand? Ich verstehe nicht …«

»Hast du etwa vergessen, dass du mir damals einen Teil deines Lohns gegeben hast, um ihn in Aktien zu investieren? Du warst meine erste Klientin!«

Das hatte ich tatsächlich vergessen.

Der Ausdruck auf meinem Gesicht musste es verraten haben.

Fanny gab mir einen Klaps auf die Schulter. »Ich habe es die ganze Zeit über reinvestiert und die Gewinne für dich auf ein Treuhandkonto eingezahlt. Du bist nun 1,8 Millionen Dollar wert, junge Dame.«

Ich wäre fast in Ohnmacht gefallen.

TEIL IX

1948
NIEMANDES SEKRETÄRIN

Es ist nie zu spät, um zu sein, wer man sein will.
F. Scott Fitzgerald

PRINCETON, NEW JERSEY
ÖFFENTLICHER FRIEDHOF
20. JANUAR 1948

Ich bin auf meiner eigenen, nur schwach besuchten Beerdigung. Ich sehe vom Glockenturm der Kirche, der auf den Friedhof hinausblickt, zu. Ich streichle mit den Fingern über meinen geliebten Armreif, während ich das Schauspiel beobachte.

Einstein beginnt mit seiner Grabrede.

»Ich lernte Hanna Fischer in Berlin kennen, als sie noch ein kleines Mädchen war. Sie war ein reizendes Ding und zeigte schon in einem ganz frühen Alter Anzeichen ihrer Genialität. Wir waren Nachbarn, und ich war mit ihrem Vater befreundet. Jene unter uns, die Hanna kannten …«

Plötzlich wird er von einem lauten gasartigen Zischen unterbrochen. Nur ein Stückchen weiter kommt ein Bus am Tor zum Friedhof an und hält mit einem Röcheln.

Einstein blickt auf.

PRINCETON UNIVERSITY prangt an der Seite des Busses.

Ein zweiter Bus dieser Art kommt hinter dem ersten zum Stehen, dann ein dritter.

Es war schon immer ein Problem, sie bei solch einem kalten Wetter zum Laufen zu kriegen.

Zu meiner Überraschung steigen Leute aus den Bussen.

Reihenweise.

Es sind junge Physiker aus dem Institut für fortschrittliche Studien der Princeton University. Die meisten von ihnen sind Einsteins Schüler, und viele sind Nachfahren der jüdischen Physiker, die in den 1930ern aus Deutschland geflohen sind.

Einstein muss ihnen von mir und meinen Heldentaten erzählt haben.

Unter ihnen sind auch einige Giganten der Physik, unter anderem Niels Bohr und Arthur Compton sowie viele ihrer Schüler.

Auch sie haben die Geschichten über mich weitergegeben.

Dann kommt noch ein etwas kleinerer Bus.

Aus ihm steigen junge Frauen. Sie sind in eng geschnittene Kostüme gekleidet und tragen Tücher um den Hals. Sie schreiten mit Haltung und erhobenem Kopf an mein Grab.

Erst als ich die groß gewachsene ältere Dame hinter ihnen aus dem Bus steigen sehe, wird mir klar, woher diese Frauen kommen.

Mrs. Katherine Graham-Coulson.

Sogar in ihrem fortgeschrittenen Alter ist die dunkelhaarige Besitzerin der Graham-Coulson-Sekretärinnenschule für Damen eine klassische Schönheit von stattlicher Erscheinung.

Ich lächle, als ich sie sehe.

Nach den Bussen kommen noch einige Autos, darunter Limousinen.

Aus einer davon steigt Mr. Clay Bentley sen. aus. Er ist schon über 80 Jahre alt, doch sein rundes Gesicht und das ordentlich gescheitelte weiße Haar sind unverkennbar. An seinem Arm hängt seine zweite Frau, Mrs. Henrietta Bentley, geborene Henderson. Ihre Verabredung zum Kaffee, die ich damals im Jahre 1920 arrangiert habe, als ich noch seine Termine plante, scheint sich für beide ausgezahlt zu haben.

Eine bemerkenswerte blonde Frau von vielleicht 50 Jahren taucht auf. Sie hat ihren Arm mit dem eines kleinen kahlköpfigen Mannes verschränkt, der ungefähr zehn Jahre älter ist als sie. Sie ist gut gekleidet, perfekt hergerichtet und wunderhübsch. Ein junger Mann in seinen Zwanzigern begleitet das Paar. Auch er ist blond und sehr attraktiv. Die Frau berührt Fannys Schulter und lächelt ihr herzlich zu. Fanny nimmt sie in den Arm.

Jetzt fällt mir ein, wer sie ist.

Es ist Stella.

Sie ist älter geworden, aber immer noch hinreißend schön. Fanny erzählte mir, dass Stella zehn Jahre lang für sie gearbeitet hat, bis sie einen von Fannys Angestellten heiratete, einen zierlichen Buchhalter namens Levi Hoffman. In ihrer Jugend wollte Stella die Ehefrau eines weißen angelsächsischen Protestanten aus der gehobenen Gesellschaft sein. Doch letztendlich hat sie einen liebenswerten kleinen Juden geheiratet.

Der attraktive Mittzwanziger ist Clay Bentley III, der stille kleine Junge, den ich als Charlie kannte. Ich habe ihn zuletzt am Bootssteg seines Vaters in den Hamptons gesehen, und zwar an jenem Tag, als Clay jr. mit Zementschuhen an den Füßen ins Meer gestoßen wurde.

Charlies Lernschwierigkeiten sind im Laufe der Jahre vergangen, und mir wurde berichtet, dass aus ihm ein anständiger junger Mann geworden ist.

Einstein beginnt noch einmal mit seiner Rede, die er nun an die riesige Menschenmenge richtet, die sich um mein Grab versammelt hat.

»Hanna Fischer hatte einen brillanten Kopf. Als kleines Mädchen erzählte sie mir mit der Ernsthaftigkeit eines Kindes, dass sie eines Tages die beste Physikerin aller Zeiten sein werde.

Unter uns sind viele – und dazu gehöre auch ich –, die sich mit Doktortiteln und Preisen schmücken, die uns für unsere sogenannten Errungenschaften verliehen wurden. Aber für das, was sie vollbracht hat, gibt es keine Preise.

So ist es zum Beispiel schwer zu berechnen, wie viele Leben sie während des Krieges gerettet hat. Indem sie den Standort einer deutschen Raketenbasis im Norden Frankreichs preisgab, bewahrte sie womöglich Tausende Zivilisten in Großbritannien vor dem Tod.

Und sie führte Nazigrößen über die wahren Möglichkeiten, Atomwaffen zu bauen, hinters Licht und rettete damit bestimmt Hunderttausende Leben. All das tat sie, während sie unter einigen der widerwärtigsten Nazis, die es gab, lebte und arbeitete.

Wir alle profitierten auch auf einer persönlicheren Ebene von Hannas einzigartigem, wundervollem Talent, anderen zu ermöglichen, ihr ganzes Potenzial auszuleben.

Vielleicht war es ihr gutes Zureden, ein eigenes Unternehmen zu gründen oder zu einem Rendezvous zu gehen. Oder sich einem Attentäter in den Weg zu stellen oder nach Berlin zu fliegen, um der Roten Armee zuvorzukommen und einem Mann das Leben zu retten.

Hanna hat uns alle besser gemacht. Ich bin mir sicher, dass sie gerade auf uns herunterblickt« – während er das sagt, wirft er einen verschlagenen Blick zu mir auf dem Glockenturm hinauf – »und uns ermahnt, das Beste aus uns zu machen. Ich bin mir sicher, dass Sie mir alle zustimmen werden, wenn ich sage, dass es ein Privileg war, sie gekannt zu haben.«

Damit geht das Begräbnis zu Ende, und alle brechen auf.

Während sie an Raymonds Arm davongeht, wirft Fanny einen kurzen Blick zu mir hoch und nickt mir zu. Sie, Raymond und Einstein sind die Einzigen, die wissen, dass ich noch am Leben bin.

Auf dem Glockenturm tritt ein Mann an mich heran.

Es ist Dan. Er nimmt meine Hand.

»Kein schlechter Aufmarsch«, sagt er. »Komm jetzt, Schatz. Es ist Zeit, das neue Leben zu beginnen. Lass uns nach Hause gehen.«

Ich wurde am Neujahrstag 1902 geboren.

Ein paar Wochen vor meinem »Begräbnis« wurde ich 46 Jahre alt.

Ich war nie berühmt, so wie Einstein es war, auch wenn ich nun mit ihm in der Physik-Fakultät an der Princeton University unter dem Namen Sandra Rose Martin, dem Namen meiner Mutter, arbeitete.

Ich hatte keine Preise gewonnen, keinen Nobel oder sonstigen, doch in einem Jahr sollte ich meinen Doktortitel erhalten und endlich die Physikerin werden, die ich immer hatte sein wollen.

Noch einmal sechs Monate später sollte ich Dan Kessler heiraten und seinen Namen annehmen, was mein altes Leben noch weiter in die Ferne schob.

Nachdem ich meiner eigenen Beerdigung zugesehen habe, fühle ich mich wie befreit.

Wie neugeboren.

Ich habe ein Leben gelebt – ein sonderbares, aufregendes, weitschweifiges und geheimes Leben.

Nun habe ich es abgelegt und wie eine alte Haut abgestreift.

Ich habe ein neues Leben und es fühlt sich richtig an. Ein Neuanfang. Das Leben, für das ich bestimmt war. Es hat nur ein wenig später als geplant begonnen.

Es ist seltsam, der eigenen Beerdigung zuzuschauen.

Zu sehen, wer kommt.

Zu sehen, wie viele kommen.

Zu hören, was sie zu sagen haben.

Ich habe sie besser gemacht.

Einsteins Worte erinnern mich an die erste Regel der Katherine-Graham-Coulson-Sekretärinnenschule.

Ihre Aufgabe ist es, Ihrem Chef zu helfen, seine Arbeit zu tun!

Vielleicht war ich doch eine ziemlich gute Sekretärin.

NACHWORT

Diese Geschichte ist eine fiktive. Hanna Fischer ist frei erfunden. Doch viele der in diesem Roman dargestellten Ereignisse geschahen wirklich und viele der Figuren existierten tatsächlich.

Ihre wahren Schicksale waren wie folgt:

ALBERT SPEER überlebte den Krieg und wurde in Nürnberg angeklagt. Er wurde wegen Verbrechen gegen die Menschlichkeit verurteilt und verbüßte eine Strafe von 20 Jahren im Gefängnis von Spandau.

Nach seiner Haftzeit schrieb er mehrere Bücher über seine Zeit mit Hitler. Darin stellte er sich selbst als einen »guten Nazi« dar, der nichts oder nur wenig über den Holocaust wusste. Spätere Autoren kamen zu dem Schluss, dass Speer sehr wohl von der »Endlösung« (und dem Einsatz von Zwangsarbeitern) wusste. Er starb 1981 eines natürlichen Todes.

MARTIN BORMANNs Tod war lange Zeit geheimnisumwoben. Er nahm 1945 auf dem Höhepunkt der russischen Angriffe auf Berlin an dem Ausbruch aus der Reichskanzlei teil. Viele Jahre lang blieb sein Leichnam unentdeckt, und es wurde vermutet, dass er aus Deutschland fliehen konnte.

Doch im Jahre 1998 erwies eine DNA-Analyse, dass die Überreste einer in Berlin gefundenen Leiche die von Bormann waren.

FORT BREENDONK war ein echtes Konzentrationslager in Belgien. Es wurde am 3. September 1944 von alliierten Truppen entdeckt. Doch zu dem Zeitpunkt war es schon geräumt worden.

ADOLF HITLER regierte Deutschland von 1933 bis zum Ende des Zweiten Weltkriegs 1945. Als die russischen Streitkräfte die Reichskanzlei erreichten, fanden sie seine Überreste zusammen mit denen seiner Frau, Eva Braun. Sie hatten Kopfschussverletzungen und waren fast bis zur Unkenntlichkeit verbrannt.

WERNHER VON BRAUN wurde von den amerikanischen Streitkräften in Westdeutschland gefangen genommen und in die Vereinigten Staaten geschafft, wo er die Leitung des Raumfahrtprogramms übernahm.

Die Technologie, die er für die V2-Raketen der Nazis entwickelte, wurde zu einem Eckpfeiler der Raketen, die 1969 Astronauten zum Mond beförderten. Dieselbe Technologie wurde auch zur Grundlage für ballistische Raketen, die nukleare Sprengköpfe an jedes Ziel auf der Welt bringen können.

WERNER HEISENBERG wurde für seine Unschärferelation berühmt, für die er 1932 im Alter von 31 Jahren den Nobelpreis für Physik erhielt. Bis zum heutigen Tag ist er eine umstrittene Persönlichkeit, die sich letztendlich verrechnete, als es um die Mathematik der Atombombe ging. Er glaubte, dass sie mehrere Tonnen Uran benötigen würde und nicht nur mehrere Kilogramm. Er starb 1976.

DIE MÜHLVIERTLER HASENJAGD trug sich wie beschrieben Anfang Februar 1945 zu.

DIE OST-WEST-ACHSE IM TIERGARTEN wurde in den letzten Monaten des Krieges als Notfalllandebahn genutzt.

DER KU-KLUX-KLAN-AUFMARSCH 1925 in Washington, D.C. fand wirklich statt. Am 8. August 1925 marschierten geschätzte 30.000 Klan-Mitglieder in ihren weißen Roben durch die Hauptstadt. Sie hatten ihre Hauben abgesetzt, sodass jeder ihre Gesichter sehen konnte.

DIE SOLVAY-KONFERENZ 1927 wird noch immer als das bedeutendste Zusammentreffen von wissenschaftlichen Größen erachtet.

DOUGLAS »BABY FACE« MANCINO ist eine fiktive Figur. (Er ist nach meinem guten Freund Doug Mancino benannt, der ein wahrlich wundervoller Mann ist.) Baby Face ist als ein Gangster dargestellt, der das Verbrechen in New York City zusammen mit seinem Protegé Lucky Luciano »organisieren« will. Charles »Lucky« Luciano gab es wirklich. Ihm wird die Erschaffung des organisierten Verbrechens zugeschrieben. Mir gefiel einfach die Idee, dass mein fiktiver Baby Face – ähnlich wie Marty McFly es mit Chuck Berry in *Zurück in die Zukunft* tat – den echten Lucky Luciano inspirierte.

DAS MANHATTAN-PROJEKT war der Name eines amerikanischen Programms zur Erschaffung der Atombombe während des Zweiten Weltkriegs. Sein unglaubliches Ausmaß ist kaum zu überschätzen: 120.000 Menschen wurden dafür eingestellt, und es kostete 1945 ganze zwei Milliarden Dollar (was einem heutigen Wert von 24 Milliarden Dollar entspricht).

ALBERT EINSTEIN ist der berühmteste Wissenschaftler der Geschichte. Seine Anwesenheit an gewissen Orten zu gewissen Zeiten in diesem Roman – wie zum Beispiel seine Reise durch die USA 1921 und sein Dinner im Weißen Haus – ist historisch korrekt.

Er schrieb 1939 tatsächlich einen Brief an Präsident Roosevelt über die Machbarkeit einer Atombombe, und doch war er nicht beim Manhattan-Projekt dabei.

Über sein Tun während des Zweiten Weltkriegs ist kurioserweise wenig bekannt, was besonders wegen seines Ruhms zu jener Zeit überrascht. Man weiß, dass er während des Krieges für die U.S. Navy tätig war, doch woran er für die Navy arbeitete, wurde nie veröffentlicht.

DIE DEUTSCHE REITERMANNSCHAFT gewann wirklich sämtliche Goldmedaillen bei den Reitveranstaltungen während der Olympischen Spiele 1936 in Berlin. Solch einen Erfolg gab es danach in der olympischen Geschichte nie wieder.

EIN INTERVIEW MIT MATTHEW REILLY ÜBER MR. EINSTEIN'S SECRETARY

ACHTUNG: SPOILER!

Okay. Wo fangen wir an? Dieser Roman handelt von einer Sekretärin, die sich ihren Weg durch eine Welt aus Gangstern, den Börsencrash von 1929, Nazideutschland und den Zweiten Weltkrieg sucht, mit Rückblenden und Vorausblenden, mehreren Erzählperspektiven und Figuren wie Albert Einstein, Albert Speer, Werner Heisenberg und anderen geistigen Größen des Atomzeitalters. Wie kommt man auf solch eine Geschichte?

Ich schätze, man kann zweifellos sagen, dass *Mr. Einstein's Secretary* anders ist als all meine anderen Romane, einschließlich *The Tournament*, meinem anderen historischen Roman.

Mir hat es solch einen Spaß gemacht, *The Tournament* zu schreiben und fiktive Figuren mit echten historischen Personen zu mischen, dass ich es einfach noch einmal tun wollte.

Ich habe es geliebt, Roger Ascham für das Buch zu entwickeln: einen gütigen, verständnisvollen Lehrer, jemanden, der nach Wissen und Weisheit sucht – und sie vermittelt. Als ich darüber nachdachte, einen weiteren historischen Roman zu schreiben, stellte ich mir die Frage, wer der perfekte Lehrmeister sein würde. Und die Antwort lautete natürlich Albert Einstein.

Aber er sollte nicht der Held der Geschichte sein, sondern ein Mentor, der Hanna, der Heldin, hin und wieder zur Seite steht.

Das Buch hat eine außergewöhnliche Struktur und benutzt Rückblenden und Vorausblenden. Erzähl uns, warum du diese Techniken verwendet hast.

Kurz gesagt wollte ich, dass *Mr. Einstein's Secretary* ein Epos wird, eine Geschichte, die sich über mehrere Jahrzehnte erstreckt. Darum wollte ich, dass *Ort* und *Zeit* zu Figuren in der Story werden.

Die Geschichte basiert darauf, dass Hanna sich an ihr Leben zurückerinnert, während ihrer fingierten Beerdigung oder durch die drei Verhöre, die sie über sich ergehen lassen musste.

Wenn sie sich also daran erinnert, früher in ihrem Leben über einen Platz in Berlin zu laufen, löst das andere Erinnerungen *an denselben Ort zu einer anderen Zeit* aus, beispielsweise an eine Bücherverbrennung etliche Jahre später. Oder auf ihrer Autofahrt von Antwerpen nach Brüssel: Die Erinnerung an diese Fahrt in einer Limousine zur Solvay-Konferenz 1927 löst eine Erinnerung an eine Fahrt mit Speer nach Breendock aus.

Doch ich habe eine unerwartete Wendung hinzugefügt: Manchmal ist es *nicht* Hanna, die sich erinnert.

Manchmal ist es Ooma.

Es funktioniert so:

- Standardschrift: Wenn der Text in Standardschrift gehalten ist, handelt es sich um Hannas übergreifende Erinnerungen.

- *Kursivschrift:* Wenn eine Vorausblende kursiv formatiert ist, erinnert sich Hanna an ihre Zeit in Nazideutschland während ihres zweiten Verhörs 1942.

- ***Fett- und Kursivschrift:*** Wenn eine Vorausblende fett und kursiv formatiert ist, handelt es sich um Hannas Erinnerungen an ihre Zeit in Berlin 1945 (aus ihrem dritten Verhör mit den Sowjets).

- **Fettschrift:** Wenn eine Vorausblende nur fett formatiert ist, dann ist es Ooma, die sich erinnert, nicht Hanna.

Die frühen Vorausblenden, in denen unsere Erzählerin zusammen mit Bormann aus Berlin flüchtet, sind alle in einfacher Fettschrift gehalten.

Der Grund dafür ist, dass in diesen Szenen Ooma mit Bormann zusammen ist. Als die Erzählerin vom Tiergarten zum Potsdamer Platz eilt, ist es Hanna, und der Text folglich fett und kursiv.

Und natürlich laufen sich Hanna und Ooma – wie Sie nun wissen – im Garten der Reichskanzlei über den Weg, und wir erleben dieselbe Szene aus den Blickwinkeln der beiden Frauen, einschließlich ihrer unterschiedlichen Reaktionen auf Dans Lichtgeschwindigkeitsfrage.

Irgendwann holt die Geschichte die ganzen Vorausblenden ein. So erleben wir zum Beispiel ganz früh im Buch, wie Hanna in einer Vorausblende die Schienen der Hochbahn entlanghastet. Zu dieser Szene kommen wir schließlich, als sie und Dan mit Baby Face Mancinos Sohn vor den Gangstern flüchten. So ist es auch mit den Szenen in Mauthausen und Auschwitz: Wir erreichen sie im Verlauf der Geschichte.

Warum das alles?

Nun, im Laufe der Jahre, während ich weitere Bücher schrieb – und auch Filme drehte –, war ich immer auf der Suche nach Möglichkeiten, meine Geschichten interessant und innovativ zu erzählen. Dafür begann ich vor einiger Zeit, mit verschiedenen Schrifttypen zu experimentieren.

Zuerst habe ich so etwas in *The Secret Runners of New York* gemacht, wo verschiedene Schrifttypen unterschiedliche Zeiten darstellten. Das erlaubte es mir, in dieser Zeitreisegeschichte schnell und einfach zwischen Gegenwart und Zukunft hin- und herzuspringen.

Etwas Ähnliches machte ich in *Cobalt Blue*. In jenem Buch benutzte ich farbige Schrifttypen, um die Rückblenden der verschiedenen Figuren darzustellen: das Grün für Cobalt Green, Rot für Cobalt Red und so weiter. (Das war ein echtes Vergnügen, denn es ist nicht so leicht, ein Buch mit farbigem Druck zu bekommen! Ich finde, dass Pan Macmillan ganz hervorragende Arbeit geleistet hat; die Hardcover-Ausgaben von *Cobalt Blue* mit dem farbigen Text sind ganz besondere Erstausgaben.)

Du erwähntest Dan Kesslers Lichtgeschwindigkeitsfrage. Wie bist du darauf gekommen?

Ich muss ein Geständnis machen: Ich bin kein Physiker. Doch ich liebe die Physik. Ich wünschte, ich wüsste mehr darüber, aber das ist ein Thema, das mein Kopf nur schwer begreifen kann.

Nichtsdestotrotz liebe ich es, über Physik und Dinge wie Zeitdehnung zu lesen. Ich bin mir sicher, dass irgendwer sagen wird, dass ich um ein Jahr oder so danebenliege (und wahre Pedanten werden darüber nörgeln, dass man ja gar nicht mit Lichtgeschwindigkeit unterwegs sein kann), doch wenn es möglich wäre, 1000 Jahre lang mit Lichtgeschwindigkeit zu reisen, würde man tatsächlich ein kleines bisschen länger brauchen.

Und was die Story betrifft, nun, ich brauchte an diesem Punkt eine Frage für Dan, die nur die echte Hanna beantworten konnte. Diese schien sehr gut zu passen.

Erzähl uns von Hannas Scheinbegräbnis, mit dem der Roman beginnt und endet.

Ich wollte, dass das Begräbnis am Anfang des Buches ein wenig doppeldeutig bleibt. Es gibt viele Romane, in denen der Erzähler sozusagen vom Himmel oder aus dem Jenseits herunterblickt und sich an sein Leben erinnert. Mein Ziel war es, den Leser glauben zu machen, dass so etwas auch hier geschieht: dass Hanna ihrem eigenen Begräbnis aus dem Jenseits zusieht.

Die Wendung am Ende, wie wir sehen, ist, dass sie wirklich dabei ist und ihrem Begräbnis vom Glockenturm aus zusieht.

Da die Geschichte von Erinnerungen handelt, fand ich, dass dies ein großartiger Einstieg in die Story ist und ihre Erinnerungen befeuert. Und außerdem geht es mir genau wie ihr: Ich möchte auch sehen, wer zu meiner Beerdigung kommt!

Ich glaube, dass keiner deiner bisherigen Romane eine Figur wie Ooma enthielt. Erzähl uns, wie du sie erschaffen hast.

Ich habe Ooma als eine selbstsüchtige und engherzige, aber doch brillante Person beschrieben, die, wie wir es heutzutage nennen, unter einer Borderline-Persönlichkeitsstörung leidet.

Die Geschichte handelt von Hannas bemerkenswerter Reise durch ihr Leben und ihrer ebenso bemerkenswerten Entwicklung. Ich wollte, dass Ooma eine unberechenbare Variable in diesem Leben ist, eine stete Gefahr, die an den Rändern von Hannas Welt lauert. Die Art und Weise, wie ihre Gefühle von einer Sekunde auf die andere umschlagen, macht sie unvorhersehbar und sehr gefährlich. Es hat Spaß gemacht, sie zu schreiben, ganz besonders in den Szenen, in denen sie Hanna kaltschnäuzig berichtet, wie sie sich als sie ausgegeben hat.

Und was ist mit der sowjetischen Spionin/Attentäterin Swetlana Sarkowski?

Swetlana war ebenso vergnüglich zu schreiben. Eine Figur wie sie zu entwickeln, ist einfach nur köstlich (genau wie die Mutter in den *Scarecrow*-Büchern). Ganz egal was sie sagt, es klingt immer cool. Vor allem mag ich an ihr, dass sie Hannas Parfüm bei mehreren Gelegenheiten riecht.

(Hannas Parfüm ist etwas, das ich in dieser Geschichte liebe. Für sie ist es zutiefst persönlich, eine Verbindung zu ihrer toten Mutter, aber auch die eine Sache, durch die Swetlana sie erkennt.)

Und doch ist es Swetlana, die Hanna am Ende in Berlin mit dem Leben davonkommen lässt, weil Hanna sie nach der Bombenexplosion in Müllers Bar gerettet hat. Swetlana tötet, ohne mit der Wimper zu zucken, doch sie verfügt auch über ein Ehrgefühl, was, so finde ich, ihr noch ein gewisses Extra verleiht. Und obendrein hat sie diesen ausgeprägten Geruchssinn.

Dieses Buch ist für Matthew Reilly etwas ganz anderes. Wie würdest du Mr. Einstein's Secretary *beschreiben?*

Ja, es ist anders, doch ich finde, die Geschichte hat – genau wie *The Tournament* – trotzdem diesen schnellen, wilden »Matthew-Reilly-Motor«, der sie vorantreibt.

Es ist Hannas Entwicklung im Angesicht von außergewöhnlichen Veränderungen, die diese Geschichte befeuert. Ihre Fähigkeit, sich all den Widrigkeiten, die das Leben ihr in den Weg stellt, anzupassen und an ihnen zu wachsen, trägt die Story. Sie beginnt als eine brillante, aber auch ein wenig weltfremde und schüchterne Schülerin, die eine Physikerin werden möchte – und endet an einer Sekretärinnenschule in der grellen, umtriebigen Welt New Yorks der 1920er-Jahre.

Ich bin auch ganz verliebt in die Szene später im Buch, als Hanna in der Zentrale der ALSOS in Paris ist, wo die jungen Sekretärinnen ihr zur Hand gehen – und ihr mit Wertschätzung begegnen. An diesem Punkt in der Geschichte ist aus Hanna etwas geworden, auch wenn sie es noch nicht weiß. Sie hat Selbstvertrauen. Sie schert sich nicht darum, Höflichkeiten auszutauschen. Sie bekommt keine weichen Knie, wenn sie einen Raum betritt, um mit einem hochrangigen Militär wie Colonel Boris Pash, dem (echten) Befehlshaber der ALSOS, zu sprechen.

Als ich diese Szene schrieb, war ich ganz aufgeregt, denn ich wollte genau dieses Gefühl zum Ausdruck bringen. Es dauerte eine lange Zeit – fünf Jahre des Schreibens –, dorthin zu gelangen. Doch das war das Ziel.

Wirst du noch einmal solch einen Roman schreiben?

Ha! Die Antwort lautet: Ich würde es gern tun, weiß aber nicht, ob ich noch einmal dazu imstande bin.

Um einen Roman zu schreiben, muss man immer viel recherchieren, zum Beispiel die ganze antike Geschichte für die Bücher um Jack West jr., doch dieses Buch verlangte nach einer Recherche auf einem ganz anderen Niveau.

Ich hätte *Mr. Einstein's Secretary* nicht in einem und auch nicht in zwei Jahren schreiben können. Ich brauchte einfach mehr Zeit dafür. Ich begann damit 2018 und arbeitete immer wieder daran, während ich *The Two Lost Mountains, The One Impossible Labyrinth* und *Cobalt Blue* schrieb (und mir sogar die Zeit nahm, um *Interceptor* zu drehen). Bei solch einer groß angelegten Story musste ich hin und wieder Abstand nehmen, um frische Energie zu sammeln, bevor ich mich wieder an die Arbeit machte.

Was gibt es sonst noch? Sind weitere Filme in Sicht?

Nun, *Interceptor* war ein großer Erfolg. Es war der meistgesehene Film auf Netflix in 91 Ländern und hatte mehr als 100 Millionen Zuschauer. Diesen Film zu drehen, war eine aufregende Erfahrung, die ich sehr genossen habe. Ich habe sehr große Lust darauf, es noch einmal zu machen, es liegt nur daran, welches von meinen Projekten grünes Licht bekommt.

Und ich denke immer an neue Romane, die ich schreiben will!

Irgendwelche letzten Worte oder Anmerkungen?

Wenn Sie das hier lesen, dann haben Sie das Buch zu Ende gelesen, und ich möchte Ihnen einfach danken, dass Sie etwas, das ein wenig anders ist, eine Chance gegeben haben.

Und wie immer hoffe ich einfach, dass es Ihnen gefallen hat.

Matthew Reilly,
Los Angeles, Juli 2023

Matthew Reilly bei FESTA:

Der große Zoo von China
Das Turnier
Die Secret Runners von New York
Die sieben tödlichen Wunder
Die sechs heiligen Steine
Die fünf großen Krieger
Die vier mystischen Königreiche
Die drei geheimen Städte
Die zwei verschollenen Berge
Das eine unmögliche Labyrinth
Mister Einsteins Sekretärin

Zuletzt erschienen in der Reihe FESTA ACTION:

Matthew Reilly: *Die sieben tödlichen Wunder*
Brad Thor: *Der Verräter*
Vince Flynn: *Act of Treason – Der große Verrat*
Matthew Reilly: *Die sechs heiligen Steine*
Jack Carr: *Menschenjäger*
Matthew Reilly: *Die fünf großen Krieger*
Vince Flynn: *Protect and Defend – Die Bedrohung*
Vince Flynn: *Extreme Measures – Der Gegenschlag*
Matthew Reilly: *Die vier mystischen Königreiche*
Mark Greaney: *The Gray Man – Tödliche Jagd*
Ben Coes: *Blutiger Sonntag*
Vince Flynn: *Enemy at the Gates – Der Feind im Nacken*
Matthew Reilly: *Die drei geheimen Städte*
Stephen Hunter: *Todesschuss*
Andrews & Wilson: *Spezialeinheit Tier One*
Dale Brown: *Polarsturm – Arctic Storm Rising*
Matthew Reilly: *Die zwei verschollenen Berge*
Jack Carr: *Die Hand des Teufels*
Andrews & Wilson: *Kriegsschatten – Spezialeinheit Tier One*
Ben Coes: *Der Russe*
Mark Greaney: *The Gray Man – Undercover in Syrien*
Vince Flynn: *Oath of Loyalty – Der Treueschwur*
Andrews & Wilson: *Dunkler Beschützer*
Jack Carr: *Die Blutspur*
Andrews & Wilson: *Finsterer Engel*
Stephen Hunter: *Die dritte Kugel*
Brad Thor: *Blowback – Die Wendung*
Vince Flynn: *Code Red – Zwischen den Fronten*
Brad Thor: *Mit aller Härte*
Matthew Reilly: *Mister Einsteins Sekretärin*